Esmeralda Santiagos Artikel sind in verschiedenen amerikanischen Zeitschriften erschienen.
Sie ist zusammen mit ihrem Mann, dem Regisseur Frank Cantor, Besitzerin einer Filmgesellschaft. Sie hat zwei Kinder und lebt nördlich von New York.
Ihr erstes Buch *Als ich noch in Puerto Rico war* ist in den USA mittlerweile Schullektüre für spanischsprachige Kinder.

Esmeralda Santiago

Américas Traum

Roman

Aus dem Amerikanischen
von Sonja Schuhmacher
und Barbara Steckhan,
Kollektiv Druck-Reif

Knaur

Von Esmeralda Santiago ist außerdem erschienen:

Als ich noch in Puerto Rico war (Band 60400)

Dieses Buch wurde auf chlor- und säurefreiem Papier gedruckt.

Deutsche Erstausgabe Mai 1996

Titel der Originalausgabe »América's Dream«

Originalverlag Harper Collins, New York
Umschlaggestaltung Andrea Schmidt, München
Satz Ventura Publisher im Verlag
Druck und Bindung Clausen & Bosse, Leck
Printed in Germany
ISBN 3-426-60527-9

5 4 3 2 1

»Hija fuiste, madre serás
según hiciste, así te harán«

»Du warst Tochter einst,
Mutter wirst du sein;
und wie du tatst,
so wird dir geschehen.«

Inhalt

Das Problem mit Rosalinda

Es ist ihr Leben, und sie steckt mittendrin. Sie hockt auf den Knien und schrubbt im einzigen Hotel auf der Insel den Boden hinter der Toilette. Dabei summt sie einen *bolero,* ein Liebeslied voller Sehnsucht. Sie summt immer irgendein Lied, manchmal eine Ballade, dann wieder einen fetzigen *cha-cha-chá.* Oft singt sie auch laut. Meist ist sie sich der Töne, die aus ihr herauskommen, gar nicht bewußt, und dann wundert sie sich, wenn die Touristen ihr sagen, wie schön, daß sie bei der Arbeit singt.

Die Fliesen hinter der Toilette sind nicht gleichmäßig verlegt. Sie bleibt an einer Ecke mit dem Nagel hängen und reißt ihn sich ein bis zum Fleisch. *»Ay!«* Immer noch auf den Knien rutscht sie zum Waschbecken und läßt kaltes Wasser über ihren Mittelfinger laufen. Der grellrosa Halbmond ihres Nagels hängt nur noch an einem Hautfetzen. Sie beißt ihn ab und leckt das salzige Blut auf.

»América!«

Der Schrei prallt gegen die Betonwände des La Casa del Francés. América rafft sich hastig auf, den Finger noch immer im Mund, und lehnt sich aus dem Toilettenfenster. Auf dem Seitenweg am Hotel läuft ihre Mutter auf und ab und starrt zum ersten Stock hoch.

»Que pasó?«

»Ay, nena, komm runter!« jammert Ester. Sie schlägt die Hände vors Gesicht und sinkt zu einem Häufchen Elend zusammen.

»Was ist, Mami? Was ist los?« Mit dem weiten, geblümten Hauskleid, das sich um ihre schmalen Schultern bauscht, den gebräunten Armen und den rosa Lockenwicklern im kupferroten Haar wirkt Ester von oben wie ein bunter Farbfleck auf dem Weg. Sie wiegt sich von einer Seite zur anderen und schluchzt hingebungsvoll wie ein verwöhntes Kind. Einen Moment überlegt América, die Abkürzung durchs Fenster zu nehmen. Wenn sie von oben auf ihre Mutter herunterblickt, die so klein und verletzlich aussieht, beginnt ihr Herz zu rasen, und in ihrer Kehle bildet sich ein Kloß, der ihr die Luft abzuschnüren droht. »Ich komme, Mami!« ruft sie und läuft durch den Gästeraum, die Treppe hinunter, quer über den Innenhof, durch die Doppeltüren auf die vordere Veranda, an den Gardenienbüschen vorbei, durch die Pforte in den Garten am Hotel zu dem Weg, wo Ester noch immer kauert und klagt, als stünde der Weltuntergang bevor.

Verschlafen beugen sich Gäste aus dem Fenster oder kommen auf ihren Balkon. Mitgefühl überschattet ihre Urlaubsgesichter. Don Irving, der Hotelbesitzer, rennt mit schweren Schritten vom hinteren Teil des Hauses herbei und trifft im gleichen Augenblick bei Ester ein wie América.

»Wasislos?« bellt er auf englisch. »Wasolldasgeschrei?«

»Ich weiß nicht!« América kniet sich neben Ester. »Mami, bitte! *Que te paso?* Was ist passiert?«

»Ay, mi'ja!« Ester ist so außer sich, daß sie kein Wort herausbringt. Américas Atem geht schneller, und wirbelnd legt sich ein Druck um ihre Stirn.

»Bitte, Mami! Was ist passiert?«

Ester schüttelt den Kopf, so daß ihre Tränen durch die Luft fliegen. Sie preßt beide Hände auf die Brust, als wolle sie sie am Zittern hindern. Dann holt sie tief Atem, und mit bebender Stimme, die sich zu einem schrillen Klagen steigert, verkündet sie América die Neuigkeit. *»Rosalinda se escapó!«*

Zunächst versteht América nicht so ganz, was Ester damit

meint: Rosalinda ist weggelaufen. Ihre vierzehnjährige Tochter ist keine Gefangene. Doch während die Worte in ihrem Kopf nachhallen, wird ihr der Sinn klar. América legt die Hände vors Gesicht, preßt die Finger ins Fleisch und schluchzt. »*Ay*, nein! Mami, das kann doch nicht wahr sein!«
Ester, die sich ein wenig beruhigt hat, nachdem das Problem nun nicht mehr auf ihren Schultern lastet, nimmt América in die Arme und streicht ihr über den Rücken. Ihre Tränen vermischen sich mit denen ihrer Tochter. »Sie ist mit diesem Jungen fort, mit Taino.«
América starrt Ester an, versucht, das Gehörte zu verdauen. Doch die Worte und Bilder sind verzerrt, huschen vorbei wie ein Film im Zeitraffer. Am Ende bleibt er stehen, zeigt eine weiche Großaufnahme von ihrer Tochter Rosalinda und dem pickligen Taino mit seinen unschuldigen braunen Augen. Sie schüttelt den Kopf, um das Bild zu verscheuchen.
»Was, zum Teufel, geht hier vor?« Don Irving steht über ihnen und bläst ihnen dicke Wolken seines Zigarrenatems ins Gesicht. Hinter ihm eilen von allen Seiten Nilda, die Wäscherin, Feto, der Koch, und Tomás, der Gärtner, herbei. Sie scharen sich um América und Ester, und die Männer helfen ihnen beim Aufstehen.
»Es ist wegen meiner Tochter«, sagt América, während sie Don Irvings Blick ausweicht. »Problem mit meiner Tochter.«
»Rosalinda ist mit ihrem Freund abgehauen«, übersetzt Nilda, und beschämt sinkt América in sich zusammen.
»Verfluchtnochmal!« Don Irving spuckt ins Oreganobeet. »Verschwindetvonhier, machtschon.« Er schiebt die beiden schluchzenden Frauen vor sich her hinter das Gebäude, so daß die Gäste sie nicht mehr hören können. Dort überläßt er sie Feto und Tomás, die sie auf den Weg hinter den Schuppen bringen. Don Irving geht grummelnd zurück

zum Vorgarten. »Jeden Tag was anderes! So ein Affentheater! Herr im Himmel!« Er winkt den neugierigen Touristen auf den Balkons und an den Fenstern zu. »Ist schon gut. Alles in Ordnung. Kein Problem!«
Gestützt von Feto und Tomás gehen América und Ester in die entgegengesetzte Richtung fort. Die Touristen starren ihnen noch nach, als sie schon längst hinter dem äußeren Tor verschwunden sind.

América und Ester schlurfen auf dem Pfad hinter dem La Casa des Francés nach Hause. Nilda begleitet sie und streicht mal der einen, mal der anderen über die Schulter. »Beruhigt euch. Wie wollt ihr dem Mädchen helfen, wenn ihr euch nicht beherrschen könnt?« mahnt Nilda. Ihre Stimme zittert vor Freude, typisch für eine Wichtigtuerin, die zufällig mitten ins Geschehen geraten ist.
»Du kannst umkehren, Nilda«, schlägt América zwischen zwei Schluchzern vor. »Wir schaffen es schon allein.«
Aber so leicht läßt Nilda sich nicht abwimmeln. América ist anders als die übrigen Frauen. Sie spricht nicht gern über ihr Leben, jammert nicht mit den anderen, wie schwer sie es hat. Sie geht summend und singend durch die Gegend, als sei sie der glücklichste Mensch der Welt, obwohl jeder es besser weiß. Nein, Nilda wird nicht von ihrer Seite weichen. Sie hat nicht jeden Tag Gelegenheit, hinter die Fassade von América Gonzalez zu blicken.
»Ich bringe euch heim und sehe zu, daß ihr zurechtkommt«, beharrt sie.
América hat nicht die Kraft zu streiten. Es kommt ihr vor, als wäre ihr Kopf mit Watte angefüllt. Sie würde gern wieder klar werden, ihre Gedanken in Ordnung bringen, in aller Ruhe überlegen, was zu tun ist. Doch es ist, als stünde sie vor einer Tür, die sie nicht öffnen mag.

Von der Hinterpforte des La Casa bis zu ihrem Haus sind es zehn Minuten. América legt den Weg fünfmal in der Woche zurück, einmal frühmorgens und dann noch einmal am späten Nachmittag, wenn sie mit der Arbeit fertig ist. Er ist ihr so vertraut, daß sie ihn notfalls auch mit verbundenen Augen entlanggehen könnte, ohne zu stolpern, in den Graben zu fallen oder gegen einen Mangobaum oder Telefonmast zu prallen.

Aber heute ist sie zu einer Tageszeit unterwegs, wo sie eigentlich den Fliesenboden in einem der Hotelzimmer wischen sollte. Es kommt ihr ungehörig vor, daß sie in ihrer Uniform am Vormittag nach Hause geht. Wenn die Sonne so hell scheint, dürfte sie nicht unterwegs sein. Die neugierigen Nachbarn, die auf die Veranda kommen oder beim Blumengießen innehalten und ihr nachblicken, scheinen sie zu verhöhnen. Daß sie sie beobachten, weiß sie auch, ohne hinzuschauen. Denn vor lauter Wichtigkeit wirft sich Nilda, die zwischen ihr und Ester geht, in die Brust, lächelt dem einen oder anderen zu und murmelt leere Floskeln, als würde sie von Worten und nicht von ihren Beinen vorangetragen.

Auf der anderen Seite von Nilda jammert Ester wie ein geprügelter Hund. Vor fünfzehn Jahren war es Ester, die man suchen und der man sagen mußte, daß América mit ihrem Freund durchgebrannt war. Sie haben über diesen Tag nie gesprochen, und América fragt sich, wo Ester war, was sie tat, als man ihr sagte, ihr einziges Kind sei mit einem hübschen jungen Mann fortgelaufen, der vor kurzem in die *barriada* gekommen war, um Rohre für das Abwassersystem zu verlegen.

Beim Gedanken an Correa kriecht América eine Gänsehaut über den Rücken. Was wird er tun, wenn er hört, daß Rosalinda durchgebrannt ist? Sie stellt sich vor, wie sein

hübsches Gesicht vor Zorn rot wird, wie seine grünen Augen unter den buschigen Brauen verschwinden, wie seine Nasenflügel über dem gepflegten Schnauzbart beben. Sie hebt die Arme, als wollte sie einen Schlag abwehren oder auch nur die Augen vor der Sonne schützen, und Nilda streicht ihr über den Rücken und schiebt sie durch die Pforte, die Ester offengelassen hat.
Die zehn Meter bis zu den Stufen sind von einem Rosendickicht überwuchert, und wie immer, wenn sie vorbeikommt, muß América niesen.
»Salúd«, wünscht ihr Nilda. Sie lotst die beiden über den Weg, wobei sie vorwitzige Ranken beiseite hält, damit sich die Dornen nicht in Kleidern und Haar verfangen. Oben auf den Stufen blickt Nilda bedauernd zurück zum Bürgersteig, den sie hinter sich gelassen haben.
»Da wären wir!« verkündet sie fröhlich. Sie stößt die Tür auf und nimmt den Raum in Besitz, als wäre sie hier Dauergast. »Setzt euch! Ich hole euch was zu trinken.« Sie zieht ihnen Stühle heran. Wie benommen lassen sich América und Ester einander gegenüber am Eßtisch auf die Stühle sinken und starren auf den Fliesenboden. In der Küche öffnet Nilda mehr Schränke, als sie müßte, um die Gläser zu finden. »Hier. Damit geht es euch gleich besser.« Sie stellt ein Glas Eiswasser vor die beiden. América trinkt mit langen, gierigen Zügen, Ester beäugt stirnrunzelnd ihr Glas.
Das kalte Wasser weckt in América neue Lebensgeister. Als sie aufsteht, kratzen die Stuhlbeine wütend über die Fliesen, so daß Nilda eine Grimasse zieht und sich die Ohren zuhält. Ester fährt aus ihrem Schweigen auf wie eine Frau, die grob aus einem geruhsamen Schlummer gerissen wurde.
»Manche Leute sollten sich lieber um ihre eigenen Angelegenheiten kümmern«, sagt sie, als sie an Nilda vorbei in die Küche schlurft, wo sie ihr Eiswasser ins Spülbecken gießt.

Nildas unterwürfiges Lächeln verschwindet, und sie preßt vorwurfsvoll die Lippen zusammen. »Was habe ich denn gesagt?« fragt sie. Doch Ester beachtet sie nicht.
América führt Nilda freundlich am Ellenbogen zum Eingang. »Mach dir nichts draus. Du kennst sie ja.« Sie öffnet die Tür und tritt auf die Seite, um Nilda Platz zu machen. »Vielen Dank für deine Hilfe. Aber jetzt gehst du wohl besser ins Hotel zurück. Sonst wirft Don Irving noch uns beide raus.«
»Ja, dann muß ich wohl«, gibt Nilda ihr widerstrebend recht. »Ich komme später noch mal vorbei und sehe nach, ob ihr was braucht.«
América lächelt dünn. »Mach dir keine Sorgen. Wir kommen schon zurecht.« Sie richtet sich auf, steht wie ein Fels an der Schwelle und sieht auf Nilda herab.
»Na gut. Paßt auf euch auf.« Drinnen im Haus schnaubt Ester mißbilligend.
América muß sie fast hinausschieben und schließt die Tür hinter ihr.
Sie lehnt sich mit dem Rücken gegen das Holz und stöhnt erleichtert auf. Rechts von ihr liegt Rosalindas Zimmer, die Wände mit Postern von Rock- und Salsa-Sängern tapeziert. Auf leisen Sohlen, als wollte sie niemanden aufwecken, huscht sie hinein. Rosalinda hat fast alle ihre Kleider mitgenommen und außerdem ihren Ghetto-Blaster mit den CDs, den Goldschmuck, den Correa ihr im Lauf der Jahre geschenkt hat, und den ausgestopften blauen Pelikan, den Taino für sie im letzten Jahr beim Fest des Schutzpatrons gewonnen hat. Kein Brief, in dem sie erklärt, wohin sie gegangen ist, aber es ist klar, daß sie nicht mehr zurückkommen will. Denn sie hat auch den Wandkalender mit den Cindy-Crawford-Fotos mitgenommen, auf dem sie ihren Monatszyklus einträgt.

América setzt sich auf den Rand des Betts ihrer Tochter, das so ordentlich gemacht ist, als habe sie nicht darin geschlafen. Schaum und Gels, Pickelcreme und Haarbürste, Föhn und Parfums sind vom Schminktisch verschwunden. Wie lange hat sie schon gepackt, fragt sich América. Sie ist beeindruckt, wie gut ihre Tochter die Flucht geplant hat, um soviel mitnehmen zu können. Wahrscheinlich hat sie die Sachen schon seit Tagen aus dem Haus getragen, und niemand hat es bemerkt. Ester, deren Zimmer an Rosalindas angrenzt, hat einen festen Schlaf, besonders wenn sie getrunken hat. Und da sie laut und herzhaft schnarcht, konnte Rosalinda mitten in der Nacht entwischen, ohne daß jemand sie hörte.

América steht auf und streicht das Bettzeug glatt, als wolle sie alle Spuren tilgen, daß sie dagewesen ist.

»Ich habe ihr wie immer das Frühstück gemacht«, erklärt Ester, als América in die Küche zurückkommt, »aber als ich sie holen wollte, war sie nicht da.« Rosalindas Reisflocken mit Bananenscheiben hat sie auf den Kompost gekippt.

América trocknet den Teller ab, den Ester gerade abgewaschen hat. »War Taino gestern hier, als ich bei der Arbeit war?«

»Ja, ein paar Stunden lang. Sie haben sich draußen auf die Veranda gesetzt und Hausaufgaben gemacht. Ich habe ihnen Brote gebracht.« Ester nimmt América den Teller aus der Hand, stellt ihn in den Schrank und geht zum Kühlschrank, um sich ein Bier zu holen.

»Dafür ist es noch zu früh, Mami«, mahnt América.

»Sag mir nicht, was ich tun soll«, entgegnet Ester. Sie schnappt sich ein kaltes Budweiser und geht in ihr Zimmer.

América starrt auf die geschlossene Tür mit ihren jahrealten Fettflecken und dem Türknopf, der nutzlos am Schloß baumelt. Als nebenan mit einem Zischen die Bierdose ge-

öffnet wird, hat sie das Gefühl, als würde alle Luft aus ihr entweichen.
Sie wäscht sich am Spülbecken das Gesicht und trocknet es mit ihrer Schürze ab. Sie riecht nach Ammoniak. Dann lehnt sie sich mit dem Ellenbogen auf den Rand des *fregaderos* und massiert sich die Schläfen. Sie ist müde. Eine Müdigkeit, die sie in solchen Augenblicken immer fühlt, wenn es ihr scheint, als sei die Erde unter ihren Füßen zusammengestürzt, als sei sie am Grunde eines Kraters zurückgeblieben, dessen Wände so steil sind, daß sie nicht mehr herausklettern kann. Eine Müdigkeit, wie wenn man unzählige Male versucht hat, rauszuklettern, ohne es zu schaffen, so daß man sich schließlich einfach auf den Boden setzt und wartet, was passiert. Aber sie läßt sich nur so lange gehen, wie ihr die Tränen über die Wangen rollen und in das schmutzige Spülwasser tropfen. Eins, zwei, drei.
Schließlich geht sie durch das Haus zu ihrem eigenen Zimmer und knipst beim Eintreten die Deckenlampe an. Das ordentlich gemachte Bett füllt fast den ganzen Raum aus. Auf dem Nachttisch steht ein Telefon, aber es wurde schon vor langer Zeit abgeschaltet, weil sie die Rechnung nicht zahlen konnte.
Als Correa aus der hinteren Terrasse dieses Zimmer baute, hat er in der Betonmauer den Raum für ein Fenster ausgespart. Aber eingesetzt wurde es nie. Das Viereck, das für das Fenster vorgesehen war, ist jetzt mit Holzbrettern zugenagelt. América hat einen Spiegel davorgestellt, und auf dem unfertigen Fenstersims stehen ihre Kosmetiksachen und die Haarpflegemittel. In der Nacht, wenn sie schläft, läßt sie die Tür offenstehen, und ein Ventilator sorgt für frische Luft. Da Correa auch keinen Schrank eingebaut hat, hängen ihre Kleider an Nägeln in der Betonwand oder liegen zusammen-

gefaltet in den beiden nicht zueinander passenden Kommoden.
América schlüpft aus der Uniform, die sie auf Weisung von Don Irving tragen müssen. Sie ist grün, mit einer kleinen weißen Schürze, gleichfalls aus Nylon (»damit ihr sie leichter waschen könnt«). Im Sommer, wenn es schwül ist, fühlt sie sich darin wie in einer Wurstpelle, eingezwängt und verklebt. América hängt sie an die Wand, an ihren angestammten Platz neben der Tür. An ihren freien Tagen sticht sie ihr beim Rausgehen jedesmal ins Auge.

Sie zieht das geblümte Kleid an, das an der Taille von einem breiten Gürtel zusammengehalten wird. Ester erscheint an ihrer Tür.
»Es muy llamativo«, sagt Ester. »Viel zu fröhlich für den Anlaß.«
»Ist es dir lieber, wenn ich Trauerkleidung trage?« América schlüpft in die Sandalen mit den flachen Absätzen.
»Du könntest wenigstens ein bißchen Anstand zeigen.«
»So wie der Anstand, den sie mir gezeigt hat?«
»Sie ist noch ein Kind. Da kann man nichts anderes erwarten.«
»Seit wann kennst du dich mit Jugendlichen aus?«
Ester schnaubt. Sie kehrt América den Rücken zu und geht durch die Küchentür in den Garten hinter dem Haus.
América ordnet das Oberteil des Kleides. Sie streicht mit den Händen über ihre Brüste bis zur Taille, wo sie den Gürtel ein wenig enger zieht. Sie hat nicht die Absicht, Schwarz zu tragen, damit der ganze *vecindario* weiß, was in ihr vorgeht. Sollen sie doch ihre Zungen wetzen, wenn sie unbedingt über sie reden müssen. Außerdem weiß Ester nur zu gut, was Correa anstellt, wenn sie sich schlampig angezogen auf der Straße zeigt.

Das leise Prasseln von Schweinebohnen, die in eine Blechschüssel fallen, wechselt mit dem Schlurfen von Esters Slippern auf dem Gras.
América pudert sich das Gesicht und schminkt sich rasch mit Rouge und Lippenstift. Nach einem abschließenden Blick in den Spiegel befestigt sie eine Locke, die ihr übers linke Auge gerutscht ist, und durchwühlt die Kommode nach einer Handtasche, die zu ihren Sandalen paßt. Schließlich stopft sie ihre Sachen in die glänzende schwarze, die Correa ihr vor drei Jahren zu Weihnachten geschenkt hat.
»Ich gehe jetzt«, ruft sie Ester zu, die vorsichtig mit den Händen durch die gewundenen Ranken streicht, um die dicksten Schoten zu finden. Ester blickt zum Fenster, schürzt die Lippen und nimmt dann ihre rhythmischen Bewegungen wieder auf, als sei sie bei einem komplizierten Tanz unterbrochen worden.
América duckt sich unter den Rosenranken hindurch, die den Zementweg überspannen, niest, schließt die Gartenpforte hinter sich, streicht sich noch einmal die Haare glatt und geht die Calle Pinos den halben Block hinunter bis zum Spielplatz. Von seinem Platz unter einem Tamarindenbaum blickt ein Hund zu ihr auf. Er gähnt träge, sackt wieder in sich zusammen und legt die Pfote über die Augen. Sie überquert die Straße vor der Kirche der Asamblas de Dios, wo Hochwürden Nuñez, dessen Schlips locker unter dem offenen Kragen seines weißen Hemdes baumelt, einen Hibiskusbusch stutzt, der sich auf dem Parkplatz für den Lieferwagen der Gemeinde breitgemacht hat. Er nickt in ihre Richtung, und sie erwidert sein Nicken, bevor sie hastig nach links in die Calle Lirios biegt. Scheppernd fährt ein verrostetes Auto vorbei. Als der Fahrer sie sieht, steckt er den Kopf aus dem Fenster, um sie anzustarren und ihr mit

angehaltenem Atem zuzuraunen, daß er sie gern vernaschen würde. Sie erwidert, daß er wahrscheinlich an Verdauungsstörungen krepieren würde, so, wie sie sich gerade fühlt, und wendet sich nach links, in die Almendros.

Sie muß Correa aufspüren, bevor er von jemand anderem erfährt, daß Rosalinda mit einem Jungen durchgebrannt ist. Es ist seine Aufgabe, sie zu suchen, sie zurückzubringen, wo immer sie sich versteckt haben. Doch was danach geschieht, kann sie sich nicht vorstellen. Taino hat Rosalinda wahrscheinlich versprochen, daß er sie heiraten wird. Aber mit vierzehn ist sie noch zu jung zum Heiraten. Wahrscheinlich ist es noch nicht einmal erlaubt, daß sie Sex hat. Bei der Vorstellung, wie Rosalinda eng umschlungen mit Taino daliegt, wird sie wütend. Wie kann er sie nur so ausnutzen! América hat ihm vertraut, hat geglaubt, dieser ernsthafte, fleißige Junge würde einen guten Einfluß auf ihre leichtlebige Tochter haben. Dabei hatte sie ganz vergessen, daß Taino wie andere Jungen doch nur hinter dem her ist, was alle Männer im Sinn haben.

Mit jedem Schritt wächst ihre Wut, und als sie schließlich die Allee, die zur Hauptstraße führt, hinter sich läßt, kocht sie vor Zorn. Wenn sie Rosalinda in diesem Augenblick vor sich hätte, würde es ihrer Tochter leid tun, Taino jemals eines Blickes gewürdigt zu haben. Die beiden haben sie für eine *pendeja* gehalten und hinter ihrem Rücken Heimlichkeiten ausgeheckt, während sie wie ein Sklave geschuftet, Fußböden und Toiletten geschrubbt hat. Sie hatte geglaubt, Rosalinda wäre so klug, ihren Fehler nicht zu wiederholen. Sieht sie denn nicht, was aus meinem Leben geworden ist, fragt sich América. Sie kämpft gegen die Tränen an, die drohen, das bißchen Fassung wegzuspülen, das sie aufbringen kann.

Weiter unten auf der Straße fährt ein Mädchen ein Baby

spazieren. Von hinten ähnelt sie Rosalinda. Das gleiche schulterlange Haar, das mit Gel zu einer Löwenmähne geformt wurde. Die gleichen engen Shorts über den Cowboy-Stiefeln. Sie trägt eine Jeansjacke wie die, die Correa Rosalinda zum Geburtstag geschenkt hat, mit Goldbesatz an der Ärmelnaht und rosa Spitzeneinsatz im Rücken. Das Mädchen biegt in die Allee, die zur Calle Lirios führt. América folgt ihr, aber als das Mädchen jemanden hinter sich spürt, geht sie schneller. Ängstlich blickt sie über die Achsel. Sie ist eine von Rosalindas Schulfreundinnen. Als sie América sieht, lächelt sie vorsichtig, zieht die Jacke enger um ihre knochigen Schultern, nimmt den kleinen Jungen auf den Arm und geht in ihren Vorgarten. América folgt ihr bis zur Pforte.

»Carmencita!« ruft sie, als das Mädchen beim Haus angelangt ist.

Carmencita stellt ihren Bruder auf die Veranda, zieht die Jacke aus und wirft sie ins Haus. Dann geht sie schüchtern auf América zu.

»Mande.«

»Hast du Rosalinda heute morgen gesehen?«

»Nein.«

»Und gestern abend? Hast du sie gestern abend gesehen?«

»Nein, nicht mehr seit vorgestern, als ...« Carmencita blickt zur Seite. »Wenn Sie die Jacke wiederhaben wollen, müssen Sie mir das Geld zurückgeben, sagt meine Mutter.«

»Welches Geld?«

»Rosalinda hat sie mir verkauft. Ich habe darauf gespart. Ich weiß, sie ist mehr wert als zehn Dollar, aber mehr hat sie nicht verlangt.« Carmencitas Augen füllen sich mit Tränen. Drinnen kreischt das Baby, und Carmencita läuft nachsehen.

América wartet ein paar Minuten, aber das Mädchen kommt

nicht zurück. Nebenan tritt eine Nachbarin vors Haus, um ihre Blumen zu gießen. *»Buenos dias!«* ruft sie. América erwidert den Gruß, bleibt aber nicht auf ein Schwätzchen stehen. In den nächsten Wochen werden ihr immer wieder Frauen und Mädchen aus der *barriada* begegnen, die die Kleider ihrer Tochter tragen.

Sie schlägt wieder die Richtung zum Wächterhaus an der Sun Bay ein, in dem Correa in seiner gebügelten Uniform sitzt und Pässe überprüft. Sie marschiert zügig die Asphaltstraße entlang. Wenn ein Auto kommt, muß sie in das struppige Gras ausweichen. Mehrmals erbieten sich Nachbarn, die sie neugierig ansehen und sich zweifellos fragen, warum sie nicht bei der Arbeit ist, sie mitzunehmen. Aber sie lehnt ab. Sie will mit niemandem darüber sprechen, wo ihre Tochter geblieben ist.

Ihr Mund ist trocken. Sie macht an der La Tiendra Verde halt und holt sich eine Cola aus dem Kühlschrank. Pepita staubt gerade die Thunfischdosen und die ungezuckerten Getreideflocken ab, welche nur von *yanquis* gekauft werden, die im Dorf ein Haus gemietet haben.

»Como van las cosas?« fragt Pepita fröhlich, als sie hinter den Tresen geht, um Américas Geld in die Kasse zu legen. Pepita hat immer gute Laune. América erklärt es sich damit, daß sie nie geheiratet und Kinder gekriegt hat.

»Okéi«, antwortet América, während sie sich an der Lasche zu schaffen macht und Pepitas Blick ausweicht. Sie trinkt einen großen Zug von der Limonade und bekommt prompt einen Schluckauf.

»Nicht bei der Arbeit heute?« fragt Pepita, während sie Américas Dollar wechselt.

»Nein, hicks, ich, hicks ...« Sie hält inne, legt die Hand auf den Mund, holt tief Luft und zählt bis zehn. Als sie ausatmet,

löst sich der Schluckauf mit einem rasselnden Rülpser. »*Ay, perdón!* Das passiert mir bei Limonade immer.«
Pepita lacht. »Deshalb rühre ich das Zeug auch nicht an. Ich trinke lieber Wasser.«
»*Bueno, gracias.*« América tritt aus dem kühlen Schatten des Ladens und blickt die Straße hinunter, über der sich bereits die Hitzewellen kräuseln. Sie trinkt soviel von der Limonade, wie sie kann. Den Rest kippt sie an einen Baum, und die Dose wirft sie ins Gestrüpp. Dann geht sie, vorbei an den Ruinen des Central, über die Straße zur schattigen Seite. Das Gelände mit der Fabrik, in der früher das Zuckerrohr verarbeitet wurde, ist jetzt von einem Sturmzaun eingefaßt. Auf der anderen Seite führt die Straße in Kurven zum Meer. Hin und wieder spenden mächtige Flamboyants und Mandelbäume Schatten, kühlen die Luft, wo Schmetterlinge um wildwachsende Blumen flattern.
Am Eingang zur Sun Bay sitzt Correa in seinem Wächterhaus. Das Radio neben ihm ist auf einen Salsa-Sender eingestellt, er summt ein Lied von Willie Colón mit und schlägt den Takt dazu, während er auf Arbeit wartet. Es ist seine Aufgabe, jeden, der den öffentlichen Strand und Parkplatz betritt oder verläßt, aufzuschreiben. Zu dieser Jahreszeit sieht man hier fast nur von *yanquis* gemietete Jeeps. Eigentlich wollen sie damit zum Marinestützpunkt fahren, der sich am Ende einer zerfurchten Straße im Dschungel verbirgt und nur mit Geländewagen oder hoch zu Roß zu erreichen ist. Aber immer kommen sie zuerst zu diesem Strand, weil die weich geschwungene Bucht mit den vereinzelten Palmen sie an die Werbeprospekte erinnert, die den Ausschlag für die Reise in die Karibik gaben.
Ein orangefarbener Isuzu fährt an ihr vorbei, und der *americano,* der ihn lenkt, ist so blaß wie Talg. Neben ihm sitzt eine junge Frau in Bikini-Oberteil und Shorts. Auf dem

Rücksitz streiten sich drei Kinder, wer das Meer als erster gesehen hat. Als sie vorbeigefahren sind, riecht América ihre ölige Sonnencreme. Der Wagen bleibt vor dem Wächterhaus stehen, während América sich nähert.
Correa hat América gesehen, aber er läßt es sich nicht anmerken. Er dreht das Radio leiser und geht mit seinem Schreibbrett zum Fahrer. Die Touristen wundern sich gewöhnlich, daß der Wächter ihren Ausweis sehen und ihren Namen, ihre Anschrift und die Zulassungsnummer des Wagens aufschreiben muß, obwohl sie nur an einen öffentlichen Strand fahren. Einmal hat América Correa gefragt, warum er soviel auf das Blatt auf dem Schreibbrett schreibt.
»Wenn etwas am Strand passiert, wissen wir, wer da war.«
Das erscheint América unsinnig. Die Straße und der Parkplatz sind nicht der einzige Zugang zum Strand. Man kann von anderen Stränden oder von der Stadt zu Fuß gehen oder durch das üppige Grünland, das ihn begrenzt, hinreiten. Sie vermutet, daß sich das Fremdenverkehrsamt die Mühe macht, die Namen der Leute aufzuschreiben, damit sich die Touristen sicher fühlen.
Sie bleibt im Schatten des Wächterhauses stehen, dreht sich zur Seite und sieht hinaus aufs Meer. Correa wirft ihr aus den Augenwinkeln einen Blick zu, der an der Rundung ihrer Hüften hängenbleibt. Dann wendet er sich auf englisch an die Leute im Isuzu. »Ihrrren Führrerschein bitte!«
Der Mann gibt ihm den Führerschein, und Correa schreibt die Daten auf. Dann zeigt er mit dem Schreibbrett auf die Frau und die Kinder. »Ihrrre Namen auch, bitte.«
Der Mann sieht ihn merkwürdig an, aber die Frau hat ein bißchen Spanisch gelernt und ist nun entschlossen, es anzuwenden. *»Yo soy Ginnie«*, antwortet sie, wobei sie jede Silbe so deutlich ausspricht, als sei sie im Unterricht, *»y estos son*

nuetros niños, Peter, Suzy y Lily.« Correa lächelt ihr anerkennend zu, wie ein Lehrer seinem Klassenprimus.
»*Muchas gracias.*« Er schreibt alles auf.
»Wird für das Parken eine Gebühr verlangt«, will der Mann wissen.
»Wenn Sie etwas geben möchten ...« Correa grinst. Die Frau zieht zwei zusammengefaltete Dollarscheine aus der Tasche und reicht sie ihm. Die Touristen glauben, wenn sie dem Wächter ein Trinkgeld geben, hat er ein Auge auf ihr Auto.
»*Gracias, señora*«, sagt Correa. Als er sie zum Parkplatz durchwinkt, sieht er die Frau an, als wäre sie genau sein Typ. Aber das ist sie nicht.
Anstelle der Frau im Auto wird América rot. Bestimmt hat er einen Blick auf ihre *tetas* erhascht, die vom Bikinioberteil kaum bedeckt werden. Obwohl man den Wächtern beigebracht hat, die *americanas* nicht auf die gleiche Weise anzustarren wie die einheimischen Frauen (»Seht ihnen in die Augen und sonst nirgendwohin«, hat der Ausbilder gesagt), kommen einige damit durch. Zumal es *turistas* gibt, die sie ermutigen.
Als Correa die Familie durchwinkt, tippt er vor der Frau an seinen Mützenrand. »Viel Spaß!« ruft er ihnen zu. Die Kinder winken. Correa ist beliebt. Er sieht gut aus, sein Lächeln läßt Frauen dahinschmelzen und weckt in Kindern Vertrauen. Er achtet auf sich, das zeigen seine Bodybuilderfigur, sein adrettes kurzgeschnittenes Haar und die sauberen, gepflegten Fingernägel. Er ist die Sorte Mann, den die Frauen gern zum Schwitzen bringen. Der feuchte Film auf seiner Haut hebt die festen Armmuskeln, die kräftigen Beine und die hübsche Mulde zwischen seinem Hintern und seinem Rücken hervor.
Er geht ins Haus, legt das Schreibbrett aufs Regal, schiebt

die zwei Dollar in seine Jacke und gesellt sich zu América in den Schatten.

»*Que hubo?*« fragt er, ohne darauf einzugehen, daß sie ihn noch nie aufgesucht hat, wenn sie beide eigentlich bei der Arbeit sind.

»Deine Tochter ist mit dem *mocoso* weggelaufen, der im Supermarkt arbeitet.« América redet nicht um den heißen Brei herum. Wie ihre Mutter hat sie die Kunst der Verstellung nie gelernt.

Sie spürt seine Wut, noch ehe er den Mund aufmacht. Zwar weicht sie ein paar Schritte zurück, aber die Drohung bleibt an ihr haften.

»Wie, zum Teufel, konntest du das zulassen?« Mit geballten Fäusten kommt er auf sie zu.

Sie bleibt hoch aufgerichtet stehen, aber seine Worte nehmen ihr den Mut. Verzweifelt schluckt sie die Tränen herunter, die in ihr aufsteigen. Er regt sich auf, wenn sie weint, gerät entweder in Wut oder wird so zärtlich, daß sie ihm glaubt, wenn er sagt, daß er sie liebt und für sie sorgen wird.

»Ich habe es nicht zugelassen. Es ist einfach passiert. Als Mami heute morgen in ihr Zimmer gegangen ist, war Rosalinda schon fort.« Ihre Stimme klingt angespannt, als ob das Schluchzen sie von innen würgen würde. Sie zieht ein Taschentuch aus der Handtasche und putzt sich die Nase. »Ich habe vor der Arbeit nicht nach ihr gesehen, weil sie so spät ins Bett gegangen ist. Es muß Mitternacht gewesen sein ...«

Sie merkt, daß er abgelenkt ist, daß die Spannung, die ihn umgibt, sie aus ihrem Griff entläßt.

»Ich werde diesen *hijo de lan gran puta* umbringen!« Ganz unerschütterlicher Macho, stapft Correa zu seinem Dienstwagen, dem Jeep vom Zoll.

»Warte, Correa! Was hast du vor? Wir wissen doch noch nicht einmal, wo sie hingegangen sind!« América, die ihm nachgelaufen ist, erwischt ihn gerade noch, bevor er in den Wagen springt und die Schlüssel ins Schloß schiebt. Sie zerrt an seinem Ärmel wie ein Kind, das die Aufmerksamkeit eines Erwachsenen erwecken will. Mit einem Schlag schleudert er sie zu Boden, auf den mit Kies bestreuten Weg.

»Und wenn sie am Tor der Hölle stehen, ich werde ihn finden. Dieser Hurensohn! Wie kann dieser Schweinehund es wagen, sich an meine Tochter heranzumachen?« Mit kreischendem Getriebe springt das Auto an. Correa lehnt sich aus dem Fenster und hebt drohend den Finger. »Und du gehst nach Hause und wartest auf mich!« In seinem Ton und seinen Augen drückt sich eine Warnung aus, die sie frösteln macht. Sie senkt den Blick. Er fährt los, wirbelt in einem breiten Bogen Kies und Staub auf. Als sie sicher ist, daß er nicht mehr zurückkehrt, richtet sie sich auf, klopft Staub und Gras vom Kleid und pflückt sich die harten kleinen Kieseln von der brennenden Handfläche. Ein Wagen fährt am Wächterhaus vor. Der Fahrer lehnt sich aus dem Fenster und blickt erst auf das davonbrausende Auto mit dem Wächter in Uniform am Lenkrad und dann auf América, die tränenverschmiert und mit zerknittertem Kleid gegenüber vom leeren Wächterhaus steht.

»Ist alles in Ordnung?« fragt er. América putzt sich mit dem Handrücken die Nase und winkt ihn durch zum Parkplatz. Dann hebt sie ihre Handtasche auf, die bei ihrem Sturz in die Nähe des Hauses geschleudert wurde, klopft den Sand ab und geht zur Straße.

»Idiota!« schluchzt sie atemlos, ohne zu wissen, ob sie nun den Touristen, sich selbst oder Correa meint. Links von ihr führt die Straße in einem Bogen zur Villa Esperanza. Gegenüber von ihr kaut eine Kuh auf einer eingezäunten Weide geräuschvoll Gras. Solange sie denken kann, hat es hier eine Kuh gegeben, obwohl es heute unmöglich die gleiche sein

kann wie damals, als sie nicht mal fünfzehnhundert Meter entfernt von hier aufwuchs. Aber das Weiß mit den schwarzen Flecken auf dem Leib ist das gleiche wie damals. Gedankenverloren mahlt das Tier mit den Zähnen, die feuchten Augen auf América gerichtet. Ein Speichelfaden hängt von den ledrigen Lippen. Der Euter mit den grauen Spitzen ist lang und schlaff. Eine dicke schwarze Fliege setzt sich auf ihre linke Flanke, und ohne sich im Kauen stören zu lassen, schlägt die Kuh mit dem Schwanz nach ihr.
América zieht sich das Kleid über den Hüften glatt, streicht sich mit den Fingern durchs Haar und wendet sich nicht nach Esperanza, sondern in die entgegengesetzte Richtung, nach Destino.

Der Mann, den sie hätte haben können

Von Esperanza nach Destino geht es nur bergauf. Die Ebene an der Südküste der Insel steigt freundlich, aber stetig zu den niedrigen Bergen an, die mit all den Bungalows so aussehen, als wären sie getupft. Früher war die Ebene ein einziges Meer von Zuckerrohr, beaufsichtigt von eleganten *señores* auf munteren Paso-Fino-Pferden. Doch als die US-Marine zwei Drittel der Insel für ihre Manöver beanspruchte, war das Ende der großen Zuckerrohr-Haciendas gekommen, und die mächtigen Scheunen, mit denen die Insel übersät war, wurden mit Planierraupen plattgewalzt. Aber das ist Vergangenheit, und América denkt nicht weiter darüber nach, als sie auf der schmalen Straße die Anhöhe hinaufgeht. Sobald sie in sonnige Abschnitte kommt, bricht ihr der Schweiß aus. Mehrmals bleibt sie stehen und betrachtet die Straße vor ihr, um abzuschätzen, wie weit sie noch zu gehen hat. Aber viel sieht sie nicht, denn ständig macht die Straße einen scharfen Knick nach links oder rechts. Und auf den wenigen geraden Strecken gibt es keinen Schatten. Sichtbar wird die Hitze vom schwarzen Straßenbelag zurückgeworfen, und schließlich hat América das Gefühl, als würde sie langsam gebraten. Ihre Kleider dienen lediglich als Pelle, damit das Fleisch nicht zu trocken wird.

Ein *público* kommt ihr entgegen, und der Fahrer winkt ihr zu. Es ist ein zwölfsitziger klimatisierter Transporter voller Touristen, die die üppige Vegetation und zweifellos auch die buntgekleidete Frau begaffen, die am Straßenrand entlangwandert. América versucht, ihre unverschämten Blicke zu ignorieren. Sie will nicht daran denken, daß sie für die

Fremden den Zauber der Tropen verkörpert: eine farbenprächtig gekleidete Frau auf einer sonnenüberfluteten Straße, der Schatten so lang, als würde sie ihre gesamte Vergangenheit hinter sich herschleifen.
Nach der letzten der vielen Kurven gelangt sie auf die offene Straße, die hinter den Toren von Camp Garcia, dem Marinestützpunkt, steil den Berg hinaufführt. Vor dem Tor parken in wilder Unordnung Autos und Lastwagen. Eine Schlange zerbeulter Isuzus und Mitsubishis mit Vierradantrieb wartet auf den Zugang zu den versteckten Stränden, die sich im Besitz der US-Marine befinden.
América atmet schwer. Obwohl sie bei der Arbeit den ganzen Tag auf den Beinen ist, treppauf und treppab, über den großen Innenhof und die vielen Veranden des La Casa des Francés läuft, ist sie soviel körperliche Bewegung in der heißen Sonne nicht gewohnt. Ihre Füße, eingezwängt in hübsche, aber unbequeme Sandalen, sind dick und bleiern. Ihr schulterlanges Haar, das sie tagsüber aufgesteckt trägt, hat sich aus den Klammern gelöst, und die normalerweise nett frisierten Locken kleben ihr am feuchten Nacken, so daß sie sie beim Gehen immer wieder aufnimmt und feststeckt.
Ich hätte besser Turnschuhe und Shorts angezogen, denkt América. Aber ich habe nicht nachgedacht. Was will ich hier überhaupt? Correa hat mir befohlen, auf ihn zu warten. Aber ich kann nicht einfach stillsitzen und alles ihm überlassen. Rosalinda ist schließlich auch meine Tochter. Das hätte ich bedenken sollen, bevor ich zu ihm gegangen bin. Zu was ist er überhaupt nütze? Ein Hitzkopf ist er, sonst nichts. Wo er geht und steht, macht er eine Szene, aber damit hat sich's dann auch. Rosalinda ist nicht dumm. Unter Garantie ist sie nicht auf der Insel geblieben. Jeder hier kennt sie und Taino. Bestimmt wäre seine Mutter unterwegs

und würde nach ihnen suchen, wenn sie wüßte, daß ihr Sohn mit Rosalinda durchgebrannt ist. Sie, die sich immer als eine *gran señora* aufspielt.
Bei der Vorstellung, wie Yamila Valentín Saavedra in ihrem Haus auf dem Berg sitzt, gerät América noch mehr ins Schwitzen. Nicht, daß sie Yamila etwas Böses wünscht. Es ärgert sie nur, daß Yamila, die es zu etwas gebracht hat im Leben, so tut, als habe sie schon immer in den Bergen gewohnt, wo die *yanquis* ihre Ferienhäuser bauen. Wenn ich das Glück gehabt hätte, einen reichen Mann zu heiraten, versichert sich América, würde ich die Nase nicht so hoch tragen wie sie. Das liegt nicht in meiner Natur. Aber Yamila war schon immer so. Fühlt sich als was Besseres. Nun, wo sie bei den *yanquis* in den Bergen wohnt, würdigt sie uns keines Blickes mehr.
América steigt den steilen Weg hinauf, neben dem sich auf beiden Seiten die umzäunten Grundstücke des El Destino erstrecken. Die Häuser liegen auf einem *monte* mit Blick auf die schimmernde Bucht und das türkisgrüne karibische Meer. Auf jedem dieser Grundstücke steht ein Geländewagen in der *marquesina*, der Rasen ist sauber gemäht, und auf den schattigen Terrassen schaukeln in der leichten Brise Pflanzen, die in Tontöpfen an einem Haken hängen. Dies ist das Viertel, das vom Hurrikan Hugo verwüstet wurde. Nach dem Hurrikan war kaum ein Jahr vergangen, da befanden sich die Grundstücke im Besitz von *yanquis*, die ihre Häuser aus Zement und Glas dicht an die gefährlichen Abhänge klebten. Es sind große Häuser mit kunstvoll verschnörkelten schmiedeeisernen *rejas* vor Fenstern und Türen und einem Extrator vor der *marquesina*. *Rejas*, die wie Schmuck aussehen, aber dazu dienen, die nur zeitweise anwesenden Bewohner vor Vandalismus und Diebstahl zu schützen – wozu es, wie sie befürchten, kommen würde,

kaum daß sie mit dem Auto ihrem Grundstück den Rücken gekehrt haben.

América bleibt kurz stehen, um zu verschnaufen, bevor sie vor Yamila Valentíns Haus tritt. Ein Schoßhund kommt aus der Hintertür zur Pforte gelaufen und knurrt América von innen an, als sie am Tor klopft.

»Yamila Valentín Saavedra, komm raus! Ich will mit dir reden!« América spürt die neugierigen Blicke von Yamilas Nachbarn. In dieser Straße wohnen ein Arzt und der amerikanische Steuerberater, der sich um Don Irvings Finanzen kümmert. Sie war schon oft in dieser Gegend. Hat beim Arzt und beim Steuerberater, beim pensionierten Oberst von der Navy, beim Bauunternehmer, der seit dem Hurrikan fast jedes neue Haus auf der Insel gebaut hat, und beim italienischen Grafen, der jeden Winter für drei Monate kommt, saubergemacht.

»Yamila Valentín Saavedra!« ruft sie wieder. Diesmal kratzt eine Pforte schrill über Zement, und der Hund, der aussieht wie eine Ratte, läuft zur Tür am anderen Ende der *marquesina.* Dort erscheint Yamila Valentín Saavedra. Sie hat sich in einen weißen Bademantel gehüllt, und das nasse Haar klebt ihr glatt an Kopf und Nacken.

»Wer hat nach mir gerufen?«

»América Gonzalez.«

Ein Ausdruck von Abscheu zieht über Yamilas Gesicht, und ihre hübschen Züge verhärten sich zu einer starren Maske undurchdringlicher Würde. »Ich war unter der Dusche«, sagt sie eisig und zieht den Bademantel fester um den Körper. Sie kommt näher an die Pforte, macht aber keine Anstalten, sie zu öffnen. Der Hund hat währenddessen sein schrilles Gekläff wiederaufgenommen. Yamila hebt ihn hoch und drückt ihn an ihre Brust, wo er knurrt und América seine winzigen Zähne zeigt.

»Hast du meine Tochter gesehen?«
»Wie soll ich wissen, wo sich deine Tochter rumtreibt?« Yamila zieht ihre schmalen Augenbrauen hoch und küßt den Hund auf den Kopf.
»Porque tu hijo me la conquistó, y se la llevó.«
Yamila bleibt der Mund offenstehen. Ihre Augen füllen sich mit Tränen, und die Maske der Ungerührtheit weicht Entsetzen, Unglauben und schließlich Wut. »Mein Sohn! Mit deiner Tochter!« Sie läßt den Hund fallen und läuft durch die gleiche Tür, durch die sie gekommen ist, ins Haus zurück. América hört, wie sie drinnen jemanden anschreit. Nach viel Geraschel, Türöffnen und Türenknallen kommt Yamila wieder vor die Tür, das Gesicht zu einer Grimasse verzerrt, deren Ausdruck América nicht deuten kann.
»Diese kleine Schlampe! Was habt ihr mit meinem Sohn gemacht?« Yamila wirft sich gegen die Pforte und versucht, durch die Eisenstäbe nach América zu greifen. Doch América springt zurück. Dabei läßt sie die Handtasche fallen, so daß deren Inhalt in alle Richtungen purzelt und rollt.
»Dein Sohn hat meine Tochter verführt! Sie ist noch ein Kind, gerade erst vierzehn. Wie kannst du sie Schlampe nennen!« América streckt den Arm durchs Gitter und packt Yamilas nasses Haar. Doch Yamila mit ihren langen, manikürten Fingernägeln kratzt sie mit der Wildheit einer Tigerin.
»Sie ist eine Schlampe, so wie du und deine Mutter, du Hexe!«
Eine Greisin kommt aus dem Haus und versucht, Yamila von América fortzuziehen. Aber sie ist zu alt und schwach. Schimpfend und kreischend, kratzend und schlagend fallen Yamila und América trotz der geschlossenen Pforte übereinander her. Doch viel häufiger als gegen die andere prallen

ihre Fäuste gegen das gedrechselte Eisengitter. Nachbarn kommen aus ihren hübschen Häusern gelaufen und stellen sich auf die Veranda oder lehnen sich aus dem Fenster. Aber keiner kommt herbei, um sie voneinander zu trennen. Eine Frau hält den Telefonhörer vors Gesicht und berichtet der Person am anderen Ende, was passiert.

Da schlingen sich kräftige Arme um Américas Taille und ziehen sie aus der Reichweite von Yamilas Klauen. Als sie nach dem Mann tritt, verliert sie einen Schuh. Er umklammert mit dem linken Unterarm ihren Hals, und mit seiner Rechten schiebt er sie vor sich her zu einem Auto, das auf der anderen Straßenseite geparkt ist. Er hat den Arm so fest um ihren Hals geschlungen, daß sie kaum noch Luft bekommt, und lehnt sich mit seinem ganzen Gewicht gegen sie. Der Kampf hat ihn erregt, und América spürt an ihrem Hintern seine Erektion.

»Wußte ich's doch, daß du hierherkommst, du dumme Gans. Beruhige dich! Du machst dich zum Narren!« schnauzt Correa ihr ins Ohr.

»Laß mich los! Du kriechst diesen reichen *hijos de la gran puta* ja nur in den Arsch, *lambeojo!*«

»Komm zu dir und halte dein dreckiges Maul. Oder ich sorge dafür, daß du still bist!« Er dreht sie zu sich um und schlägt ihr hart erst auf die rechte, dann auf die linke Wange, so daß ihre Unterlippe blutet, wo die Zähne getroffen wurden. Sie versucht, ihm zwischen die Beine zu treten, verfehlt jedoch ihr Ziel. Von der anderen Straßenseite beschimpft Yamila sie beide in kreischendem Ton, während die alte Dame neben ihr unhörbare Worte in sich hineinbrummelt.

Correa hebt die strampelnde América in den Jeep, drückt sie in den Beifahrersitz und schnallt sie mit dem Sicherheitsgurt an, als könne er sie dadurch fesseln. »Du bleibst hier!«

warnt er sie, bevor er sie allein läßt. Er sammelt Lippenstift, Geldbörse, Haarbürste und Puder von der Steigung vor Yamilas *marquesina,* ohne América aus seinen Augen zu lassen.
Sie sitzt im Auto und beobachtet ihn feindselig. Aber dann durchwühlt sie das Handschuhfach, fördert ein zerknülltes Papiertaschentuch zutage und wischt sich das Blut von der Lippe.
»Was bist du doch für ein *gran hombre,* wenn du dich daran aufgeilst, eine Frau zu schlagen«, sagt sie so laut, daß sie es hören kann, nicht aber er. Der Kragen ihres Kleides ist zerrissen, und auf der einzigen weißen Stelle im Blumenmuster auf ihrem Oberteil prangt ein Blutfleck. Nervös zupft sie an ihrem Kleid, streicht den Rock glatt, löst die Haarnadeln, fährt sich mit den Fingern durch die Mähne und steckt sie wieder auf. Im Kampf mit Yamila sind noch ein paar Fingernägel abgebrochen. Ihre Arme sind zerkratzt, und ihre Lippe tut weh. Mit der Zunge kann sie spüren, wie sie anschwillt.
Correa klettert in den Wagen. Er hat ihren Schuh und ihre Handtasche unterm Arm und wirft sie vor ihr auf den Boden, bevor er mit aufheulendem Motor losbraust. Hinter ihnen kreischt Yamila weiter und beweist jedem, der es bis jetzt noch nicht wußte, daß ihre Kinderstube doch nicht so gut und vornehm war, wie sie ihnen gern vorgaukeln würde.

»Sie sind mit der ersten Fähre gefahren«, sagt Correa, als würde er ein unterbrochenes Gespräch fortsetzen. »Hab ich mir gleich gedacht.«
América gibt sich alle Mühe, ihn nicht zu beachten. Sie hockt außen auf ihrem Sitz, die Hände über der Tasche gekreuzt, den Blick auf die vertraute Landschaft gerichtet,

die vorbeifliegt. Vor fünfzehn Jahren waren es Correa und sie, die mit der Sieben-Uhr-Fähre nach Fajardo durchbrannten. Sie war noch Jungfrau, als sie Correa folgte, aber ob das bei ihrer Tochter auch so ist, möchte sie nicht beschwören.

»Ich nehme die Fähre am Nachmittag«, fährt Correa fort. »Sie sind noch Kinder. Allzu weit können sie nicht gekommen sein.«

Correa und sie hatten sich im Haus seiner Tante versteckt. Nach einem Monat kehrten sie nach Vieques zurück und zogen in eine Hütte, die er von einer anderen Tante geerbt hatte. Am Tag ihrer Ankunft bekamen sie Besuch von Ester, die Américas gesamte Habe in Kopfkissenbezügen bei sich trug. Mitten im Raum ließ sie sie fallen. »Wie man sich bettet, so liegt man.« Dann ging sie. Acht Monate später, als América schwanger war und Correa ein Verhältnis mit einer anderen Frau hatte, packte América ihre Sachen in eben diese Kopfkissenbezüge und zog wieder zu ihrer Mutter in das Haus, wo sie aufgewachsen war. Acht Wochen später wurde dann dort Rosalinda geboren.

»Was machen wir, wenn sie schwanger ist?« fragt América. Ihre Stimme klingt selbst in ihren Ohren erstaunlich ruhig.

Correa schlägt aufs Lenkrad. »Dann sorge ich dafür, daß er sie heiratet.«

»Sie ist vierzehn, Correa. Mit vierzehn heiratet man nicht.«

»Was schlägst du dann vor?« Er blickt sie neugierig an, als habe er keine Ahnung, was sie sagen will.

»Gar nichts. Ich sage nur, sie ist erst vierzehn und damit zu jung zum Heiraten.«

»Dieser Hurensohn! Es ist verboten, wenn das Mädchen noch so jung ist. Ich bringe ihn um, diesen Hurensohn.«

América seufzt. Männer sind so dumm! Hat er vergessen,

daß sie genauso jung war, als er sie aufs Festland brachte? Und von Heirat war nie die Rede, weder vor noch nach Rosalindas Geburt.
»Du bist meine Frau«, hat er damals gesagt. »Wir brauchen kein Papier, um das zu beweisen.« Auch danach hat er es der gesamten Insel bewiesen, allerdings auf seine Weise. Sie betrachtet ihr Gesicht im Außenspiegel. Ihre Wangen sind dick, die Unterlippe ist geschwollen. Correas Frau, ohne Zweifel.
Sie sind vor Américas Haus angelangt. Correa wartet, bis sie vom Beifahrersitz geklettert ist. »Bleib zu Hause und mach keinen Ärger«, warnt er sie. »Ich kümmere mich um die Sache.«
Er bleibt stehen, bis sie hineingegangen ist. Dann fährt er mit aufheulendem Motor davon, als könnte er nicht schnell genug fortkommen.

Ester hat einen dicken *asopao* gekocht, aber América ist nicht hungrig. Sie zieht ihre zerrissenen Kleider aus und geht unter die Dusche. Hals, Arme und Schultern sind voller tiefer roter Kratzer, die brennen, als sie sich einseift. Die ersten Tränen kommen vom Schmerz. Aber die nächsten stammen aus einer Schicht, die tiefer liegt als die Schrammen auf ihrer Haut. Sie schlägt mit den Fäusten gegen die Kacheln und schluchzt, bis sie das Gefühl hat, als würde sie von innen her auseinandergerissen.
Sie kann den Ausdruck von Verachtung in Yamilas Gesicht nur schwer vergessen. Yamila, die schon als Mädchen die Nase so hoch trug, als sei sie was Besseres als die anderen in der *barriada*. Yamila, die dann einen *nuyorrican* heiratete, der nicht einmal Spanisch spricht, einen zivilen Berater bei der Navy, der ihr ein Haus am Berg baute, so daß sie auf

alle anderen herabblicken kann. América hat früher auch bei ihr saubergemacht und ihr die Wäsche gewaschen. Einmal kam sie zufällig ins Zimmer, als sich Yamila einen Pornofilm ansah. Eine Woche später hat Yamila ihr gekündigt und seitdem nie wieder ein Wort mit América gesprochen.

Sie hält ihr Gesicht in den Strahl. Die Wassertropfen vermischen sich mit ihren Tränen, sammeln sich in ihrem Mund, laufen ihr in die Ohren, den Hals hinunter, zwischen ihre Brüste und über ihren Bauch.

»Was machst du da drinnen?« Ester hämmert gegen die Tür. Ihre Zunge ist schwer.

»Laß mich! Ich dusche!«

»Ich muß pinkeln!«

América stolpert aus der Dusche, schnappt sich ein Handtuch, schlingt es um ihren Körper und geht aus dem Badezimmer. Ester starrt ihr nach, als sie vorbeikommt. América kann kaum noch erkennen, wohin sie geht. Ihre Augen sind so geschwollen, daß sie keine Tränen mehr halten können.

»Ich habe den Eltern des Jungen erklärt, daß wir nichts unternehmen können, wenn er fortgelaufen ist. Das ist eine Familienangelegenheit, *entiendes?«*

Polizeibeamter Odilio Pagán sitzt am Küchentisch und starrt auf Esters kaltes Bier. América stellt ein großes Glas Limonade vor ihn hin. »Aber sie ist noch nicht volljährig. Es muß doch ein Gesetz geben …«

»Natürlich gibt es Gesetze. Aber so was regelt man besser in der Familie.« Er trinkt das Glas mit großen Schlucken leer, weicht ihrem Blick aus. »Es war keine Gewalt im Spiel. Sie sind orientierungslos, halten sich aber für erwachsen.« Er stellt das Glas so vorsichtig auf den Tisch, als fürchte er, es

zu zerbrechen. »Natürlich sieht die Sache anders aus, wenn Correa und du Schwierigkeiten machen.« Er blickt auf die Kratzer an ihrem Arm, ihre geschwollenen Wangen.
»Die Frau hat Rosalinda beschimpft«, sagt América zur Seite gewandt.
»Aber du konntest sicher mithalten.«
»Ich lasse mich nicht beleidigen, wenn du das meinst«, erwidert sie hochmütig.
»Man kann dich einsperren, wenn du jemanden beleidigst, noch dazu in seinem Haus.«
Sie sieht ihn wieder an. »Aber wenn ein Junge die Tochter einer fremden Familie vergewaltigt, dann wird er nicht eingesperrt!«
»Wer spricht denn hier von Vergewaltigung?«
»Wenn das Mädchen erst vierzehn ist, kann es nichts anderes gewesen sein.«
»América, du hörst zu sehr auf das, was die Touristen im La Casa reden.«
»Da wohnen nur gebildete Leute. Die wissen, wo's langgeht. Ärzte sind das und Rechtsanwälte.«
»Die machen hier Urlaub und wollen sicher nicht mit den Problemen ihres Zimmermädchens behelligt werden.« Er steht auf. »Wo ist Correa hingefahren, nachdem er dich hier abgesetzt hat?«
»Woher soll ich das wissen?«
»Ich kann feststellen, ob er auf der Fähre war.«
»Schön für dich.«
Er baut sich so dicht vor ihr auf, daß ihr Pony von seinem Limonadenatem aufgewirbelt wird. »Anscheinend hast du noch nicht begriffen. Ich will dir helfen! Wenn er eine Dummheit macht, wird es uns allen leid tun.«
»Correa reißt nur den Mund auf, sonst nichts.« América wird wütend. »Wenn er sie findet, hält er ihnen eine Strafpredigt

und bringt sie nach Hause.« Sie fährt mit der Zunge über ihre geschwollene Lippe. »Außerdem ist Rosalinda sein ein und alles. Er würde nichts tun, was sie gegen ihn aufbringt.«

»Hat er das getan?« Pagán stupst mit dem Zeigefinger an ihre Unterlippe.

Sie dreht das Gesicht weg, und er tritt zurück.

»Er hat die Nachmittagsfähre nach Fajardo genommen«, knurrt Ester von der anderen Seite des Tischs. América funkelt sie an.

»Habt ihr dort Verwandte?«

»Nein«, antwortet América. Pagán tut nur seine Pflicht als Polizeibeamter. Jeder weiß, daß sie in Fajardo keine Angehörigen hat. Jeder weiß, daß Correa dort geboren ist.

»Ich habe eine Schwester in New York«, murmelt Ester unvermittelt. »Hab sie aber viele Jahre nicht mehr gesehen.«

Pagán und América starren sie einen Moment lang an. Dann wechseln sie einen Blick, bei dem sie unter anderen Umständen vielleicht gelächelt hätten. América ist die erste, die sich wieder fängt.

»Rosalinda hat ihre Kleider verkauft. Vielleicht auch ihren Schmuck und den Ghetto-Blaster.«

Pagán scheint verdutzt, daß sie nicht über Esters lang verschollene Schwester reden. Einen Moment lang zwinkert er geistesabwesend mit den Augen, als müsse er überlegen, was er jetzt eigentlich tun sollte. »Der Junge hat gestern zweihundert Dollar von seinem Sparbuch abgehoben«, sagte er schließlich. »Hätte nicht gedacht, daß man so gut verdient, wenn man Lebensmittel einsackt.«

»Wer weiß, was er sonst noch eingesackt hat ...«

Pagán lächelt nicht. Jetzt ist er ganz Polizeibeamter, unterwegs in einer dienstlichen Angelegenheit. »Ich fahre dann wohl besser«, sagt er und geht zur Tür. América bringt ihn nach draußen.

Es ist früher Abend. Die Straßen sind leer, doch aus den Häusern dröhnen im Wettstreit das Fernsehprogramm und Werbespots und übertönen das Zirpen der Insekten, die sich im Gras verbergen. In ein paar Minuten beginnt in der Kirche auf der anderen Straßenseite der Abendgottesdienst, der von Lautsprechern über dem Haupt- und Seitenportal des Gebäudes in die Nachbarschaft übertragen wird. Die Luft ist erfüllt von Rosenduft.

Auf der Veranda legt Odilio Pagán América die Hand auf die Schulter und drückt sie leicht. »Mach dir keine Sorgen«, sagt er leise. »Es kommt alles wieder in Ordnung.« Sie weicht seinem Blick aus, indem sie den Kopf wegdreht. Geduckt geht er unter den dornigen Rosenranken zu seinem Streifenwagen, öffnet die Tür, sieht sie sehnsüchtig an. Dann steigt er ein und fährt los.

Sie hätte ihn haben können, diesen Mann mit den schwarzen Augen, dem kleinen Bauch, den runden, beweglichen Händen. Als Kinder haben sie zusammen gespielt. In diesem Viertel, bevor es saniert wurde, als noch jedes Haus in einem großen Garten mit Mango-, Brotfrucht- und Avocadobäumen stand. Damals gab es weder fließendes Wasser noch elektrischen Strom. Im Winter war die Straße staubig, und wenn es regnete, verwandelte sie sich in einen tückischen Schlammpfad.

Correa kam mit der Baufirma hierher, die die Straße anlegte, Stromleitungen auf hohe Masten aufzog und Gräben für fließendes Wasser und die Kanalisation aushob. Correa war ein Mann, Odilio Pagán war ein Junge, und América war ein Mädchen, das noch nichts vom Leben gesehen hatte. *La conquista*, die Werbung, dauerte nicht lange. Sie brannte mit Correa durch, und obwohl sie acht Monate später ins Haus ihrer Mutter zurückkehrte, ist sie noch immer Correas Frau. Er wohnt auf der gegenüberliegenden Seite der Insel, hat andere Geliebte und in Fajardo sogar eine rechtlich angetraute Ehefrau und Kinder. Aber unter dem Vorwand, seine Tochter zu besuchen, kommt er immer wieder zu América zurück. Und wenn er kommt, schläft er bei ihr im Bett. Und wenn irgendein Mann es wagt, sie freundlich anzusehen, bekommt sie seine Fäuste zu spüren. In den fünfzehn Jahren, in denen Correa ihr Leben ist, hat kein anderer Mann gewagt, in ihr Leben zu treten. Aus Angst, daß er sie umbringt.

Eine *fuerza de punos*

Es regnet die ganze Nacht. Aber das merkt sie erst am Morgen, als sie aus ihrem fensterlosen Zimmer kommt und die saubere frische Luft riecht. Das Haus ist dunkel; durch die Jalousien an den Vorderfenstern sickert aber schon ein zarter, grauer Schimmer. América schaltet die Kaffeemaschine ein, schiebt zwei Scheiben Weißbrot in den Toaster und geht zum Waschen und Zähneputzen ins Badezimmer. Die Schwellung an ihrer Lippe ist abgeklungen, aber ihre Augen sind noch verschwollen, und die Kratzer auf Armen und Schultern scheuern am Stoff ihres Nachthemdes. Als sie wieder in die Küche kommt, ist der Kaffee durchgelaufen und der Toast kroß. Sie trägt die Tasse und die mit Grapefruitgelee bestrichenen Toastscheiben in ihr Zimmer, schaltet das Licht an und schlüpft, während sie vom Brot abbeißt und schluckweise Kaffee trinkt, in ihre Uniform. Sie schminkt sich nicht, vermeidet es, in den Spiegel zu schauen. Im Radio läuft ein Salsa-Sender, und geistesabwesend summt sie die vertrauten Melodien mit, als wäre sie frei von Sorgen und ihr Herz froh. Ester stapft ins Zimmer. Ihre *greñas* stehen zu allen Seiten ab, weil sie die Haare am Abend nicht auf Lockenwickler gedreht hat.

»Gehst du zur Arbeit?«

»Sí.«

»Hast du keinen Anstand? Deine Tochter ist verschwunden, und du läufst durch die Gegend, als wäre nichts passiert.«

»Was soll ich denn sonst tun? Rumsitzen und warten, bis sie auftaucht?«

»Qué dirá la gente, wenn du in der Stadt herumrennst ...«

»Ich renne nicht herum. Ich gehe zur Arbeit, und mir ist egal, was die Leute sagen.«
»Du machst es dir leicht ...«
»Seit wann kümmert dich, was die Nachbarn sagen?«
Ester schnaubt und zieht sich in die Küche zurück, wo sie sich Kaffee einschenkt. América bürstet sich die Haare zu einem Pferdeschwanz, der von einer bunten *barrette* in Form eines Fischs zusammengehalten wird. Sie faltet ihre weiße Schürze zusammen, steckt sie in die Tasche und zieht sich Söckchen und weiße Turnschuhe an. Sie bewegt sich rasch und zielbewußt, mit einer Selbstverständlichkeit, wie sie durch jahrelange Übung entsteht. Plötzlich taucht Ester wieder in der Tür auf.
»Als *du* fortgelaufen warst, habe ich die ganze Stadt nach dir abgesucht.«
América blickt hoch. Ester starrt auf das würzig riechende Gebräu in dem gelbbraunen Becher, den sie in den Händen hält, die Finger darum geschlungen, als wollte sie sich wärmen. Ihr Gesicht, noch voller Runzeln vom Schlaf, ist weich wie das eines Kindes, doch die scharfen senkrechten Linien von der Nase zu den Mundwinkeln, die Krähenfüße um ihre Augen, die Kerben zwischen den Brauen verraten, daß sie in ihren fünfundvierzig Jahren kein leichtes Leben hatte. América wendet den Blick vom Gesicht ihrer Mutter ab und geht an ihr vorbei zur Haustür.
»Mami, du hattest damals keinen Mann, der dir hilft. Aber Rosalinda hat einen Vater.«
»Pah!« entgegnet Ester und schlurft durch die Küche zurück in ihr Zimmer.
América bleibt abwartend an der Tür stehen. Der Augenblick ist so flüchtig, daß er vergangen ist, bevor sie sein Kommen bemerkt hat. Unbetrauert geht er vorüber. Es ist ihr Tanz, ein kurzes Zusammentreffen, in dem sie sich vom

gleichen Rhythmus leiten lassen, die gleiche Musik hören, die gleichen Schritte ausführen. Doch mit jedem Mal wird der Tanz kürzer, und sie gehen zu unterschiedlichen Seiten ab, zurück in ihr eigenes Reich, um für die nächste Begegnung Kraft zu sammeln.

América tritt in den feuchten Morgen. Regenwasser tropft von den breiten Blättern des Brotfruchtbaums neben dem Haus. Die Ranken der Rosenbüsche senken sich schwer zu Boden. Rote, gelbe und orangefarbene Blütenblätter liegen auf dem Weg, und sie findet es eine Schande, mit ihren breiten Turnschuhen draufzutreten.

Die Straße schimmert in der Nässe, in den Rinnsteinen fließen emsige Bächlein, und über den Gullis sammeln sich klare Teiche, in denen sich der graue Himmel spiegelt. Im dunklen Blätterwerk verborgen singen fröhliche Baumfrösche. Américas Turnschuhe quietschen auf dem nassen Asphalt, und als sie auf den Weg hinter La Casa einbiegt, versinken sie im sandigen Matsch, der zwar nicht rutschig ist, aber beim Gehen gegen ihre Beine wirbelt. Eine leichte Brise schüttelt die Tropfen von den Mango- und Avocadobäumen, als sie vorbeikommt, so daß sie damit benetzt wird wie eine Pilgerin mit Weihwasser. Nebel steigt in der grünen Senke auf, wo die Ranken gesiegt und ein Schrottauto und die Grundmauern eines schon seit langem unbewohnten Hauses überwuchert haben, mit Wänden, die sich über Nacht aus dem Erdboden erhoben, steil wie ein winziger, unter dichten Pflanzen begrabener Vulkan.

Als sie an der Hinterpforte des La Casa ankommt, pulsiert das Haus unter den gleichmäßigen Atemzügen der Schlafenden in den Zimmern um den Innenhof. Die Blumenrabatten schimmern, die verzierten Zementbrüstungen, die sie einfassen, stehen da wie Miniatursoldaten. Sie wachen über die Singvögel in ihrem Käfig in der Mitte, der mit einem Tuch abgedeckt wurde, damit sie nicht zu früh aufwachen und die Gäste wecken. Auf den Gängen, die den Innenhof umgeben, sammelt sich der Regen in kleinen Pfützen. Der viereckige Himmel über ihr verliert sein Stahlgrau, schimmert jetzt in der Farbe einer Taubenbrust, purpurgrau und weich. Und in jede Ritze, jedes Loch tropft Regenwasser, ein zischendes Gezeter von Vorwürfen und Klagen.

Sie fängt als erste mit der Arbeit an. Als sie das Haus betritt, zieht sie ihre Schürze aus der Tasche und bindet sie sich ordentlich um die Taille. Sie holt den Mop aus der Vorratskammer hinter der Küche und macht sich ans Werk, die Pfützen in den Gängen aufzuwischen, damit die Gäste auf dem Weg zur hinteren Veranda, wo das Frühstück serviert wird, nicht ausrutschen. Sie wendet den Mop im Uhrzeigersinn in Kreisen und geht von dem Stück, das sie schon gewischt hat, rückwärts nach hinten. Ihr Mop löscht die zarten Spuren der Kröten, die die Hallen in Besitz nehmen, wenn das Licht gelöscht wird, wenn der letzte Gast, erschöpft von zu viel Freizeit oder zu vielen Drinks vorbeigestolpert ist und es nicht erwarten kann, endlich in sein Bett mit den knisternden, in der Sonne getrockneten Laken zu fallen.

Sie mag diesen frühen Morgen, den scharfen Schweißgeruch der Schlafenden. Das Rascheln der Laken, wenn die Leute aufwachen. Die quietschenden Bettfedern. Das gemurmelte guten Morgen, das Klatschen von nackten Füßen auf dem Fliesenboden. Die Toilettenspülung rauscht. Glas klirrt gegen das Porzellanwaschbecken, den schmalen Glasträger unter dem Spiegel. Einzelne Rasierapparate summen hinter den Jalousientüren der Gästezimmer, Türen, die so bezaubernd aussehen, aber jedes Geräusch durchlassen. Während sie die Flure wischt, hört sie jede Kleinigkeit, die in dem Zimmer vorgeht, an dem sie gerade vorbeikommt. Das schwere Atmen und Seufzen von einem Paar, das sich hastig liebt, das Ächzen, wenn sich jemand umdreht oder aufzustehen versucht, Knie, die knacken, den Morgenfurz, den Stoß gegen ein unerwartetes Möbelstück in einem fremden Raum.

Als sie im Erdgeschoß mit dem Wischen fertig ist, drückt sie den Mop aus und steigt nach oben in den ersten Stock, wo sie das Ritual wiederholt, rückwärts von dem Fleck wegwandert, den sie gewischt hat, den ganzen Weg herum um das lichte, luftdurchflutete Viereck und den Wipfel des Feigenbaums, unter dem der Vogelkäfig steht. Luft strömt ein, feuchtes Sonnenlicht, das sie in ihrer Nylonuniform zum Schwitzen bringt.

Unten klappert Feto mit Töpfen und dreht den Wasserhahn auf. Er schiebt den quietschenden Frühstückswagen, auf dem die große Kaffeemaschine, Becher und Löffel stehen, auf die hintere Veranda. Innerhalb von Minuten füllt sich der Gang mit dem Duft dampfenden Kaffees, und Touristen kommen hinter ihren Türen hervor. Als ob sie von dem Geruch angezogen würden, verläßt einer nach dem anderen sein Zimmer. Einige haben noch nasses Haar vom Duschen, andere bleiben stehen und überzeugen sich, ob die Knöpfe an ihrem Hemd und der Reißverschluß an ihrer Hose geschlossen sind. Aus Zimmer neun und zwölf stürzen Kinder auf den Flur, gefolgt von ihren Eltern, die ihnen zuraunen, nicht zu trampeln, nicht zu schreien, nicht zu brüllen, nicht die anderen Gäste aufzuwecken. Hinter der Tür von Nummer sieben schnarcht jemand, pfeift und schnarcht erneut. Aus Zimmer eins, das für behinderte Gäste reserviert ist, kommt ein Mann, der einen Gehwagen

vor sich herschiebt, mit seiner Frau, die bei jedem mühsamen Schritt neben ihm bleibt, ihn immer wieder unter den Ellenbogen faßt, als wolle sie ihn, oder vielleicht auch sich selbst, stützen.
Was denkt América, während diese Leute in ihren bunten Urlaubskleidern aus den Zimmern treten? Sie denkt, die Frauen sind zu mager und die Männer sind zu blaß, selbst die Touristen aus Puerto Rico. Sie denkt, Leute, die es sich leisten können, in einem Hotel zu übernachten, müssen noch viele andere Annehmlichkeiten in ihrem Leben haben. Schicke Autos vielleicht, einen Haufen Kleider, Schmuck.
Sie weiß mehr über die Gäste, als die Gäste jemals über sie wissen werden. Sie weiß, ob sie im Schlaf um sich schlagen oder ob sie ruhig auf der einen oder anderen Seite liegen. Ob ihnen in der Tropennacht so kalt geworden ist, daß sie sich eine Decke holen mußten, oder ob sie sich dem *foul sereno* aussetzen. Sie kennt die Marke ihrer Zahnpasta, weiß, ob sie ein Gebiß tragen. Sie weiß, wann die Frauen ihre Periode haben. Sie weiß, ob die Männer Jockey- oder Boxerslips tragen und in welcher Größe. Und sie merkt, ob sie an ihr vorbeiblicken und so tun, als würden sie sie nicht sehen. Durch sie, die dort steht, hindurchsehen, als sei sie ein Teil der Landschaft, in die sie sich aus ihrem Alltagstrott geflüchtet haben. Diejenigen, die sie sehen, lächeln vorsichtig. Dann schweift ihr Blick rasch ab, als schämten sie sich, sie bemerkt zu haben.

Sobald sie die Betten gemacht und die schmutzigen Handtücher eingesammelt hat, putzt sie im Uhrzeigersinn die Zimmer. Sie staubt ab, wischt und mopt den Hotelraum, dann desinfiziert sie Dusche, Waschbecken und Toilette. Wenn ein Gast abgereist ist, schrubbt sie den Boden, aber

wenn die gleichen Leute noch ein paar Tage bleiben, geht sie nur mit dem Mop durch.
Sie sieht nach, ob das Toilettenpapier ausreicht, bringt den Müll hinaus und putzt die Nachttische.
»Allesinordnung?« América zuckt zusammen, als sie so unerwartet angesprochen wird. Don Irving steht am Eingang von Zimmer neun.
»Wie bitte?«
»Hätte nicht gedacht, daß du heute kommst.«
Sie weiß nicht, was sie antworten soll – ob er es freundlich meint oder etwas an ihr auszusetzen hat. »Viel Arbeit.«
»Ja, richtig.« Don Irving steckt seine Zigarre zurück in den Mund. »Ich muß in diesem Badezimmer die Glühbirnen auswechseln.« Er geht in den Raum, und sie hört ihn hantieren, während sie Staub wischt. Normalerweise erledigt Tomás Dinge wie das Auswechseln von Glühbirnen und repariert, was in den Zimmern kaputtgegangen ist. Als Don Irving hinausgeht und die Tür hinter sich schließt, seufzt América erleichtert auf.
Zimmer neun hat eine mit Jalousien abgetrennte Schlafnische, so daß es eigentlich zwei Räume sind. Meistens wird es an ein Paar mit Kindern vermietet, weil in der Nische noch Platz für ein Feldbett und eine Wiege ist. Heute liegen im ganzen Zimmer Spielsachen verstreut und auf dem Feldbett und der Wiege ein paar schmuddelige Stofftiere. Im Badezimmer stehen drei Babyflaschen mit Sauger. Der Mülleimer ist vollgestopft mit schmutzigen Windeln.
An den Kleidern kann sie sehen, daß es zwei Jungen sind, vielleicht noch unter drei. Oben auf der Kommode liegen ordentlich zusammengefaltet Anzüge und Turnschuhe mit aufgedruckten Comic-Figuren. So viele Kleider! Ein Stapel Strampler für Kleinkinder, ein paar saubere Windeln auf dem Nachttisch. Eine Schachtel Wattebäusche.

Beim Abstauben merkt sie, wieviel die Leute mitgebracht haben. Sie müssen für all die Spielsachen, Bücher, Puzzles und Plastikfiguren von grünen Muskelmännern im Lendenschurz einen eigenen Koffer gebraucht haben. Auf dem Nachttisch am Rande der Nische hat die Mutter ein Paar Ohrringe in Form einer Banane und einen bis aufs Plastik abgetragenen purpurroten Haarreif aus Veloursleder mit abgerundeten Ecken zurückgelassen. Auf der Seite des Mannes liegen eine Brille mit breitem schwarzen Gestell und ein dickes Taschenbuch mit einem Hammer auf dem Einband.

Sie lesen viel, die Touristen, die ins La Casa del Francés kommen. Immer bringen sie dicke Bücher mit. Die der Frauen haben Umschläge mit Spitzen und Blumen oder hübschen Mädchen, die von muskulösen Männern umarmt werden. Die Titel sind in verschnörkelter Schrift geschrieben. Die Männerbücher sind sachlich, auf den Einbänden sieht man meist nur den Titel und den Namen des Autors in Druckbuchstaben, wenige Farben, keine vergoldeten Ränder und üppigen Verzierungen. Manchmal bringen die Touristen Zeitschriften mit, und América hat gemerkt, daß sie ebenfalls entweder für Männer oder für Frauen bestimmt sind. Bei einer war auf dem Titelbild nicht mehr als ein großes, rotes Dollarzeichen auf weißem Hintergrund. Die Frauenzeitschriften tragen Bilder von Filmschauspielerinnen oder jungen Mädchen mit Schmollmund und ohne Ausbuchtung an der Stelle, wo eigentlich der Brustansatz sein müßte. Wenn die Gäste die Hefte fortwerfen, nimmt América sie mit nach Hause und sieht sich den Modeteil an, die Bilder von fotogerecht angerichteten Mahlzeiten und die Einrichtungstips. Einmal wurde vorgeschlagen, ein Zimmer zu verändern, indem man alles mit Stoffen aushängt, von den Wänden über Fenster bis zu den Möbeln. Für

América sah es aus wie ein Haus ohne Bewohner, das vor Staub geschützt werden mußte, gespenstisch und nicht gerade einladend.
»Brrrum … du bist ein Flugzeug … brruhm … ratatah …«
Die Tür fliegt auf, und ein Mann mit einem Kleinkind kommt in den Raum. »Oh, tut mir leid.«
»Schon *okéi*«, sagt sie. »Ich mache später fertig …«
»Nein, nein, ist in Ordnung. Arbeiten Sie weiter. Wir wollen dem Kleinen nur die Windeln wechseln.«
Er legt den Jungen aufs Bett und kitzelt ihn mit der einen Hand, während er mit der anderen aus der Schachtel neben dem Bett eine frische Windel holt. »Du bist ein Stinker! Ja, ein kleiner Stinker, ein Stinker …«
Der kleine Junge ist entzückt, daß sein Vater mit ihm albert, und er kichert.
»Ich bin ein Stinker … Stinker …«
América sieht zu, wie der Vater geschickt eine saubere Windel unter die schmutzige schiebt, den Popo seines Sohns mit einem feuchten Papiertuch aus der Schachtel abreibt und auf den Bauch des Jungen pustet, bevor er die neue Windel mit den Klebestreifen befestigt.
»Das wär's!« Er zieht das Kind hoch und legt es sich über die Schulter. »Fertig.« Dabei klopft er auf den gepolsterten Hintern. »Bis später«, sagt er zu América und geht aus dem Zimmer.
Die ganze Zeit, als er das Baby wickelte, konnte sich América kaum beherrschen, ihm die Arbeit abzunehmen. Dabei hantierte er so sicher, als habe er das schon viele Male getan. Trotzdem juckte es sie in den Fingern. Gar zu gern hätte sie dem Jungen die Windeln gewechselt.
Wenn Rosalinda schwanger ist, wäre bald wieder ein Baby im Haus. América hat keinen Zweifel, daß Rosalinda zurückkehrt, bevor das Kind kommt. Yamila und Roy werden sich

hüten, ihren Sohn Rosalinda zu opfern. Welche Mutter würde das ihrem sechzehnjährigen Jungen schon antun? Wenn Rosalinda so dumm war, schwanger zu werden, muß sie auch die Verantwortung tragen. Schon Ester hat gesagt: »Wie man sich bettet, so liegt man.«
Ein dumpfer Kloß bildet sich in Américas Brust. Sie hat aus Esters Fehler nicht gelernt, wie kann sie da erwarten, daß Rosalinda aus ihrem lernt? Vielleicht ist es ein Fluch, der auf der Familie lastet. Nicht nur Ester verließ ihre Mutter mit einem Mann, der ihr das Blaue vom Himmel versprach, sondern auch América, im gleichen Alter, mit Correa, an dessen Versprechungen sie sich nicht mehr erinnert. Vielleicht hat er ja auch gar keine gemacht. Vielleicht braucht man mit vierzehn keine Versprechungen, sondern nur die unwiderstehliche Sehnsucht, mit einem Mann auf eine Weise zusammenzusein, wie man es mit der Mutter oder den Freundinnen nicht sein kann. Vielleicht läuft man mit vierzehn nicht zu etwas hin, sondern vor etwas fort. Vielleicht haben alle Mädchen diese Phase, und nur einige leben sie auch aus. América weiß es nicht. América hat keine Ahnung, was sie getan hat, um Rosalinda so weit zu treiben. Oder was Ester getan hat, daß sie selbst mit Correa fortlief, zu der Insel zurückkehrte und die ganze Zeit seine Frau blieb, obwohl er sie wieder und wieder betrog.
Bin ich schuld, fragt sie sich. Aber sie findet keine Antwort. Sie hat versucht, Rosalinda eine gute Mutter zu sein. Sie hat ihr rundheraus erklärt, Rosalinda würde hoffentlich nicht ihren Fehler wiederholen. Sie sollte lernen und etwas aus ihrem Leben machen. Rosalinda schien sie immer zu verstehen, schien den gleichen Traum von ihrer Zukunft, schien eigene Träume zu haben. América schüttelt den Kopf, als wolle sie einen Knoten lösen, damit ihr die Gründe für das Weglaufen ihrer Tochter klar werden. Ich habe sie so gut

erzogen, wie ich konnte, versichert sie sich. Ich habe mein möglichstes getan, damit sie es besser hat als ich. Was ist passiert?

•◆•

»Jungen sind leichter zu erziehen als Mädchen«, erklärt Nilda, bevor sie sich den nächsten Bissen gelben Reis mit Schinken in den Mund schiebt. »Sie sind nicht so launisch, und sie machen den Mund auf, wenn sie etwas stört. Mädchen sind da eher hinterhältig.«

América ißt ihr Mittagsbrot unter einem Mangobaum hinter der Küche an dem Picknicktisch, der für die Mittags- und Kaffeepause des Personals dort aufgestellt ist.

»Das kann ich nicht beurteilen«, sagt Feto, der Vater von sechs Töchtern. »Alles reine Glücksache. Manche Kinder sind einfach, andere nicht. Das hat nichts mit dem Geschlecht zu tun.«

»Ein Gutes haben Töchter«, sagt Tomás, der mit seinen Mädchen in einem kleinen Haus umgeben von üppigen Gärten wohnt, »sie lassen dich nicht allein.«

Die anderen sehen América an.

»Und wenn doch«, fügt Nilda hinzu, »dann kommen sie immer wieder zurück.« Die anderen nicken.

»*Buen provecho*«, sagt América, während sie aufsteht. Sie trägt ihren noch halbvollen Teller in die Küche. Als sie die Reste in die Komposttonne kratzt, kommt Nilda die Hintertreppe hoch.

»Wir wollten dich mit unserem Gerede nicht beleidigen«, entschuldigt sich Nilda.

»Ich bin nicht beleidigt«, erwidert sie kurz angebunden.

»Wir kennen uns nun schon so lange. Da kann man doch über alles sprechen!«

»Mach dir keine Gedanken.« América weiß, die anderen

halten sie für eingebildet und hochnäsig. Sie finden, daß sie es verdient hat, wenn sie mit Kratzern und blauen Flecken zur Arbeit kommt. Sie glauben, Correa muß sie mit seinen Fäusten in Schach halten, damit sie nicht zu überheblich wird.

Sie kennt das Gerede der Männer, daß ein Ehemann seiner Frau von Anfang an zeigen muß, wer die Hosen anhat. Besonders heutzutage, wo die Frauen bestimmen wollen, wo's langgeht. Selbst Feto mit seinen sechs Töchtern sagt, ein Mann muß seiner Frau beibringen, wie er es gern haben möchte. Und wenn sie es nur mit einer *»fuerza de punos«* kapiert, nun, dann müssen eben die Fäuste die Lehrmeister sein. Tomás sagt, er hält nichts davon, Frauen mit den Fäusten zu schlagen. Die flache Hand, sagt er, hat die gleiche Wirkung. »Ein Mann, der seine Frau mit den Fäusten schlägt«, sagt er, »nutzt seine Überlegenheit aus.«

América spricht nicht viel in den Mittagspausen. Es könnte alles bei Correa landen, der mit diesen Männern Domino spielt. Außerdem ist Correa oft dabei, wenn sie sich unterhalten. Drei- oder viermal die Woche kommt er zum Mittagessen ins La Casa. Dann sitzt er bei den Männern am einen Ende des Tischs, während sie und Nilda sich an den anderen verkriechen und so tun, als würden sie nichts hören.

América holt Eimer und Lappen aus dem Vorratsraum und geht wieder hinein. Mit den Zimmern im Haupthaus ist sie fast fertig, und sie hat auch schon die Wäsche heruntergebracht, damit Nilda sie waschen und zum Trocknen aufhängen kann. Es ist Freitag, der Tag, an dem viele neue Gäste ankommen. Die meisten Touristen aus New York brechen in aller Frühe auf, meist mit der Sieben-Uhr-Fähre nach Fajardo oder mit einer Maschine zum internationalen Flug-

hafen von San Juan. Vor und nach dem Mittagessen gibt es eine kurze Verschnaufpause, aber vor dem Abendessen hat sie wieder alle Hände voll zu tun.
Meist sehen die Touristen müde, aber erwartungsvoll aus, wenn sie ankommen. Wer noch nie im La Casa war, bestaunt die ungewohnte Bauweise des vor hundert Jahren errichteten Hotels, die breite Veranda, die ums ganze Haus läuft, den farbenprächtigen Mosaikboden, die Hängematten vor den Zimmern im Erdgeschoß, die Schaukelstühle und Zweisitzer mit ihrem holzigen Rattangeruch, die verschnörkelten Eisentische mit ihren bunten Decken und Vasen voller zarter Blüten.
Wenn sie hereinkommen, staunen sie als erstes über den Innenhof mit den Blumenrabatten, den Feigenbäumen und den bunten Vögeln, die in ihrem riesigen Käfig trillern. Don Irving begrüßt seine Gäste auf der hinteren Veranda in einem Korbstuhl mit hohem, rundem Rücken. Er trägt immer Weiß, und mit seiner stattlichen Statur, den weißen Haaren, dem Schnauzbart und dem Strohhut, der die haselnußbraunen Augen unter den dichten weißen Brauen beschattet, sieht er aus wie im Film. Für América gleicht er Anthony Quinn, dem mexikanischen Schauspieler, und in den zehn Jahren, die sie für ihn arbeitet, hat sie stets erwartet, er würde Spanisch sprechen, wenn er den Mund aufmacht. Aber das tut er nicht.
Als sie nach unten kommt, um ihre Sachen wegzustellen, ist Don Irving in der Küche. Er erhitzt Wasser auf einem sechsflammigen Herd, der noch aus den Tagen stammt, als dieses Haus das prächtigste auf der Insel war, das Heim des Plantagenbesitzers, aus der Zeit, als sich Tausende von Hektar Zuckerrohr, in sauberen langen Reihen gepflanzt, bis zum Strand erstreckten.
»Wie geht es dir?« fragt er.

»Okéi«, antwortet sie, während sie an dem tiefen Ausguß im Vorratsraum ihren Eimer ausspült.

»Hat deine Tochter sich gemeldet?«

Es hört sich an wie ein einziges langes Wort, ein Wort, das sie noch nie gehört hat. »Wie bitte?«

»Deinetochter? Hatsichgemeldet?«

»Tut mir leid«, antwortet sie, hochrot vor Scham. »Ich verstehe nicht.«

»Macht nichts.« Don Irving gießt kochendes Wasser über den Teebeutel in seinem Becher, den er den ganzen Tag mit sich herumträgt, aus dem er immer wieder einen Schluck nimmt. Er stapft zurück ins Haus.

América arbeitet für Don Irving, seit er den heruntergekommenen Plantagensitz gekauft und in ein Hotel umgewandelt hat. Sie und Ester waren die ersten Zimmermädchen hier, und von ihm und den Gästen hat sie ein paar Brocken Englisch aufgeschnappt. Er hat nie Spanisch gelernt und redet, als sei ihm das egal, als müsse jeder, den er anspricht, erraten, was er meint. Als América bei ihm anfing, haben ihr die Gespräche mit ihm schlaflose Nächte bereitet, die Gespräche, in denen er ohne Pause redete und sie mit dem Kopf nickte und hin und wieder ein *»okéi«* fallenließ, um nicht als völlig dumm dazustehen.

Ester, die weit weniger Geduld hat als América, antwortet ihm auf spanisch, und wenn sie miteinander reden, spricht jeder seine eigene Sprache. América ist sich nicht sicher, ob die beiden verstehen, was sie zueinander sagen. Sie wurden ein Paar, und eine Zeitlang wohnte Ester bei ihm in der *casita,* die er für sich selbst hinten auf dem Grundstück, in der von einer Pabona-Hecke umwachsenen Senke, gebaut hat. Aber nach ein paar Monaten zog Ester wieder aus. Sie habe so lange ohne Mann gelebt, daß sie es nicht aushält, mit einem zusammenzuwohnen, sagte sie. Hin und wieder treffen sie sich auch jetzt noch, aber immer in seiner *casita*, weil Ester ihr eigenes Bett mit niemandem mehr teilen will. Da Ester und Don Irving ein Verhältnis haben, hat América eine vertrautere Beziehung zu Don Irving als die anderen Angestellten. Er war zum Abendessen bei ihnen zu Hause, hat ein paarmal sogar mit Correa darüber gesprochen, wie er mit América umspringt. Zwar hat sich Correa darauf nicht groß geändert, aber América ist Don Irving dankbar, daß er es versucht hat.

Die anderen Angestellten ärgern sich, daß Don Irving América vorzieht und darüber hinwegsieht, daß Ester als Zimmermädchen nichts taugt. Sie arbeitet zwei Tage pro Woche im Hotel, die anderen fünf. América arbeitet für zwei, schrubbt die Badezimmer, die Ester ausgelassen, und wischt die Ecken, die Ester übersehen hat. Sie legt zusätzliches Klopapier in die Toiletten, damit es nicht ausgeht, wenn Ester dafür zuständig ist und nachzusehen vergißt.

Bei ihrer Arbeit summt sie einen *bolero* oder eine Salsa-Melodie, allem Anschein nach fröhlich und wohlgemut. Die Touristen im La Casa, die sie zur Kenntnis nehmen, werden mit einem strahlenden Lächeln und einem klugen Blick aus den braunen Augen belohnt, die hinter den dichten schwarzen Wimpern zu tanzen scheinen.

»Die Leute auf dieser Insel sind so freundlich«, sagen sie einander und haben América schon wieder vergessen, sobald sie nach draußen in den tropischen Nachmittag treten, einen Nachmittag, erfüllt vom Gesumm der Kolibris, die im strahlenden Sonnenschein den Nektar aus den Blüten saugen.

Correas Geschenke

Eine Woche vergeht. Jemand stiehlt Correa das Radio aus dem Wächterhaus an der Sun Bay Beach. Es regnet, und die vorgedruckten Formulare, die von Correa in Blockschrift mit Namen und Adressen der Touristen ausgefüllt werden, weichen in der feuchten Luft auf und rollen sich in der Sonne.

Als sie an der Reihe ist, weigert sich Ester, zur Arbeit zu gehen. Sie fürchtet sich davor, was die Leute sagen, und verbringt die Tage im Garten, eine Bierdose neben sich. Sie kocht das Abendessen, dann schlurft sie zum Fernsehen und Biertrinken zu ihrem Schaukelstuhl. América übernimmt beide Schichten im La Casa.

Am achten Tag ruft Correa sie in der Arbeit an und sagt, daß er die Kinder gefunden hat.

»Mach dir keine Sorgen. Ich kümmere mich um alles«, sagt er. Im Hintergrund spielt ein mexikanischer *corrido* mit voller Lautstärke.

»Ist sie schwanger?« fragt América.

»Ich glaube nicht«, antwortet er, als habe er daran gedacht, Rosalinda zu fragen.

»Kann ich mit ihr sprechen?«

»Sie ist nicht da«, erwidert Correa. »Sie ist bei meiner Tante.«

»Warum?«

»Ich muß ein paar Dinge erledigen, wenn ich schon mal hier bin. Am Wochenende bringe ich sie zurück.« América weiß, daß die »Dinge« wahrscheinlich mit seiner Frau und seinen drei Kindern in Fajardo zu tun haben.

»Wo ist der Junge?«
»Sein Vater hat ihn nach New York gebracht. Das schien uns allen die beste Lösung.«
»Así son las cosas«, seufzt sie.
»Was hast du gesagt?«
»Nichts. Wann kommst du zurück?«
»Wie ich sagte. Am Wochenende.«
»Gut. Sag Rosalinda, ich hab sie lieb.«
Er legt auf, und sie weiß nicht, ob er ihren letzten Satz gehört hat.

•◆•

Der Polizeibeamte Odilio Pagán kommt vorbei. Er erzählt América, daß Roy und Yamila Saavedra sie nicht anzeigen wollen.
»Soll ich ihnen dafür auch noch dankbar sein?«
»Du weißt selbst, daß sie dir ganz schöne Scherereien machen könnten. Die gesamte Nachbarschaft hat gesehen, wie du auf sie losgegangen bist und ihren Kopf gegen die *rejas* geschlagen hast.«
»Dann haben sie ja wohl auch gehört, wie sie mich genannt hat. *Y que me mentó la madre!«*
»Ihr wart beide wütend ...«
»Das ist kein Grund, andere zu beleidigen. Ich wollte mit ihr reden, ein Gespräch unter Müttern.«
»Mir hat man da was anderes erzählt.«
Sie stehen auf ihrer Veranda. Aus dem Innern verkündet wehmütige Orgelmusik, daß Esters Lieblingssendung angefangen hat, die dramatische Geschichte einer Frau (blond), die von ihrer Rivalin (brünett) geblendet wird, um sie im Wettstreit um die Liebe eines reichen und gutaussehenden Gutsbesitzers aus dem Rennen zu werfen.
Eine Nachbarin kommt vorbei, in jeder Hand eine schwere

Einkaufstasche. Auf halber Strecke bleibt sie stehen, stellt die Taschen ab, holt tief Luft und reibt sich die Hände an den Hüften. Dann nimmt sie die Henkel wieder fest in die Hände und geht mit klatschenden Sandalen weiter die Straße hinunter.

»Ich mache mich jetzt wohl besser auf den Weg«, meint Odilio Pagán. América hat keine Lust zu reden. Er geht zu seinem Streifenwagen, sucht ihren Blick, um eine *despedida* zu erhaschen, aber sie ist mit den Gedanken woanders. Was sie beschäftigt, weiß er nicht. Ohne besonderen Grund schaltet er das Blaulicht ein und fährt davon.

Gegenüber von Américas Haus versammeln sich die Gläubigen in der Iglesia Asambleas de Dios. Eine schrille elektronische Rückkopplung zeigt an, daß gleich die Messe beginnen wird. Die vertraute Stimme von Hochwürden Nuñez dröhnt durch das Viertel. *»Probando. Uno, dos, tres. Se oye?«* Ein Chor von Jas dringt durch die Mikrophone auf die Straße. *»Bienvenidos, hermanas y hermanos ... «*, setzt Hochwürden Nuñez an, und alsbald läßt er sich mit seiner nasalen Stimme über die Güte Gottes und die Opfer Jesu Christi aus.

América sitzt auf ihrer Veranda und hört zu. Sie lauscht seinen Gottesdiensten jetzt schon das vierte Jahr. Dabei wippt sie in dem Schaukelstuhl auf und ab, den Correa ihr vor sechs Jahren zu Weihnachten geschenkt hat. *»Regalo de Santa Clós«*, hatte er gesagt, ein stolzes Lächeln auf den Lippen, bei dem seine weißen, ebenmäßigen Zähne wie auf einer Zahnpastareklame schimmerten.

»Ich brauche keine Möbel mehr im Haus«, hatte América entgegnet. So stellte er ihn auf die vordere Veranda, wo er blieb, während der glänzende Lack an den Stellen, die von Regen und Sonne ausgelaugt wurden, abblätterte. Wenn die

Gemeinde zu singen beginnt, summt América die vertrauten Lieder mit, schaukelt vor und zurück, so daß ihre nackten Füße bei der Verheißung der immerwährenden Glückseligkeit in regelmäßigen Abständen auf den kalten Zementboden klatschen.

Am nächsten Dienstag klettert Rosalinda so vorsichtig aus Correas Jeep, als würde sie ihre Füße nicht auf harten Zement, sondern auf Treibsand setzen. América wartet drinnen. Sie möchte kein Schauspiel abgeben, weder im Guten noch im Bösen, denn sie weiß, daß die Nachbarn neugierig beobachten, was bei Rosalindas Heimkehr passiert. Correa sagt seiner Tochter, sie solle warten, bis er ihre Sachen vom Rücksitz geholt hat. Sie bleibt mit dem Rücken zum Haus stehen, die Arme um den blauen Stoffpelikan geschlungen, den Taino ihr geschenkt hat. Sie kommt América größer vor als früher, ihre Hüften scheinen runder, ihr Rücken wirkt breiter. Ihr Haar hat sie zu einem Zopf mit weißen und gelben Perlen geflochten. Von hinten sieht sie fraulich aus, aber als sie sich umdreht und hinter Correa auf die Verandastufen zugeht, ist ihr Gesicht trotz all der Schminke, trotz der leuchtend roten Lippen und des Lidstrichs über den gesenkten Augen das eines kleinen Mädchens. Als würde sie sich fürchten. Oder schämen. Oder beides. América geht zur Seite, um die beiden vorbeizulassen. Hinter ihr stürzt Ester ins Zimmer und streckt die Arme nach Rosalinda aus.

»Stellt mir keine Fragen«, sagt Rosalinda. Sie läuft in ihr Zimmer und schlägt ihnen die Tür vor der Nase zu. Ester geht ihr nach und klopft leise.

»Laß mich rein, *nena.* Ich will dich in die Arme nehmen«, ruft sie. Aus Rosalindas Zimmer kommt kein Laut.

»Bueno«, sagt Correa, während er Rosalindas Rucksack ne-

ben América zu Boden fallen läßt. »Da wären wir.« Er geht zum Kühlschrank und holt sich ein Bier.

»Mami, laß sie zufrieden.« América schiebt Ester von der geschlossenen Tür fort.

»Sie darf sich nicht so aufführen. Wir haben ihr nichts getan.« Ester kehrt zur Tür zurück und rüttelt am Knauf. »Komm raus, Rosalinda.« Mit einem Krachen fliegt drinnen irgendwas gegen die Tür. Ester weicht zurück.

»Mami, willst du uns nicht was zu essen machen?« schlägt América vor, während sie Ester noch einmal von der Tür wegzieht. Gleichzeitig ringt sie um Fassung, kämpft gegen die Wut an, die sie zu überwältigen droht, so daß sie die Tür aufbrechen, ihre Tochter an den Haaren herausschleifen und sie schütteln möchte, bis sie wieder etwas Respekt aufbringt.

Ester schlurft widerstrebend in die Küche. »Sie sollte sich nicht so aufführen. Und du läßt es auch noch durchgehen.«

»Laß sie zufrieden, Mami«, sagt América so laut, daß Rosalinda es auf ihrer Seite der Tür hören kann. Dann tritt sie näher heran und ruft durch den Spalt zwischen Blatt und Rahmen. »Rosalinda, wir lassen dich jetzt in Ruhe. Aber später müssen wir über die Sache reden.« Keine Antwort. »Hörst du mich?« Schweigen.

»Sie wollte nicht zurückkommen«, sagt Correa, der sich sein Bier in das vor Kälte beschlagene Glas gießt. »Ich mußte sie überreden.«

»Hat sie etwa geglaubt, Taino würde sie nach New York mitnehmen?« entgegnet América. Sie geht zum Tisch, zieht sich einen Stuhl hervor und läßt sich so schwer fallen, als würde ein Gewicht sie immer tiefer hinabziehen, bis in den Boden.

»Sie will nicht bleiben«, sagt Correa und sieht América an,

als würde sie den Grund kennen. Seine grünen Augen sind das Beste an ihm. Mandelförmig, gerade so weit verschleiert, daß eine Frau sich fragt, was er denkt. »Ich habe ihr gesagt, sie soll zurückkommen und die Sache mit dir durchsprechen.«

Sie fragt sich, was das heißen soll. Irgendwie weiß sie, daß er mit der »Sache« nicht das gleiche meint wie sie. Correa sitzt auf dem Sofa ihr gegenüber, lehnt sich in die Ecke, die Beine so weit geöffnet, als wollte er zeigen, was dazwischen ist. Sie blickt zur Seite.

»Wieso taucht Odilio Pagán hier zweimal in der Woche auf?« fragt er so beiläufig, als sei ihm die Antwort egal.

Ihr wird eng in der Brust. »Das erstemal wollte er mir sagen, daß mich Yamila Valentín Saavedra bei der Polizei angezeigt hat.« Sie spürt, wie er sie ansieht und auf ein Flackern, ein Zucken wartet, das sie Lügen straft. Sie beobachtet Ester in der Küche, die sie schuldbewußt anblickt, als sei in Américas Worten eine Bedeutung verborgen, die Correa nicht erfahren darf. »Beim zweitenmal wollte er mir sagen, daß sie die Anzeige zurückgezogen hat. Wahrscheinlich gehörte das zu der Abmachung, Taino gehen zu lassen.« Sie sieht ihn trotzig an, doch er erwidert gelassen ihren Blick, trinkt von seinem Bier, ohne die Augen von ihr zu wenden. Dann läßt er sie zu ihrem Busen wandern, zu der tiefen Spalte zwischen ihren Brüsten. Gegen ihren Willen wird sie rot.

Rosalindas Tür öffnet sich einen Spaltbreit. »Mami«, ruft Rosalinda von drinnen. Ihre Stimme bricht genauso, wie wenn sie sich weh getan hat, sich vor einem Gewitter fürchtet oder nicht mehr weiterweiß. América läuft zur Tür ihrer Tochter. Aber sie macht sie nicht auf, sondern bleibt davor stehen, wartet, daß Rosalinda sie hereinläßt.

Als sie im Zimmer ist, schließt Rosalinda die Tür. Dann wirft

sie sich ihrer Mutter in die Arme, schmiegt sich an América, als wolle sie mit ihr eins werden.
»Tut mir leid, Mami. Tut mir so leid!« schluchzt Rosalinda an der Brust ihrer Mutter. América hält sie fest, flüstert in ihr Haar, daß alles in Ordnung ist, alles wieder gut wird. Sie wiegen sich, lehnen sich an die Tür, und ihre Tränen fließen zusammen, als kämen sie aus einem Augenpaar, aus einem Körper.
Rosalinda klammert sich an América, als fürchte sie, ihre Mutter ließe sie in dem halbdunklen Zimmer voller Poster von halbnackten Sängern und Schauspielern mit verwuscheltem Haar und wildem Blick allein. Ein junger Mann bietet sich dar, die Hüften trotzig vorgeschoben, die Daumen in den Gürtel seiner Hose gesteckt, einer Hose, die so tief sitzt, daß man sich ohne weiteres vorstellen kann, was als nächstes kommt. Zwei Frauen in kaum vorhandenen Tops zeigen Brüste und Hüften. Über ihre Shorts spannt sich ein Gewirr von Gold- und Silberkettchen.
América seufzt tief. »*Ay*, Rosalinda! Was hast du dir dabei gedacht?«
Das Mädchen in ihren Armen verkrampft sich, zieht sich ebenso hastig von ihrer Brust zurück, wie sie sich an sie geworfen hat. Sie wendet América den Rücken zu, läßt sich aufs Bett fallen und vergräbt das Gesicht in den Kissen.
»Laß mich zufrieden!«
»Aber *nena*, ich will dich doch nur verstehen!«
»Du verstehst gar nichts. Laß mich zufrieden.«
»Rosalinda, schrei mich nicht an! Ich bin deine Mutter!«
»Ich bin dir egal. Du hast ja nur Angst, was die Leute sagen.«
»Die Leute sind mir scheißegal. Ich will mit dir reden!«
»Aber es gibt nichts zu reden! Ich will nicht darüber sprechen. Läßt du mich jetzt bitte allein?«

»Nein, ich lasse dich nicht allein! Du kannst nicht mit deinem Freund durchbrennen und von mir verlangen, daß ich das einfach so vergesse. Du schuldest mir eine Erklärung.«

»Ich schulde dir gar nichts!« América kann sich nicht bremsen. Ihre Hand fährt auf das Gesicht ihrer Tochter zu und schlägt ihr voll auf den Mund. Auf das flache Klatschen folgt der gellende Schrei ihrer Tochter. Nach dem ersten Schlag verbirgt Rosalinda ihr Gesicht, wirft sich aufs Bett und kauert sich in der Ecke zusammen. América folgt ihr und stößt sie in den Winkel, wo Bett und Wand zusammentreffen.

Ester stürzt herein. Ihr folgt Correa, der die beiden trennt, América die Hände an den Bauch drückt. Er muß sie beinahe tragen, als er sie in ihr Zimmer bringt. Dort stößt er sie aufs Bett. Dann geht er rückwärts nach draußen und schließt die Tür hinter sich, läßt sie in der Dunkelheit allein. Sie bleibt mit dem Gesicht nach unten liegen, schluchzt vor Wut, hämmert mit den Fäusten auf Kissen, Matratze, so daß die Plüschkatze gegen das Kopfende gedrückt wird. Sie öffnet und schließt die Beine, als wolle sie auf ein fernes Ufer zuschwimmen. Als sie den Kopf hebt, ist sie von Dunkelheit umgeben. Die Hände tun ihr weh vom Schlagen. Sie verschränkt die Arme hinter dem Kopf und preßt das Gesicht in die Matratze, so daß sie nichts mehr spürt als ihren heißen Atem. Sie schämt sich, für sich selbst, für Rosalinda, für sie alle.

•◆•

Sie bleibt lange im Bett liegen, ist vielleicht sogar eingeschlafen, weiß es aber nicht. Das Zimmer ist drückend heiß. Im Wohnzimmer läuft der Fernseher, im Haus riecht es nach gebratenen Hähnchen. Sie steht im Dunkeln auf, stolpert zur Tür und schaltet die Lampe an. Die plötzliche Helligkeit treibt ihr die Tränen in die Augen, und sie muß sich das Salz von der Wange reiben. Sie bürstet sich die Haare, putzt sich die Nase, streicht die zerknitterten Kleider an ihrem Körper glatt, zieht den Rock über die Hüften, zupft an ihrem Oberteil, so daß es nicht über den Brüsten spannt. Bevor sie die Tür aufmacht, schaltet sie das Licht aus.

Correa liegt auf der Couch und sieht fern. Als sie aus ihrem Zimmer kommt, blickt er auf und läßt den Blick abschätzend über sie gleiten, als wäre sie neu in die Stadt gekommen. Dann richtet er seine Aufmerksamkeit wieder auf das, was im Fernsehen läuft. Sie geht in die Küche, und Ester kommt aus ihrem Zimmer. Ihre Augen sind vom Schnaps und von einem unbeschreiblichen Schmerz getrübt, der sich nicht vertreiben läßt, was immer sie auch versucht.

»Da sind Reis und Bohnen. Ich brate dir eine Hähnchenkeule, wenn du magst.«

»Ist schon gut. Das reicht mir.« América nimmt sich Reis und gibt eine Kelle Kidney-Bohnen darauf.

»Laß es mich wenigstens warmmachen.« Ester versucht, América den Teller aus der Hand zu nehmen.

»Schon gut. Ich esse es so.«

»Du verdirbst dir den Magen.«

»Ist schon gut, Mami. Laß mich.«

Ester geht zurück, läßt América vorbei und wartet, bis sie am Tisch sitzt.

»Möchtest du was trinken?«

»Ist Kaffee da?«

»Ich koche dir welchen.« Ester kehrt in die Küche zurück, und América hört sie herumwirtschaften.

Sie kaut langsam und bewußt, als würde jeder Bissen kostbare Nährstoffe enthalten, die sie nicht vergeuden darf, die mehrmals mit der Zunge herumgerollt werden müssen, bevor man schluckt, weil sie sonst nicht ihre heilsamen Kräfte entfalten können. Sie starrt unverwandt geradeaus, der Küche den Rücken zugekehrt. Links von ihr, auf der anderen Seite des Zimmers, hat sich Correa auf der Couch ausgestreckt, die er gekauft hat, seiner Couch, wie er sie erinnert, wenn sie ihn bitten, etwas zu rücken. Sie blickt auf die Anrichte mit Glastüren ihr gegenüber, auf das *vajilla*, das Correa ihr zum fünfundzwanzigsten Geburtstag geschenkt hat, zweiundfünfzig Teile, Tassen und Untertassen, Teller und Schüsseln und eine Suppenterrine mit Deckel. Sie benutzt es nur zu besonderen Anlässen, weil es für alltags zu kostbar ist.

Ester stellt eine dampfende Tasse Kaffee vor sie hin. Eine andere Tasse, schon fertig mit Sahne und Zucker, bringt sie Correa, der sich aufsetzt, ohne die Augen vom Fernseher zu wenden, sie nimmt und davon trinkt. Kein Zeichen des Dankes für die Frau, die den Kaffee gekocht und ihm gebracht hat. Ester geht wieder in die Küche und kommt mit einer Bierdose in der einen und einer Kaffeetasse in der anderen Hand zurück. Sie setzt sich gegenüber von América an den Tisch, so daß sie ihr den Blick auf das schöne *vajilla* in der Anrichte versperrt, und zündet sich eine Zigarette an. Sie blickt ihre Tochter an. América weicht ihren Augen aus. Von den zweiundfünfzig Teilen des *vajilla* sind bis jetzt nur eine Tasse und eine Untertasse zerbrochen. Das war am Dreikönigstag, als Correa eine Gruppe Musiker herbestellt hatte, die ihr ein Ständchen brachten. Dummerweise nahm sie das beste Service, um ihnen Kaffee und süßen Reis mit Kokosraspeln anzubieten. Der Mann am *cuatro* ließ aus Versehen Untertasse und Tasse mit heißem Kaffee auf den Fliesenboden fallen. Da halfen auch keine Entschuldigungen. América hat die Teile aufgehoben, um sie mit Sekun-

denkleber wieder zusammenzusetzen. Aber nie wollten die Scherben richtig passen.
»Hat Rosalinda was gegessen?« fragt sie Ester.
»Nein, sie wollte nichts.« Ester sieht sie vorwurfsvoll an. Sie trinkt von ihrem Bier, stellt die Dose auf den Tisch, zieht an ihrer Zigarette, legt sie in den Aschenbecher, trinkt von ihrem Kaffee. »Soll ich dir einen Hähnchenschenkel aufbraten?«
»Nein, das reicht mir.«
»Du solltest die Bohnen nicht kalt essen. Davon kriegst du Blähungen.«
América steht auf, so daß die Stuhlbeine über die Fliesen kratzen. Sie trägt ihren Teller zum Spülbecken, wäscht ihn ab und stellt ihn aufs Trockengerüst. Sieht so aus, als würde Correa über Nacht bleiben. Sie trocknet sich die Hände mit dem Geschirrtuch, das am Griff des Kühlschranks hängt, und kehrt zum Tisch zurück. Dort trinkt sie ihren Kaffee, ohne den Blick von dem unvollständigen *vajilla* zu wenden, dem Geschenk von Correa.

Später liegt sie im Bett und starrt in die Dunkelheit. Sie trägt das Baumwollnachthemd, das sie selbst genäht hat. Es ist blaßblau und hat am Halsausschnitt und an den Puffärmeln zarte Bänder. Sie fühlt sich darin wie eine Prinzessin. Der Saum besteht aus einer Rüschenbordüre aus Spitze mit zarten Rundbögen zum Abschluß. Es war eine mühselige Arbeit, diese kleinen Bögen einen nach dem anderen an den gerüschten Saum zu sticken. Der Ventilator läuft, aber die Tür ist geschlossen, und so ist es nur heiße Luft, die ihre Kleider an den Wänden wie Geister flattern läßt.
Als Correa die Tür öffnet, fällt ein Lichtviereck auf den Boden vom einen Zimmerende zum anderen. Es wird zwei-

geteilt, als er hereinkommt und sanft und leise die Tür hinter sich schließt. Sie hört, wie er seine Kleider auszieht, sie im Dunkeln zusammenfaltet und auf den Stuhl neben ihrem Ankleidetisch fallen läßt. Er ist eine Katze, sieht auch ohne Licht. Sie spürt, wie sich die Bettkante unter seinem Gewicht nach unten senkt. Die Bettfedern quietschen. Leise, als wolle er sie nicht aufwecken, legt er sich neben sie. Sie wartet, bis seine Hände nach ihren suchen, sie nehmen. Ihr Atem geht schneller, doch sie versucht, es zu unterdrücken, damit er es nicht hört. Er zieht ihre Hand über das Laken, über seine rechte Hüfte, auf sein weiches warmes Schamhaar. Dort läßt er sie liegen. Seine Hand wandert zu ihren Brüsten.

Sie gräbt ihre Finger in den Flaum, nimmt seinen Penis und reibt ihn, bis er hart und aufrecht steht. Correa stöhnt, rollt ihr Prinzessinnennachthemd hoch bis zu ihrem Hals, zieht es ihr aber nicht aus. Er öffnet ihre Beine mit seinen, küßt ihre Brüste, leckt an ihren Nippeln wie ein Kätzchen an Milch und taucht dann in sie ein. Das erste Eindringen tut immer weh, als würde sie von innen auseinandergerissen. Aber sie verfällt in das Tempo seiner drängenden, federnden Bewegungen, und bald quietscht das ganze Bett. Er küßt sie auf den Mund. Sein Bart kitzelt auf ihren Lippen. Seine Lippen pressen sich auf ihren Mund, seine Zunge schmeichelt sich ihren Weg zwischen ihre Zähne. Und sie erwidert seinen Kuß.

Er küßt ihren Hals, fährt mit den Fingern durch ihr Haar, preßt ihre Brüste gegen seinen Brustkorb. Er küßt ihre Wangen, ihre Stirn, schwankt von einer Seite zur anderen, als wäre er ein Schiff und sie das stürmische Meer. Offenen Auges blickt sie in die Dunkelheit des fensterlosen Raums und läßt sich mitreißen, geht mit ihren Hüften auf seinen Rhythmus ein, bäumt sich nach oben, um ihn tiefer in sich aufzunehmen. Sie streicht in kleinen Kreisen über seine breiten Schultern, küßt seinen Hals, seine Wangen, seine Schläfen, preßt die Beine zusammen, reibt seine Hoden zwischen ihren Schenkeln. In dem Augenblick, als sie im Innern Feuer fängt, liebt sie ihn, glaubt sie, daß er sie liebt, glaubt den Versprechungen, die er ihr ins Ohr flüstert, während er mit einem kraftvollen Stoß noch tiefer in sie eindringt, sich anspannt, seinen Höhepunkt erreicht und erschöpft auf ihr liegenbleibt. Sein Atem wirbelt ihr Haar auf, so daß es an den Ohren kitzelt.

Sekundenkleber

»Mami, du mußt aufstehen!« América schüttelt Ester sanft.
»Hmmmh? Was?« stöhnt Ester und wedelt mit den Händen, als würde sie tanzen. Langsam öffnet sie die Augen. Sie fährt auf, als sie sieht, daß América sich über sie beugt. »Was ist los?«
»Du mußt zur Arbeit, Mami«, flüstert América. Ester hebt den Kopf und stützt sich auf die Ellenbogen.
»Aber heute ist doch nicht Dienstag, oder?«
»Nein, Mittwoch. Aber ich bleibe heute zu Hause. Deshalb mußt du gehen.«
Ester läßt sich wieder aufs Bett sinken und dreht sich um. »In Ordnung.« In der nächsten Sekunde ist sie fest eingeschlafen.
»Mami, du mußt aufstehen! Komm schon!« América schüttelt Ester. Die schlägt mit den Händen nach ihr, als wäre sie eine aufdringliche Fliege. »Ich lasse dich erst los, wenn du aufgestanden bist.«
Ester dreht sich um und stemmt sich mit Américas Hilfe langsam hoch, bis sie sitzt. »*Ay!* Mir tut jeder Knochen weh.« Sie tastet im Dunkeln nach dem Lichtschalter. »Das hättest du mir gestern abend sagen müssen. Dann wäre ich früher schlafen gegangen.« América zieht die Vorhänge auf. Blasses Licht kriecht in den Raum. »Draußen ist es noch dunkel!« jammert Ester. »Das sind nur Wolken. Warte, wenn du angekommen bist, hat es aufgeklart.« América sieht sich im Zimmer um. »Wo ist deine Uniform?«
Ester deutet auf die Kommode unter dem Fenster. Sie

schlurft ins Badezimmer, wobei ihr gewohnter rasselnder Morgenhusten jeden ihrer Schritte unterstreicht.

Esters Zimmer ist voller Andenken. An einer Wand hängen Familienfotos, Esters Wand der Erinnerungen. Den restlichen Raum säumen Regale mit Figuren. Ein alter Tisch ist in einen Altar des heiligen Lazarus, Esters Schutzpatron, umgewandelt worden. Zu seinen Füßen flackert gespenstisch eine Votivkerze gelb-rot-gelb.

Die Schubladen sind voller Kleider, die Ester seit Jahren nicht mehr getragen hat. Blusen und Röcke, die jetzt unmodern sind. Baumwolloberteile, die ihr nicht mehr passen. Kleider mit Rüschen und Volants einer Frau, die einen Flirt nicht scheut. In der untersten Schublade liegt die Uniform direkt auf dem Kleid, das Ester als Brautjungfer bei der Hochzeit ihrer Schwester trug, einen Monat, bevor sie von zu Hause durchbrannte. América nimmt sie heraus, streicht sie mit den Händen glatt und legt sie aufs Fußende des Betts. Dann geht sie Frühstück machen.

»Nur Kaffee«, sagt Ester in einer Hustenpause, als sie vorbeikommt. »So früh kann ich noch nichts essen.«

América schenkt Ester Kaffee ein und gibt heiße Milch und Zucker hinzu. Mit dem ersten Schluck beginnt Esters Husten sich zu legen, und nach dem dritten, vierten, ist er fast ganz verschwunden. »Meine Medizin«, nennt Ester ihren ersten Schluck Kaffee. Sie stöhnt und ächzt bei jedem Schritt so laut, daß América es hört, läßt sich beim Herausnehmen der Lockenwickler, beim Kämmen, beim Nachziehen ihrer Augenbrauen und beim schwarzen Lidstrich alle Zeit der Welt. América hört in der Küche zwar ihre halblauten Proteste, geht aber nicht darauf ein. Sie schiebt Brotscheiben in den Toaster und lehnt sich an die Eßtheke. Während sie ihren schwarzen Kaffee trinkt, eilen ihre Gedanken zu dem Augenblick, in dem Rosalinda aufwacht. Sie weiß noch nicht

genau, was sie ihr sagen will. Zumindest wird sie darauf bestehen, daß sie zur Schule geht.
Als Ester aus ihrem Zimmer kommt, sieht sie wie verwandelt aus. Das Haar ist frisiert und wird mit Haarspray in Form gehalten; das Gesicht ist geschminkt, so daß man Ester sogar schön nennen könnte. Und die Runzeln, die das Leben gezeichnet hat, sind ein Schmuck, der die tiefliegenden Augen, den vollen Mund und die geschwungenen Brauen hervorhebt. Die Uniform spannt sich glatt über Hüften und Hintern, und die Schürze, die sie um die Taille gebunden hat, ist kleiner als Américas. »Du siehst toll aus, Mami«, sagt América.
Ester lächelt und dreht sich vor ihr im Kreis. »Nicht schlecht für eine alte Dame, oder?«
»Fünfundvierzig ist nicht alt, Mami.«
»Ich war schon alt, als ich geboren wurde«, erwidert Ester.
América kann sich nicht bremsen. »Wenn du besser auf dich achten würdest ...«
»Spar dir die Predigt. Ich muß los.«
Sie geht aus dem Haus. Aber auf dem Fußweg bleibt sie stehen und zündet sich eine Zigarette an. Nach dem ersten Zug kehrt der Husten noch einmal zurück. Sie klopft sich auf die Brust, um den Schleim zu lösen, spuckt in den Gully und geht, eine kräuselige Rauchfahne hinter sich herziehend, davon.
Correa stolpert aus dem Schlafzimmer und kratzt sich am Kopf. Während er sich duscht und rasiert, brät América Eier, kocht frischen Kaffee und macht neuen Toast. Als sie den Tisch deckt, stellt er sich hinter sie, umschlingt sie mit den Armen und küßt sie aufs Haar.
»Deja eso«, murmelt sie und löst sich aus seinem Griff.
Er hält sie am Arm fest, zieht sie zu sich heran und küßt sie feucht auf die Lippen. »Ich habe dir gefehlt, nicht wahr?«

flüstert er ihr zu. Sie wendet sich ab, löst sich aus seiner Umarmung.
»Dein Frühstück wird kalt.« Sie trägt den Teller zum Tisch, wo auf einem Platzdeckchen bereits Messer, Gabel und Löffel liegen. Er sieht ihr nach, lächelt in sich hinein und folgt ihr. Sie bringt ihm Kaffee, Toast mit Butter. Sobald sie näher kommt, greift er in den Bund ihrer Jeans.
»Laß das!« Sie versucht, sich zu entwinden.
»Setz dich zu mir«, sagt er und zieht sie auf seinen Schoß.
»Du kannst nicht essen, wenn ich hier sitze.«
»Gut, dann auf den Stuhl. Aber lauf nicht wieder weg, wie du das immer tust.«
Er läßt sie los, behält aber seine Hand in ihrem Hosenbund, bis sie neben ihm sitzt. Sie schiebt ihren Stuhl nach hinten, so daß sie nicht sein Gesicht, sondern seinen Nacken, seinen durchgescheuerten Hemdkragen, die dunkle Furche zwischen Ohr und Schädel sieht. Ich hasse dich, hämmert sie in sein Hirn. Er hat große Hände, breit und kräftig. Er schiebt die Spiegeleier mit einem Stück Toast auf die Gabel. Dann dreht er sich zu ihr um und sieht sie an. »Hast du deine Zunge verschluckt?« Sie macht »ts« und blickt an ihm vorbei aus dem Fenster. Er rülpst leise und ißt weiter. Die Wanduhr über der Tür tickt in ihr Schweigen. América zupft einen losen Faden von ihrem Hosenschlitz. Correa kaut, und seine Ohren wackeln dabei, als würde er es mit Absicht tun. Irgendwo draußen kräht ein Hahn. Die Tasse klappert gegen den Unterteller, wenn er sie abstellt. Ein Auto, das beißenden Rauch ausspuckt, fährt vorbei. Correa niest. *»Salúd!«* sagt sie ohne nachzudenken, schlägt sich auf die Schenkel und steht auf. »Ich muß weitermachen.«
Er dreht sich um und sieht sie an, als würde er überlegen, ob er sie gehen lassen soll. Dann nimmt er die leere Tasse

und gibt sie ihr. »Bring mir noch Kaffee.« Sie nimmt sie ihm ab und setzt sich langsam in Bewegung, für den Fall, daß er seine Meinung ändert. Den Blick hat sie auf die Kaffeemaschine in der Küche gerichtet, Correas Weihnachtsgeschenk vom letzten Jahr. Ihre Hände zittern, als sie den heißen Kaffee eingießt, und ein paar Tropfen fallen auf die empfindliche Haut zwischen Daumen und Zeigefinger. Sie brennen, laufen ihr übers Handgelenk, aber sie merkt es kaum.

Er fährt nach Hause, um seine Uniform anzuziehen. Eineinhalb Wochen war er nicht mehr bei der Arbeit. Sie fragt sich, wie er damit durchkommt, daß er sich nach Lust und Laune freinimmt und dann wieder auftaucht, als sei nichts geschehen.

América reißt Fenster und Türen auf. Die Tür zu Rosalindas Zimmer ist immer noch geschlossen, und obwohl sich América mehrmals davorstellt, kann sie nichts hören. Sie dreht am Türknauf. Es ist abgeschlossen. Mit einem *bolero* auf den Lippen nimmt sie sich das Wohnzimmer vor, staubt alles ab, was ihr unter die Finger kommt, versprüht Glasreiniger und Möbelpolitur und reibt die Flächen mit langen, gleichmäßigen Bewegungen ab. Sie stellt die Stühle auf den Tisch, rollt den Läufer im Wohnzimmer auf und zieht ihn auf die Veranda. Sie wischt den Boden, mopt ihn trocken und bohnert ihn. Rosalindas Tür bleibt verschlossen, in ihrem Zimmer rührt sich nichts. Kein Laut.

Sie holt die Nippesfiguren aus dem Regal neben dem Fernseher, wäscht und trocknet sie einzeln ab und stellt sie in neuer Anordnung wieder auf. Der Schäfer, der für ein tanzendes Mädchen die Flöte spielt, blickt nun auf eine Gänseschar, und das tanzende Mädchen flirtet mit einer

Entenmutter, die ihre Jungen im Schlepptau hat. Sie nimmt in Wohnzimmer, Küche und von der Hintertür, die in den Garten führt, die Gardinen ab und steckt sie zum Waschen in die Maschine. Dann nimmt sie sich ihr eigenes Zimmer vor, läßt aber die Tür offen, damit sie hört, wenn Rosalinda ins Badezimmer geht.

Sie zieht das Bett ab, legt neue Laken auf, nimmt ihre Kosmetiksachen von der Fensterbank, wischt und poliert das Holz, putzt Flaschen und Dosen mit einem in Reinigungsmittel getränkten Lappen und stellt alles wieder an seinen Platz: Haarspray zu Gel und Styling-Schaum, Gesichtscreme zu Gesichtswasser und Reinigungsmilch, Pinzette zu Nagelfeile, Maniküreståbchen und Papierfeilen. Rosalindas Tür quietscht. América sitzt auf ihrem Bett und fädelt bei einem Turnschuh die Schnürsenkel neu ein, damit die Enden gleich lang sind, als ihre Tochter zum Badezimmer marschiert, ohne sie anzusehen.

»Ich habe dir Frühstück gemacht«, ruft sie aus der Küche, als Rosalinda herauskommt.

»Hab keinen Hunger.«

América stellt den Teller voll Rührei und Schinken, die Tasse dampfenden Kaffee *con leche* und den Toast auf den Tisch. »Komm und iß. Du hattest gestern kein Abendbrot.«

Aber Rosalinda ist schon wieder in ihrem Zimmer verschwunden und hat die Tür abgeschlossen. »*Nena*, dein Frühstück wird kalt.«

Rosalinda öffnet die Tür, kommt aber nicht heraus. »Ich habe gesagt, ich bin nicht hungrig! Ich will jetzt nichts essen.«

»Aber es ist schon fertig!«

Rosalinda sieht argwöhnisch an ihrer Mutter vorbei auf den mit Platzdeckchen gedeckten Tisch, auf ihr Frühstück, angerichtet auf dem guten *vajilla*. América folgt ihrem Blick.

»Ich habe es ausgewaschen«, lacht sie, »da konnte ich es ja auch benutzen.«
Rosalinda geht um den Tisch herum, setzt sich hin, stochert in ihrem Essen herum. Seit wann ist sie so mißmutig? América hat sie noch nie mit einem solchen Gesicht gesehen, diesem Ausdruck, daß sie genug hat von der Welt, daß ihr nichts mehr Spaß machen kann. Es muß neu sein. Aber vielleicht liegt es auch daran, daß sie nicht geschminkt ist, daß jeder Zug über ihr Gesicht spielen kann, ohne daß Highlighter oder Lidschatten davon ablenken.
»Ich dachte, wir könnten uns ein bißchen unterhalten ...«
Rosalinda knallt die Gabel auf den Tisch und springt auf, doch América, die schneller ist als sie, stellt sich ihr in den Weg.
»Ich will nicht darüber reden. Das habe ich doch schon gesagt!«
América nimmt Rosalinda bei den Schultern und hält sie fest, so daß sie sich nicht losreißen kann. »Du kannst es nicht ungeschehen machen, indem du nicht darüber redest. Ich habe dir ein paar Dinge zu sagen, und die wirst du dir gefälligst anhören.«
Tränen laufen Rosalinda übers Gesicht. »Ich muß gar nichts. Ich denke nicht daran.« Sie hält sich die Ohren zu und kneift die Augen zusammen, als könne sie América dadurch verschwinden lassen. Sie krümmt sich, versucht sich aus Américas Griff zu befreien.
»Ich lasse dich los, wenn du dich hinsetzt und mit mir redest.« América möchte nicht wütend klingen, versucht sogar mit aller Kraft, ruhig, beherrscht zu bleiben, nicht wie gestern abend außer sich zu geraten. Sie lockert ihren Griff an den Schultern, und das Mädchen windet sich heraus, läßt sich auf den Stuhl vor ihrem halbleer gegessenen Teller mit

Eiern und Toast fallen. Sie verbirgt das Gesicht in den Händen und schluchzt.
América spürt, wie sich ihre Brust zusammenzieht, als ob sich ein Riemen um ihre Rippen legt, der mit jedem Atemzug enger wird. Tränen treten ihr in die Augen, aber sie blinzelt sie fort. Behutsam, als wäre sie zerbrechlich, streicht América Rosalinda über die Schultern. Das Mädchen zieht sie weg. Aber dann gibt sie nach, läßt zu, daß América ihren Rücken, ihre Haare streichelt. Läßt sich umarmen, zunächst noch widerstrebend, aber dann dankbar, als sei es das, was sie die ganze Zeit gesucht hat. América hilft Rosalinda beim Aufstehen und führt sie zur Couch, wo sie sich nebeneinander hinsetzen, wo Rosalinda das Gesicht an die Brust ihrer Mutter preßt. América läßt sie weinen, läßt ihre eigenen Tränen leise über die Wangen kullern, als wollte sie verhindern, daß sie Rosalindas Schmerz vergiften.
»Ich verstehe nicht, warum ihr alle so ein Theater darum macht«, schluchzt Rosalinda. »Ich bin hier nicht die erste, die mit vierzehn wegläuft.«
»Werd nicht frech«, warnt América.
»Aber es stimmt, Mami«, beharrt sie.
América holt tief Luft. Sie versucht, die Wut zu zügeln, die in ihr aufsteigt, die auszubrechen und sie beide zu versengen droht. »Es stimmt. Aber das heißt noch lange nicht, daß es auch richtig ist.«
Rosalinda denkt einen Augenblick darüber nach. Dabei starrt sie auf die glänzenden, polierten Möbelstücke, die ihr Vater gekauft hat, und auf die Nippesfiguren, die Ester sammelt.
»Taino und ich, wir lieben uns.«
»Kriegst du ein Kind?«
Rosalinda wendet den Blick ab.

»Wenn ja«, fährt América fort, »dann müssen wir etwas unternehmen.«
Rosalinda reißt die Augen auf. Sie starrt América an, als habe sie den Verstand verloren. »Meinst du etwa ...« Sie vergräbt das Gesicht in den Händen. »Oh, mein Gott, Mami! Wie kannst an so was auch nur denken!«
América ist sich nicht sicher, ob Rosalinda die Schwangerschaft oder die Abtreibung meint. Sie wird rot. Wenn sie selbst schwanger wäre, käme eine Abtreibung nicht in Frage. Aber sie war auch so klug, in den letzten dreizehn Jahren Verhütungsmittel zu benutzen.
»Hat er ... hat er einen Schutz genommen?«
Rosalinda steht auf. »Ich kann nicht mit dir reden!« kreischt sie, rennt in ihr Zimmer und knallt die Tür zu.
»Rosalinda! Das ist wichtig!« América hört, wie sich ihre Tochter aufs Bett wirft, hört ihr Schreien und Schluchzen. Sie hämmert gegen die Tür. »Glaubst du etwa, es geht wieder weg? Du kannst sicher sein, das tut es nicht!«
Rosalinda weint noch lauter, schlägt aufs Bett. »Laß mich zufrieden. Ich will, daß du mich zufriedenläßt.«
»Das kannst du vergessen. Solange ich deine Mutter bin, habe ich was zu sagen. Also gewöhn dich dran!«
Rosalinda öffnet die Tür gerade so weit, daß América ihr zu einer wütenden Grimasse verzerrtes Gesicht sehen kann. »Daran brauch ich mich nicht zu gewöhnen. Papi hat gesagt, er bringt mich fort von hier, wenn ich will. Ich hasse dich! Und ich kann dich nicht mehr ertragen.«
América erstarrt. Die Tür knallt zu. Das hat Correa noch nie getan, gedroht, das Mädchen wegzubringen. In all den Jahren voller Streit, Prügel, Eifersuchtsanfällen, tu dies nicht und tu das nicht, hat er nie gedroht, ihr Rosalinda wegzunehmen.
Sie räumt Rosalindas stehengelassenes Frühstück fort. Cor-

rea hat drei Kinder in Fajardo, mit einer Frau, die er heiraten mußte, weil ihr Vater ihn mit gezogener Pistole dazu zwang. Er unterstützt sie mit seinem mageren Lohn und jedem Cent, den er sich durch Gelegenheitsarbeiten bei den reichen Hausbesitzern verdient. Zu Rosalindas Unterhalt hat er nie nennenswert beigetragen, außer bei besonderen Anlässen durch seine Geschenke, den Modeschmuck und die Kleider, die er ihr von seinen Besuchen in Puerto Rico mitbringt. Hin und wieder gibt er Rosalinda Taschengeld, aber damit hat sich's schon. Alles andere, die Schuluniform und die Alltagskleider, die Geburtstagsgeschenke für ihre Freundinnen, die Weihnachtsgeschenke für ihre Lehrer, hat América bezahlt. Sie hat den Arzt bezahlt, wenn Rosalinda krank war, den Zahnarzt, als ihr ein Zahn gezogen werden mußte, das Krankenhaus, als sie eine Blinddarmentzündung hatte. Correa behauptet, Rosalinda sei sein Lieblingskind, sein Erstgeborenes, die Frucht der Liebe zwischen ihm und América. So einfach ist das für ihn, »die Frucht unserer Liebe«. Aber nie hat er für ihr Wohlergehen die Verantwortung übernommen, hat die Erziehung América überlassen, denn »sie ist ein Mädchen, und du bist eine Frau, und eine Tochter braucht die Mutter.« Wieso mischt er sich jetzt ein und bietet Rosalinda an, sie fortzubringen? Wahrscheinlich will er den Helden spielen, denkt América. Nun, da Rosalinda so aufsässig ist, glaubt er, auf seine Tochter Eindruck machen zu können. Das muß es ein. Der große, männliche Vater, der die Tochter vor der gemeinen Mutter rettet. Hurensohn! Sie schmettert den Teller aus dem schönen Sonntag-*vajilla* auf den Fliesenboden. Er zerbricht in Millionen von Scherben, die auch mit Sekundenkleber nicht wieder zusammengesetzt werden können.

Nicht für immer

Als Ester von der Arbeit nach Hause kommt, ist das ganze Haus geputzt. Sogar die Verandastufen glänzen frisch gebohnert, und die Spinnen sind aus ihren Nischen am Dachstock vertrieben. Ein Topf Bohnensuppe mit Bananenknödeln köchelt auf dem Ofen.

»Jetzt habe ich meine *novela* verpaßt«, jammert Ester beim Hereinkommen – als ob in dieser einen Folge ihrer Lieblingsnachmittagsserie etwas Entscheidendes passiert sein könnte.

Auf dem Weg in ihr Zimmer schnappt sie sich ein Bier. Kriegt nicht mit, wie finster América sie ansieht. Als sie in Shorts und einem T-Shirt ohne BH wieder herauskommt, läßt sie sich vor dem Fernseher plumpsen und schaltet sich durch die Kanäle, bis sie den gesuchten gefunden hat. América, die auf Correas Couch sitzt, rührt sich nicht von der Stelle, bis eine Frau auf dem Bildschirm erscheint, aus deren schwarzgeschminkten Augen Tränen kullern, die von einem schnauzbärtigen Mann mit großer Zärtlichkeit weggeküßt werden. Ester seufzt. América steht auf und geht nach draußen, setzt sich auf der vorderen Veranda in den Schaukelstuhl und wartet auf Correa.

Er bringt einen Laib frisches Brot und in einer Segeltuchtasche seine schmutzigen Kleider mit. Als er hereinkommt, versucht er sie zu küssen, aber sie duckt sich, nimmt seine Kleider und geht in die Küche, um das Essen aufzutragen. Sobald Ester ihn sieht, schaltet sie den Fernseher aus und zieht sich in ihr Zimmer zurück – sie erkennt an, daß er der Herr des Hauses ist, obwohl das Haus ihr gehört. Correa streckt sich auf seiner Couch aus, stellt seinen Sender ein und wartet, daß América ihn zum Essen ruft.

»Essen wir nicht zusammen?« fragt er, als América nur einen Teller aufdeckt.

»Rosalinda ist seit heute morgen nicht aus ihrem Zimmer gekommen«, erwidert sie.

Sein Gesicht verfinstert sich. »Deck den Tisch für uns alle!« schnauzt er. Er selbst geht zur Tür seiner Tochter und hämmert dagegen. »Rosalinda, komm raus und iß mit uns!«

»Ich habe keinen Hunger.«

»Mir ist egal, ob du Hunger hast oder nicht. Komm raus und setz dich zu deiner Mutter und mir.«

Großes Geraschel und Geschniefe. »Bin gleich da.«

Triumphierend sieht Correa América an. Sie wirft ihm einen verächtlichen Blick zu, deckt den Tisch und ruft Ester.

»Ißt du mit uns, Mami?«

»Nein, ich esse später.«

Rosalinda hat ihre roten, geschwollenen Augen geschminkt, Rouge auf die Wangen aufgetragen und die Haare zu einem lockeren Pferdeschwanz gekämmt. Correa beobachtet sie ernst, als sie zum Tisch geht und sich dabei alle Zeit der Welt läßt. Er zeigt auf den Platz neben sich, so daß sie zwischen ihm und América sitzt, eingeklemmt von dem Schrank mit den Glastüren.

Als América die Suppe in der Terrine des *vajilla* aufträgt, sieht Correa sie fragend an. Sie füllt die Suppe in die Schalen, gibt ihm den Knochen mit dem meisten Fleisch.

»Wo ist das Brot?«

»Im Ofen, zum Aufbacken.«

Rosalinda starrt in ihre Suppe. América stellt das knusprige

Brot mitten auf den Tisch. Correa, der die Stücke abreißt, gibt erst América eines und dann Rosalinda. Die beachtet es nicht. »Nimm!« knurrt er. Sie gehorcht und legt es auf ihren Teller. Er schiebt sich ein Stück in den Mund, und während er kaut, beobachtet er seine Tochter, als überlege er, was er jetzt sagen soll. Sie verzieht keine Miene. Ihr Blick ist auf das Muster gerichtet, das die Nudeln am Boden ihrer Schale bilden. Rosalinda, die Unerschütterliche. Correa betrachtet sie eine Weile, sucht Américas Augen, schüttelt den Kopf. América weicht seinem Blick aus und ißt bedächtig von ihrer Suppe. Sie hört nichts als sein Kauen und den Stuhl, der unter seinem rastlosen Körper ächzt und quietscht. Er ißt ein paar Löffel Suppe und betrachtet die beiden Frauen neben sich, die eine, die reglos wie ein Stein dasitzt, und die andere, die hartnäckig seinem Blick ausweicht. Schließlich schlägt er mit der Faust auf den Tisch und stößt seinen Stuhl so heftig nach hinten, daß er umkippt.

»*Maldito sea*«, schimpft er. »Da vergeht einem ja der Appetit, wenn man mit euch ißt!« América erstarrt. Rosalinda sieht ängstlich auf, rührt sich aber nicht. Correa betrachtet sie einen Moment lang unschlüssig, blickt in ihre furchtsamen Gesichter. Er schüttelt den Kopf, als wollte er eine innere Stimme zum Schweigen bringen. Dann rennt er aus dem Haus, steigt in seinen Jeep und ist verschwunden.

América und Rosalinda wechseln einen erleichterten Blick. Das Mädchen nimmt den Löffel, füllt ihn mit der dampfenden Suppe und bläst leise darauf, als würde sie ihm ein Geheimnis zuflüstern, das nur der Löffel verstehen kann. América fängt wieder zu essen an. Kichernd kommt Ester herein, Schüssel und Löffel in der Hand.

»Wie Wachs in euren Händen«, lacht sie zwischen zwei Löffeln. »Eine tolle Leistung!«

América und Rosalinda sehen sich an. Zum erstenmal seit Tagen sieht América, wie ein leises Lächeln über das Gesicht ihrer Tochter flackert.

Am nächsten Morgen, als América aus ihrem Zimmer kommt, um sich Frühstück zu machen, sitzt Rosalinda in ihrer Schuluniform am Tisch und liest in einem dicken Geschichtsbuch, als würde sie für ein Foto posieren.

»Ich habe schon Kaffee gekocht«, sagt sie.

América geht ins Badezimmer. Sie haßt es, wenn ihr Morgenritual durch Ester oder Rosalinda oder Correa gestört wird. Sie kocht sich den Kaffee gern selbst. Ester macht ihn zu stark, Rosalinda zu schwach. Sie mag es, wenn sie das Haus für sich hat, wenn sie sich ungestört anziehen und sich beim Kaffeetrinken und Toastessen kämmen und schminken kann. In dieser Zeit hat sie ihre Ruhe, und es wirft sie aus der Bahn, wenn der Tag mit einem Gespräch oder einer anderen Abweichung von ihrem Morgentanz zwischen Schlafzimmer, Küche und Bad beginnt.

»Vielleicht sollte ich eine Entschuldigung für deine Lehrer schreiben«, schlägt sie auf dem Rückweg vor.

Rosalinda zuckt zusammen. »Ich glaube, auf der Insel weiß jeder, warum ich fort war.«

»Sag mir Bescheid, wenn du eine brauchst.«

Sie geht in ihr Zimmer, um sich anzuziehen. Ein gutes Zeichen, daß Rosalinda aus eigenem Entschluß wieder zur Schule gehen will. América war nicht gerade scharf darauf, heute eine neue Schlacht mit ihr auszutragen. Aber ihr Magen krampft sich zusammen, und sie wird rot, wenn sie sich vorstellt, wie Rosalinda vor ihre Klassenkameradinnen tritt, die zum Teil ihre Kleider und ihren Schmuck tragen. Einige werden ihr aus dem Weg gehen, hinter vorgehalte-

ner Hand ihrer Nachbarin etwas zuflüstern und dabei Rosalinda einen hinterhältigen Blick zuwerfen. Sie werden Bemerkungen über Taino machen, werden in ihrem Beisein nach ihm fragen. Werden in Gesprächen seinen Namen fallenlassen, so daß sie es hören muß. Ihre Lehrer werden sich bemühen, nett zu sein, werden so tun, als sei nichts geschehen, weil es eine Sache der Familie ist und nicht der Schule, wenn ein Mädchen mit seinem Freund durchbrennt. Rosalinda wird keine Freundinnen mehr haben, man wird über sie klatschen, sie aufziehen, sie ächten. América stellt sich vor, wie sie allein auf dem Schulhof steht, umgeben von einer Schar Mädchen, die kichern, von Jungen, die schmutzige Gesten machen, von Lehrern, die zur Seite blicken. América zittert am ganzen Körper. Sie geht aus ihrem Zimmer, während sie sich nervös ein Gummiband um den Pferdeschwanz schlingt.
»Soll ich dich zur Schule bringen?« fragt América mit zitternder Stimme. Rosalinda starrt sie an, als würde sie spinnen.
»Nein!«
»Aber *nena* ...«
»Die lachen mich aus, wenn ich mit meiner Mutter auftauche.«
Sie würden sie beide auslachen. América weiß noch, wie die Mädchen ihr aus dem Weg gingen, nachdem sie mit Correa zurückgekommen war, wie die Mütter ihre Töchter an der Hand fortzogen, in die andere Richtung sahen, wenn sie des Wegs kam und als sichtbares Zeichen für das, was mit ihren Töchtern nicht geschehen durfte, ihren schwangeren Leib vor sich hertrug. Eine Vierzehnjährige, die Schuluniform tragen sollte, mit einem Kind im Bauch! Sie hörte die anderen über Ester und sie reden. Sie nannten Ester eine *descuidada*, weil sie nicht verhindert hatte, daß ihre Tochter

mit einem Mann durchbrannte. Sie sagten, alle Frauen der Familie seien Flittchen. Daß keine, soweit sie zurückdenken konnten, einen Ehemann gehabt habe, immer habe es nur Babys gegeben, Mädchen, die ihre Töchter großzogen, aber nie einen Jungen, nie einen Mann. Das alles mußte sie sich nach ihrer *metida de pata* anhören. Erst wenn du einen Fehler begangen hast, zeigen dir die Leute, daß er nicht zu vermeiden war.

»Du bist tapfer«, sagt sie zu Rosalinda. Die blickt von ihrem Buch auf.

»Qué?«

»Daß du wieder zur Schule gehst. Daß du da weitermachst, wo du aufgehört hast. Für so was braucht man viel Mut.«

»Was soll ich denn sonst tun?«

»Rosalinda, das ist ein Lob! Und du fängst wieder zu streiten an!«

»Aber dein Lob klingt so, als würdest du was anderes meinen.«

»Ich meine genau das, was ich sage. Es wird nicht leicht für dich, wenn du heute wieder zur Schule gehst.«

»Egal, du kannst nicht mitkommen.«

»Deshalb habe ich es auch nicht gesagt.« Sie kann ihre Wut nicht überspielen. »Wenn du mich brauchst, weißt du, wo du mich finden kannst.«

»Ja, ich weiß, wo ich dich finden kann.« Rosalinda blättert in ihrem Buch eine Seite um, als habe sie die ganze Zeit gelesen. Als habe sie nicht die ganze Zeit ihre Mutter angestarrt und sich gewünscht, sie möge verschwinden.

América macht sich auf den Weg zum La Casa del Francés. Am liebsten würde sie weinen. Sie schlägt sich auf die Seite, wie um sich von ihren Gedanken abzulenken, wo die Worte, Blicke und Erinnerungen züngeln wie Würmer im Kompost, verborgen in der Dunkelheit, bis sie sich beim ersten kleinen Stochern zur Oberfläche winden.

•◆•

Als sie am Nachmittag von der Arbeit nach Hause kommt, sitzen Correa und Rosalinda auf seiner Couch und reden. Sobald América hereinkommt, verstummen sie. Sie machen sich nicht einmal die Mühe, zu verbergen, daß es ihretwegen geschieht. Wie immer, wenn Correa da ist, läßt Ester sich nicht blicken. América geht vorbei, um sich umzuziehen, und Rosalinda verschwindet in ihrem Zimmer. Correa folgt América in ihr Schlafzimmer. Er wirft sich rücklings auf ihr Bett und landet mit dem Kopf auf dem Stofftier, das am Kopfende lehnt.

»Du zerdrückst meine Katze«, sagt sie und zieht sie unter ihm weg.

»Du liebst diese Katze mehr als mich«, neckt er sie mit leichtem Vorwurf in der Stimme.

Sie klopft das Plüschtier auf und legt es auf die Kommode.

»Worüber hast du mit Rosalinda gesprochen, als ich hereinkam?«

Er seufzt und blickt zur Decke. »Sie möchte zu Tía Estrella und Prima Fefa ziehen.«

»Nach Fajardo?«

»Da wohnen sie.«

»Das geht nicht«, sagt sie in einem Ton, als hätte Correa bei der Sache nicht mitzureden.

»Ich habe ihr schon gesagt, daß du damit niemals einverstanden sein wirst.«

»Mir hat sie aber was anderes erzählt.«

Er setzt sich auf und stützt sich auf den Ellenbogen.

»Vielleicht tut es ihr ganz gut, wenn sie mal für eine Weile von hier wegkommt.«

»Seit wann weißt du, was gut für sie ist?«
»Ich bin schließlich ihr Vater ...«
Auf diese Feststellung hätte sie viele Erwiderungen parat, und alle beginnen mit: »Was für ein Vater ...« Aber sie hält sich zurück. Wenn Correa so ruhig, so beherrscht ist, wartet er auf die kleinste Bemerkung, um dann zu explodieren. Normalerweise ist sie dann am Ende voller blauer Flecke und Beulen.
»Das ist ihr Heim. Sie sollte bei uns bleiben. Wir können ein Auge auf sie haben.«
»Das ist es ja gerade! Sie sagt, du würdest ihr nicht mehr vertrauen. Ester und du, ihr würdet ihr ständig nachschnüffeln. Sie möchte dort, wo sie wohnt, nicht immer daran erinnert werden, was Taino und sie getan haben.«
Eine weiße, gleißende Wut flammt ihren Rücken hoch bis zur Schädeldecke und setzt sie in Brand. Sie kann nicht mehr atmen, die Luft wird ihr abgeschnürt von der wilden Angst, die sich von ihrem Schoß aus in ihrem Innern ausbreitet. Sie wendet sich von dem Mann ab, greift nach dem Bettpfosten, als könnte der sie erden, als könnte der verhindern, daß sie zu Asche verbrennt. Nichts, was sie sagen oder tun kann, wird verhindern, daß es geschieht. Daß sie mit Taino fortgelaufen ist, ist der Punkt in Rosalindas Leben, um den sich alles dreht. Darauf gibt es keine richtigen Antworten, kein richtiges Gefühl, keinen richtigen Weg. Sie weint, aber aus Wut, aus der Erkenntnis heraus, daß sie ihre Tochter verloren hat, aus der Gewißheit, daß Correa sie wegbringen wird, auch wenn América es nicht erlaubt. Er wird América zeigen, wer das Sagen hat, *quién manda,* selbst in ihrem eigenen Haus. Und wenn sie sich widersetzt, wird er sie schlagen und prügeln. Er wird sie beschimpfen und damit erreichen, daß Rosalinda sie noch mehr haßt als jetzt. Es ist die Hilflosigkeit, die sie so wütend macht. América will

nicht nachgeben, kann Correa dies nicht auch noch durchgehen lassen. Aber die Angst vor seinen Fäusten lähmt ihre Wut, und sie lehnt sich schluchzend an den Bettpfosten, wünscht, sie wäre ein Mann und könnte gegen ihn kämpfen, könnte einmal gegen ihn gewinnen.
Correa versucht sie zu streicheln. Es ist eines der Male, wo ihre Tränen ihn zärtlich machen. Sie schüttelt ihn ab, faucht ihn an, boxt ihn, ohne große Wirkung. Und die ganze Zeit schirmt sie ihr Gesicht ab, vor seinen Küssen oder seinen Fäusten, was auch immer.
»Es ist doch nicht für immer, América.« Er versucht sie mit einer Lüge zu beruhigen. »Gib ihr ein bißchen Zeit, so daß sie Abstand gewinnen kann. In ein paar Monaten ist sie wieder da.«
Tief in ihrem Innern heult sie auf, als werde der Schmerz, den sie verspürt, nicht nur durch den Verlust ihrer Tochter hervorgerufen. Als würde sie um sich selbst weinen, um den Tag, an dem sie für ihre Mutter verloren war, und um den Tag, an dem Ester für ihre Mutter verloren war, um all die Generationen von Frauen aus ihrer Familie, um die Töchter, die von ihren Müttern fortliefen, kaum daß ihnen Brüste wuchsen und das Brennen zwischen ihren Schenkeln unerträglich wurde. Um Mütter, die ihre Töchter vorwurfsvoll anblicken und in ihnen das eigene Versagen sehen, als ob es sich hätte vermeiden lassen, als ob dieses namenlose Jucken zwischen den behaarten Beinen nicht in den dunkelsten Winkeln einer jeden von ihnen lauern würde.
América weint. Correa steht hilflos neben ihr, unfähig, sie zu trösten, zu voller Größe aufgerichtet wie eine Beleidigung. Ihre Trauer hat ihn zum Schweigen gebracht, dieser Schmerz, den er nicht kennt, den er nicht verstehen wird, den er sich nicht bemüht zu verstehen.

Donnern in der Ferne

Zehn vor drei in der Frühe wacht sie zitternd in ihrem Zimmer ohne Fenster auf und ringt um Atem. Sie ist allein. Im Dunkeln stolpert sie zur Tür und reißt sie auf, pumpt frische Luft in ihre Lungen. Das Herz klopft ihr bis zum Halse. Sie lehnt sich an den Türstock und lauscht mit geschlossenen Augen auf das Pochen in ihren Ohren. Als es nachläßt und ihr Herz wieder in normalem Tempo schlägt, geht sie zur Hintertür, öffnet sie leise und tritt mit bloßen Füßen in das feuchte Gras. Unter ihrem Nachthemd fängt sich die kühle Luft. Es flattert um ihre Knie, als wollte es sie küssen. Sie hebt ihre Haare, schüttelt sie und läßt sie dann locker auf die Schultern fallen. Tröstlich trocknet die sanfte Brise den Schweiß auf ihrem Nacken und hinter den Ohren.

Die Luft riecht würzig nach Esters Kräutern, die an den schmalen Wegen oder in von Holzpflöcken oder Steinen eingefaßten Beeten wachsen. Am Zaun ranken Schweinebohnen. Zwei Zitronenbäume strecken ihre stacheligen Zweige in Nachbars Garten. Jeder Busch, jede Pflanze, jede Ranke ist eßbar oder sonstwie nützlich, um Verbrennungen, Kopf- oder Magenschmerzen zu lindern.

Hinten, am Ende des Gartens, glucksen leise ein paar Hühner in ihrem Verschlag. Wahrscheinlich fragen sie sich, wer zu dieser Nachtzeit hier herumwandert. Vier Häuser weiter bellt warnend Nildas Hund, dann gibt er wieder Ruhe, besänftigt, weil niemand in sein Gebiet eingedrungen ist. América setzt sich auf eine rostige, verschnörkelte Eisenbank, die früher unter einem Mangobaum stand. Der Baum wurde von Hurrikan Hugo gefällt, und als man seine Krone forträumte, stellte Ester die Bank neben den abgeschnittenen Stumpf, als ob daraus Zweige sprießen und die Stelle des abgebrochenen Stammes einnehmen könnten.

»Was machst du hier draußen?« Esters Stimme ist ein heiseres Flüstern.

América fährt auf. »Mami! Hast du mich erschreckt!«

»Was meinst du, wie es mir ging, als ich hier draußen jemanden rumschleichen hörte.«

»Daran habe ich nicht gedacht. Sonst schläfst du immer so fest.«

»Heute nicht«, sagt sie vorwurfsvoll.

»In meinem Zimmer war es so heiß«, entschuldigt sich América.

»Aber im *el sereno* hier draußen holst dir was weg, ohne Bademantel … und Schuhe hast du auch nicht an!«

América zieht die Füße auf die Bank und schlingt die Arme um die Knie. Ester wühlt in den Taschen ihres Bademantels und zieht eine zerknautschte Schachtel Zigaretten und ein Feuerzeug heraus.

»Noch ein paar Tage, dann ist er voll«, bemerkt sie, während sie mit einer Zigarette auf den Mond zeigt.

Die Nacht ist klar. Der dunkelblaue Himmel ist mit Diamantfunken getupft. Von Zeit zu Zeit zieht ein roter Blitz über den Himmel, ein dumpfer Donner grollt, und die Erde bebt. Irgendwo am Ostufer der Insel führt die Navy am Strand Zielübungen durch.

»Wann ist Correa weggegangen?« fragt América.

»Schon früh. Ist nicht einmal zum Abendbrot geblieben.«

»Hat Rosalinda was gegessen?«

»Sie wollte nicht aus ihrem Zimmer kommen. Ich habe ihr einen Teller mit Reis und Bohnen vor die Tür gestellt

und ihr gesagt, daß er dort ist. Sie hat sie gerade so weit aufgemacht, daß sie sich das Essen holen konnte.« Ester kichert.
América lächelt und schüttelt den Kopf. »War ich in ihrem Alter auch so?« fragt sie.
»Du warst gerade vierzehn, als du ...« Ester zeichnet mit der Spitze ihres Hausschuhs ein unsichtbares Bild auf den Boden. »Aber so unverschämt wie Rosalinda warst du nie«, schließt sie, bevor sie einen langen Zug von ihrer Zigarette nimmt.
Schuldgefühle lassen América schweigen. Sie versucht sich zu erinnern, wie sie als Vierzehnjährige war. Sie hatte ihrer Mutter nicht weh tun wollen, als sie von der Schule nach Hause rannte, sich die Uniform vom Leibe riß, in Shorts und ein T-Shirt schlüpfte, sich schminkte, die Haare bürstete und sich dann mit einem Schulbuch auf die Veranda setzte. Sie dachte nicht an Ester, wenn sie so tat, als würde sie ihre Hausaufgaben machen, wenn sie darauf wartete, daß Correa sie bemerkte. Correa, der dem Bulldozer den Weg wies, wenn er vor dem Haus die Gräben für die Abwasserleitungen aushob.
América seufzt. Ich konnte mich gar nicht schnell genug verführen lassen, wird ihr mit Erstaunen klar. So wie Rosalinda, denkt sie. Normalerweise überkommt sie Wut, wenn sie an ihre Tochter denkt, doch nun ist es überraschenderweise Mitleid. Sie blickt auf Ester, die dem Mond geistesabwesend ihre Rauchringe zubläst. Ester war auch einmal vierzehn, hat sich auch von einem Mann verführen lassen und kehrte dann, nachdem Américas Vater sie verlassen hatte, in dieses Haus zurück. Stand Ester, als América vierzehn Jahre später fortlief, auch mitten in der Nacht im *el sereno* und überlegte mit ihrer Mutter Inés, was sie mit ihr machen sollte?

»Rosalinda will zu Correas Tante nach Fajardo ziehen«, sagt América mit brüchiger Stimme.
»Läßt du das zu?« Aus Esters Ton wird deutlich, daß sie so was nicht erlauben würde.
»Ich kann nichts dagegen tun. Correa hat schon eingewilligt.« Sie haßt sich dafür, daß ihre Stimme so abwehrend, so kindlich klingt.
Ester preßt die Lippen zusammen. *»Ese hombre …«*, setzt sie an, als ob mit »dieser Mann« alles erklärt wäre.
»Seine Tante ist eine gute Frau«, fällt América ihr ins Wort und nimmt ihr damit jede Möglichkeit, mehr über Correa zu sagen. »Allerdings ist sie schon alt. Ich weiß nicht, ob sie mit einer Jugendlichen zurechtkommt. Rosalinda wird leichtes Spiel mit ihr haben.« So wie sie mit uns leichtes Spiel hat. Aber das denkt sie nur, das spricht sie nicht aus.
»Du wirst doch nicht etwa zulassen, daß er sie fortbringt? Einfach so!« Esters Stimme trieft vor Verachtung über Américas Schwäche. América zieht die Knie näher an die Brust und richtet den Blick auf eine dunkle Ecke des blühenden Gartens. Die Bombe, die an der fernen Küste explodiert und den Boden erzittern läßt, spürt sie mehr, als daß sie sie hört.
»Ich weiß nicht, was ich dagegen tun könnte«, sagt sie so leise, daß sie nicht sicher ist, ob Ester die Worte gehört hat. Sie sieht ihre Mutter an, die dem Mond wieder Rauchringe zubläst. Daß Ester so ruhig ist, findet América seltsam, wenn sie an den Aufruhr in ihrem eigenen Inneren denkt.
»Warum schickst du sie nicht zu Paulina?«
»Nach New York?« Wenn Ester vorgeschlagen hätte, Rosalinda nach China zu schicken, hätte Américas Erstaunen, ihre bange Furcht nicht größer sein können. Sie schaudert, wenn sie an eine Entfernung denkt, die über die Distanz

zwischen Vieques und Puerto Rico hinausgeht. Und diese Distanz scheint ihr mit ihren dreißig Kilometern schon weit genug.
»Aber wenigstens wäre sie dann bei unseren Verwandten.«
Bei Verwandten, die so weit fort sind, daß sich América nur noch vage an sie erinnern kann. Daran haben auch die alljährlichen Fotos ihrer lachenden Gesichter über dem Satz »Fröhliche Weihnachten von der Familie Ortiz« wenig geändert. Obwohl América Correas Tante Estrella seit fünfzehn Jahren nicht mehr gesehen und von ihr kein deutlicheres Bild hat als von der Familie Ortiz, kann sie sich Rosalinda in Fajardo sehr gut vorstellen, in New York hingegen kaum.
»Rosalinda kann kein Englisch«, sagt sie, als käme es nur darauf an. Aber Ester antwortet nicht. Und in das Schweigen hinein hört América sich den wahren Grund nennen, weshalb sie Rosalinda nicht nach New York schicken kann. »Correa würde sie nie gehen lassen.«
Ester nimmt einen letzten Zug von ihrer Zigarette, bevor sie den Stummel zu Boden wirft und austritt. Sie reibt ihn so fest in den Staub, daß man in dem Loch, das dadurch entsteht, weit mehr begraben könnte als nur einen Zigarettenstummel.
»Er braucht es ja nicht zu erfahren«, sagt Ester so leise, als traue sie ihrer Stimme nicht. América stellt die Füße auf den Boden und blickt ihre Mutter forschend an. Aber Ester hat sich abgewandt, und América sieht nur die groteske Silhouette, die sich durch die rosafarbenen Schaumstofflockenwickler auf ihrem Kopf abzeichnet.
»Mami, er ist ihr Vater. Ich kann sie nicht wegschicken, ohne ihm das zu sagen.« Sie bemüht sich, in ihrer Stimme keine Gefühle mitklingen zu lassen. Es soll nicht wie eine Entschuldigung klingen, damit sie nicht wieder Esters Verach-

tung spüren muß. Aber Ester schweigt. »Und wer weiß, was er mir antun würde«, fügt sie hinzu, unfähig, das Beben in ihrer Stimme zu überspielen. Ester sagt immer noch nichts. Sie starrt auf den Vollmond, als könnte der ihr eine Antwort geben. Sie ist so still, so reglos, daß América schon meint, sie wäre eingeschlafen.

Schließlich holt sie tief Luft. »Dann gehst du eben mit ihr zusammen«, sagt sie.

»Bist du verrückt? Was soll ich in New York?« América zittern die Hände. Ihr Körper ist plötzlich von einem feinen Schweißfilm bedeckt, wie Tau auf einer Blüte.

»Das gleiche wie hier. Irving kennt viele Leute.«

»Was hat der damit zu tun. Habt ihr über mich gesprochen?«

Ester blickt schuldbewußt zur Seite. »Er stellt Fragen, und ich antworte. Manchmal macht er einen Vorschlag.« Sie wühlt wieder in ihrer Tasche, zieht die zerknautschte Schachtel heraus und steckt sich mit unsicheren Händen eine Zigarette an.

»Correa braucht nicht zu erfahren, wo du bist. Niemand wird es ihm sagen.«

Aber América hat sich so in das Bild verbissen, wie Ester und Don Irving trinken, rauchen und über sie und Correa reden, daß sie nichts mehr hört. Sie baut sich vor ihrer Mutter auf. Furcht hat sich in Wut verwandelt.

»Mein Leben geht dich nichts an«, zischt sie. »Also halt dich gefälligst da raus.«

Ester sieht sie nicht an. Sie dreht sich um und geht ins Haus. Dabei sagt sie etwas, das América nicht versteht.

América starrt der schlanken Gestalt ihrer Mutter nach, deren glimmende Zigarette hell aus den Schatten des Gartens hervorleuchtet. Mit ihr zu streiten ist unbefriedigend, weil es gewöhnlich damit endet, daß Ester fortgeht und dabei etwas vor sich hinmurmelt. Nachdem América sich für die bevorstehende Auseinandersetzung mit Zorn gewappnet hat, bleibt ihr nun nichts anderes übrig, als zu schmoren und sich die verschiedensten Arten zu überlegen, wie man immer wieder das gleiche sagt: Das ist mein Leben; halt dich da raus.

Aber noch während América vor sich hinmurmelt, daß Ester auch nicht gerade das beste Beispiel für ein vorbildliches Leben abgibt, daß wer im Glashaus sitzt, nicht mit Steinen werfen sollte, spürt sie das Gewicht von Esters Sorge. Das ist nicht mein Leben, wird ihr klar. Correa bestimmt alles, was ich tue, ob er da ist oder nicht. Habe ich nicht ständig Angst davor, was Correa denkt, was er macht, was er sagt? Ist das etwa ein gutes Leben?

Sie weiß keine Antwort. Ein anderes Leben kennt sie nicht. Ihre ersten vierzehn Jahre drehten sich allein um Ester und ihre Anforderungen als Mutter. Die zweite Hälfte ihres Lebens war von Correa überschattet. Ist das etwa ein gutes Leben, fragt sie sich wieder. Aber vor der Antwort hat sie Angst. Die Frage schwebt in der würzigen Luft von Esters Garten, während hin und wieder rote Lichtblitze über den Himmel zucken, die Bomben mit dumpfen Schlägen auf ihr Ziel treffen, die Erde unter ihren Füßen erzittert.

»Heute gehen wir aus«, verkündet Correa am nächsten Abend.

»Warum?«

»Darf ich nicht mit meiner Frau ausgehen, wenn mir danach ist?« Er lächelt, als würde er sie necken, aber América weiß, daß es ihm ernst ist.

»Morgen muß ich arbeiten.«

»Ich weiß. Aber ich möchte ausgehen, und ich möchte dich dabeihaben. Komm schon, zier dich nicht!« Er nimmt eine

Locke, die sich aus ihrer Frisur gelöst hat, und wickelt sie sich um den Finger. »Mach dich hübsch für mich.«
Das ist Correa, den sie liebt. Der Mann mit den weichen Händen, mit der zärtlichen Stimme, der auch eine Locke in ihrem Nacken schön findet. Wenn er so ist, wird sie wieder zu dem vierzehnjährigen Mädchen, das darauf brennt, sich verführen zu lassen.
Sie hat bereits geduscht, sich umgezogen, Abendbrot gegessen, hat mit Rosalinda gestritten, damit sie aus ihrem Zimmer kommt und etwas ißt, und dabei den kürzeren gezogen. Eigentlich freute sie sich auf einen ruhigen Abend. Sie wollte, wenn möglich, etwas Schlaf nachholen, der ihr in den letzten Nächten entgangen war.
»Aber nicht zu lange«, sagt sie zu Correa, als sie in ihr Zimmer geht, um sich umzuziehen. In der Küche knallt Ester einen Deckel auf den Topf.
Sie entscheidet sich für ein Kleid, das sie bis jetzt kaum getragen hat. Es ist grün und hat einen gemusterten Schal, der hinten am Kragen festgenäht ist und vorn an dem tiefen V-Ausschnitt entlangläuft. Dort bindet sie ihn zu einer Schleife, die von einer Brosche gehalten wird. Sie steckt sich das Haar auf, besprüht die Frisur mit Haarspray, schminkt sich und betupft sich mit White-Shoulders Eau de Cologne. Die Vorbereitungen wecken bei ihr gute Laune. Es macht ihr Spaß, sich zurechtzumachen, die wenigen hübschen Schmuckstücke, die sie besitzt, auszuwählen und anzulegen. Der Duft von Parfum umschwebt sie wie eine Tüllwolke. Als sie das Zimmer verläßt, sitzt Correa steif auf dem Couchrand, um nicht die frischgebügelte Hose und das Hemd zu zerknittern. Er steht auf, pfeift anerkennend, schlingt ihr den Arm um ihre Taille und küßt sie auf die Wange. América lächelt schüchtern und weicht Esters finsteren Blicken aus der Küche aus.

Correa klopft an Rosalindas Tür.
»Rosalinda, komm raus und sieh dir deine Mutter an!« Seine Stimme prallt gegen die Betonmauern, so daß Rosalinda schon taub sein müßte, um sie nicht zu hören.
»Laß sie«, sagt América. Sie hat Angst, daß der Abend, unberechenbar wie Rosalinda ist, mit einem neuen Streit endet. Nachdem sie sich soviel Mühe gegeben hat, ihre Sorgen für heute abend zu vergessen, möchte sie auch vergessen können und ihnen nicht beim Weggehen wieder begegnen. Aber Rosalindas Tür wird geöffnet, und das Mädchen kommt heraus. Sie betrachtet ihre Mutter bewundernd, als habe es die letzten Tage nicht gegeben. »Du siehst hübsch aus«, erklärt sie, während sie sich wieder in ihr Zimmer zurückzieht. América hat das Gefühl, daß Correa und Rosalinda diesen Augenblick geplant haben, um sie für etwas anderes weichzuklopfen, und dieser Gedanke dämpft die Freude, die in ihr aufgestiegen war.
»Gut, meine Süße«, flüstert Correa ihr ins Ohr, »gehen wir.« Er lenkt sie mit sanftem Griff im Rücken, öffnet ihr das Tor, läßt sie vorangehen, nimmt, ganz Gentleman, mit der Randsteinseite des Gehwegs vorlieb. Auf der Straße verscheucht sie ihren Argwohn gegenüber Correas Motiven, besänftigt von der lauen Abendluft, dem Gefühl, hübsch angezogen zu sein, und der Freude darüber, einmal woanders hinzugehen als zur Arbeit.
Es ist Samstag. Weiter unten auf der Straße schlendern Paare Hand in Hand zum Strand, der zwei Querstraßen weiter beginnt. An geduckten Holzhütten verkünden inbrünstige Prediger und ihre Gemeinde aus blechernen Lautsprechern, daß die Erlösung nahe ist. Die Nichtgläubigen auf der Straße aber verspielen ihr Seelenheil und wenden sich nach El Malecón, wo man sich mit Trinken, Tanzen und Sex am Strand vergnügt.

Als sich América und Correa in die Grüppchen einreihen, die auf den Strand zuschlendern, werden sie von Nachbarn und Bekannten begrüßt. Sie ist stolz darauf, daß sie ein so schönes Paar abgeben. Viele der Frauen, die sie betont freundlich grüßen, würden liebend gern mit ihr tauschen. Und sie weiß, daß viele der Männer, die ihre Frau oder Freundin am Arm haben, ihr den Hof machen würden, wenn sie nicht schon vergeben wäre. Sie lächelt vorsichtig und läßt zu, daß Correas Griff um ihre Taille fester wird, als sie die Hauptstraße erreichen.

Aus fast jeder Bar am Strand dringt laute Musik. Im Bananas haben die Touristen neben ihrem Hamburger oder den Pommes frites eine eiskalte *piña colada* stehen. Eine Gruppe von Jugendlichen drängelt und schubst sich vor einer Videowand im hinteren Bereich eines Restaurants, während ihre Eltern die Einheimischen betrachten, die auf dem Bürgersteig vorbeischlendern. Auf der anderen Straßenseite, im Fisherman's Cooperative, wird traditioneller puertoricanischer Salsa gespielt. Die kleine Tanzfläche ist gesteckt voll, die Tänzer müssen auf die Straße ausweichen, damit sie ihre komplizierten Figuren ausführen können, ohne einen Schritt auszulassen oder aus dem Takt zu kommen. América kribbelt es in den Beinen. Sie schmiegt sich enger an Correa.

»Zu voll hier«, sagt er und zieht sie weiter zum El Quenepo. Er macht gern eine Bestandsaufnahme, bevor er irgendwo einkehrt. Und so gehen sie weiter die Straße entlang, machen hier und da kurz Halt, sehen nach, wer da ist und welche Musik dort spielt.

Obwohl sie es besser weiß, kommt es ihr so vor, als sei in der schmalen Straße die ganze Stadt auf den Beinen, um zu essen, zu trinken und zu tanzen. Die Touristen scheinen das Treiben zu genießen, als sei der Samstagabend in Esperanza ein Spektakel, das einzig zu ihrer Unterhaltung aufgeführt wird. Sie sehen den Tänzern zu, die in komplizierten Drehungen herumwirbeln und wieder zusammenkommen, als sei es einstudiert, und klatschen den mitreißendsten unter den Paaren Beifall. Ein Tourist in ausgebeulten Hosen und einem ärmellosen T-Shirt filmt mit der Videokamera Maribel Martinez, die von ihrem Mann Carlos geführt wird. Daß sie hochschwanger ist, scheint sie nicht zu stören. Sie ist leichtfüßig wie eine Elfe und biegsam wie ein Palmwedel. Wenn sie eng tanzen, schlingt sie die Arme um Carlos' Hals, und er legt die Hände auf ihren Bauch und reibt ihn zärtlich.

Beim Taucherladen um die Ecke, im PeeWee's Pub, bauen die Musiker ihre Instrumente auf. Unterdessen erzittern die riesigen Lautsprecher unter einem Merengue.

»Da gehen wir hin, wenn die Musiker anfangen«, erklärt Correa und führt sie über die Straße zum La Copa de Oro, wo auf voller Lautstärke ein anderer Merengue aus der Stereoanlage dröhnt. Das Lokal ist klein und vollgestopft mit Tischen, die zum Teil auch die Tanzfläche unter freiem Himmel einnehmen. Von einem Ecktisch winkt ihnen eine Gruppe zu, und Correa führt América in ihre Richtung. So viele Leute lächeln ihnen zu und grüßen sie, daß sich América schon fast wie eine Berühmtheit vorkommt.

»Buenas noches, compadre.« Einer der Männer empfängt Correa mit einem Händedruck und klopft ihm auf die Schulter. Die anderen Männer stehen auf, geben ihm die Hand und nicken América zu. Die begrüßt die Frauen mit Handschlag. Man zieht ihnen Stühle heran, Correa und América setzen sich nebeneinander, und er legt den Arm auf ihre Stuhllehne. Bei der lauten Musik ist ein Gespräch unmöglich, und so machen sich die Frauen mit Gesten und Blicken Komplimente über ihre Kleider und ihren Schmuck. Aber kaum

hat die Kellnerin ihre Bestellung aufgenommen, da finden sie sich zu Paaren zusammen und schließen sich den Tanzenden an.

Es wird ein Merengue über einen Mann gespielt, dessen Frau nach New York gefahren ist und ihm nach ihrer Rückkehr nicht mehr die Wäsche waschen und das Essen kochen will. Sie will auch nicht mehr mit ihm schlafen, bevor er nicht Englisch mit ihr spricht. *»Ay, pero, ay no spik«*, erklärt der Sänger seiner Frau. Die erwidert: *»Giiv iit tu mi, beybii.«*

Correa ist ein guter Tänzer, geschmeidig und einfallsreich. Er hat sie fest im Griff, damit sie weiß, wer führt, doch so, daß ihr Platz zum Drehen bleibt. Er sieht sie beim Tanzen an, als wären sie im Lokal allein, was sie unglaublich romantisch findet. Mit einem halben Lächeln auf den Lippen tanzt er mit ihr an den übrigen Paaren vorbei vom einen Ende der Tanzfläche zum anderen. Seine Hüften schwingen im Rhythmus vor ihren, und sie trennen sich kaum, wenn er sie in Figuren aus seinen Armen herausdrehen läßt und wieder zu sich heranholt. Die Hitze seines Körpers so dicht an ihrem ist erregend, und ihre Augen glitzern vor Glück und Verlangen. Sie spürt, wie die anderen sie beobachten, spürt die neidischen Blicke von Frauen, deren Partner entweder nicht so gut aussehen oder nicht so beweglich sind wie Correa, spürt die heimlichen Blicke von Männern, die bewundernd über ihre kurvenreichen Hüften gleiten, die sich vor Correas Hüften wiegen. Sie sieht ihm wieder in die Augen, die im Halbdunkel des Raums im Schatten liegen.

»Wen hast du angesehen?« flüstert er ihr ins Ohr. Trotz der lauten Musik versteht sie, was er sagt.

»Niemanden«, erwidert sie. Gegen ihren Willen versteift sich ihr Körper.

Sie spürt, wie sich zwischen ihnen ein Abstand bildet, ob-

wohl er sie nicht losgelassen hat, obwohl sie weitertanzen, als habe dieser kurze Wortwechsel nicht stattgefunden. Correa hat sie schon vor allen Leuten geschlagen, wenn er dachte, sie hätte geflirtet. Jetzt sieht sie nur noch ihn an, beschränkt sich auf den rasierwassergeschwängerten Raum, den er ausfüllt. Und der ist klein, trotz seiner Größe.
Sie bleiben ein paar Lieder lang im La Copa de Oro, bevor sie über die Straße zu der Band im PeeWee's Pub gehen. Correa bestellt für sich Cola mit Rum und für sie Cola mit Eis. Das Lokal ist so voll, daß man kaum noch tanzen kann. Deshalb hören sie der Band eine Weile zu und gehen dann wieder auf den Bürgersteig. Sein Schritt ist jetzt schwerer als zu Beginn des Abends, als sein Kopf noch nicht von Rum benebelt war. Aber in der Meeresluft scheint er wieder klarer zu werden. Er scherzt mit Vorbeikommenden, begrüßt die Frauen seiner Freunde mit übertriebener Höflichkeit und Respekt, als wolle er vorführen, wie man eine Frau behandelt. América bleibt zurück, als er mit Gott und der Welt Hände schüttelt wie ein Politiker im Wahlkampf. Sie ist der graue, nüchterne Schatten an seiner Seite. Die Freude und die Beschwingtheit, die sie zu Beginn des Abends verspürt hat, sind verflogen, seit er aufmerksam beobachtet, mit wem sie spricht, wen sie ansieht, über wen sie eine Bemerkung macht. Sie vermeidet jeden Augenkontakt mit Männern, auch wenn sie sie gut kennt, wie Feto und Tomás, die ebenfalls auf der Straße unterwegs sind.
»Ich bin müde«, sagt sie in einer ruhigen Minute. »Laß uns nach Hause gehen.«
»Aber es ist noch nicht mal Mitternacht«, sagt er nach einem Blick auf seine Armbanduhr. Er zieht sie näher zu sich heran, küßt sie aufs Haar. »Was ist los? Amüsierst du dich nicht?«
Sie macht sich von ihm frei. »Morgen muß ich zur Arbeit.«

»Keine Sorge«, sagt er. »Ich lasse dich schon noch schlafen.« Frech gibt er ihr einen Klaps auf den Hintern.

Als sie beim Taucherladen um die Ecke biegen, um zu sehen, was bei Eddy's los ist, stoßen sie auf Odilio Pagán, der gerade aus dem Lokal kommt. Unwillkürlich zieht Correa América näher zu sich heran. Pagán, der seine Abneigung gegen Correa hinter einer höflichen Begrüßung verbirgt, ist diese Bewegung nicht entgangen.

»Wie geht es Rosalinda?« fragt er und sieht dabei América an.

»Alles bestens«, antwortet Correa, bevor América den Mund aufmachen kann.

»Gut«, erwidert Pagán mit einem knappen Lächeln.

Sie gehen in unterschiedliche Richtungen davon, nachdem sie sich einen guten Abend gewünscht haben. Aber kaum ist Pagán um die Ecke gebogen, da dreht Correa América zu sich herum.

»Ich möchte nicht, daß er ständig hereinschneit, wenn ich nicht da bin«, sagt er warnend.

»Man kann nun wirklich nicht sagen, daß er ständig kommt«, erwidert sie störrisch. Einen Moment lang hat sie vergessen, daß Correa es nicht leiden kann, wenn sie ihm widerspricht. Der Schlag trifft sie, ohne daß sie seine Hand gesehen hat. Und sie hat auch kaum die Zeit, ihre Unvorsichtigkeit zu bedauern, als schon die zweite Ohrfeige von der anderen Seite auf ihr Gesicht klatscht.

»Widersprich mir nicht«, schnauzt er. »Paß auf! Ich möchte diesen *maricón* nicht noch einmal in der Nähe des Hauses sehen!«

Sie nickt stumm, das Gesicht in den Händen verborgen, als seien sie eine Schranke, die sie vor seinen Schlägen schützt.

»Alles in Ordnung?« fragt er, zieht ihre Hände fort, küßt sie, küßt die roten, brennenden Wangen. »Du weißt doch, daß ich dich liebe, nicht wahr?« murmelt er, nimmt sie in den Arm. »Nicht wahr?« hakt er nach. Sie antwortet nicht. Er zieht sie in den Schatten hinter der Bar, wo die Paare, die herauskommen oder hineingehen, sie nicht sehen können. »Ich wollte, daß du einen schönen Abend hast, América. Ich wollte nicht streiten.« Er klingt wirklich zerknirscht, obwohl er sie nicht um Entschuldigung gebeten hat. Sie spürt, wie ihr Widerstand schmilzt. »Manchmal«, sagt er, »da vergesse ich mich. Aber nur, weil ich dich so sehr liebe.« Das gleiche wie immer, nicht ganz eine Entschuldigung, aber eine Erklärung. »Und ich weiß, daß du mich liebst. Nicht wahr, meine Süße?« fragt er. Sie antwortet nicht. »Das tust du doch, oder?« hakt er noch einmal nach, und sie muß nicken, weil sie Angst hat vor dem, was er tut, wenn sie nicht nickt. Er küßt sie auf die Lippen, reibt sich an ihr, führt ihre Hand zu der Schwellung zwischen seinen Beinen. »Siehst du, was du mit mir anstellst?« fragt er, und sie nickt. »Komm«, flüstert er heiser, »laß uns nach Hause gehen.« Er führt sie, den Arm fest um ihre Taille geschlungen, und sie läßt es geschehen. Immer wieder hält er im Schatten eines Brotfrucht- oder Mangobaums an, um sie zu küssen und zu streicheln. Sie wehrt sich nicht. Sie versucht sich an die Zeit zu erinnern, als ihre Antwort auf seine Zärtlichkeiten keine Pflichtübungen waren, sondern Ausdruck ihrer Liebe, einer Liebe, die sie, wie sie weiß, einmal verspürt hat.

Am nächsten Tag, als América von der Arbeit nach Hause kommt, hat sich Rosalinda in ihrem Zimmer eingesperrt. América fragt sich, was sie dort stundenlang macht. Sicher keine Hausaufgaben, denn eine eifrige Schülerin war Rosalinda nie.

Ester ist zu Don Irving gegangen, wo sie die Nacht verbringen will. Wenn nicht gerade der Fernseher dröhnt, hört man nur noch das Glucksen der Hühner im Garten und das unentwegte Summen des Kühlschranks.
Rosalindas Tür öffnet sich. América blickt von dem Saum auf, den sie festnäht.
»Mami, ich will mit dir reden.« Rosalinda stellt sich vor ihre Mutter, die Hände hinter dem Rücken verschränkt, kindlich und verletzlich. So wie América sie gern hätte, wenn sie ihr glauben könnte. »Ich möchte nicht mehr mit dir streiten«, sagt sie leise, und América wird weich ums Herz.
»Okéi.« Sie stellt ihren Nähkorb ab, will schon aufstehen und ihre Tochter umarmen.
»Ich möchte in Fajardo bei Tía Estrella und Prima Fefa wohnen.«
Das schon wieder, denkt América. Aber sie beißt sich auf die Lippen, damit sie es nicht ausspricht, und läßt sich auf die Couch zurücksinken. »Warum?« fragt sie. Im gleichen Augenblick wird ihr klar, daß die Frage ein Fehler war, denn das Gesicht ihrer Tochter wird hart.
»Nicht deshalb, weil ich dich nicht liebe«, lenkt Rosalinda ein, als ob sie es auswendig gelernt hätte. »Nur daß ich mir in der Schule blöd vorkomme. Die anderen beschimpfen mich und so ...«
»Die anderen? Wer?«
Rosalinda sinkt in sich zusammen. »Die Kinder ... in der Schule«, weicht sie aus und blickt zu Boden.
»Kümmere dich nicht um sie«, sagt América. Sie fängt wieder zu nähen an, versucht das Bild zu verscheuchen, wie sie sich als Vierzehnjährige, schwanger, hinter einem Baum versteckte, bis zwei ihrer Klassenkameradinnen vorbeigegangen waren.

»Ich wußte, daß du das sagst«, wimmert Rosalinda, und América sieht auf. »Das geht nicht. Sie schreiben mir gemeine Zettel und drehen sich weg, wenn ich mit ihnen reden will.«
»Alle, oder nur die Angeberinnen?«
»Das ist doch egal!«
»Könntest du bitte leiser sprechen?« bittet América ruhig, um Fassung bemüht. Rosalinda macht Anstalten, in ihr Zimmer zurückzugehen, überlegt es sich dann aber und läßt sich auf einen Stuhl fallen.
»Wenn du mich doch nur verstehen würdest!« schnieft sie.
»Gerne«, sagt América, »aber es fällt mir schwer. Ich kann nicht verstehen, warum du dein Heim und deine Familie verlassen mußt. Man löst seine Probleme nicht, indem man vor ihnen davonläuft«, schließt sie, als sei damit die Diskussion beendet.
»Ich laufe nicht vor meinen Problemen davon.« Rosalinda äfft den Ton ihrer Mutter nach. »Ich möchte ganz von vorn anfangen, und das geht hier nicht.«
Warum nicht, würde América am liebsten fragen. Aber sie weiß, welche Wirkung das hätte. »Du hast es ja noch nicht versucht«, sagt sie. »Ich möchte dir helfen, aber du willst ja nicht mal mit mir reden.« Sie kann ihr Schluchzen nicht verbergen. »Ich bin deine Mutter. Wir sollten das gemeinsam durchstehen.« Sie versucht, ihre Tochter in den Arm zu nehmen, aber die fährt zurück, als wäre sie aussätzig.
»Das ist nicht dein Problem, Mami. Es ist meins«, sagt sie mit einer Leidenschaft, die América überrascht.
»Nein, *mi'ja*, nein. Es ist unseres. Du bist nicht allein.« Wieder versucht América, ihre Tochter zu umarmen, aber die weicht zurück. Rosalinda blickt sie wütend an, und América weiß nicht, womit sie diesen Zorn verdient hat. »Ich darf dich nicht mal mehr anfassen«, klagt sie und streckt

erneut die Arme nach ihr aus. Aber Rosalinda rührt sich nicht, eine Vierzehnjährige, die aussieht wie eine Frau, die sich fühlt wie eine Frau, weil sie einen Mann gehabt hat. América läßt die Arme sinken, baut sich vor ihr auf, schluckt die Tränen hinunter. »Du glaubst wohl, das geht so einfach!« droht sie. Doch ihre weiteren Worte hört Rosalinda nicht mehr. Sie ist wieder in ihr Zimmer gelaufen und hat die Tür zugeknallt.

Fünf Tage im Monat

Seit das La Casa del Francés steht, hat jemand aus Américas Familie darin die Böden gewischt, die Betten gemacht, die Wände abgeseift. Der erste Besitzer, ein Franzose, dessen Namen im Lauf der Zeit in Vergessenheit geriet, entwarf das Haus, als er noch Junggeselle war. Er stattete es mit den feinsten Dingen aus, die die Zeit kannte und die sein Geldbeutel erlaubte. Er wohnte in einer halbverfallenen Holzhütte, während seine *casa* von den Zwangsarbeitern errichtet wurde, die er zusammen mit der Hacienda von ihm unbekannten Verwandten geerbt hatte. Als das Haus fertig war, kehrte er in seine Heimat zurück, um Möbel zu kaufen und sich eine Frau zu suchen. Beides konnte er sich leisten, da er die langen Reihen von Zuckerrohrpflanzen, die sich von dem Berg mit seinem Steinhaus in allen Himmelsrichtungen ins Tal erstreckten, geschickt verwaltet hatte.
Er stellte sich vor, wie seine Braut durch die luftigen Räume glitt und im Innenhof die Blumen goß, ohne sich jemals unter die dunkelhäutigen Zwangsarbeiter zu mischen, die seinen Wohlstand ermöglicht hatten. Er fand die Frau und weckte ihre Neugier mit Geschichten über das rätselhafte Land, in dem sie leben würden, über den Dschungel, der an die Felder angrenzte, über das türkisfarbene Meer, an dessen Küste die Stadt lag, der er den Namen gegeben hatte: Villa Esperanza, die Stadt der Hoffnung. Auf ihrer Hochzeitsreise fuhren sie durch Frankreich und Italien, kauften Möbel, Leinen, zartes Porzellan. Und alles wurde in das Haus geschickt, das er als sichtbares Zeichen für sein Glück und sein Geschick in der Neuen Welt gebaut hatte.

Madame brachte Marguerite mit, ihre sechzehnjährige Zofe, die vaterlose Tochter des Kammermädchens ihrer Mutter. Doch als Madame in ihr neues Haus kam, war sie schwanger und am Fieber erkrankt. Nach längerem Delirium – sie dachte, sie sei wieder daheim in Vichy – verstarb sie und mit ihr der Erbe. Marguerite blieb mutterseelenallein in einem Land zurück, dessen Sprache sie nicht kannte. Der Franzose trauerte ein paar Wochen, aber bald entdeckte er Marguerite, die ebenso traurig und einsam war wie er. Sie bekamen eine Tochter namens Dominique, die von ihrem Vater nie anerkannt wurde, weil es ihm nicht möglich war, sich dazu zu bekennen, daß er mit der Zofe seiner verstorbenen Frau angebändelt hatte. Als er starb, ging die Hacienda an einen Venezolaner über, der die *casa* nur im Sommer besuchte. Marguerite bekam eine Hütte am Rand des Anwesens zugewiesen, in der Nähe des Hauses, wo sie den neuen Herren als Haushälterin diente. Im Laufe der Jahre wechselte La Casa mehrfach die Besitzer, und jedesmal erschien eine von Marguerites Nachfahrinnen am Tor und behauptete, sie sei die Haushälterin. Niemand stellte ihr Recht in Frage, die Flure zu wischen, den Hof zu versorgen, in den Zimmern Staub zu wischen, die Badewannen zu scheuern, die Fliesen zu polieren. Don Irving ist der letzte in einer langen Reihe von ausländischen Eigentümern des Hauses, das noch immer La Casa del Francés genannt wird, das Haus des Franzosen. Und América ist die Tochter der Urururenkelin der wendigen Marguerite.
An diese Geschichte denkt América, als sie die Fliesen poliert, die die Frauen ihrer Familie seit mehr als hundert Jahren sauberhalten. América hatte gehofft, daß Rosalinda mit dieser Vergangenheit brechen, daß sie etwas lernen und über ihrem Stand heiraten würde wie Yamila Valentín. Sie

sollte in einem Haus leben, wo sie ein Mädchen beschäftigte und nicht selbst das Mädchen war.
Sie schüttelt den Kopf. Ich schäme mich nicht, ein Hausmädchen zu sein. Hausarbeit ist Frauensache, nichts, dessen man sich schämen müßte.
Etwas anderes hat sie nie gekannt. Nie hat sie sich gewünscht, Schreibmaschine oder Computer zu lernen, wie es so viele Mädchen aus der Stadt jetzt tun. Sie hat keine Scheu zu sagen, daß sie ein Haus in Ordnung hält. Ihr machen all die kleinen Pflichten Spaß, auch wenn sie gleich wieder hinfällig werden, sobald ein anderer das Zimmer betritt, das sie mit viel Mühe saubergemacht hat. So ist das eben mit der Hausarbeit, sagt sie oft, immer gibt es was zu tun.
Sie träumt davon, irgendwann einmal ein eigenes Haus zu haben, ein Haus wie in den Zeitschriften, die die *turistas* im Mülleimer zurücklassen, mit Teppichen und Vorhängen, Tapeten und richtigen Möbeln. Mit einem Wohnzimmer, so groß wie das Haus, in dem sie jetzt wohnt, und Kerzen in prunkvollen Leuchtern auf dem Tisch im Eßzimmer, wie sie Liberace auf seinem Klavier stehen hatte.
Sie hatte einmal ein Tonband von Liberace an seinem Klavier, aber dann ging es kaputt, und sie konnte kein anderes auftreiben. Hin und wieder war er im Fernsehen zu sehen, und dies waren die einzigen Male, daß sie davorsaß und wie gebannt der Musik lauschte. Melodien, die die Zeichentrickfilme untermalten, welche sie als Kind gesehen hat.
Es scheint ihr gar nicht so lange her, daß sie sich als Kind die Zeichentrickfilme im Fernsehen ansah. Und jetzt bin ich eine erwachsene Frau mit einer Tochter, die sich für erwachsen hält. *Ay*, es tut weh, Mutter zu sein!
América flüchtet sich nur selten in Selbstmitleid, aber sie hat ihre Periode, und da kann sie nicht anders. Fünfund-

zwanzig Tage im Monat nimmt sie die weiße Pille, und für die nächsten fünf Tage spenden ihr die kleinen Plastikbläschen in der Packung eine blaue. An dem Tag, wenn die Anti-Baby-Pillen die Farbe wechseln, wechselt auch ihre Stimmung, Fröhlichkeit weicht Niedergeschlagenheit. Sie ist überzeugt, daß das an den Pillen liegt, aber die Ärzte von der Familienberatung sagen, das bilde sie sich nur ein.
»Dann bilde ich mir eben seit dreizehn Jahren ein, daß ich fünf Tage im Monat deprimiert bin«, sagte sie zu dem letzten Arzt, mit dem sie sprach. Der lachte, klopfte ihr auf die Schulter und schrieb ihr ein anderes Rezept aus.
Aber irgendwas passiert an diesen fünf Tagen. Schmerz und Wut, Angst und Enttäuschung, das alles staut sich auf, um sich an fünf Tagen im Monat bei der kleinsten Störung in Weinkrämpfen und Überempfindlichkeit zu entladen. Correa ist so klug, nicht vorbeizukommen, wenn América ihre Periode hat. Ester kocht Suppe und Milchreis, was América mit einem abwesenden Ausdruck in sich hineinlöffelt, als liefe in ihrem Innern ein Diavortrag von einer Reise. Am sechsten Tag, wenn sie mit einer neuen Packung und den weißen Pillen anfängt, ist sie wieder ganz die alte, summt und singt vor sich hin.
Die Gäste von Zimmer acht sind geil aufeinander. Als sie hereinkommt, liegen auf dem Boden neben dem Bett zwei Kondome, schmierig und schleimig. Sie nimmt sie mit einem Papierhandtuch auf und rollt das Ganze zu einem Ball. *»No les da verguenza!«* murmelt sie, als sie die Schweinerei in die Mülltonne stopft. Das ist etwas, was sie an den *yanquis* nie verstehen wird. Sie bringen er fertig, ihre benutzten Kondome auf dem Boden liegenzulassen oder blutige Binden, ohne sie einzuwickeln, in den Mülleimer zu werfen. Aber sie kriegen einen Anfall, wenn sie ein Haar im Abfluß der Dusche finden oder wenn die Toilette nicht desinfiziert

ist. Sie scheren sich keinen Deut darum, daß sie andere Leute mit ihren Keimen in Berührung bringen, aber mit den Keimen ihrer Mitmenschen wollen sie nichts zu tun haben.
Gereizt und kritisch, wie sie ist, fallen ihr Dinge auf, die sie sonst übersieht, wie die nassen Handtücher auf dem Bett und die Zahnpasta, die ins Waschbecken und auf den Spiegel geschmiert ist. Außerdem lassen die Leute im Urlaub ihre Kleider herumliegen, als würden sie ständig daran denken, daß sie nur vorübergehend hier sind und sich deshalb nicht die Mühe machen müssen, sie aufzuhängen oder in die Kommode zu räumen. Am schlimmsten sind die Gäste, denen die Anordnung der Möbel nicht gefällt. Öfter als ihr lieb war, kam América in ein Zimmer und fand die Matratze auf dem Boden. Sie weiß ja selbst, daß die Betten im La Casa nichts taugen, aber sie könnten die Sachen wenigstens zurückräumen.
Vielleicht wäre es anders, wenn Don Irving die Zimmer hübscher einrichten würde. Einige haben kein Fliegengitter vor den Fenstern, und immer wieder hört man einen Gast aufkreischen, weil er in sein Zimmer kommt und einen leuchtend grünen *lagartijo* über das Kopfteil seines Bettes spazieren sieht. Es gibt keinen einzigen Satz passender Bettwäsche. Wenn eines der Laken zerrissen oder völlig ausgewaschen ist, geht Don Irving einfach auf den Markt von Isabel Segunda, der größten Stadt von Vieques, und kauft, was ihm in die Finger kommt. Es stört América, daß die Kissenbezüge nicht zu den Laken passen und daß die Handtücher unterschiedliche Größen und Farben haben und anders aussehen als die Waschlappen. Mit den Möbeln läßt sich ebenfalls kein Staat machen, lauter Einzelstücke, die Don Irving Gott weiß wo aufgetrieben hat. Ester sagt, daß das Haus in ihrer Kindheit noch mit prächtigen Möbeln aus

der Kolonialzeit ausgestattet war, aber die hat der letzte Besitzer mitgenommen.

América lehnt sich an die Wand und atmet ein paarmal tief durch. Sie ist so müde! In den fünf Tagen, an denen sie sich Trübsal gestattet, spürt sie auch ihre Erschöpfung, und alles tut ihr weh, weil sie stundenlang geschrubbt, gemopt, gewienert, sich gebückt und unzählige Male wieder aufgerichtet hat, um den Müll zu beseitigen, den die Touristen zurückgelassen haben.

Ein Zimmer muß sie noch fertigmachen, bevor sie nach Hause gehen kann. Nummer neun wartet auf neue Gäste. Tomás hat die Kinderwiege abgeholt und ein zweites Feldbett hineingestellt. América stopft die Decke so straff wie möglich unter die Unterlage, damit ein Kind, das leicht mal aus dem Bett fällt, davon aufgehalten wird. Im letzten Jahr hat sich ein kleines Mädchen den Kopf auf dem Fliesenboden angeschlagen, und seitdem zieht América die Decken fest unter die Matratze, so daß ein Kind, sobald es unter die Laken gekrochen ist, in der Falle sitzt. Besser das als ein Loch im Kopf.

Sie richtet sich auf, stemmt die Hände in die Taille und beugt sich nach hinten, damit sich der Rücken entspannt. Bei der Bewegung wird ihr schwindelig. Sie setzt sich kurz hin, was sie in einem Gästezimmer nur selten tut, und stützt den Kopf in die Hände, bis das Gefühl vorbeigeht. Dann bringt sie Eimer und Mop, Reinigungsmittel und Lappen nach unten in den Vorratsraum, wo sie alles an seinen Platz stellt, damit Ester die Sachen findet, wenn sie morgen zur Arbeit kommt.

Auf ihrem Heimweg vom La Casa kommt es ihr bei jedem einzelnen Schritt so vor, als würde sie durch einen Sumpf waten. Ihre Füße sind schwer und scheinen sich den steifen

Knien zu widersetzen. So muß sich eine Fliege fühlen, die am Fliegenfänger klebt, denkt sie und lächelt stolz über ihren Einfall. Als sie durch das hintere Tor des La Casa geht, ist sie von Kindern umgeben, die Fangen spielen. Sie wirbeln um sie herum, so daß sie das Gleichgewicht verliert und wie eine Seiltänzerin die Arme ausstrecken muß, um sich wieder zu fangen. Die Kinder lachen. Wieder muß sie lächeln, und die Rangen denken, sie lächelt ihnen zu. Als sie auf einem Weg zwischen zwei Häusern davonlaufen, werden die fröhlichen Stimmen leiser. Sie folgt ihnen mit den Augen, denkt an ihre eigenen Kindertage in diesen Straßen. Sie hat Fangen gespielt, hat gelacht, hat sich schmutzig gemacht. Aber das scheint so lange her! Wann, fragt sie sich, habe ich zum letztenmal gelacht? Es dauert eine Weile, bis es ihr einfällt. Es war im Kino, mit Correa. »Lach nicht so laut!« flüsterte er ihr nach einer besonders lustigen Szene ins Ohr. Den Rest des Films fand sie dann nicht mehr komisch.

Ay, seufzt sie, als sie die Pforte öffnet und den Tunnel aus Rosenranken betrachtet, der zu ihrer Haustür führt. Sie holt tief Luft, bevor sie sich unter den zudringlichen Ranken hindurchschlängelt, den größeren Dornen ausweicht und darauf achtet, nicht gegen die übergroßen Blüten zu stoßen, die wie betäubt vom eigenen Duft hin- und herschwanken.
»Mami«, sagt América, als sie hereinkommt, »du mußt was mit den Rosen machen.«
»Was stört dich daran?« fragt Ester und steht von ihrem Fernsehsessel auf.
»Sie stechen jeden, der reinkommt.«
»Gut«, sagt Ester, »ich werde sie stutzen.«
An jedem anderen Tag im Monat hätte Ester mit América

über das Schicksal der Rosen gestritten. Aber nicht an Américas blauen Tagen. Als würden Mutter und Tochter an fünf Tagen im Monat die Rollen tauschen. Die reizbare und eigensinnige Ester wird so umgänglich wie América, während América so launisch wird wie ihre Mutter.
Ester legt Fisch mit Maisfrikadellen auf ihre Teller.
»Rosalinda hat schon gegessen, als sie aus der Schule kam«, berichtet sie, als wollte sie América vor unnötigen Sorgen bewahren.
América blickt zu Rosalindas Tür. »Was macht sie da drinnen?«
»Stellt die Möbel um«, vermutet Ester. »In den letzten Stunden hat sie drei Tüten Müll nach draußen gebracht.«
América nickt. »Ich gehe ins Bett«, sagt sie, während sie die schmutzigen Teller ins Spülbecken stellt.
Auf dem Weg zu ihrem Zimmer bleibt América vor Rosalindas Tür stehen und lauscht auf das gedämpfte Geraschel im Zimmer. Aber sie klopft nicht.
Ohne nach rechts und links zu sehen, wie ein Bär, der sich in den Winterschlaf verkriecht, stapft sie in ihr Zimmer. Auf der Stelle schläft sie ein, obwohl es noch nicht dunkel ist. Irgendwann später hört sie Correas Stimme direkt vor ihrer Tür. Aber im Halbschlaf versteht sie nicht, was er sagt.
Den Rest der Nacht schläft sie unruhig, wacht mehrmals auf, weil sie schlecht geträumt hat. Einmal ist sie in einem Zimmer voller Spiegel gefangen. In einem anderen Traum sitzt sie in einem offenen Kanu, das auf einen gischtsprühenden Wasserfall zusteuert, und weiß nicht, wovor sie mehr Angst hat, vor dem Sitzenbleiben oder vor dem Springen. In einem dritten sucht sie in Esters Garten nach Stecknadeln und wird von den Rosenbüschen gestochen. Nach dem letzten beschließt sie, nicht mehr einzuschlafen. Sie duscht, kocht sich Kaffee, setzt sich an den Eßtisch und blättert in

ihren Zeitschriften, bis Ester aus ihrem Zimmer kommt, um sich für die Arbeit fertigzumachen.
»Welcher Tag ist heute?« fragt sie hoffnungsvoll, als sie sieht, daß América wach ist. Enttäuscht nimmt sie zur Kenntnis, daß wirklich Mittwoch ist und sie zum La Casa muß.
Sobald Ester gegangen ist, klopft América an Rosalindas Tür.
»Zeit für die Schule«, ruft sie so fröhlich, wie sie kann. Ein paar Minuten später kommt Rosalinda aus ihrem Zimmer, allerdings nicht in ihrer Schuluniform. »Warum bist du nicht fertig?« fragt América. Rosalinda verzieht das Gesicht. »Hat Papi es dir nicht gesagt? Er kommt später und holt mich ab.«
América sinkt das Herz. »Nein«, antwortet sie, »er hat mir nichts gesagt.«
»Wir nehmen die Fähre am Nachmittag«, sagt Rosalinda mit Angst in der Stimme.
»Und wann hattest du vor, mir das mitzuteilen?« fragt América, die Hände auf die Hüften gestützt.
»Wir haben darüber geredet, Mami!«
»Ach ja? Ich weiß nur, daß ich versucht habe, mit dir zu sprechen, und daß du mir die Tür vor der Nase zugeknallt hast. Mich wundert, daß sie immer noch in den Angeln hängt.«
»Ich habe dir gesagt, daß ich für eine Weile von hier fortgehen muß. Aber du hast mir nur einen Vortrag gehalten.«
Sie stehen sich gegenüber. Rosalinda ist fast so groß wie ihre Mutter, so daß sie nicht zu ihr aufsehen muß.
Zuerst weiß América nicht, was sie sagen soll. Was ich auch tue, erkennt sie, es wird Folgen für den Rest unseres Lebens haben. Sie ist froh, als Rosalinda das Schweigen bricht.
»Bitte, Mami, laß mich gehen! Ich verspreche dir, ich mache dir keine Schande. Laß mich bitte gehen, Mami!«

América nimmt ihre Tochter in die Arme und hält sie fest, als würde Rosalinda so vergessen, daß sie sie verlassen will. Während ihre Augen trocken bleiben, spürt sie, wie das Schluchzen ihrer Tochter im tiefsten Innern an ihr reißt, an jenem Teil von ihr, der dieses Kind neun Monate lang getragen hat, an jenem Teil, der sie verbindet von Frau zu Frau. Sie umarmt sie stürmisch, umarmt alles, was sie war, was sie ist und was sie werden wird. Dieses Kind, diese Frau, ihr Kind, eine Frau. Sie läßt sie los, wischt Rosalinda die Tränen von den Wangen, küßt ihr verschmiertes Gesicht wie damals, als Rosalinda sich weh getan hatte und getröstet werden mußte, als sie ihr sagen mußte, daß es auch bestimmt wieder gut wird. Ihr fällt der Trostreim ein, den sie Rosalinda immer vorgesummt hat, und sie singt ihn leise, während sie ihrer Tochter zärtlich die Haare aus dem Gesicht streicht. *»Sana, sana, colita de rana, si no sana, hoy se sana mañana.«* Rosalinda lächelt, aber nicht in der kindlichen Zuversicht, daß alles wieder gut wird, wenn Mami sich darum kümmert, sondern in der Gewißheit, daß Mami es oft nur noch schlimmer macht.

América wartet auf der vorderen Veranda auf Correa. Die Fähre geht um drei; um sie zu erreichen, muß Correa Rosalinda also spätestens Viertel vor drei abholen. Sie hat Rosalinda nichts versprochen. Hat nicht zugestimmt, daß sie fortgeht, hat nicht die Absicht, tatenlos zuzusehen, wie Correa sie mitnimmt. Ich habe mich nie gegen ihn gewehrt, sagt sie sich, aber das werde ich nicht zulassen. Ich werde nicht zulassen, daß er mir meine Tochter wegnimmt. Und wenn er mich umbringt, er kriegt sie nicht. Sie schaukelt vor und zurück, stählt sich für den Augenblick, in dem Correa den von Blütenblättern übersäten Pfad betritt.
Er hat vergessen, denkt sie, daß ich heute nicht arbeite. Er

wollte Rosalinda mitnehmen, wenn ich nicht da bin, damit ich erst bei der Heimkehr feststelle, daß sie gegangen ist. Und Rosalinda wollte sich ebenso fortstehlen, wie sie sich mit Taino fortgestohlen hat.
Sie kocht vor Wut, malt sich die kommenden Minuten mit Correa und Rosalinda aus. Wenn sie nur einen Moment darüber nachdenken würde, was sie tut, würde sie über ihre Dummheit lachen. Sie hat seit Jahren den gleichen Arbeitsplan. Es sieht Correa nicht ähnlich, daß er auch nur eine Minute vergißt, wo sie sich gerade aufhält. Rosalinda hat Américas und Esters Arbeitsplan mit der Telefonnummer des La Casa und Don Irvings Privatnummer auf einem Zettel an der Wand hängen und den gleichen Zettel in ihrem Aufgabenheft für die Schule liegen. Die beiden können unmöglich vergessen haben, daß América dienstags und mittwochs frei hat. Wenn América mit ihrer Grübelei aufhören würde, würde sie sich fragen, warum sich Correa für einen Tag entschieden hat, an dem sie mit Sicherheit zu Hause ist.
Als sein Jeep um die Ecke biegt, verflüchtigt sich ein Teil ihrer Entschlossenheit. Er parkt vor dem Haus, nickt ihr zu, als er sie auf der Veranda sitzen sieht. Sein Stirnrunzeln nimmt ihr noch mehr von ihrem Selbstvertrauen. Sie hätte besser drinnen auf ihn gewartet.
Während er um den Wagen geht und die Pforte öffnet, schwanken Américas Gefühle zwischen Angst, Wut, Zorn und wieder Angst. Er schenkt den dornigen Ranken, die ihn streifen, als er den Weg heraufkommt, keine Beachtung. Kein Hindernis kann seinen fließenden, geschmeidigen Gang stören. Selbst die drei Verandastufen scheinen ihm nur dazu zu dienen, noch schwungvoller, noch schneller auf sie zuzukommen.
»Was gibt's hier draußen?« fragt er, während er den leeren

Bürgersteig, seinen in der Mittagssonne schimmernden Jeep und die vor Hitze schlaffen Pflanzen im Garten und auf der anderen Straßenseite mustert.

Ohne ein Wort geht sie ins Haus. Er folgt ihr. Mit einem Quietschen öffnet Rosalinda ihre Tür. In ihrem Gesicht steht eine Frage geschrieben.

»Bleib drinnen!« befiehlt América. Im nächsten Moment ist die Tür zu.

»Was hast du?« fragt Correa. Wachsam wandert sein Blick von América zu Rosalindas Tür und wieder zurück zu América.

»Das kannst du dir wohl denken.« América zuckt zusammen, als sie hört, wie kläglich ihre Stimme klingt. Alle Zuversicht von vorhin, als sie verschiedene Situationen im Geiste durchspielte, ist verschwunden. Sie ist froh, daß sie ihm den Rücken zukehrt, daß er die Angst in ihren Augen nicht sehen kann.

Sie hört, wie er tief Luft holt, als müsse er überlegen, was er sagen soll. »América!« Er spricht ihren Namen leise, mit einem Seufzer aus, als wäre er müde. »Du weißt, daß es im Augenblick das Beste ist. Sie braucht ein bißchen Abstand.«

América wirbelt zu ihm herum. »Seit wann weißt du, was Rosalinda braucht?«

»América«, sagt er mit zusammengepreßten Lippen, *»deja eso.«*

»Es gut sein lassen?« Wut vertreibt die Angst. Die Erfahrungen aus fünfzehn Jahren, in denen sie Correas Launen, seine Körpersprache, den Klang seiner Stimme studierte, um abzuschätzen, wie er sich verhalten würde, haben sich auf den Flügeln ihrer Wut verflüchtigt. Fünfzehn Jahre, in denen sie mit sich haderte, wie weit sie gehen würde, um nicht geschlagen zu werden, sind wie weggeblasen, als er sagt: »Laß es gut sein.« Als wäre »es« eine banale Sache, als würde »es« nicht jede Minute dieser fünfzehn Jahre umfassen, in denen sie es »hat gut sein lassen«. »Nein!« schreit sie, »ich lasse es nicht gut sein. Nein!« Sie stürzt sich auf ihn, trommelt mit den Fäusten gegen seine Brust, kratzt ihm mit den Nägeln über die weichen, rasierten Wangen, schreit aus voller Kehle: »Nein! Nein! Nein!«

Nur im ersten Moment, nicht einmal einen Wimpernschlag lang, ist Correa überrascht. Er spannt seine muskulösen Arme an und greift ihre Hände. Gerade mal zwei, drei Kratzer haben rote Streifen auf seiner Haut hinterlassen. Er schiebt sie mit einem einzigen harten Stoß von sich fort und fängt sie mit dem anderen Arm auf, bevor sie gegen das Regal mit der tanzenden Dame und dem flötespielenden Schäfer fällt. Solange sie steht und mit den Händen nach seinem Gesicht langt, sieht er sie an. Dann schlägt er sie zweimal, ehe sie Zeit hat, ihr Gesicht mit den Händen zu schützen. Ein Faustschlag in den Magen raubt ihr den Atem. Sie sinkt zu Boden. Er tritt sie, erst mit dem rechten Fuß, dann mit dem linken.

»Du dumme Kuh«, raunt er so leise, daß es genausogut auch »Liebes, Liebes« hätte heißen können.

Sie liegt auf dem Boden, blind vor Tränen, und weiß nicht, wo sie ihre Hände zuerst hintun soll, um ihr weiches Fleisch vor seinen harten Stiefeln zu schützen. Aber er tritt sie nicht mehr. Er steht über ihr, sieht zu, wie sie sich zusammenkrümmt, während Rosalinda an seinem Ärmel zerrt.

»Hör auf, Papi, hör auf!« kreischt Rosalinda. Er schüttelt sie ab wie eine aufdringliche Fliege, und sie kracht durch ihre offene Zimmertür, fällt hin, bleibt zusammengekauert sitzen.

»Hoch mit dir!« befiehlt er América. Sie stemmt sich mühsam auf. Er streckt die Hand aus, um ihr zu helfen, aber sie schlägt sie fort, und er tritt sie wieder. »Hoch mit dir!«

schnauzt er. Blind wirft sie sich auf ihn, so daß er das Gleichgewicht verliert. Er fällt auf sie, flucht. Sie tritt nach ihm, aber er ist zu schwer. Sie erreicht damit nur, daß er noch wütender wird. Sein heißer Atem geht rasch. Er drückt sie auf den Boden, zieht ihren Kopf an den Haaren hoch und schlägt ihn auf die Fliesen. Rosalinda ist jetzt über ihnen, schreit, zerrt an ihrem Vater, ihr sorgfältig geschminktes Gesicht nur noch eine groteske Maske aus Streifen und Flecken.

Rosalindas Schreie durchbohren América wie Messerstiche. Correa knurrt wild, wie ein Tier. Sie schlägt, tritt ohne Unterlaß, weiß nicht, ob sie trifft, ist aber trotzdem zufrieden, daß sie es versucht. Rosalinda und Correa schreien sich an, schlagen aufeinander ein. Sie spürt, wie sie ringen, hört ihr Kreischen als dumpfen Nachhall, als würde sie nicht von einem großen Gewicht zu Boden gedrückt, sondern auf dem Grund eines weiten Teichs dahingleiten, wo jeder Klang nur noch eine Schwingung ist. Dann hört sie nichts mehr. Sie treibt auf einem eisigen Floß auf eine dunkle Insel zu, über ihr ein Himmel voller roter Blitze und das beständige Grollen des Donners in der Ferne.

Ich könnte ihn umbringen

Sie liegt auf dem Rücken in Rosalindas Bett, ein nasses Tuch über dem Gesicht. Sie hat den Kopf nach links gedreht, denn wenn sie ihn bewegt, durchfährt sie vom linken Ohr ein scharfer Schmerz, als würde ihr Kopf explodieren. Jede Stelle tut weh. Sie versucht ein Bein zu bewegen, und ihre Hüfte tut weh. Sie hebt die Hand, um das Tuch wegzuziehen. Brust und Arme tun ihr weh. Beim Atmen, beim Heben und Senken ihrer Brust, das jetzt schneller geht als beim Aufwachen, tun ihr Bauch und Rippen weh. Sie öffnet die Augen. Sie fühlen sich geschwollen an, und selbst die Lider schmerzen.

Jede ihrer Bewegungen wird von einem *»Ay!«* begleitet. Sie rafft sich auf und schlurft, einen winzigen Schritt nach dem anderen, zur Tür. Im Wohnzimmer läuft auf der Mattscheibe Christina Saralegüis Talk-Show. Heute, erfährt América, als sie ins Badezimmer taumelt, geht es um Männer, die sich in Transsexuelle verliebt haben und auf deren Geschlechtsumwandlung warten. Sind diese Männer, fragt Christina ihr Publikum, homosexuell, wenn sie einen Mann lieben, der eigentlich eine Frau sein möchte? América ist es egal.

Als sie vor der Tür steht, stürzt Ester aus dem Badezimmer. Offensichtlich will sie unbedingt mitkriegen, was Christinas Gäste über sich und ihre Situation erzählen.

»Warum bist du aufgestanden?« fragt sie América. »Ich bringe dir, was du brauchst.«

»Will duschen«, murmelt América und geht an ihr vorbei. Sie unterdrückt ihr Stöhnen, damit Ester nicht merkt, wel-

che Schmerzen sie hat. Aber wenn sie nicht bei jedem Schritt *»Ay!«* sagen kann, tut es noch mehr weh.
Sie hat sich angewöhnt, nicht in den Spiegel zu schauen, wenn Correa sie geschlagen hat. Aber diesmal tut sie es doch. Sie hat ein blaues Auge. Sie zieht sich aus und entdeckt an Bauch, Hüften und Oberarmen dunkelblaue Flecken. Ihr BH hat an Rücken und Schultern tiefe Striemen ins Fleisch geschnitten. Hinter ihrem linken Ohr befindet sich eine riesige Beule. Als sie das Bein hebt, um in die Dusche zu steigen, durchzuckt sie ein neuer Schmerz, ein Schmerz im Steißbein, direkt zwischen ihren Pobacken. Sie mischt das Wasser so heiß, wie sie es ertragen kann, und seift sich langsam ein. Als sie Blut sieht, erschrickt sie, doch dann fällt ihr ein, daß sie ihre Periode hat. *»Ay!«* stöhnt sie, als wäre auch das noch eine Wunde.
In drei Handtücher gewickelt kommt sie aus dem Badezimmer. Eins hat sie um die Taille geschlungen, das andere um die Brust und das dritte wie einen Schleier über den Kopf geworfen, weil sie es wegen der pochenden Beule nicht zum Turban schlingen kann. Ester hat eine mit geriebener Banane angedickte Fischsuppe auf den Tisch gestellt.
»Ich ziehe mich lieber erst an«, murmelt América, als sie vorbeikommt. Ester sieht sie vorwurfsvoll an, als wäre es eine Beleidigung, wenn sie das Essen länger als eine Minute stehen läßt, nachdem es angerichtet worden ist.
América nimmt ein Hauskleid, das ihre blauen Flecken verbirgt: mit Ärmeln bis zum Ellenbogen und einem kleinen Ausschnitt, damit die Male auf ihrer Brust bedeckt sind. Mit dem blauen Auge ist nichts zu machen. Und wegen der Beule kann sie sich nicht kämen. Achselzuckend läßt sie die Haare auf die Schultern fallen, so daß das Wasser auf den Kragen ihres Kleides rinnt.

Sitzen tut weh. Ihr Hinterteil ist voller blauer Flecke. Aber sie setzt sich ohne Klagen, weicht Esters Blick von der anderen Tischseite aus.
»Ich habe dir eine Packung für dein Auge gemacht«, sagt Ester. Ihre Lippen bilden eine schmale Linie, so daß sich die Falten an ihrem Mund wie gemalt abheben.
Ihr Hals tut weh, als sie nach unten in die Suppenschüssel blickt. Ihre Schultern tun weh, als sie den Löffel in der Schüssel von vorn nach hinten schiebt, als sie ein Lorbeerblatt herausnimmt, um es auf den Rand zu legen. Es tut weh, wenn sie den Mund aufmacht. Es tut weh, wenn sie schluckt. Es tut weh, wenn ihr die warme Suppe durch den Hals in den Magen rinnt. Es tut weh, ihre Mutter anzusehen.
»Er hat sie mitgenommen«, sagt Ester, und América nickt. Ihr Kopf ist schwer, und ihre Wirbelsäule schmerzt vom Nacken bis zum Steißbein.
»Aber jetzt weiß sie, daß ich sie nicht gehen lassen wollte«, sagt sie mit schwerer Zunge. Jede Silbe kostet sie Mühe, bereitet ihr Schmerzen.

Am nächsten Tag muß Ester arbeiten. América bleibt im Bett, solange sie es aushält. Die scharfen Stiche vom letzten Tag sind einem dumpfen Schmerz gewichen, den Aspirin und Esters Kompressen und Salben lindern. Sie verarztet sich, kann aber nicht lange im Bett bleiben, weil sie daran nicht gewöhnt ist. Wenn sie allein ist mit ihren Gedanken, geht es ihr gleich noch schlechter. Sie steht auf und widmet sich dem Haushalt, aber nicht so rasch und geübt wie sonst, sondern eher mechanisch. Im Radio läuft ein Salsa-Sender, und wenn sie mitsingt, kann sie alles andere vergessen, teilweise sogar ihre Schmerzen.
Sie weiß nicht, wie sie in Rosalindas Zimmer gekommen ist,

nachdem sie ohnmächtig wurde. Jetzt geht sie hinein, als könnte sie dort einen Hinweis finden. Die Poster sind alle fort. Viereckige braune Flecken von Klebeband verunzieren die Zementwände, zwischen denen Rosalindas Träume geboren wurden. América denkt an die Zeit zurück, als sie selbst ein junges Mädchen war und auf die Poster an den Wänden starrte, die sie aus der Zeitung ausgerissen oder am Tag des heiligen Schutzpatrons auf dem Jahrmarkt gekauft hatte. Und auch Ester hat als junges Mädchen Seiten aus der Zeitung gerissen und Bilder von Filmschauspielern mit unglaublich dunklen Augen und dicken *bigotes* an die Wände geheftet.

Ein paar Dinge hat Rosalinda zurückgelassen. Einige ausgeleierte Büstenhalter in der Kommode. Einen zerbrochenen Kamm. In ihrem Schrank hängt verloren auf einem Drahtbügel die Schuluniform. Aber sonst ist nichts da, was América an ihre Tochter erinnert. Als habe sie auslöschen wollen, daß sie hier gewohnt hat, daß dies ihr Zimmer, ihr Heim gewesen ist. América setzt sich auf den Bettrand wie an dem Tag, als Rosalinda mit Taino fortgelaufen war. Wie habe ich mich damals gefühlt, fragt sie sich. Habe ich mir damals schon ausmalen können, daß es soweit kommen würde? Hätte ich mich anders verhalten sollen? Sie weiß noch, wie wütend sie über Rosalindas Dummheit war, darüber, daß sie so leichtfertig ihre Zukunft aufs Spiel setzte. Schließlich hatte sie zu Hause zwei gute Beispiele dafür, was alles schiefgehen kann, wenn ein Mädchen nichts anderes im Kopf hat als die leeren Versprechungen eines gutaussehenden Mannes. Was hätte ich sonst tun sollen, fragt sie sich. Aber so sehr sie sich auch anstrengt, sie findet es nicht heraus.

Mühsam stemmt sie sich hoch und kehrt Rosalindas Zimmer den Rücken, als würde es eine Antwort enthalten, gegen die sie sich sträubt. Sie schlägt die Tür hinter sich zu, überrascht, wie befriedigend das ist, überrascht über das Gefühl, daß der hohle Ton einen Schlußpunkt unter eine Geschichte setzt, die sie sich selbst erzählt hat, ohne es zu merken. Es ist Rosalindas Leben, murmelt sie vor sich hin, als sie sich zu ihrer vollen Größe aufrichtet, und sie muß allein damit fertig werden.

Zwei Tage fehlt sie bei der Arbeit. Das blaue Auge sieht gräßlich aus, und wegen der harten Beule hinter ihrem Ohr kann sie sich kaum kämmen. Ester jammert, daß sie vier Tage hintereinander zur Arbeit muß, geht aber trotzdem.

Am Samstag steht América in aller Frühe auf und fühlt sich so gut, daß sie Ester wieder ins Bett schickt, als diese hustend und röchelnd aus ihrem Zimmer kommt. Aber unterwegs zum La Casa fürchtet sie den Tag, der vor ihr liegt.

Die anderen Angestellten bemerken ihre blauen Flecken, erraten, von wem sie stammen. América geht ihnen aus dem Weg, ißt nicht einmal zu Mittag, damit sie nicht mit ihnen am Tisch sitzen und ihre prüfenden Blicke, das Mitleid in Nildas Augen, die warnenden Blicke von Tomás und Feto ertragen muß.

Als Don Irving ihr blaues Auge sieht, wird sie rot vor Scham, und er wendet den Blick ab, als ob es auch ihm peinlich wäre. Ein paar Gäste bemerken die schwarzblauen Prellungen, und sie stellt sich vor, wie einige rätseln mögen, woher sie stammen. Aber niemand fragt, und wenn sie es täten, würde sie es ihnen nicht sagen.

Summend wischt sie den Boden, macht die Betten, putzt die Badezimmer, räumt den kleinen und großen Dreck der Leute weg, die ihre Dienste als Selbstverständlichkeit betrachten, denen sie nur auffällt, wenn das Toilettenpapier ausgegangen ist oder nicht genügend Handtücher im Badezimmer hängen.

•◆•

Am Sonntag taucht Correa auf, eine Schachtel amerikanische Pralinen und ein schnurloses Telefon unterm Arm. Sie hält ihm das Gesicht hin, als er sie küssen will, so als wäre bei ihrer letzten Begegnung nichts Aufregendes passiert. Er rechnet damit, daß sie ihm bei seinem ersten Besuch, nachdem er sie geschlagen hat, die kalte Schulter zeigt. Aber wenn sie zu sehr auf Distanz geht, wirft er ihr vor, sie würde ihn zu einem neuen Wutanfall treiben, etwas, was er unbedingt vermeiden will, wie er behauptet.

»Das habe ich dir im PX gekauft«, sagt er, wie jedesmal, wenn er ihr ein Geschenk mitbringt. Correa ist kein Soldat und kein Veteran, nicht einmal Angestellter der amerikanischen Streitkräfte. Trotzdem kann er im amerikanischen Geschäft der US-Marine einkaufen. Und jedesmal, wenn er sie geschlagen hat, steht er ein paar Tage später mit einem Geschenk anstelle einer Entschuldigung vor der Tür. Der Umfang und der Preis des Geschenks entsprechen gewöhnlich dem Ausmaß seiner Mißhandlungen. Elektrische Geräte bedeuten stets, daß er weiß, wie weh er ihr getan hat, aber die Schokolade signalisiert ihr, daß sie es verdient hat.

Sie stellt sich vor, wie er im PX durch die Gänge schlendert und die einzelnen Artikel begutachtet. Eine Kaffeemaschine für eine eingerissene Lippe. Einen Toaster für ein blaues Auge. Einen Schaukelstuhl für eine gebrochene Rippe, wegen der sie eine Woche bei der Arbeit gefehlt hat.

»Unser Telefon ist nicht angeschlossen«, murmelt América, als sie den Karton in der Küche in ein Regal stellt.

»Dann solltest du es wieder anschließen lassen«, sagt er und nimmt sich ein Bier aus dem Kühlschrank. »Für den Fall, daß Rosalinda was braucht.«

Sie sieht ihn spöttisch an. Er erwidert ihren Blick mit einem Stirnrunzeln, der Warnung, daß sie ihre Gedanken besser für sich behält. América ist froh, daß Ester bei Don Irving ist. Wäre sie hier, würde sie mißbilligend im Hintergrund brummeln und ihr vorwurfsvolle Blicke zuwerfen. Dabei ekelt sie sich vor sich selbst schon genug.

Habe ich allen Respekt vor mir selbst verloren, fragt sie sich, als sie schweigend das Essen kocht. Beim Reiswaschen überlegt sie, ob sie Rattengift hineintun soll. Ändert das den Geschmack? Sie schaut unter der Spüle nach, findet aber kein Gift. Nur Wäschebleiche. Aber Bleiche hat einen besonderen Geruch, und sie kann sich nicht vorstellen, daß er beim Kochen verschwindet. Außerdem muß man wahrscheinlich eine Menge Reis mit Bleiche essen, bis sich eine Wirkung einstellt. Vielleicht sind ja welche von Esters Kräutern und Gewürzen giftig. Aber wenn dem so wäre, dann hätte Ester sie schon längst an Correa ausprobiert. Wie oft, fragt sie sich, als sie eine Banane schneidet, müßte ich in ihn hineinstechen, bis er verblutet? Sie schüttelt den Kopf, als sie sich die Schweinerei vorstellt. Dabei wäre sie wohl kaum diejenige, die das Blut aufwischen müßte. Oder ich bezahle einen Mann, der ihn erschießt, wie die Frau aus Amerika, die eine Affäre mit ihrem Pfarrer hatte. Sie lacht über sich selbst. Als ob sich so etwas in Vieques bewerkstelligen ließe, wo jeder jeden kennt. Sie trägt das Essen auf. Vielleicht kann ich ihm den Schädel einschlagen, wenn er schläft. Oder ich setze das Bett in Brand. Besser noch, ich stecke das ganze Zimmer an. Soll er doch in dem Raum ohne Fenster, den er mir gebaut hat, ersticken! Bei der Vorstellung, wie der lichterloh brennende Correa nach Luft ringt, kriecht ihr eine Gänsehaut über den Rücken. Er verzehrt die Mahlzeit, die sie ihm gekocht hat, mit unverhohlenem Appetit, bemerkt hin und wieder, wie locker der Reis ist, wie gut die Bohnen gewürzt sind und wie knusprig die Bananen schmecken. Aber América hört ihn nicht. Ich könnte ihn in Esperanza ins Hafenbecken stoßen, denkt sie. Ich könnte ihm Schlafmittel in den Kaffee mischen. Ich könnte an seinem Jeep die Bremsen präparieren.

Nie haben sie Eier

»América, ichmußmitdirredn!« Sie wünscht sich, Don Irving würde beim Sprechen die Zigarre aus dem Mund nehmen. Dann könnte sie besser verstehen, was er sagt.
»Excuse?«
»Kommer!«
»Was ist?«
»Hastuheutezeit? Zumbabysitten?«
»Excuse?«
Er nimmt die Zigarre raus, wischt sich mit dem Handrücken über den Mund. »María ist krank. Da sind Gäste, die brauchen einen Babysitter.«
»Ah, *si*, Babysitten!«
»Hastuzeit?«
»Heute abend?«
Ungeduldig. »Ja, heute abend.«
»Okéi.«
»Halb sieben.«
»Okéi.«
»In Ordnung.« Auf seiner Zigarre kauend, stapft Don Irving davon.
Von Zeit zu Zeit brauchen Gäste im La Casa, die abends ausgehen wollen, einen Babysitter. Normalerweise wird María, Fetos älteste Tochter, gerufen, weil sie Englisch spricht und ihre sanfte Natur bei den Eltern Vertrauen weckt. Aber wenn María keine Zeit hat, springt América ein, was gar nicht selten passiert. Sie wird nach Stunden bezahlt und bekommt oft genug noch ein nettes Trinkgeld. Während fast ihr ganzer Lohn für das Lebensnotwendige drauf-

geht, leistet sie sich von dem Geld vom Babysitten etwas für sich selbst, eine Dauerwelle beim Friseur oder Kosmetik. Nach der Arbeit geht sie zum Essen und Umziehen nach Hause. Sie packt eine Schachtel Buntstifte und ein Malbuch in eine Strohtasche. Außerdem nimmt sie Scheren mit abgerundeten Ecken, ein paar Bogen Papier, Klebstoff, Bindfaden und Stoffreste aus ihrem Nähkästchen mit. Für die meisten *americanitos*, auf die sie aufpaßt, ist ein Abend ohne Fernsehen völlig ungewohnt. Keines der Zimmer im La Casa hat einen Fernseher, und die Kinder brauchen ein paar Tage, bis sie sich umgestellt haben. Obwohl die Eltern vorgewarnt sind und fast alle Spielzeug für ihre Kinder mitbringen, möchte América vorbereitet sein, nur für den Fall.

»Hi! Ich bin Karen Leverett«, sagt die junge Frau, die auf ihr Klopfen die Tür öffnet. »Und das ist Meghan.«

América lächelt das dreijährige Mädchen auf Mrs. Leveretts Arm an, das das Gesicht am Hals der Mutter versteckt. Ein junger Mann bindet einem kleinen Jungen die Schuhe zu.

»Das ist Kyle«, sagt Mrs. Leverett, »und Charlie, mein Mann.«

América beugt sich nach unten, um Kyle die Hand zu schütteln. »Hallo.«

»Hi.« Er lächelt und gibt ihr die Hand. Mrs. Leverett nickt ihr zu.

»Meghan, sag América guten Tag!« Mrs. Leverett faßt Meghan unters Kinn und schiebt ihren Kopf hoch. »Da ist sie. Sag guten Tag.«

»Hallo«, sagt Meghan und vergräbt das Gesicht wieder am Hals der Mutter. Mrs. Leverett wirft ihrem Mann einen aufgebrachten Blick zu.

»Gut, Meghan«, sagt der Vater und versucht, sie aus den

Armen der Mutter zu ziehen. »Wir gehen aus, und diese nette Frau paßt auf euch auf.« Das Mädchen klammert sich mit Armen und Beinen fest an ihre Mutter.

»Nein!«

Mr. Leverett sieht América entschuldigend an. »Sie ist ein bißchen schüchtern.« Er geht zum Nachttisch und steckt Brieftasche, Brille und Schlüssel in die Hosentasche. »Karen, wenn wir nicht bald gehen, hält man uns den Tisch nicht mehr frei.« América ist der Ton, in dem er das sagt, nicht entgangen. Mr. Leverett hat nicht besonders viel Geduld.

»Ich habe Buntstifte«, schaltet América sich ein. Sie streicht dem Kind über den Kopf. »Wir malen.« Meghan rührt sich nicht. Sie schafft es allmählich, Mrs. Leveretts hübsches Kleid zu zerknittern.

»Komm, Meghan! Du bist doch kein Baby mehr!« sagt Kyle und zieht seine Schwester am Bein.

América nimmt Kyle bei der Hand. »*Okéi*, Kyle. Du und ich, wir malen.«

Sie geht mit ihm zum Tisch auf der anderen Seite des Zimmers.

»Meghan, Mommy und Daddy müssen jetzt gehen, und du und Kyle, ihr spielt mit América, okay? Ist das nicht ein hübscher Name, América?«

»Wir wohnen in Amerika«, murmelt Meghan an Mrs. Leveretts Hals.

Mrs. Leverett wird rot. »Nein, du Dummchen, in Amerika. Und das hier ist América.«

»Ich kenne einen Jungen, der heißt Jesus«, sagt Kyle, während er in Américas Strohtasche wühlt, »wie in der Kirche.«

»Du bist ein kluges Kind.« América streicht ihm über den Kopf. Kyle strahlt. Aus den Augenwinkeln sieht sie, wie Meghan beobachtet, was Kyle aus der Tasche holt. Sie stellt

sich so hin, daß dem Mädchen der Blick versperrt ist und es seinen Platz an der Schulter der Mutter aufgeben muß.
»Sieh mal, was América mitgebracht hat«, sagt Mrs. Leverett. »Willst du es dir nicht anschauen?« Meghan schüttelt zwar den Kopf, aber sie verrenkt den Hals, um an América vorbeisehen zu können.
»Karen, Irving hat gesagt, es sind zehn Minuten bis zum Lokal.« Mr. Leverett steht an der Tür, die Hand auf dem Knauf, und klopft mit der Schuhspitze ungeduldig auf den Fliesenboden.
»Gut, Meghan, du gehst jetzt zu América. Daddy hat es eilig.«
»Ich will nicht!« Wieder schlingt Meghan Arme und Beine um ihre Mutter und schluchzt untröstlich.
América geht zu ihr hin und streicht ihr sanft über den Rücken. »Komm, meine Kleine, komm zu América.« Wenn sie ein Kind so weinen hört, würde sie am liebsten mitweinen, und ihre Stimme nimmt einen klagenden Tonfall an, den Meghan einfach unwiderstehlich findet. »Ich passe gut auf dich auf. Komm zu mir.« Mrs. Leverett schiebt die strampelnde Meghan zu América hinüber, die das Kind von der Mutter losmacht und festhält. Meghan schreit, widersetzt sich América, schubst sie weg, um wieder zu ihrer Mutter zu kommen. Aber Mr. Leverett faßt seine Frau am Ellbogen und schiebt sie nach draußen.
»Seid brav, Kinder«, ruft er noch, als er die Tür schließt.
América hat einen Kloß im Hals. Sie fühlt Mitleid mit dem Kind, das auf ihrem Arm sitzt und weint, und der Mutter, die ihm keinen Abschiedskuß geben konnte. Ihr ist nicht entgangen, welchen Ausdruck Mrs. Leveretts Gesicht annahm, als sie Meghan hergeben mußte. Es war eine Mischung aus Erleichterung und Angst – als wäre sie froh, daß América eingegriffen hat, aber als wolle sie eigentlich nicht

mit ihrem Mann mitgehen. Meghans Tränen haben auch Wirkung auf Kyle, der sich gegen América lehnt und die Nase hochzieht, als habe er nur vor Mutter und Vater Mut beweisen wollen, ein Mut, der sich verflüchtigt, sobald sie fort sind. Sie hält beide Kinder im Arm und tröstet sie, singt ihnen »La Malagueña« vor. Zwar ist das nicht unbedingt ein Trostreim, aber da sie ohnehin nicht Spanisch sprechen, denkt sie, kommt es auf den Text ja nicht an.

Als sich die Kinder beruhigt haben, geht sie mit ihnen zum Tisch. »Wir malen Bild«, erklärt sie ihnen. Die beiden blicken einander an, als hätten sie sie nicht verstanden. América nimmt einen Buntstift und zeichnet ein Strichmännchen mit einem Lockenkopf. Sie legt ein leeres Blatt Papier vor die beiden und kippt die Buntstifte mitten auf den Tisch. »Jetzt ihr«, sagt sie. Die Kinder sind ebenso erfreut wie sie, als ihnen klar wird, was sie tun sollen. *»Okéi«*, sagt sie, »ihr brave Kinder.«

Als die Leveretts zurückkommen, sind die Kinder im Bett und schlafen friedlich. América sitzt in dem Lehnstuhl und blättert in einer Zeitschrift. Auf den Kopfkissen der Eltern liegt je ein Bild.

»Oh, wie hübsch!« ruft Mrs. Leverett.

Mr. Leverett studiert die Zeichnung seines Sohnes, als würde er in den Kritzeleien eine Bedeutung suchen. »Ganz nett«, stellt er fest und legt sie auf den Nachttisch.

»War schöner Abend?« fragt América, wobei sie jedes Wort deutlich ausspricht.

»Es war reizend«, antwortet Mrs. Leverett.

»Das Essen war prima«, stimmt Mr. Leverett ihr zu. Er zieht ein paar zusammengefaltete Geldscheine aus seiner Hemdtasche und gibt sie ihr. »Haben Sie vielen Dank.«

»Danke.« Sie nimmt ihre Tasche und rüstet sich zum Aufbruch.

»Bis bald«, sagt Mrs. Leverett. Zuerst denkt América, Mrs. Leverett will sie bitten, noch einmal auf die Kinder aufzupassen, aber dann merkt sie, daß sie nicht mehr meint, als sie sagt.

»Gute Nacht«, wünscht ihnen América beim Herausgehen. Als sie nach unten kommt, wartet Correa auf sie an der Hintertür.

»*Ay, Dios santo.* Ich habe fast einen Herzschlag gekriegt!«

»Soll ich dich nach Hause fahren?« Er lächelt wie ein Herzensbrecher und riecht nach After-shave und Rum.

»Wie lange wartest du schon?«

Er führt sie durch die Dunkelheit zu seinem Jeep. »Ich war im Bohío.« Er zeigt auf die Freiluftbar des La Casa unter einem Mangobaum. »Ester hat gesagt, daß du beim Babysitten bist. Für das Paar, das gerade hereingekommen ist?«

»Ja.« Sie setzt sich auf den Beifahrersitz. Bei dem Gedanken an die Befragung, die ihr jetzt unausweichlich bevorsteht, spannt sich jeder Muskel ihres Körpers an.

»Wie heißen sie?«

»Mr. und Mrs. Leverett aus New York.«

»Hmmm. Er hätte dich nach Hause fahren müssen.«

»Das hat er mir auch angeboten, aber ich habe gesagt, ich komme schon allein zurecht.« Sie ist froh, daß es dunkel ist und er nicht sieht, wie sie bei der Lüge rot wird.

»Damit hätte er sich nicht zufriedengeben dürfen.«

»Hat er auch nicht. Aber ich bin fest geblieben.« Einmal hat ein Gast aus dem La Casa sie nach dem Babysitten nach Hause gefahren, und Correa hat sie geschlagen, weil sie allein zu einem Fremden ins Auto gestiegen ist.

»Dann hättest du mich wenigstens anrufen können, damit ich dich abhole.« Sie rollt sich noch mehr zusammen, wird hart wie eine Kugel, hat jeden Muskel angespannt, von ganz außen bis innen. »Danke, daß du gekommen bist.« Sie achtet darauf, daß ihre Stimme ebenso ruhig klingt wie seine, daß kein Trotz, keine Tränen, keine Angst herauszuhören sind.

»Hmm«, antwortet er, als sie an ihrem Haus angelangt sind. Sie geht nach drinnen, und er folgt ihr, nachdem er einen Kasten Bier vom Rücksitz geholt hat. Ester schläft schon, hat aber das Licht über dem Ofen angelassen. América macht sich fertig zum Schlafengehen, zieht das hübsche Nachthemd an, bürstet sich das Haar. Wenn sie ihn von seiner Eifersucht ablenken kann, schlägt er sie heute abend vielleicht nicht. Aber sie darf auch nicht zu viel des Guten tun, denn sonst schlägt er sie, weil sie sich wie ein Flittchen benimmt.

Als sie aus dem Schlafzimmer kommt, stellt er gerade das Bier in den Kühlschrank. Sie geht zur Spüle und trinkt Wasser, als habe sie großen Durst. In der Fensterscheibe über der Spüle kann sie sehen, daß er sie anblickt, während er Anstalten macht, sich ein Bier zu nehmen. Ihr Nachthemd ist hauchdünn, ein Shorty, das knapp unter der Hüfte endet. Manchmal dauert es eine Weile, bis er sich entschieden hat. Er steht vor der offenen Kühlschranktür und beobachtet sie. Sie betrachtet sein Spiegelbild in der Scheibe, sein Gesicht, das ein Ausbund von Unentschlossenheit ist. Leise summt sie einen *bolero*, beugt sich über die Spüle, um das Glas auszuwaschen, und streckt ihm dabei vorsichtig das Hinterteil entgegen. Er lächelt, reibt sich mit der Hand über den Mund und schließt die Kühlschranktür.

•◆•

»Buuhnas diehs, América!«

»*Buenos dias*, Kyle.« Ein paar Tage später trifft América Mr. Leverett und die Kinder am Swimmingpool, als sie mit einem Armvoll schmutziger Laken vorbeikommt. »Du hast nicht vergessen!« lobt sie den Kleinen.

»Ich kann auch buuhnas tardus. Das heißt guten Nachmittag«, sagt er zu seinem Vater.

»Ausgezeichnet!« Mr. Leverett blickt strahlend auf seinen Sohn. Dann lächelt er América an. »Haben Sie ihm das beigebracht?«

»Ein paar Worte«, antwortet sie. »Du auch nicht vergessen, Meghan?« Das Mädchen lächelt América mit dem Daumen im Mund zu und schüttelt langsam den Kopf. América streicht ihr über die Schulter. »Und eure Mami?«

»Die ruht sich aus«, sagt Meghan, ohne den Daumen aus dem Mund zu nehmen. Unwirsch zieht ihn ihr der Vater heraus.

»Meghan, man redet nicht mit Leuten, wenn man was im Mund hat.«

Das kleine Mädchen stampft mit dem Fuß auf und nuckelt dann wieder am Daumen.

»Okéi«, sagt América und *»Adios«*, zu Kyle gewandt.

»Ahdiehos!« antwortet er grinsend.

Sie hat ihn wirklich liebgewonnen, diesen Jungen mit seiner Offenheit, seiner Klugheit, seinem Bestreben zu gefallen. Im Gegensatz zu den meisten *americanitos*, die im La Casa wohnen und Angst vor Fremden haben, scheint er mit jedem zurechtzukommen.

Später am Nachmittag, als sie nach Hause gehen will, kommen die Leveretts vom Strand zurück. Sand klebt ihnen an Armen, Beinen und am Nacken, und Mr. Leverett hat einen leichten Sonnenbrand.

»Hi!« ruft Mrs. Leverett fröhlich. Kyle springt aus dem Jeep und läuft, eine Strandtasche aus Plastik hinter sich herschleifend, auf América zu.

»Sieh mal, ich habe eine Million Muscheln gesammelt!« Seine Schwester folgt ihm mit ihrer Tasche.
»Ich auch. Eine Million.«
Sie zeigen ihr die blaßrosa und elfenbeinfarbenen Muscheln, von denen einige dunkelrote oder senfgelbe Streifen haben. »Oh, schön!« ruft América, während sie eine aus Meghans Tasche nimmt und sich genauer ansieht. »Wie hübsch!«
»Sieh dir mal meine an! Hier ist eine, da hört man das Meer rauschen!« Er hält ihr eine Schneckenmuschel ans Ohr, aber América zuckt zusammen. Sie hat immer das Gefühl, im nächsten Moment könne ein Tier aus der Muschel kommen und sie ins Ohr beißen. »Ah! Danke!« Sie zieht seine Hand mit der Muschel weg.
»Kommt weiter«, sagt Mr. Leverett. »Willst du noch mal in den Swimmingpool hüpfen?« fragt er seinen Sohn.
»Au ja!«
Sie schlagen den Weg ein, der von blühenden Hibiskusbüschen gesäumt wird.
»Ich komme gleich nach«, ruft Mrs. Leverett, bevor sie sich zu América umdreht. »Wir wollten Sie fragen, ob Sie sich morgen abend noch mal um die Kinder kümmern können.«
»Ja. Gleiche Zeit?«
»Ein bißchen früher. Geht es um sechs?«
»Okéi«.
»Wenn es Ihnen nichts ausmacht, können Sie dann mit den Kindern essen? Irving serviert erst ab sechs das Abendbrot, und letztesmal mußten wir uns so beeilen ...«
»Kein Problem«, sagt América und zieht Meghan zu sich heran. »Du bleibst bei América. Nicht mehr weinen, ja?« Meghan steckt den salzigen, sandigen Daumen in den Mund und sieht sie skeptisch an. América beugt sich über sie und gibt ihr einen Kuß auf den Scheitel. »Du braves Mädchen.«

»Dann bis morgen«, sagt Mrs. Leverett, während sie Meghans Muscheltasche nimmt. »Gehen wir schwimmen zu den Männern, okay?«
América sieht ihnen nach, als sie zum Pool gehen. Mrs. Leverett ist hübsch wie aus dem Bilderbuch und jung. América schätzt sie auf Mitte zwanzig. Mit den großen, tiefblauen Augen und dem kurzen, blonden Haar sieht sie wie ein Mädchen aus, aber die harten Züge um den Mund sind die einer Frau, und die Augen wirken auf den zweiten Blick nicht mehr unschuldig, sondern wachsam. Ein Ausdruck, den América schon viele Male gesehen hat. Amerikanische Frauen tun alles, damit der Körper mädchenhaft bleibt, damit die Haare nicht grau werden, damit sich keine Falten übers Gesicht ziehen. Aber die Erfahrungen des Lebens können sie nicht auslöschen. Das Alter zeigt sich in der Linie ihrer Lippen und den wissenden Augen. In der Haltung ihrer Schultern. An den Händen, die zwar manikürt und gepflegt, aber voller Runzeln sind.
Correa sagt, er kann nicht verstehen, wie amerikanische Männer mit diesen »Knochengerüsten« schlafen können. América ist seiner Meinung, daß Frauen eher weich und rund sein sollen und nicht scharf und kantig. Sie selbst hat volle Hüften und einen runden Hintern, üppige Brüste und ist gut gepolstert, aber nicht so sehr, daß es wabbelt. Nun, gut, an manchen Stellen wabbelt es, aber nur, wenn sie es wabbeln läßt. Sie ist stolz auf ihren geschmeidigen Gang, den sie mit viel Übung entwickelt hat, bevor sie Correa kennenlernte, in den unschuldigen Tagen ihrer frühen Jugend. Sie achtet auf die bewundernden Blicke der Männer, wenn sie vorbeigeht, auf die gemurmelten *piropos,* auf die leisen Pfiffe, die ihr versichern, daß sie gut aussieht, daß sich die halbe Stunde gelohnt hat, die sie früher aufsteht, um sich in Ruhe anzuziehen, zu frisieren, zu schminken.

»Eine Frau muß gut riechen und gut aussehen«, sagen die Männer, die sie kennt, immer wieder. Sie denkt genauso, und das hat sie auch ihrer Tochter beigebracht. Rosalinda gibt fast ihr ganzes Taschengeld für Parfum und Kosmetik aus. Wie Ester und América wählt sie ihre Kleider sorgfältig aus, verbringt sie viel Zeit mit der Entscheidung, welche Schuhe sie zu welchem Rock oder welcher Hose trägt.

Jedesmal, wenn América an Rosalinda denkt, hat sie das Gefühl, daß ihr eine unsichtbare Faust in den Magen gestoßen wird. Ihr Herz beginnt zu rasen, und Tränen treten ihr in die Augen. Dann kommt der Moment, wo sie die Kiefer so fest zusammenpreßt, als würde sie auf etwas Hartes beißen, das sich nur mit aller Kraft zerteilen läßt.

Am zweiten Abend mit Kyle und Meghan geht América mit den beiden vor dem Abendbrot auf dem Gelände des La Casa spazieren. Sie pflücken einen Blumenstrauß von der Gardenie und den Hibiskusbüschen, den sie in ein Glas auf den Nachttisch ihrer Mutter stellen. Sie klettern in den Mangobaum am Picknicktisch und sehen sich die Hütte an, wo die Wäsche gewaschen wird. Sie setzen sich auf die hohen Stühle im Bohío und lassen sich vom Barmixer eine Cola und eine Schüssel Popcorn geben. Sie machen einen Abstecher zu den baufälligen Ställen, wo Don Irving für die Gäste, die über den Strand reiten wollen, fünf Paso-Fino-Pferde hält. Felipe, der Stallbursche, striegelt gerade Sylvestre, das älteste Pferd im Stall. Sie dürfen es streicheln, und Felipe gibt ihnen eine Handvoll Hafer. Unter viel gutem Zureden und großem Gekicher lassen sie Sylvestre aus ihrer Hand fressen und lachen, als die dicken Lippen über ihre Handflächen fahren.

»Das kitzelt«, kreischt Meghan und zieht die Hand fort, so daß fast der ganze Hafer in den Schmutz fällt.

»Dürfen wir auf ihm reiten?« fragt Kyle.

Felipe hebt ihn auf Sylvestres breiten Rücken.

»Aber Vorsicht! Nicht runterfallen«, ruft América ihm nach, als Felipe das Pferd im Kreis führt.

»Ich auch! Ich auch!« bettelt Meghan.

»Du bist noch Baby«, erklärt América. Aber Meghan gibt keine Ruhe.

»Das Pferd ist schon alt«, versichert ihr Felipe. »Der Kleinen passiert nichts.«

Er hebt Meghan hinter ihren Bruder, legt ihre Arme um seine Taille und führt das Pferd in einem engen Kreis. Die Kinder lachen und juchzen begeistert.

América hat ein mulmiges Gefühl, aber sie vertraut Felipe. Dem Pferd allerdings weniger. Sie hat es noch nie leiden können. Seine Augen scheinen die Menschen voller Vorwurf anzublicken, und sie hat das Gefühl, als würde es nur darauf warten, sich aufzubäumen, den Reiter abzuwerfen und ihn mit seinen breiten Hufen zu zertrampeln.

»*Ya no más.* Alle absteigen!« ruft sie. Die Kinder protestieren, aber América geht zu ihnen hinüber und hilft, sie vom Pferd zu heben. »Pferd jetzt müde«, erklärt sie ihnen.

»Dürfen wir morgen wieder reiten?« fragt Kyle. »Au ja, bitte!« kommt Meghan ihm zu Hilfe.

»Wir fragen Mami und Papi.«

»Die haben nichts dagegen«, erklärt Kyle. Sie verspricht, mit den Eltern zu reden, und bedankt sich bei Felipe, bevor sie mit den Kindern fortgeht.

Zum Abendessen bestellt sie *tostones.* Nach vielen guten Worten sind die Kinder bereit, sie zu probieren. Die knusprigen Bananenrundlinge schmecken ihnen, und sie probieren sie sogar, wie América sie ißt, mit einer Tunke aus

Olivenöl und Knoblauch. Später gehen sie zurück auf ihr Zimmer, und América hilft ihnen, Muscheln auf ein Stück Treibholz zu kleben. Sie redet mit ihnen in ihrem gebrochenen Englisch, und sie machen sich einen Spaß daraus, ihre Aussprache zu verbessern. Als sie müde werden, quengeln sie, und Kyle gängelt seine Schwester, die vor Wut zu weinen anfängt.

»Immer lieb mit deine Schwester«, warnt América. Aber Kyle macht es Spaß, sie zu ärgern. »Du nicht lieb mit deine Schwester, wir gehen morgen nicht zu Pferden.«

»Dann bringt Daddy uns hin.«

»Nein, tut er nicht«, fällt Meghan ihm ins Wort, »weil ich ihm alles sage.«

»Petze! Petze!«

Meghan wirft mit einem Buntstift nach ihm. Als er ihn zurückwirft, überlegt América fieberhaft, wie sie sie davon abhalten kann, sich gegenseitig weh zu tun. Wenn es ihre Kinder wären, bekämen sie einen Klaps und eine Predigt, daß man seine Schwester, die viel kleiner und schwächer ist, nicht ärgert. Aber es sind nicht ihre Kinder, und so lenkt sie sie ab, bis sie so müde sind, daß sie nicht mehr widersprechen, als sie sie schlafen legt. Sie deckt die beiden zu, singt La Malagueña und bekommt von ihnen einen Gutenachtkuß, der nach Knoblauch riecht.

Zum zweitenmal an diesem Tag räumt sie das Zimmer auf, sammelt Spielzeug ein, faltet Kleider zusammen, richtet die Bücher im Regal auf. Das Zimmer ist ihr vertraut wie ihr eigenes, und sie wirtschaftet darin herum, als wäre sie hier daheim und die Kinder, die friedlich in der abgetrennten Ecke schlafen, ihre eigenen.

Mit einer Taschenlampe in der Hand geht sie nach Hause. Anschalten will sie sie nur, wenn sie an die dunkle Stelle kommt, wo zwei Bäume, die einander gegenüberstehen, das

Licht des Vollmonds abschirmen. Sie hat zwar keine Angst im Dunkeln, aber auch keine Lust, zu stolpern und sich weh zu tun. Der Mond scheint hell auf den vertrauten Weg, sein Licht wirft längere Schatten als die Sonne. Die Luft ist silbergrau, kühl und erfüllt von den Lauten der unsichtbaren Kreaturen, die durch die Nacht hüpfen, sausen, fliegen, als ob sie ihr den Weg freimachen würden, als sei sie die Königin und die anderen, die Echsen, Schlangen, Eulen, ihre Untertanen. Nur Mücken setzen sich auf ihre Haut, und ehe sie es merkt, haben sie sich eine weiche Stelle gesucht und sich mit ihrem Blut vollgesogen.

Am nächsten Nachmittag, als América mit der Arbeit fertig ist und eigentlich nach Hause gehen könnte, findet sie Mr. und Mrs. Leverett und die Kinder am Swimmingpool.

»Gestern versprochen, wir gehen Pferde«, erklärt sie Mrs. Leverett.

»Dürfen wir, Mom?« fragt Kyle. Seine Schwester hüpft vor der Mutter auf und ab. »Pferde! Pferde!« juchzt sie.

Mrs. Leverett sieht unschlüssig zu ihrem Mann hinüber, der im Pool seine Bahnen schwimmt. »Wir haben vorhin schon nachgeschaut, aber die Pferde waren fort.«

»Sylvestre ist da«, erklärt América.

»Gut, dann also los!« Sie zieht sich ein T-Shirt über den Badeanzug.

América zeigt ihnen den Weg, und Mrs. Leverett folgt ihr mit Kyle und Meghan auf den Pfad, der an der Hinterpforte beginnt. Felipe führt Pirulí an der Longe, einen Rotfuchs, der all das hat, was América fürchtet. Sie ist ein lebhaftes Stutenfohlen, stolz und angriffslustig. Ohne erkennbaren Grund wirft sie den Kopf in die Höhe und wiehert. Sie sehen zu, wie Felipe sie ein paar Runden im Kreis laufen läßt und

dann in den Stall führt, in den sie offensichtlich nicht zurückkehren will. Felipe muß ihr erst gut zureden, was die Kinder erheitert, während América und Mrs. Leverett besorgte Gesichter machen.
»Sie nicht mögen Pferde?« fragt América. Mrs. Leverett lächelt.
»Ich bin zwar in einer Pferdestadt aufgewachsen, habe mich aber nie an die Tiere gewöhnen können.
Felipe bringt inzwischen Sylvestre nach draußen. América dreht sich zu Mrs. Leverett um.
»Dürfen Kinder reiten?«
»Bitte, Mom!« betteln sie einstimmig.
»Seid ganz vorsichtig und haltet euch gut fest, okay?« mahnt sie, als Felipe erst den einen und dann die andere hochhebt.
»Das Pferd ist freundlich. Schon alt«, versichert América. Aber das ändert nichts an Mrs. Leveretts Besorgnis.
Wegen ihrer eigenen Furcht vor Pferden hat América darauf bestanden, daß Rosalinda schon in jungen Jahren reiten lernte, damit sie nicht auch von diesen Ängsten geplagt würde. Jetzt kommt ihr der Gedanke, daß Rosalinda vielleicht zu wagemutig ist, zu wenig an die Folgen ihres Tuns denkt. América starrt in den Staub zu ihren Füßen.
Sie hat nicht gehört, was Mrs. Leverett in der Zwischenzeit zu ihr gesagt hat. »... Urlaub. Aber Ihnen geht es da wohl anders. Sie leben ja hier.«
América blickt auf, hofft, daß Mrs. Leverett keine Antwort von ihr erwartet. Die Kinder winken, als sie vorbeikommen, und die beiden Frauen winken zurück.
»Wie lange arbeiten Sie schon bei Irving?« fragt Mrs. Leverett.
»Zehn Jahre. Seit er gekommen ist.«
»Sind Sie in dieser Gegend aufgewachsen?«
»Ich lebe hier ganzes Leben.«

»Und Sie haben immer nur hier gewohnt?«
América sieht sie an, bevor sie den Kindern zuwinkt. Dann wendet sie sich wieder an Mrs. Leverett. »Einmal war ich fort, einen Monat. Aber dann wieder zurück.«
»Die Insel ist ja auch wunderschön.«
»Ja.«
»Nur das mit dem Marinestützpunkt ist schade.«
América, die nicht weiß, was sie antworten soll, seufzt.
»Sind Sie verheiratet?«
»Nein.« Sie spricht das Wort aus, als müsse sie in die bittere Haut einer unreifen Frucht beißen, aber Mrs. Leverett scheint es nicht zu bemerken.
Felipe hebt die Kinder vom Pferd. Mit leuchtenden Augen laufen sie auf ihre Mutter zu.
»Kriegen wir ein Pferd, Mom?«
»Ja, Mom, kriegen wir?«
América und Mrs. Leverett schmunzeln. Die Kinder ziehen ihre Mutter am T-Shirt und betteln um ein Pferd. Die sieht América mit einem Verschwörerblick an. »Darüber sprechen wir später, okay?« sagt sie zu den Kindern und lächelt geheimnisvoll.
América verabschiedet sich und bricht auf. Während sie in die andere Richtung davongeht, rätselt sie über die Angewohnheit der Amerikaner nach, persönliche Fragen zu stellen, obwohl sie einen kaum kennen.

Correa hat sich auf der Couch ausgestreckt. »Wo warst du?«
»Beim Babysitten habe ich den Kindern versprochen, mit ihnen zu den Pferden zu gehen.«
»Was ist das mit dir und diesen *yanquis*?«
»Gar nichts. Ich passe auf die Kinder auf, mehr nicht.«
Sie geht sich umziehen. Das Essen, das Ester in der Küche kocht, riecht so gut, daß sich ihr vor Hunger der Magen

zusammenkrampft. Sie wünscht, sie könnte beim Kochen zaubern wie Ester, die so gut würzt, daß es selbst mit den einfachsten Zutaten wie etwas Besonderes schmeckt. Ester ist stolz auf diese Gabe, und diese Eigenschaft ist es auch, die den Leuten zuerst einfällt, wenn sie von ihr reden. O ja, Ester ist eine großartige Köchin. Bei ihr schmecken selbst Steine wie Butter.

Weil sie so gut kochen kann, ist Ester bei den Nachbarinnen beliebt, und sie übersehen sogar bereitwillig ihre regelmäßigen Anflüge von schlechter Laune, die auf ihre Liebe zum Bier zurückzuführen sind. Zu jedem Geburtstagsfest, zu jeder Hochzeit wird Ester eingeladen, und ihr Geschenk ist stets ein *caldero* mit dem besten *arroz con gandules* oder eine Auflaufform mit einer sahnigen Cremespeise. Und wenn sie die Gastgeber mag oder dafür bezahlt wird, macht sie ein paar hundert *pasteles.* »Ich hätte in einem der besten Hotels von San Juan Köchin werden können«, sagt sie gern. Aber nie erklärt sie, warum sie es nicht geworden ist.

América weiß nie, wann Correa sie besucht. Er taucht auf, wenn es ihm gerade in den Sinn kommt. Daß er in den letzten Wochen so oft da war, schreibt América *»el problema con Rosalinda«* zu. Wenn er sonst fast keinen Abend ausließ, war das ein Zeichen für Eifersucht, eine Botschaft für América und ihren angeblichen Verehrer, die klarstellt, wem sie gehört. Aber América glaubt nicht, daß das der Grund ist, weshalb er an diesem Abend wieder auf sie wartet. Zumindest braucht sie bei Correa nicht herumzurätseln, woran sie ist. Wenn er ihr etwas vorwirft, rückt er direkt mit der Sprache raus – meist, bevor er ihr ins Gesicht schlägt, wenn er betrunken ist, oder in den Unterleib und auf den Rücken boxt, wenn nicht.

Sie denkt, daß das Problem mit Rosalinda Correa verändert

hat, daß er jetzt vielleicht der Mann wird, den sie sich immer gewünscht hat. Seit zwei Wochen, seit dem Tag, an dem er Rosalinda fortgebracht hat, hat er sie nicht mehr geschlagen. Sie merkt, daß es Nächte gibt, in denen er bei ihr schläft wie jeder andere Mann bei seiner Frau, an denen er keinen Sex fordert, an denen er fragt, bevor er ihr das Nachthemd hochzieht und ihre Brüste streichelt. Allerdings wäre es sicher anders, wenn sie nein sagen würde. Aber darüber mag sie nicht nachdenken. Sie überlegt sich auch nicht mehr, wie sie ihn umbringen kann. Hört zu, wenn er ihr von Rosalinda erzählt, weil sein Telefon angeschlossen ist und ihres nicht. Daß er sie nicht unter Druck setzt, daß er zärtlich mit ihr spricht, kommt ihr vor wie ein Versprechen. Und wenn sie sich lieben, hofft, glaubt sie, daß er sich verändert hat, und vergißt für den Augenblick die geschwollenen Lippen, die vielen blauen Flecken und blauen Augen vergangener Tage, die wunde Kopfhaut, wo er sie an den Haaren gepackt hat.

Wie schön es ist, wenn du ein kleines Kind auf dem Schoß hast, wenn sein Kopf an deiner Brust liegt, wenn sein frischgewaschenes, noch feuchtes Haar dich kitzelt, sobald du dich herunterbeugst, um es zu küssen. Wie schön ist es, wenn du das Gewicht des Kindes an deiner Brust spürst, wenn es sich auf deinem Schoß zusammenrollt, während du es wiegst und ein Schlaflied singst. Sein kleines Herz, das so rasch klopft, und sein Atem werden ruhiger, wenn es am Daumen lutscht, langsam einschläft und sich die zart geäderten Lider über die Augen senken.
América hat Meghan auf dem Schoß und singt ihr leise ein Lied vor. Ihr Bruder schläft in seinem Bett auf der anderen Seite des Zimmers. Sein Atem wirbelt den Pelz des Teddys

auf, den er im Arm hält. América könnte noch Stunden so sitzen, aber der Schlaf hat Meghan schwer werden lassen, und so trägt sie die Kleine in ihr Bett, deckt sie zu, zieht das Laken über ihrer Brust straff und steckt es fest, damit sie nicht herausfallen kann. Dann betrachtet sie das schlafende Mädchen, dessen Wangen sich beim Nuckeln bewegen, dessen Zeigefinger sich um die Nasenspitze krümmt, dessen Lider flattern, als würde sie einen Film betrachten. Schließlich steckt sie auch bei Kyle die Laken fest, während er seinen Teddy fester an die Brust zieht und dabei etwas murmelt, was América nicht versteht.

Es ist der letzte Abend der Leveretts in Vieques, und América paßt auf die Kinder auf, während die Erwachsenen die letzten verbliebenen Urlaubsstunden genießen. Sie war noch nie so lange mit den Kindern einer Gastfamilie zusammen, und schon jetzt weiß sie, daß Kyle und Meghan, anders als die zahllosen Kleinen, die davor in diesem Zimmer gewohnt haben, in ihrer Erinnerung eine ganz besondere Rolle spielen werden. Vier von ihren zehn Abenden im La Casa hat sie auf sie aufgepaßt. Sie ist mit ihnen nach der Arbeit über das Gelände gegangen, sie hat ihr Wischen oder Bettenmachen unterbrochen, um eine Muschel, eine lange Samenkapsel, die hier *pellota* heißt, oder einen Schmetterling zu bewundern, den sie in einem Glas gefangen hatten. Ihre Unschuld, ihre Gespräche, die Art, wie sie ihr geduldig zuhörten, um zu verstehen, was sie sagte, haben den Kreislauf ihrer Tage verändert. Und weil Meghan so niedlich ist, wurde in ihr eine Sehnsucht wach, die sie seit Jahren unterdrückt hat, der Wunsch, noch ein Kind zu haben, ein Baby in den Armen zu halten, es an ihrer Brust zu stillen, die Wärme eines Wesens zu spüren, das sie unter dem Herzen getragen hat.

Wie oft hat sie von einem Haus voller Kinder geträumt, von

Jungen und Mädchen, die durch eine saubere Wohnung mit Vorhängen an den Fenstern und einem Garten mit Blumen in allen Farben und im Schatten zwitschernden Vögeln toben. In ihrem Traum gab es auch einen Ehemann, einen Mann, der Correa nicht unähnlich war, groß und dunkel, kräftig, mit einer sanften Stimme und dichtem schwarzem Haar. Sie würden auf der Veranda ihres sauber riechenden Hauses stehen, die Arme um die Taille des anderen geschlungen, und zusehen, wie die Kinder unter einem Mangobaum spielen. Und sie würden sich von ganzem Herzen lieben, würden sich und das Erreichte und die Verheißungen einer lichten Zukunft lieben.
Sie schüttelt den Kopf und schimpft mit sich, weil sie so altmodische Träume hat, während die Frauen von heute Wissenschaftlerin oder Staatspräsidentin werden möchten. Aber ich habe das nie gewollt, hält sie sich entgegen. Ich wollte nie etwas anderes als ein Heim und eine Familie mit Mutter, Vater und Kindern. Sie setzt sich in den Lehnstuhl und nimmt eine der Zeitschriften, die Mrs. Leverett mitgebracht hat. Das Heft zeigt fast nur Mode, magere Frauen mit großen Köpfen in verrückter Aufmachung. Ob sich die Leute in Amerika wirklich so anziehen, fragt sie sich.
Jemand kommt die Treppe hinauf und geht den Flur entlang. Für die Leveretts ist es eigentlich noch zu früh, aber vielleicht sind sie ja müde. Oder das Restaurant und die laute Musik auf der Straße haben ihnen nicht gefallen. Die Tür geht auf.
»Also hier bist du!« Correas Augen glänzen von zu viel Schnaps und Eifersucht. Er bleibt an der Tür stehen, lauscht nach beiden Seiten und leckt sich über die Lippen, als stünde ihm ein Festmahl bevor.
Es ist der alte Correa, den sie fürchtet, nicht der Correa aus ihrem Traum vom häuslichen Glück. Bei seinem Gesichts-

ausdruck werden ihre Knie weich wie Pudding, und in ihrer Brust hat sie ein hohles Gefühl. In ihrem Kopf beten eine Unzahl von brummenden Stimmen die zahllosen Vorwürfe der vergangenen Jahre nach. Es gibt keinen Mann auf der Insel Vieques, den Correa nicht schon verdächtigt hat, ihr Liebhaber zu sein. Weder die Einheimischen noch die gelegentlichen Besucher sind vor seiner Eifersucht sicher, und América durchforstet ihre Erinnerung nach dem Augenblick, wann sie das letztemal mit einem Mann gesprochen hat, fragt sich, wer es sein mag, wen sie in der letzten Zeit angesehen hat, so daß er Correas Eifersucht wecken konnte. América sieht zur Schlafnische. Correa, der ihrem Blick folgt, stolpert zu den schlafenden Kindern. Sie stellt sich hinter ihn, als habe sie Angst, was er in den kleinen Bettchen vorfinden könnte. Er lächelt, gerade so sanft, daß in ihr die Hoffnung aufflackert, diesmal würde er einfach nur wieder gehen.

»Mami und Papi haben ihren Spaß im Eddie's«, sagt er. »Du müßtest diese *gringos* mal tanzen sehen!« Er lacht, und es kommt ihr vor wie ein Donnergrollen, so laut. Sie ist sicher, daß er die Kinder aufgeweckt hat, aber als er an ihr vorbeigeht und sich in den Lehnstuhl fallen läßt, sieht sie, daß sie noch schlafen.

»Du darfst nicht hierbleiben«, sagt sie. Sie steht zwischen ihm und der Nische, direkt am Rand des schwachen Lichtscheins, der aus der Lampe am Lehnstuhl fällt.

Er nimmt die Zeitschrift, die sie fallengelassen hat, blättert die Seiten durch, kichert. »Sieh mal, wie die Frauen angezogen sind! Kleiderständer mit 'nem Fummel dran.« Er wirft die Zeitschrift durchs Zimmer und greift nach einem Plüschtier aus dem Regal hinter ihm, einem Löwen mit einem dummen Grinsen. Er dreht ihn um, so daß die Beine nach oben ragen.

»Nie haben sie Eier.« Er knurrt den Löwen an. Dann knurrt er América an, streckt ihr das Plüschtier entgegen, was sie vielleicht als Spiel aufgefaßt hätte, wenn sie nicht soviel Angst haben würde. Sie springt nach hinten, und er lacht, knurrt, steht auf, packt sie, kitzelt sie mit dem Stofftier.

Sie versucht sich zu befreien, aber er hält sie mit einer Hand fest und reibt ihr mit der anderen den Löwen über den Rücken, begleitet das Ganze erst mit einem sanften Knurren und dann mit einem zarten Biß seiner Lippen. Sie stößt ihn weg. Aber er hält sie fest, spielt den Löwen, knurrt, faucht, greift nach ihr mit Krallenfingern, beißt sie, mit den Zähnen jetzt, in Schultern, Hals, Arme. »Laß das, Correa!«

Sie wirft einen Blick auf die Nische, in der die Kinder schlafen. Kyle dreht sich um und zieht den Teddybär an seine Brust. Meghan nuckelt am Daumen. Correa drängt sie aufs Bett, steigt auf sie, kratzt sie mit den Klauenfingern, beißt in ihre Oberschenkel, ihren Bauch, ihre Brüste. Sie wehrt sich, versucht, mit ihm zu reden. »Nein, Correa! Wir wecken die Kinder auf!« Er reibt sich mit seiner Erektion an ihren Beinen, beißt ihr in die Lippen, faucht ihr ins Ohr, zerrt an ihrer Hose. Entschiedener als vorhin stößt sie ihn fort. Sein Gesichtsausdruck, bisher spielerisch, wird ernst, und er wirft sich mit seinem ganzen Gewicht auf sie, bevor er am Reißverschluß ihrer Jeans fingert, ohne auf das zu achten, was sie sagt oder tut.

Sie kommt nicht gegen ihn an. Sein Atem trifft sie in heißen, rumgeschwängerten Stößen, und immer wieder beißt er sie in Wangen, Hals, Brüste, während er ihren Unterkörper freimacht. Am liebsten würde sie schreien, aber dann stellt sie sich die angsterfüllten Augen der Kinder vor, die mit all dem nichts zu tun haben. Und so lenkt sie seinen Kopf, damit er sie dahin beißt, wo niemand es sehen kann, in die

Brust, in die Oberarme unterhalb des Blusenkragens. Und er tut es, beißt sich in ihr fest und taucht seinen Penis in sie ein, als wäre sie ein Loch, ein warmes Loch von der richtigen Größe und Beschaffenheit. Sie würde sich ja mit Bissen wehren, aber er soll nicht denken, daß sie an all dem Gefallen findet, daß sie in irgendeiner Weise an dem beteiligt ist, was er sein Vergnügen nennt, wenn er sich América, egal wann und wo, nach Lust und Laune nimmt. In Gedanken ist sie in der Nische bei den unschuldigen Schlafenden, die, wie sie hofft, nicht mitbekommen, was keine drei Meter entfernt von ihnen vor sich geht. Sie betet, als Correa auf ihr reitet. Betet zu Jesus, dem Beschützer der Kinder, er möge ihre Augen geschlossen halten und ihre Ohren taub machen für alles außer dem Gesang des *coquí* vor dem Fenster, seinem schrillen Lied, das eher an einen Schrei erinnert als an eine Melodie.

Als er fertig ist, rollt er zur Seite, fängt an einzuschlafen. Sie muß auf ihn einreden, ihn hochziehen, ihm klarmachen, daß es nicht sein Zimmer, sein Bett ist. Er sieht sich um, als hätte er das Gedächtnis verloren, als wüßte er nicht, wo er ist, als würde er nicht verstehen, was sie sagt.

»Du mußt gehen, Correa«, fleht sie, während sie ihm hilft, die Hose hochzuziehen, und ihm das Hemd in die Hose stopft. »Sonst fliege ich raus.« Wie ein Kind läßt er sich von ihr lenken und merkt nicht, daß sie selbst von der Taille an nackt ist, als sie ihm die Kleider glättet. Er geht wie ein betrunkener Bär, verlagert sein Gewicht erst aufs eine Bein, dann aufs andere. Aber an der frischen Luft des Innenhofs wird er wieder wach, und an der Tür droht er ihr mit dem Finger. »Ich warte unten auf dich.« Er ist noch nicht fertig mit ihr. Was sie gerade durchgemacht hat, war nichts weiter als eine kleine Zerstreuung. Sie schließt die Tür, während er über den Flur geht, sich mit der flachen Hand über die

Haare streicht und sich mit der anderen an der Wand abstützt, als würde der Boden schwanken wie das Meer.
Sie wäscht sich und trocknet sich mit Toilettenpapier ab, damit die Handtücher der Leveretts nicht schmutzig werden. Dann untersucht sie vor dem Spiegel die Bißmale an Brust, Bauch und Oberarmen. Ihr Gesicht ist geschwollen. Sie läßt kaltes Wasser darüberlaufen, bürstet sich die Haare und streicht sich die Kleider glatt. Dann legt sie eins von Mrs. Leveretts Halstüchern über den Lampenschirm, um das Licht zu dämpfen, damit der Raum dunkler wird, damit sich Schatten bilden, in denen sie ihre Male verstecken kann, damit niemand sieht, welche Ungeheuerlichkeit sich in ihrem Bett, in ihrem Zimmer, keine drei Meter von ihren schlafenden Kindern entfernt, ereignet hat.

Ein Anruf
für dich

Als sie am Tag ihrer Abreise das Zimmer der Leveretts saubermacht, kommt es ihr anders vor als früher. Jeder Winkel hat plötzlich eine Bedeutung. Das kleine Feldbett, in dem Meghan geschlafen hat, wirkt leerer als sonst. Kyles Fingerspuren auf dem Badezimmerspiegel sehen aus wie ein Zeichen von ihm, wie eine Nachricht, die sie nur noch entschlüsseln muß.

Es inexplicable, rätselt sie, wie lieb ich diese Kinder gewonnen habe, wie sie in so kurzer Zeit einen Platz in meinem Herzen eingenommen haben, von dem ich nicht wußte, daß er leer war. Vielleicht, überlegt sie, suche ich nur nach einem Ersatz für Rosalinda. Aber das klingt verdächtig nach dem, was Christina Saralegüi den besorgten Müttern in ihrer Talk-Show erzählt.

Ehe sie losfahren, stöbern die Leveretts und die Kinder América in einem der Zimmer auf.

»Wir wollten uns verabschieden.«

América kämpft mit den Tränen. Die Kinder umarmen sie und geben ihr einen Kuß. Mr. Leverett schüttelt ihr die Hand.

»Ohne Sie hätten wir unseren Urlaub nicht richtig genießen können.« Er gibt ihr einen Umschlag. Normalerweise lassen ihr die Gäste ein Trinkgeld auf der Kommode zurück. Daß sie es persönlich bekommt, verwirrt América. Sie weiß nicht, ob sie in den Umschlag sehen soll oder ob das unhöflich wäre. Vorn steht etwas geschrieben. »Wir geben Ihnen unsere Adresse und Telefonnummer«, erklärt Mrs. Leverett. »Wenn Sie mal nach New York kommen, rufen Sie uns an.«

Mrs. Leverett umarmt sie herzlich, und als sie aufbrechen, ist América neidisch auf die Zusammengehörigkeit, die sie verbindet, neidisch, daß sie so einfach in ihr Leben treten und sich wieder daraus verabschieden können, ohne einen Gedanken daran zu verschwenden, ob sie bei ihr vielleicht etwas verändert haben. Sie denkt, daß sie für die Leveretts nichts anderes ist als eine Urlaubserinnerung unter vielen, kaum daß sie das Flugzeug nach New York bestiegen haben. Aber sie wünscht sich, etwas Besonderes zu sein, mehr als nur eine lächelnde Gestalt, die den Touristen auf dem Weg zum Strand, in einem Restaurant oder – mit Eimer und Schrubber in der Hand – auf dem Flur begegnet.

Mit dem Geld, das sie bei den Leveretts verdient hat, einschließlich der fünfundzwanzig Dollar aus dem Umschlag, kann América das Telefon wieder anschließen lassen. Zuerst ruft sie Rosalinda an. Dabei schweigen sie mehr, als daß sie reden, als könnte jedes Wort der einen für die andere eine verborgene Bedeutung oder Anspielung enthalten.
»Wie läuft's in der Schule?«
»Geht so.«
»Sind die Nonnen nett?«
»Ganz passabel.«
»Hast du Freunde gefunden?«
»Warum willst du das wissen?«
»Na ja, die Stadt ist fremd für dich, und ...«
»Ich treffe mich mit ein paar Mädchen.«
»Magst du Tía Estrella und Prima Fefa?«
»Sie sind ganz nett.« Schweigen. Schweigen. Schweigen.
»Warum stellst du mir so viele Fragen?«
»Wie soll ich denn sonst rausfinden, wie es dir geht?«
»Mir geht's gut.«

»Ich will doch nur sichergehen …«
»Wenn ich was brauche, rufe ich dich an.«
»Willst du uns nicht besuchen, für ein verlängertes Wochenende vielleicht?«
»Ich habe Prüfungen.«
»Vielleicht komme ich mal bei dir vorbei.«
»Wenn du magst.«
»Gut. Dann halte die Ohren steif.«
»In Ordnung.«
»Tschüs.«
»Tschüs.« Als América einhängt, würde sie am liebsten das Telefon durchs Zimmer werfen. Wahrscheinlich spürt Rosalinda diese Wut, den Zorn, der in ihr aufsteigt, sobald sie mit ihr zu tun hat, ein Gefühl, das in eine schmerzliche Sehnsucht übergeht, das Mädchen fest an sich zu drücken. Jede Mutter, die sie kennt, spricht über ihre Kinder mit dieser Mischung aus Liebe und Ärger, man hört das unter der Oberfläche lauernde Gefühl der Niederlage heraus, das aber nie ganz zum Vorschein kommt, als würde die Hoffnung es noch unten halten. América kann sich gut denken, daß sie für Ester eine Enttäuschung war, und wahrscheinlich ist es das Los einer Mutter, ständig von ihren Kindern enttäuscht zu werden.

Vielleicht erwarte ich zu viel, überlegt sie. Aber dann schüttelt sie den Kopf. Ich habe nur erwartet, daß Rosalinda es anders macht als ich. Das ist doch nicht so schwer. Sie kann doch sehen, was dabei herauskommt, wenn man mit vierzehn schwanger wird. América dreht sich um und schlägt ein paarmal aufs Kissen, bevor sie den Kopf hineinsinken läßt.

Aber es gibt noch Hoffnung. Rosalinda geht zur Schule, versucht, ihr Leben in den Griff zu bekommen. Was soll's, wenn sie mit einem Mann geschlafen hat! Die wilde Wut, die unter der Oberfläche lauert, explodiert, und sie trommelt mit den Fäusten aufs Kissen, trommelt ohne Unterlaß, bis es an manchen Stellen flach ist und zusammengeknüllt an anderen. Sie wirft es durchs Zimmer und schluchzt leise, die Hände an den Bauch gepreßt.

Wenn Rosalinda ein Junge wäre, würde man sie jetzt einen Mann nennen. Wenn Rosalinda ein Junge wäre und mit vierzehn mit einer Frau geschlafen hätte, würde man sich verschmitzt ansehen, Witze machen und voller Stolz feststellen, daß seine »Vorrichtung« funktioniert. Wenn Rosalinda ein Junge wäre, würde América ihm vergeben, weil ein Mann nun mal so ist, immer auf Sex aus, mit einem direkten Kanal vom Gehirn zu den Hoden.

Von einem Jungen wird erwartet, daß er zum Mann wird, aber ein Mädchen darf keine Frau sein. Ein Mädchen soll direkt und ohne Zwischenstop aus der Jugend überwechseln in die Rolle der verheirateten Mutter, soll sich zügeln, soll sich bei ihrem Handeln nicht von Leidenschaft leiten lassen, soll in der Lage sein, nein zu sagen, und es auch so meinen. Wenn ein Junge Sex hat, gewinnt er dadurch in den Augen der anderen an Ansehen. Wenn ein Mädchen Sex hat, ist sie ein gefallenes Mädchen.

Das war der Fehler, den ich gemacht habe und den ich nie wieder ungeschehen machen konnte. América steht auf, nimmt das Kissen, schüttelt es auf, läßt es aufs Bett fallen und legt sich wieder hin, auf die Seite, das Kissen über dem Kopf. Nein, ich bin ein gefallenes Mädchen und habe es zugelassen, daß Correa mich unten hält. Der Gedanke erschreckt sie, zwingt sie, trotz der Dunkelheit die Augen aufzureißen. Ich habe es zugelassen. Ich habe es zugelassen, weil er ein Mann ist. Aus keinem anderen Grund. Er ist nicht klüger als ich. Er ist größer und stärker, und er macht mir angst. Ich bin die klügere von uns beiden. Sie kneift die

Augen zusammen, und helle Lichtblitze explodieren in ihrem Kopf. Verdammt klug bin ich, daß ich Correa über mein Leben bestimmen lasse. Wirklich klug!
Sie setzt sich auf. Draußen vor der Tür kreischt hysterisch eine von Esters Lieblingsschauspielerinnen aus der Seifenoper. Der Schrei verstummt, und eine Männerstimme verkündet den Zuschauerinnen, daß das neue, verbesserte Tide mit Superreinigungskraft alles andere übertrifft.
Wir sind dumm. Frauen sind dumm. Wir lassen uns einreden, daß Männer besser sind als wir. Das bringen wir unseren Söhnen bei, und das lehren wir unsere Töchter.
Sie löst ihren Pferdeschwanz auf, reißt das Band mit einem Ruck herunter. *Ay Dios mio!* Ich werde noch verrückt! Das hört sich an wie bei diesen Frauenrechtlerinnen, die den Frauen sagen, sie sollen abtreiben lassen, und den Männern, sie müßten das Haus putzen. Sie schüttelt den Kopf, um die Haare zu lockern, läßt sie über die Schultern streifen. Wenn es doch nur so einfach wäre! Sie bindet sich die Haare mitten auf dem Kopf zu einem Knoten zusammen. Vielleicht hat Odilio Pagán ja doch recht. Vielleicht habe ich zu sehr auf das gehört, was die Touristen im La Casa reden.

»Einanrufürdich.«
»Excuse?« Sie breitet gerade saubere Decken über die Tische auf der Veranda, als Don Irving sie suchen kommt.
Er nimmt die Zigarre aus dem Mund. »Ein Anruf! Bei mir im Büro!«
»Für mich?« Das kann nur Schlimmes bedeuten. Das letztemal, als man sie in der Arbeit anrief, war Rosalinda in der Schule nach dem Essen umgekippt und mußte in aller Eile ins Krankenhaus gebracht werden, wo man ihr den Blinddarm herausnahm. Während sie von der Vorderseite des

Hotels über den Innenhof hinten die Treppen hinunter vorbei am Swimmingpool zum Büro läuft, schießen ihr alle möglichen Bilder durch den Kopf, die immer darauf hinauslaufen, daß Rosalinda in Fajardo in der Notaufnahme liegt. Als sie schließlich das Büro betritt, in dem Don Irving das La Casa verwaltet, ist sie außer Atem, das Herz klopft ihr bis zum Halse, und sie ist den Tränen nahe.

»Haló?«

»Hi! América?« Eine vertraute Stimme, die Englisch spricht.

»Sí.«

»Karenlewrethier.«

»Excuse?«

»Karen Leverett! Wissen Sie noch, mit den Kindern, Meghan und Kyle?«

»*Ay,* Mrs. Leverett! Wie geht es Ihnen?« América läßt sich vor dem Tresen, an dem die Touristen mit der Kreditkarte ihre Hotelrechnungen zahlen, auf einen Stuhl fallen.

»Sind Sie außer Atem?«

»Muß laufen.«

»Oh, tut mir leid. Ich wollte nicht ...«

»Ich bin *okéi.* Wie geht es Kindern?«

»Gut, uns geht's gut. Und wie geht's Ihnen?«

»Auch gut.« Es gibt nur einen Grund, weshalb Mrs. Leverett sie anruft. »Sie kommen wieder?«

»O nein! Nein!« Sie lacht. »Es ist erst eine Woche her. Wäre schön, wenn wir so oft Urlaub machen könnten.«

Sie lacht wieder, aber América weiß nicht, ob sie richtig verstanden hat, was Mrs. Leverett sagt. »Ja«, antwortet sie.

»América, Charlie und ich, wir haben uns unterhalten ...«

»*Excuse,* Mrs. Leverett.«

»Ja?«

»Können Sie langsam reden?« América wird rot. Wahrscheinlich hält sie mich für dumm, denkt sie, und drückt

den Hörer fester ans Ohr. »Entschuldigung, ich verstehe Englisch nicht gut am Telefon.«
»Oh, natürlich, tut mir leid! Also, Charlie, Mr. Leverett, und ich haben uns unterhalten, und wir haben mit Irving gesprochen. Sie wissen ja, América, er hält viel von Ihnen.«
Mr. Leverett. Gesprochen. Irving. América. Sie erwartet eine Antwort. »Hmmm.«
»Wir mögen Sie gern, vor allem die Kinder. Und unsere Haushälterin, sie kommt aus Irland, mußte zurückfahren. Wir müssen also eine neue Kraft anstellen. Ja, und Irving hat gesagt, Sie könnten einen Ortswechsel brauchen. Deshalb wollten wir Sie fragen, ob Sie vielleicht Ihre Stelle in La Casa aufgeben und hier bei uns arbeiten möchten.«
Kinder mögen Sie. Haushälterin. Irreland. Kraft anstrengen. Irving. La Casa aufgeben. Bei uns arbeiten. »Entschuldigung, ich ...« Ihr ist schwindlig von dem Bemühen, alles zu verstehen.
»Sie müssen nicht gleich antworten. Denken Sie darüber nach, und rufen Sie mich dann an, per R-Gespräch. Die Nummer haben Sie doch noch, oder?«
»Nummer?«
»Unsere Telefonnummer. Wenn Sie sie verloren haben, kann Irving sie Ihnen geben.«
»Ach ja, Nummer. Ich habe zu Hause.«
»Prima! Können Sie mich am Dienstag anrufen, wenn Sie mehr wissen möchten? Dann sprechen wir über die Einzelheiten.«
»Dienstag anrufen.«
»Am besten, abends. Nach acht.«
»Dienstag, acht Uhr.«
»Gut, dann sprechen wir weiter. Die Kinder lassen Sie grüßen.«
»*Okéi.*«

Sie legt den Hörer auf. In der linken Hand hält sie noch immer das Tuch, mit dem sie die Tische abwischt, bevor sie eine saubere Decke auflegt. Sie glaubt zu wissen, was Mrs. Leverett von ihr wollte, aber sicher ist sie sich nicht. Die Stelle im La Casa aufgeben und nach New York gehen? Das kann nicht wahr sein!

Don Irving kommt herein und läßt sich auf den Bürostuhl sinken, wo normalerweise die Buchhalterin sitzt. Sie ist heute krank.

»Na, wasdenkstu?« Seine haselnußbraunen Augen funkeln, als hätte er gerade einen guten Witz gehört und würde noch immer darüber lachen.

»Sie haben gesprochen mit ihr?«

»Sie wollte wissen, ob du bei ihr in New York arbeiten kannst.«

»In New York?«

»In ihrem Haus, als Hausmädchen und natürlich auch als Babysitterin.«

»Und Sie haben ja gesagt?«

Er lacht. Das Funkeln in seinen Augen läßt ihn jung aussehen, jünger, als sie ihn je erlebt hat. »Das ist nicht meine Sache. Ich habe ihr nur gesagt, daß es dir vielleicht guttun würde, wenn du mal was anderes machst.« Er beugt sich zu ihr herüber und senkt vertraulich die Stimme. »Es würde dir guttun, wenn du von hier wegkommst. Du weißt schon, was ich meine.« Er blickt versonnen aus dem Fenster.

Scham erfüllt sie vom Kopf bis zu den Zehen. Don Irving hat nie etwas über ihre Flecken, die blauen Augen oder über die Schmerzen gesagt, die dazu führten, daß sie morgens manchmal langsamer ging als sonst. Aber er weiß, woher sie stammen. Ester hat mit ihm über ihre Lage gesprochen. Und vor gar nicht langer Zeit hat Correa ihn erwähnt, als er sie schlug, hat gesagt, sie solle sich nicht bei Leuten über ihn

beschweren, die sich besser um ihre eigenen Angelegenheiten kümmern würden.
»Meine Mutter ...«
»Ester«, sagt Don Irving mit mehr Nachdruck, als sie nötig findet, »kann für sich selbst sorgen.«
»Ist es kalt in New York?«
»Deshalb kommen die Leute hierher.« Er schmunzelt.
»Ich weiß nicht.«
»Wenn es nicht klappt« – er beugt sich noch einmal zu ihr vor – »kannst du jederzeit wieder unterkommen bei mir.«
Es macht sie nervös, daß er ihr so nahekommt, so väterlich ist. »Ich denke darüber nach.«
Er lehnt sich zurück und deutet mit einem Schlag auf die Oberschenkel an, daß das Gespräch zu Ende ist. »Ja, tu das!«
Dann wendet er sich ab und beschäftigt sich mit dem Hauptbuch, das vor ihm auf dem Schreibtisch liegt.
»Danke«, sagt sie, aber er scheint es nicht zu hören.
Daß sich Don Irving eingeschaltet hat, beschäftigt sie auf dem Weg zurück zur Veranda ebensosehr wie der Anruf selbst. Sie vermutet, daß Ester dahintersteckt. Hat Ester América nicht vorgeschlagen, Vieques zu verlassen? Hat Ester nicht gesagt, Don Irving könne ihr bei der Stellensuche helfen? Vielleicht sind die Leveretts ja mit Don Irving befreundet. Vielleicht hat er sie angerufen und sie gebeten, nach Vieques zu kommen. Vielleicht war María an dem Tag, als er América zum Babysitten bestellt hat, gar nicht krank. Vielleicht hat Don Irving die Leveretts gebeten, sie nach New York zu holen. Aber warum sollte Don Irving das tun? Gewiß, er mag Ester und sie, aber sie kann sich nicht vorstellen, daß er sich die Mühe macht, solch einen ausgeklügelten Plan zu entwickeln.
Correa würde mich nie gehen lassen. Er läßt nicht zu, daß ich von Vieques fortgehe und in dem Haus wohne, wo

ich arbeite. Er schnüffelt ja jetzt schon im La Casa herum und ist eifersüchtig auf jeden Mann, dem ich das Bett machen und dem ich die Kleider aufheben muß, wo immer er sie nach einem nächtlichen Stadtbummel hat fallen lassen.

New York. So weit weg. América ist nie weiter als nach Fajardo gekommen, und auch dort blieb sie nur einen Monat, versteckte sich bei Correas Tante und Kusine, im gleichen Haus wie jetzt Rosalinda. Besonders gefallen hat es ihr nicht. Es ist eine große Stadt, lauter und schmutziger als Vieques.

Aber New York ist nicht Fajardo. Ihre Tante Paulina, Esters ältere Schwester, wohnt seit dreißig Jahren in New York. Sie schreibt regelmäßig und schickt Kleider, Geschenke und manchmal sogar Geld. Sie hat Ester ein paarmal besucht. Sie spricht Spanisch mit Akzent und benutzt englische Ausdrücke, die sie zu spanischen macht, indem sie ein »o« oder ein »a« dranhängt. Sie sprach von »eine Locha«, als sie Ester mitteilen wollte, daß der Abfluß undicht ist.

Einige ihrer Nachbarn, die nach New York gegangen sind, haben berichtet, wie schwer das Leben dort ist. Sie erzählten von Wohnungen, in denen sich Kakerlaken und Mäuse eingenistet haben, von Schüssen aus vorbeifahrenden Autos und von Drogenhändlern im Hauseingang. Diejenigen, die in New York Erfolg gehabt haben, geben mächtig an, wenn sie zurückkommen. Wie Paulinas Tochter Carmen, die gerade ein paar Monate älter ist als América. Ständig findet sie an den Puertoricanern etwas auszusetzen, ständig spricht sie davon, wieviel besser es wäre, wenn die Insel als Bundesstaat zu den USA gehören würde.

Nein, sie könnte nicht in New York leben. Dort ist es kalt. Die Touristen, die im Winter kommen, versammeln sich immer um das tragbare Radio im Bohío und juchzen und johlen, wenn für New York im Wetterbericht ein Schneesturm angekündigt wird, während sie in Vieques sind. Im Fernsehen hat sie Bilder von langen Autoschlangen gesehen, die auf den breiten Highways festsaßen und eingeschneit waren, mit einer dicken Eisschicht überzogene Laster, die sich quergestellt hatten, und Menschen, die sich gegenseitig über Pfützen von Schneematsch halfen, während der Wind ihnen entgegenpeitschte wie ein Hurrikan und sie in ihren dicken Mänteln aussahen wie Bären mit Schal.

Nein. Das wäre nichts für mich. Ich mag nicht in Schuhen herumlaufen. Wenn ich mir vorstelle, ich müßte monatelang nur Stiefel tragen und mich immer in Wollsachen, Handschuhen, Mützen und einen langen, bestimmt auch schweren Mantel einmummeln! Und die dunklen Sachen, die sie immer anziehen! Wenn die Touristen aus New York hier ankommen, sehen sie blaß und krank aus, und es dauert eine Weile, bis sie sich erholt haben, weil ihnen die Sonne ins Gesicht scheint und sie sich frei bewegen können und nicht immer in all die Sachen eingepackt sein müssen. Nein, so könnte ich nicht leben.

Correa würde es nie zulassen, selbst wenn sie ihm versprechen würde, es nur mal zu versuchen, ein paar Wochen lang. Er würde es nicht erlauben. Einmal, als ihre Tante Paulina zu Besuch da war und América für einige Wochen mitnehmen wollte, hat er gesagt, ohne ihn dürfe sie nirgendwohin. Wenn er nicht fortkönne, dürfe sie es auch nicht. Und weil er nicht konnte, blieb sie da.

Er sagt, die puertoricanischen Frauen, die nach New York fahren, führen sich nach ihrer Rückkehr auf wie *americanas*, und *americanas* mag er nicht. »Unsere *portorras*«, sagt er, »oder zumindest die von früher, die wissen noch, wie man einen Mann behandelt. Sie wissen, was Respekt bedeutet.

Unsere Frauen«, erklärt er seinen Freunden, »haben noch gelernt, was sich gehört.«
Sie krümmt sich zusammen, als sie daran denkt, wie Correa es ihr beigebracht hat, mit Stößen und Ohrfeigen, mit Tritten und mit Vergewaltigung. Es ist Vergewaltigung, schärft sie sich ein, wenn ich nicht mag. Sie schüttelt den Kopf. *Ay, Dios mio!* Sie darf gar nicht erst anfangen, darüber nachzudenken. Sie schlägt sich mit der flachen Hand auf die Stirn, als könne sie so die Gedanken vertreiben.
Sie ist mit den Tischdecken auf der Veranda fertig, hat die Geländer abgewischt, den Fliesenboden geputzt und die Spinnen aus den Ecken verjagt. Jetzt bringt sie die schmutzigen Tischtücher zu Nilda in die Waschhütte.
»Alles in Ordnung mit dir?« fragt Nilda.
América ist verdutzt, und sie blickt in den kleinen Spiegel über dem Spülbecken. Ihr Spiegelbild zeigt eine tiefe Falte zwischen den Augenbrauen, und die Lippen sind so trotzig zusammengepreßt, daß es aussieht wie ein Hundepopo. »Mir geht's gut«, sagt sie, während sie sich über das Gesicht fährt, um den Ausdruck zu verscheuchen.
»Hast du dich geärgert?«
»Nein, ich bin nicht wütend. Nur ein bißchen müde. Dann bis morgen.«
Sie spürt, daß Nilda sie ansieht. Wichtigtuerin. Immer mischt sie sich in die Angelegenheiten der anderen ein. Wenn ich nach New York gehe, wird das niemand erfahren. Eines Tages komme ich einfach nicht mehr zur Arbeit, und eine Woche später kriegen sie eine Ansichtskarte mit einem Hochhaus oder so was. Niemand braucht zu erfahren, was ich mache. Mein Leben gehört mir.
Mitten auf dem Weg, an der Stelle, wo die zwei gegenüberstehenden Bäume einen Baldachin bilden, bleibt sie stehen. Niemand braucht es zu erfahren. Sie schüttelt den Kopf und

geht weiter. Eine Schlange gleitet vor ihr über den Kies, langsam und geschmeidig, sorglos. América hält inne, starrt ihr nach, als sie sich über ein sandiges Wegstück windet und nur eine feine Spur hinterläßt, zart, aber unverkennbar. Sie springt über die Spur, um sie nicht zu zerstören. Dann geht sie rasch weiter und fragt sich, ob es Glück oder Unglück oder gar nichts bedeutet, wenn eine Schlange deinen Weg kreuzt.

»Du denkst ernstlich darüber nach, nicht wahr?« Ester und América sitzen sich beim Abendessen, bei Reis mit Tintenfisch und gebratenen süßen Bananen, gegenüber.

»Sieht so aus.«

Ester kaut einen Moment lang, wedelt mit der Gabel. »Und was ist mit Rosalinda? Nimmst du sie mit?«

»Vielleicht ist es besser, wenn ich sie kommen lasse, sobald ich mich eingerichtet habe.«

»Sind diese Leute damit einverstanden, daß deine Tochter in ihrem Haus wohnt?«

Erst jetzt merkt América, daß Mrs. Leverett sie nicht gefragt hat, ob sie Kinder hat. Womöglich ist es ihr egal. Oder Don Irving hat ihr von Rosalinda erzählt. »Vielleicht kann ich für uns in der Nähe meiner Arbeit eine Wohnung mieten.«

Ester steckt einen Happen in den Mund, kaut leise, blickt auf ihren Teller, pickt die winzigen grauen Tentakeln heraus und verteilt sie so, daß auf jedem Bissen ein Stück Fleisch zu liegen kommt. América sieht ihr zu, wartet auf die zwangsläufige Frage, die Ester im Kopf herumgeht, die sie sich aber nicht zu stellen traut. Vielleicht wartet sie auch, daß América etwas sagt.

»Wenn du mitkommen willst«, sagt América, »dann tu das.«

Ester sieht auf. Ihre Augen schwimmen, ob vom Schnaps oder von innerer Bewegung, weiß América nicht. »Nee«,

antwortet sie, »ich mag keine Großstädte.« Als ob sie ihr Leben lang herumgereist wäre.
»Dann komm uns wenigstens besuchen. Du und Paulina, ihr habt euch seit Jahren nicht mehr gesehen.«
»Pah!« Ester schwenkt ihre Gabel wie einen Zauberstab, der alles, was ihr nicht gefällt, unsichtbar macht. »Was ist mit Correa?« Es ist eine Warnung, keine Frage, als wolle Ester Américas Entschlossenheit auf die Probe stellen.
»Er braucht nicht zu wissen, wo ich bin.« América zwinkert, als sie die Worte wiederholt, die ihre Mutter vor ein paar Wochen gesagt hat.
Ester lächelt boshaft. Es steckt immer noch was von einem Kind in ihr, stellt América fest, ein Schalk, ein Sinn für Schabernack.
»Von mir wird er es nicht erfahren«, sagt Ester kichernd. »Wenn du mir nicht erzählst, wo du wohnst, kann er nicht ...« Sie steckt einen Bissen in den Mund, als wolle sie sich zum Schweigen bringen.
»Er wird dir nichts antun, Mami. Das hat er noch nie getan. Oder doch?«
Ester schüttelt den Kopf. »Angedroht hat er es mir.«
»Wir sagen Odilio Bescheid, damit er aufpaßt. Das Haus gehört dir. Wenn Correa irgendwas versucht, kannst du ihn festnehmen lassen.«
América fragt sich, wo diese Worte herkommen. Correa festnehmen lassen? Fünfmal ist der Polizeibeamte Odilio Pagán erschienen, als Correa sie schlug, weil sich die Nachbarn über ihre Schreie beschwert haben. Fünfmal stand Rosalinda auf der Veranda und brüllte ihren Vater an, er solle ihrer Mutter nicht mehr weh tun. Fünfmal schleifte Odilio Pagán Correa nach draußen, sagte ihm, er müsse ihn jetzt ins Gefängnis stecken. Fünfmal kam América herausgelaufen und erklärte Odilio, er solle Correa in Ruhe lassen,

er habe ihr nichts getan, die blauen Flecken auf Gesicht und Armen habe sie sich selbst zugefügt. »Ich bin vom Stuhl gefallen, als ich die Gardinen aufhängen wollte.« »Ich bin im La Casa auf der Treppe ausgerutscht.« »Wir haben uns nur gestritten. Die Nachbarn sollten sich besser um ihre eigenen Angelegenheiten kümmern.« »Und du, Rosalinda«, hat América ihre Tochter gescholten, »geh in dein Zimmer und mach deinem Vater keinen Ärger!«

Fünfmal hat Odilio Pagán sie zur Seite gezogen und ihr erklärt, sie habe das Recht, Correa verhaften zu lassen. Fünfmal hat sie gesagt, nein, es war nichts, er hat nur zu viel getrunken. »Du weißt ja, wie er dann ist.« Unzählige Male hat Odilio ihr gesagt, sie sei eine Närrin, wenn sie Correa damit durchkommen ließe. Und noch viel öfter hat América sich gewünscht, sie hätte nicht soviel Angst vor dem, was Correa ihr antun würde, wenn sie ihn in die peinliche Lage brächte, eine Nacht im Gefängnis verbringen zu müssen.

Ester lächelt sie traurig und ohne jede Spur von Schalk an. »*Sí, claro.* Ich kann ihn festnehmen lassen.«

América schreibt ihre Fragen auf einen Zettel aus der Kladde, den sie zusammengefaltet in ihrem Büstenhalter aufbewahrt. Was verdiene ich in der Woche? Wie viele Stunden muß ich arbeiten? Wie viele Tage? Kriege ich Urlaub? Habe ich ein eigenes Zimmer, oder muß ich bei den Kindern schlafen? Sie notiert die Fragen so, wie sie ihr einfallen, ohne zu wissen, ob sie sie auch stellen wird, nimmt sie als Hilfsmittel, um ihre Gedanken zu ordnen, dafür zu sorgen, daß sie sich mit der Arbeit befaßt und nicht mit den Möglichkeiten, die sich daraus ergeben.

Muß ich kochen? Muß ich bügeln? Kriege ich meinen Lohn auch, wenn sie mit den Kindern in Urlaub fahren? Mit den

Tagen wird die Liste immer länger. Bald schon schreibt sie auch andere Dinge dazu: was sie mitnehmen, was sie zu Hause lassen will. Welche Adressen sie braucht, welche Telefonnummern. Wen sie außer ihrer Tante Paulina und deren Kindern in New York noch kennt. Der Zettel, der zusammengefaltet unter ihrer linken Brust liegt, wird gelb vom Schweiß, die Schrift zerläuft, die Falzstellen reißen an den Kanten ein. Wieviel habe ich gespart? Was kann ich Mami für die Strom- und Wasserrechnung dalassen? Rosalindas Adresse und Tía Estrellas Telefonnummer. Rosalindas Kleider- und Schuhgröße, damit ich ihr Geschenke schicken kann. Esters Kleider- und Schuhgröße. Die Geburtstage der beiden. Die Liste wird länger, und schon bald muß sie an den Rand schreiben, um die Ecke, zwischen die Punkte, die sie schon notiert hat, so daß es aussieht, als habe sie sie beim erstenmal vergessen.

Correa kommt dreimal in der Woche. Sie versteckt den Zettel auf ihrer Bettseite unter der Matratze, schiebt ihn so weit nach hinten, daß keine Ecke hervorlugen kann und er nicht merkt, daß sie etwas vor ihm versteckt. Er schlägt ihr ins Gesicht, weil von dem Bier, das er mag, nur drei Flaschen da sind, also weniger, als er an einem Abend trinkt. Er schläft mit ihr, kurz und bitter, so daß sie jedesmal duschen geht, wenn er eingeschlafen ist.

Aber am Dienstag kommt er nicht. América meldet das R-Gespräch mit Karen Leverett an. »Ich komme«, sagt sie, nachdem sie alle Fragen gestellt hat, die sie sich zu stellen traut. Mrs. Leverett klingt so froh, daß sie überzeugt ist, die richtige Entscheidung getroffen zu haben. Sie streicht die Punkte, die sie angesprochen hat, auf ihrer Liste aus und fügt neue hinzu. Mrs. Leverett wird ihr ein Ticket schicken. Sonntag in zwei Wochen soll sie losfliegen. Morgen wird sie es Don Irving sagen. Für den Fall, daß es nicht klappt und

América zurückkommen muß, übernimmt Ester ihre Schicht im La Casa. Bei dieser Vorstellung krampft sich ihr Magen zusammen. Correa wird sie umbringen, weil sie ihn hintergangen hat. Was auch passiert, zurückkommen kann sie nicht.

Ester wird Américas gepackten Koffer in Don Irvings *casita* hinter der Pabona-Hecke bringen, so daß jeder denkt, sie ziehe wieder bei ihm ein. Don Irving wird América am Morgen in aller Frühe zum Flughafen fahren, und zum erstenmal in ihrem Leben wird sie ein Flugzeug besteigen. Zunächst fliegt sie nach Fajardo, um Rosalinda zu besuchen. Dann fährt sie zum internationalen Flughafen. Wenn Correa am Samstag abend kommt, wird die Sache schwieriger, aber América glaubt, daß sie sich wegstehlen kann. Er ist es gewohnt, daß sie morgens in aller Frühe aufbricht, wenn sie arbeitet. Wenigstens einen Tag lang wird er nicht merken, daß sie fortgegangen ist. Und dann ist sie schon längst in New York. In einem neuen Leben. Kann ganz von vorn anfangen.

Blindheit

Tía Estrella und Prima Fefa wohnen in einem Betonhaus in einer *urbanizacion*, das von einem riesigen Hotel überragt wird. »Das größte Hotel auf der Insel«, sagt Tía Estrella. »Die Leute kommen von überall her, um hier zu wohnen.«
Sie ist fast schon blind; ihre Augen sind hinter dicke Brillengläser gesperrt, die aber nicht viel zu helfen scheinen. Ihr graues Haar ist achtlos zu einem Knoten am Hinterkopf zusammengebunden. Sie geht gebückt wie eine alte Frau, doch América glaubt, daß sie nur etwa zehn Jahre älter ist als Ester.
»Das war eine Überraschung, als du heute morgen angerufen hast! Ich freue mich, daß du gekommen bist.« Sie führt América, die ihren schweren Koffer hinter sich herschleift, in ein hübsches Häuschen, das von eisernen, gelbgestrichenen *rejas* geschützt wird. »Fefa und Rosalinda sind in der Kirche, müßten aber bald zurückkommen.«
América läßt den Koffer neben der Haustür an der Wand stehen. Tía Estrella stolpert über ihre eigenen Möbel, streckt auf dem Weg in die Küche die Arme aus und schiebt die Luft beiseite. Mehrmals muß ihr América den Weg weisen, da Tía Estrella die falsche Richtung eingeschlagen hat. Aber anscheinend braucht Tía Estrella diese Fehler, wie ein kleines Kind, das laufen lernt.
»Schrecklich, daß ich kaum noch was sehe! Die Ärzte fürchten, daß ich bald blind werde. Dabei erkenne ich im Augenblick sogar ein bißchen mehr als vor ein paar Monaten. Es hat sich verbessert, mußt du wissen.« América kann sich nicht vorstellen, wie es früher war, wenn dies eine Verbesse-

rung sein soll. Es erinnert sie an Kinder, die Blindekuh spielen und entschlossen in die falsche Richtung laufen.
»Setz dich, setz dich!« Tía Estrella zeigt auf den Kühlschrank. »Ich koche uns Kaffee.« Sie geht zur Badezimmertür.
»Laß mich das machen«, bietet ihr América an. »Setz dich und erzähl mir, wie es Rosalinda geht.«
»*Ay*, ich danke dir. Es ist verzwickt. Ich habe mich immer noch nicht daran gewöhnt. Ans Blindwerden.« Sie nimmt die Brille ab und wischt die Gläser an ihrem Rocksaum sauber. Ihre Augen sind größer, als América sie in Erinnerung hat, und grau. In den Winkeln sind sie mit einem Film überzogen, der aussieht wie erstarrter Nebel. »Rosalinda geht's gut. Du kannst stolz auf sie sein. Jeden Morgen ab zur Schule, *bien paradita*, und hinterher kommt sie gleich nach Hause.« Sie setzt die Brille wieder auf. »Sie ist uns eine große Hilfe, mußt du wissen. Ich mit meinem Problem und Fefa – na, du weißt schon.« Tía Estrellas einziges Kind ist von Geburt an taub. »Aber lesen kann sie jetzt schon ganz gut, meine Fefa. Warte nur, bis du sie siehst.«
Bei Tía Estrella wird der Kaffee noch auf die altmodische Art gekocht, mit einem Flanellfilter, schwarz vom Kaffeesatz der Jahre. América findet sich in Tía Estrellas Küche leicht zurecht, weil alles gut sichtbar auf Regalen steht. Keine Schranktüren, die geöffnet und geschlossen werden müssen.
América stellt die Tassen mit dampfendem Kaffee auf den Tisch und setzt sich dicht neben Tía Estrella. »Rosalinda brauchte einen Ortswechsel«, erklärt sie ihr, »und ich bin euch wirklich dankbar.«
»*Ay, nena*, mach dir keine Sorgen. Sie ist entzückend. So ein kluges Kind!«
América trinkt von ihrem Kaffee und fragt sich, ob sie das

glauben soll oder ob die blinde Tía Estrella ihre mürrische halbwüchsige Tochter mit jemand anders verwechselt.

»Und wie geht es Fefa?« erkundigt sich América.

Estrella winkt ab, als wolle sie sich mit der Frage nicht befassen. »So wie immer.«

Von ihrem Sitzplatz aus kann América die Haustür sehen, und als sie sich öffnet, kommt Rosalinda herein. Sie lächelt einer Person zu, die hinter ihr geht, und hält achtsam die Tür auf, so daß die andere hereinkommen kann. Es ist Prima Fefa, die genauso grau und zusammengeschrumpft und runzlig aussieht wie ihre Mutter. Wie konnten die zwei Frauen in vierzehn Jahren nur so altern?

Rosalinda stutzt beim Anblick des neuen Koffers an der Wand, bevor ihr klar wird, wem er gehört. Erstaunt reißt sie die Augen auf, als sie América sieht.

»Mami!« Sie läuft zu ihrer Mutter und umarmt sie mit einer Wärme, die sie América seit Monaten nicht mehr geschenkt hat.

Sie drückt ihre Tochter an die Brust. Rosalinda löst sich als erste aus der Umarmung. Prima Fefa läuft zu América und gibt ihr einen feuchten Kuß auf die Wange. Dann macht sie Handzeichen, zieht an ihren Haaren, formt mit den Fingern ein Stundenglas, küßt die Fingerspitzen. Rosalinda übersetzt.

»Sie sagt, du siehst toll aus, Mami. Aber früher war dein Haar dunkler.«

»Alles aus der Tube«, sagt América laut und deutlich zu Fefa gewandt, und Fefa lacht, ein ferner, dumpfer Klang, wie ein unterdrücktes Husten.

»Vielleicht zeigst du deiner Mutter mal dein Zimmer«, schlägt Tía Estrella vor. Rosalinda erschrickt zuerst, aber dann führt sie América in den hinteren Teil des Hauses.

Eine Wand in dem ordentlichen Raum hat Rosalinda mit

ihren alten Postern vollgehängt. Sie sind ein bißchen mitgenommen von der Fahrt über die Meerenge. Hier, in Estrellas Nähzimmer, zwischen den Regalen mit Stoffballen, Garn und Zubehör, haben auch Correa und América geschlafen. Die Stoffe sind alt, die Schnittmuster aus der Mode gekommen. In einem Teil der Fächer liegen jetzt Rosalindas Sachen.

»Was willst du hier?« Die Frage beginnt unschuldig, aber die letzten Silben geraten zu einem Vorwurf, während sich auf Rosalindas Gesicht Mißtrauen zeigt.

»Ich wollte dich sehen. Ich habe doch gesagt, daß ich vielleicht vorbeikomme. Weißt du nicht mehr?«

»Aber als du letzte Woche angerufen hast, hast du nichts davon gesagt.«

»Ich habe mich erst gestern abend entschieden.« Sie versucht, nicht auf Rosalindas forschenden Blick zu achten, der etwas zu ergründen versucht, was die Worte nicht verraten.

»Du hast dir die Haare blond gefärbt.«

»Alles aus der Tube«, antwortet América im gleichen Ton wie vorhin bei Fefa. Aber Rosalinda lacht nicht. »Ich wollte mal anders aussehen.«

»Und wozu der Koffer?«

América setzt sich auf den Rand von Rosalindas Bett. Zieht das Kleid über die Knie, als wolle sie die Knitterfalten glätten. »Ich gehe eine Zeitlang fort.«

»Wohin?« Klagend, fast schon ein Aufschrei. América glaubt zu hören, daß Angst darin mitschwingt.

»In die Vereinigten Staaten.«

Rosalinda bleibt der Mund offenstehen, aber kein Ton kommt heraus. Als ob sie unvermittelt einen harten Schlag bekommen hätte, so steif ist ihr Körper, so fassungslos ihr Gesicht.

»Dein Vater weiß nichts davon.« América muß ihr alles

erklären, solange Rosalinda sprachlos ist, nichts einwenden kann. »Er darf es auch nicht wissen. Ich kann seine Mißhandlungen nicht mehr ertragen. Wenn ich bleibe, bringt er mich irgendwann noch um.« Sie sieht wieder auf ihren Schoß, zieht das Kleid weiter über die Knie, streicht darüber, bis es glatt sitzt.
»Mami! Sag doch nicht so was!« Rosalinda wirft sich ihrer Mutter an die Brust, nimmt sie in die Arme, als könnte sie sie so vor einem Schlag schützen.
América hebt Rosalindas Gesicht zu sich hoch, sieht ihr in die Augen, gibt sich Mühe, daß ihre Stimme fest klingt, daß keine Angst darin zu hören ist. »*Comprendes?* Es ist wichtig, daß er nicht erfährt, wo ich bin, Rosalinda!«
»Ich sage ihm nichts, Mami. Ich weiß ja, wie er ist.«
»Ich schicke dir Geld. Und so bald wie möglich rufe ich dich an. Aber meine Adresse und meine Telefonnummer kann ich dir nicht geben.«
Rosalinda erschrickt. »Aber wenn was passiert? Wenn ich dich erreichen muß?«
»Mach mir keine Angst, Rosalinda! Tu mir den Gefallen, sei brav und paß auf dich auf.« Sie küßt ihre Tochter auf den Kopf. »Ich lasse dich kommen, wenn du ...« Sie hebt Rosalindas Gesicht wieder hoch, sucht ihre Augen. »... wenn du wieder bei mir leben willst.«
Rosalinda schmiegt sich enger an ihre Mutter. »Du darfst nicht denken, daß ich dich nicht mehr liebhabe, Mami!« So lieb, zärtlich und lieb, wie ein Kind, wie ihr kleines Mädchen.
»Ich weiß, mein Schatz.« Ohne Tränen halten sie sich umschlungen, lassen Wärme wachsen in dem Raum zwischen ihren Körpern, in der Kluft, die sie trennt. Eine Kluft, die eine jede auf sich selbst stellt, die sie aber überbrücken können, wenn sie beide den halben Weg aufeinander zugehen. América löst sich als erste aus der Umarmung.

Ob er es weiß?

Ich war noch nie verreist, und jetzt sitze ich in einem Flugzeug, fliege über das Meer in ein fremdes Land, in dem ich die Sprache, die sie sprechen, kaum verstehe. Sie rückt das zerknüllte Kissen zurecht, das ihr die Stewardeß gegeben hat, und zieht sich die kurze Decke bis zum Kinn hoch. Ob er es weiß?

Seit sie Vieques verlassen hat, kehren ihre Gedanken immer wieder zu dieser Frage zurück. Hat jemand gesehen, wie Don Irving sie zum Flughafen brachte? Sie saß zwischen lauter Touristen im Hotelbus und hielt besorgt Ausschau, ob Correas Jeep auf der Straße oder auf dem Parkplatz des Flughafens zu sehen war. Don Irving wartete mit ihr, bis sie in die kleine Maschine steigen konnte. Leute sahen sie neugierig an. Aber sie machte ein ernstes Gesicht, das jeden abschreckte, der vielleicht ein Gespräch mit ihr angefangen hätte, saß mit den Händen im Schoß da und fragte sich, wie ein kleines Flugzeug so ruhig über das Wasser fliegen kann. In ihrem Innern hatte sich alles zusammengekrampft, sie war starr vor Angst.

Ich habe nur einmal die Möglichkeit, vor Correa wegzulaufen. Wenn er mich schnappt, ist es aus. Er bringt mich um. Wenn nicht, dann schlägt er mich, bis ich nicht mehr laufen kann, und bewacht mich noch sorgfältiger, bis ich ihm gehöre mit jedem Atemzug, den ich tue.

Aber sie sitzt sicher in dem großen Flugzeug, das sie nach New York bringt. Hier ist niemand mehr, den sie kennt. Touristen und Puertoricaner. Alte Menschen, farbenprächtig gekleidet. Familien mit kreischenden Kindern. Eine Frau

in Schwarz, die einen Rosenkranz betet. Im Gang vor ihr arbeiten Geschäftsleute emsig auf ihren tragbaren Computern. Eine Frau dreht sich die Haare auf, eine andere lackiert sich die Fingernägel. Mehrere Leute lesen. Ein junger Mann mit einer Baseballmütze schnarcht leise. Sein Kopf sinkt auf die Brust, und als er ihn hochreißt, wacht er auf. Verwirrt sieht er sich um. Dann schläft er wieder ein.
América schließt die Augen. Ihr tut alles weh, als würde sie jetzt, da sie so lange stillsitzen muß wie noch nie zuvor in ihrem Leben, auf einmal merken, wie müde sie ist. Seit sie sich entschlossen hat, von Vieques fortzugehen, hat sie nicht mehr richtig geschlafen. Wenn Correa nicht da war, hat sie die Nächte damit verbracht, ihre Sachen zu ordnen, zu überlegen, was sie mitnehmen und was sie dalassen will. Sie hat alle Fotos von Rosalinda dabei, von der Babyzeit bis zum Schulfoto vom letzten Jahr. Drei Jeans und T-Shirts. Zwei Kleider, drei Röcke, drei Oberteile. Ihre Turnschuhe. Zwei Paar Schuhe, eins mit hohen Absätzen, eins flach. Zwei Paar Sandalen. Neue Hausschuhe. Fünf Nachthemden, BHs und Slips. Ein Sweatshirt mit einer tanzenden Minnie Mouse. Sie trägt ihr bestes Kleid, das türkisfarbene mit Pailletten am Kragen und an den langen Ärmeln. Dazu die blauen Schuhe mit den Glitzersteinen an den Hacken. Und auf ihrer Schulter liegt die graue Strickjacke mit den eingestrickten Silberfäden. Sie kam sich ein bißchen komisch vor in diesem Aufzug um sechs Uhr morgens, aber sie würde erst am Abend in New York eintreffen und wußte nicht, wo sie sich umziehen sollte. Nun wäre sie froh, wenn sie das Kleid in eine Extratasche gepackt hätte. Es ist zerknittert, weil sie ständig unterwegs war. Sie hätte sich in der Flugzeugtoilette umziehen können.

Die Frau auf der anderen Seite des Gangs ist eine erfahrene Reisende. Als sie ins Flugzeug stieg, trug sie Shorts, ein T-Shirt und Sandalen. In den letzten Stunden hat sie sich die Nägel gemacht, geschminkt und einen Overall mit Leopardenmustern und langen Ärmeln und weiten Hosen angezogen. Außerdem holte sie braune Socken und kurze Stiefel aus ihrer kleinen Reisetasche. Jetzt braucht sie vor der Landung nur noch die Lockenwickler herauszunehmen, sich die Haare zu kämmen und Haarspray aufzusprühen.

Das nächste Mal, wenn ich verreise, bin ich klüger, denkt América. Sie sieht aus dem Fenster auf den Himmel oben und die Wolken unten. Aber es wird kein nächstes Mal geben, jedenfalls nicht, solange Correa lebt. Sie wickelt sich fester in die Decke. Ob er es weiß?

Als sie aus dem Flugzeug steigt, umfängt sie ein Schwall kalter Luft, der ihr auch in den langen Tunnel zum Flughafengebäude folgt. Es ist niemand da, um sie abzuholen. Menschen fallen sich in die Arme und küssen sich, halten sich an der Hand, als sie vom Flugzeug fortgehen. Viele andere warten in abgetrennten Bereichen mit einem Schalter, hinter dem ein Angestellter in Uniform hockt. Vielleicht denken sie, ich komme an einem anderen Tag. Aber auf dem Ticket steht heute.

América folgt den Reisenden zu dem Gepäckband. So viele Menschen in schweren Mänteln, mit Stiefeln, die Mützen tief in die Stirn gezogen, und Handschuhen, die aus der Tasche baumeln! Sie zittert vor Kälte; ihr hübsches Kleid mit den Pailletten an Kragen und Ärmeln ist zu dünn für Mitte März. Als das Gepäck ausgegeben wird, wächst ihre Verwirrung. Die Leute drängeln sich vor, um direkt an dem schlangenähnlichen Förderband zu stehen, das sich in einer Kurve von einem Ende des Raums zum anderen windet. Jedesmal, wenn sich die automatischen Klappen öffnen und schließen, kommt Kälte herein, und América klappert mit den Zähnen. Ein *yanqui* in Trainingshosen und einem Blümchenhemd lächelt ihr zu. Sie sieht zur Seite, hofft, Mrs. Leverett zu entdecken. Leute stoßen sie mit ihren Taschen an und bitten sie um Verzeihung, als sei ihnen gleich, was sie denkt.

Als sie ihren Koffer sieht, muß sie sich durch einen Menschenhaufen drängen, um ihn zu holen. »*Excuse!* Meiner. Entschuldigung bitte.« Die anderen machen ihr Platz und schließen sich hinter ihr wieder zur Traube. Der Mann in dem Blümchenhemd ist schneller als sie bei ihrem Koffer und hilft ihr, ihn herunterzuheben, bevor das Band ihn wieder mitnimmt.

»Uffhh! Ist der schwer!« sagt er, als er ihn neben ihr abstellt.

»Danke.« Sie lächelt schüchtern, und er faßt mit an, als sie den Koffer von der Menschenansammlung forträgt. »Ist *okéi.* Ich nehme jetzt.« Er macht sie nervös.

»Heute geht es hier zu!« sagt er, und sie nickt, als habe sie verstanden, was er sagt.

»Sie sind wohl mit der Maschine aus Puerto Rico gekommen?« fragt er.

América läßt den Blick über die Menge schweifen, sucht Mrs. Leverett und greift nach ihrem Koffer, als wisse sie, wohin.

»Ja?« hakt der Mann nach. Ein leichter Alkoholdunst geht von ihm aus.

»Entschuldigung. Ich nicht spreche Englisch.«

Er scheint zufrieden mit der Antwort, macht aber keine Anstalten zu gehen. »Ist niemand da, der Sie abholt?«

»Entschuldigung«, wiederholt sie. Mit klopfendem Herzen zerrt sie an ihrem Koffer.

»Hierher, América!« Mrs. Leverett winkt ihr vom anderen Ende der Halle zu.

»Gracias a Dios!« Mühsam hebt América ihren Koffer hoch. »Danke«, murmelt sie dem Mann zu, während sie das Gepäck mehr zu Mrs. Leverett schleift als trägt. Er verbeugt sich, eine Geste, die sie beleidigend findet, weil er sie zu verspotten scheint.

»Es tut mir schrecklich leid, daß Sie warten mußten!« Mrs. Leverett umarmt sie rasch, tritt zurück und mustert sie kritisch. »Sie sehen hübsch aus!« América spürt deutlich, daß sie viel zu fein angezogen ist, auch für den Abend, auch für New York. Mrs. Leverett gibt ihr einen Mantel und eine Mütze. »Hier, das können Sie brauchen. Draußen ist es kalt.« Ihr Blick fällt auf Américas hochhackige Schuhe mit Glitzersteinen. »Die können Sie wohl abschreiben. Stiefel habe ich nicht mitgebracht.«

Der Mantel ist viel zu weit und groß für sie, und die Mütze mit Streifen in Regenbogenfarben würde ihre Frisur zerdrücken, wenn sie sie aufsetzte. Sie stopft sie in die Tasche. Mrs. Leverett spricht derweilen von der Kälte, dem Verkehr, vom Abendessen. »Ich parke auf der anderen Straßenseite. Ist das Ihr gesamtes Gepäck?« Sie versucht, mit Hand anzulegen.

»Keine Sorge. Ich nehme.« América hebt den Koffer an, als würde er nichts wiegen.

Als sich die automatischen Türen öffnen, schlägt América Eiseskälte entgegen. *»Ay, Santo Dios!«* ruft sie laut. Der Koffer fällt zu Boden, und Mrs. Leverett hebt ihn auf.

»Warten Sie, ich helfe Ihnen.«

»Nein, nein, Mrs. Leverett. Ist *okéi.* Ich mache.« Aber Mrs. Leverett ist größer und kräftiger als América. Sie nimmt den Koffer auf und geht rasch davon. América würde am liebsten im Boden versinken. Da ist sie über den Ozean gekommen,

um dieser Frau zur Hand zu gehen, und nun kann sie nicht einmal ihr Gepäck selbst tragen. Was muß Mrs. Leverett von ihr denken!
Ihre hohen Absätze rutschen auf dem glatten Asphalt. Dicke Schneeflocken treiben ihr ins Gesicht, schmelzen auf ihrer Haut. Ihr Haar, die mit Spray in Form gebrachte Lockenfrisur, wird feucht. Sie zieht die Mütze aus der Tasche und setzt sie vorsichtig auf die Locken. Aber sie muß über den Kopf gezogen werden, damit sie sitzen bleibt, und so schiebt América sie nach unten und zerdrückt ihre Frisur.
»Wir stehen gleich da drüben«, sagt Mrs. Leverett, als sie América über eine Straße führt, die mit PKWs, Bussen, Lieferwagen und Limousinen vollgeparkt ist.
América kommt nicht so schnell voran wie Mrs. Leverett. Ihre Füße sind naß vom Schneematsch, und ihre Beine, besonders die Knie, sind taub, so daß sie das Gefühl hat, sie müßten geölt werden. Ihre Finger sind steif, und sie steckt die Finger tief in die Manteltaschen, zieht die Schultern hoch, als wollte sie die Brust vor einem Schlag schützen. Schnee war für sie bisher immer nur etwas, dem die Touristen entfliehen, indem sie nach Vieques kommen. Aber nun befindet sie sich mitten in einem Schneesturm, an einem Ort, dem die meisten Leute, die sie kennt, schleunigst den Rücken kehren würden. Was habe ich nur getan, fragt sie sich. Sie kann nicht glauben, daß sie so weit gereist ist und es schon bedauert.
Mrs. Leverett öffnet die Heckklappe eines leuchtend roten Explorer, kämpft mit dem Koffer, kann ihn aber mit Américas Hilfe hineinwuchten. Sie eilt zur Fahrertür, gibt América zu verstehen, sie könne einsteigen, es sei offen, und läßt den Motor an. Sie setzt sich vor das Lenkrad, reibt die Hände aneinander und haucht sie an.
»Jetzt müssen wir erst mal warm werden.«

América versucht, den Sicherheitsgurt zu schließen, aber ihre Finger sind so klamm, daß es ihr nicht gelingt. Mrs. Leverett beugt sich zu ihr hinüber und läßt geschickt die Schnalle zuschnappen, als wäre América ein Kind.
»Danke.« América stellt fest, daß alles, was sie sagt, kleine Wölkchen erzeugt. Mrs. Leverett redet, als könnte América jedes Wort verstehen. Nach Hause. Verkehr. Sturm. Charlie. Kinder. América nickt von Zeit zu Zeit, versteht den Großteil, hofft, daß das andere irgendwann wiederholt wird oder nicht wichtig ist. Vor ihnen befindet sich eine lange Autoschlange. Sie quälen sich zentimeterweise vom Flughafengelände auf einen überfüllten Highway, der von zwei- und dreistöckigen Gebäuden gesäumt ist. Der Schnee fällt stetig, als sollte die ganze Stadt unter dem gefrorenen Wasser begraben werden. Sie fragt sich, ob es eine Überschwemmung gibt, wenn das alles schmilzt. *Ay, Dios mío,* was habe ich nur getan, fragt sie sich wieder. Was will ich hier?

Als sie auf eine Brücke kommen, geht es schneller voran.
»Da liegt New York.« Mrs. Leverett zeigt nach links. Scharfkantige Gebäude zeichnen sich vor einem trüben Himmel ab, und blasse Lichter blinken wie feststehende Leuchtkäfer eine Botschaft durch das Schneetreiben.
»Wunderschön!«
Die Hochhäuser scheinen in dem Teil der Stadt versammelt, der links von ihnen liegt, während sich zur Rechten die Umrisse kleinerer Häuser abzeichnen und die Lichter nicht so hell scheinen. Die Brücke, auf der sie fahren, ist sehr hübsch, doch América kann ihre Schönheit nicht genießen, denn sie muß ständig daran denken, daß sie sich auf einer rutschigen Fahrbahn hoch über dem schwarzen Fluß befinden. Sie seufzt erleichtert auf, als sie wieder auf dem Straßenpflaster sind, obwohl sie sich vor einer Mautstation, die noch

ein ganzes Stück vor ihnen liegt, in eine Schlange einreihen müssen.
Mrs. Leverett flucht leise, aber América tut so, als höre sie es nicht. Es ist ihr unangenehm, daß Mrs. Leverett wegen ihr bei diesem gefährlichen Wetter unterwegs sein muß. Allerdings hält sie es für unsinnig, sich zu entschuldigen, weil sie nichts dafür kann. Trotzdem hat sie Schuldgefühle.
Mrs. Leverett stellt das Radio an und sucht so lange, bis sie einen lateinamerikanischen Sender gefunden hat. »Und jetzt geht's los!« Nach einer Bläserfanfare stimmt ein schmelzender Tenor ein Lied über verlorene Liebe an. América muß lächeln, und Mrs. Leverett schmunzelt, als sei es ihr Geschenk für América.
»Wie weit Sie wohnen von Bronx?« fragt América, und Mrs. Leverett stellt das Radio leiser, um zu antworten.
»Mit dem Zug ungefähr eine Stunde. Kennen Sie dort jemanden?«
»Meine Tante, Vetter und Cousinen.«
»Oh, wie nett!« sagt Mrs. Leverett, sichtlich enttäuscht über diese Auskunft.
»Viele Jahre nicht gesehen«, erklärt ihr América.
»Ist sie die Schwester von Ihrem Vater oder von Ihrer Mutter?«
»Meiner Mutter.«
»Lebt sie noch?«
Américas Herz macht einen Satz, als habe sie noch nie daran gedacht, daß Ester einmal sterben wird. »Ja, ich wohne mit ihr.«
»Ach, richtig, das hat Irving ja erzählt. Sie haben auch eine Tochter, nicht wahr?«
»Sie wohnt bei Tante von ihrem Vater.« Bitte, keine Fragen mehr! Bitte hören Sie auf!
»Sie muß noch sehr jung sein. Wie alt sind Sie?«

»Dreißig im Mai.«
»Oh, wie nett! Dann müssen wir Ihnen ein Ständchen bringen.«
Sie lächelt. Bisher hat América ihre Geburtstage ohne Ständchen verbracht. Allerdings geht Correa jedes Jahr mit ihr zum Hummeressen und anschließend zum Tanzen in den PeeWee's Pub. Er schenkt ihr immer etwas Besonderes, eine Goldkette, ein Kleid, eine Bettdecke, wenn die alte zu klumpig geworden ist. Sie würde gern wissen, was er ihr im nächsten Monat schenken wollte. Angst durchzuckt ihre Brust. O Gott, ob er es jetzt wohl weiß?
»... ihre Tochter?«
»Meine Tochter?«
»Wie alt ist sie?«
»Oh, sie ...« Bisher war es ihr nie peinlich, über Rosalindas Alter zu sprechen, aber jetzt kommt sie sich lächerlich jung vor, um eine heranwachsende Tochter zu haben. »Sie vierzehn.«
»Wow!« ist alles, was Mrs. Leverett herausbringt. »Vierzehn!« Als wäre es ein Schritt über eine Grenze, ein Wunder, daß jemand überhaupt dieses Alter erreicht. Sie wendet die Augen von der Straße ab und sieht América an, als wäre sie eine neue Gattung Mensch. Dann merkt sie, daß sie América anstarrt, und richtet ihre Aufmerksamkeit wieder auf die Fahrbahn.
»War ein Fehler«, entschuldigt sich América. Ihr ganzer Körper brennt vor Scham. »Fünfzehn zu jung für Baby.«
»Ja, das ist jung«, sagt Mrs. Leverett. Den Rest der Fahrt sitzen sie schweigend im dunklen Auto, umgeben von Dunkelheit, während die Scheibenwischer dem fallenden Schnee den Takt schlagen, ein Takt, der nicht zu den Salsa-Rhythmen im Radio paßt.
Sie wird mich rauswerfen, fürchtet América. Sie hat mich für

verantwortungsbewußt gehalten, und jetzt weiß sie, wie dumm ich sein kann. Sie vergräbt sich im Mantel, aber nicht mehr wegen der Kälte, sondern um sich zu verstecken. Ich hätte es ihr am Telefon sagen sollen. Damals hätte ich etwas sagen sollen. Jetzt hat sie eine schlechte Meinung von mir, und wer weiß, was ihr Mann denken wird. *Ay, bendito,* was wird aus mir, wenn sie mich rauswirft?

•◆•

Es ist wie eine Reise in die Dunkelheit. Auf jeder Straße, in die sie einbiegen, wird die Beleuchtung spärlicher, bis sie auf eine kurvige Straße gelangen, wo es gar keine Lichter mehr gibt. Auf beiden Seiten strecken Bäume ohne Blätter ihre Äste über die Fahrbahn. Ihre Wurzeln ragen in den Asphaltrand, der um sie herum gelegt wurde, als wolle man die Natur nicht stören. Unter Mrs. Leveretts sicherer Hand schwenkt der Wagen nach links, nach rechts, dann wieder nach links, als müsse sie sich nun, da sie sich ihrem Haus nähern, keine Sorgen mehr wegen der Glätte machen. »Wir sind fast da«, sagt sie, während sie América, die die Armlehne umklammert hält, einen Seitenblick zuwirft. »Da wären wir!« Sie biegt in eine Einfahrt ein, in der das Licht aufflammt, als sie näher kommen, fährt durch ein Garagentor, das sich von selbst geöffnet hat und den Weg in einen ordentlich aufgeräumten Raum mit Regalen an den Wänden freigibt. Hinten geht eine Tür auf, und Mr. Leverett und die Kinder stehen auf der Schwelle. Meghan und Kyle sind im Schlafanzug. Mr. Leverett kommt herunter, um América die Hand zu schütteln, doch die Kinder bleiben an der Tür, hopsen auf und ab und winken.

»Hi, América!« »Willkommen, América!« »Es schneit!« quietscht Meghan, als habe sie das eben erst gemerkt.

»Gehen Sie rein. Ich hole Ihre Sachen.« Mr. Leverett hebt

ihren Koffer aus dem Wagen, während Mrs. Leverett sie in die Küche führt.

»Hier ist sie, Leute!« sagt Mrs. Leverett zu den Kindern.

»Hallo, Kleines!« América hebt Meghan mit einem Arm hoch, und mit dem anderen umschlingt sie Kyle. Die Kinder wirken verdutzt über ihren Überschwang, schmiegen sich dann aber an sie wie an ein bequemes Kissen. »Ein schönes Haus!« ruft América, und Mr. und Mrs. Leverett strahlen erfreut.

»Willst du mein Zimmer sehen?« fragt Meghan, und Kyle kräht, sie solle sich seins auch anschauen.

»Also, Leute«, schaltet sich Mr. Leverett ein. »América ist sicher müde von der Reise. Wir sollten ihr Zeit geben, sich auszuruhen, und zeigen ihr das Haus morgen, okay?«

»Ist *okéi.* Ich nicht müde«, erklärt sie, und Mrs. Leverett wirkt ärgerlich. »Aber besser morgen, wenn nicht dunkel«, fügt sie hinzu. Mr. Leverett nickt ihr zu.

»Zeigen wir América ihr Zimmer, okay?« Mrs. Leverett steigt als erste eine schmale Treppe hinauf, die in das Obergeschoß führt. Die Kinder trotten hinter ihr her, deuten auf ihre Zimmertüren, als sie oben ankommen. Auf dem Flur biegen sie nach links in einen anderen Flur, gehen auf eine breite, weißgestrichene Tür mit Messinggriff und einem Schloß zu.

Mrs. Leverett öffnet die Tür, schaltet das Licht an. Das Zimmer liegt über der Garage, hat eine niedrige, schräge Decke und Gaubenfenster an zwei Seiten. An einer Wand steht ein Doppelbett mit Steppdecke und unzähligen Kissen. Ihm gegenüber, vor dem Fernseher, befinden sich eine Couch, ein kleiner runder Tisch mit zwei Stühlen und eine Regalwand. Das Zimmer ist mit Teppichboden ausgelegt, in blau und weiß gestrichen und hat farblich abgestimmte Vorhänge.

»Wunderschön!« ruft América, und Mrs. Leverett entspannt sich, ein stolzes Lächeln auf dem Gesicht.
»Hier ist der Schlüssel zu Ihrem Zimmer«, sagt sie und nimmt ein Lederetui von der Kommode neben der Tür. »Die anderen sind fürs Haus und die Autos. Das besprechen wir morgen.«
Mr. Leverett kommt mit ihrem Koffer herein. »Gefällt es Ihnen?« fragt er grinsend.
»Sehr schön!« Ihre Begeisterung ist nicht gespielt. So ein schönes Zimmer, das zudem noch größer ist als ihr Wohnzimmer zu Hause, hat sie noch nie gehabt.
»Hiermit stellst du den Fernseher an«, zeigt ihr Kyle.
»Und diese Tür führt zum Schrankraum«, fährt Mrs. Leverett fort.
América schwirrt der Kopf. Noch immer in Mrs. Leveretts schwerem Mantel, betritt sie den begehbaren Wandschrank mit Kleiderstangen an beiden Seiten und einem Regal an der hinteren Wand. Innen an der Tür hängt ein Spiegel.
»... und hier ist Ihr Badezimmer.«
Eine eingebaute Badewanne, passendes Waschbecken und Toilette, ein kleiner Läufer auf dem Fliesenboden. Noch ein riesiger Spiegel. Kyle und Meghan haben sich an ihre Fersen geheftet und spielen Fangen, wobei sie um América herumjagen.
»Schluß damit, Kinder«, sagt Mrs. Leverett, die ihnen den Rücken zuwendet, und sie erstarren, warten ein paar Sekunden und spielen dann weiter.
»Gut, ihr Rangen«, sagt Mr. Leverett resolut. »Jetzt muß sich América erst mal einrichten. Ihr seht sie morgen früh.«
Die Kinder blicken ihren Vater zögernd an, beschließen dann aber, ihm zu gehorchen.
»Gute Nacht, América«, flöten sie brav, dem Beispiel ihrer Mutter folgend.

»Wenn Sie Hunger oder Durst haben ...«, setzt Mrs. Leverett an.
»Ist *okéi,* danke«, versichert ihr América. »Gute Nacht.«
Sie gehen. Die Kinder jagen sich gegenseitig über den Flur, und ihr Vater schimpft, daß sie nicht so toben sollen.
América ist erleichtert, als sie fort sind. Sie möchte das Zimmer erkunden, ohne daß die anderen ihre Reaktionen beobachten. Sie möchte nicht wie eine *jíbara* wirken, die noch nie einen begehbaren Schrank und Spiegel an den Türen gesehen hat. Sie sollen nicht mitkriegen, wie sie ihre hochhackigen Schuhe von den Füßen schleudert und ihre eiskalten Zehen in den warmen Teppich gräbt, sich rücklings auf die weiche Steppdecke fallen und den Kopf auf die bauschigen Kissen sinken läßt. Es klopft an der Tür.
América richtet sich auf, zieht die Bettdecke glatt. »Ja?«
Mrs. Leverett öffnet die Tür und bleibt auf der Schwelle stehen. »Ich habe vergessen, Ihnen den Thermostat zu zeigen.« Sie beugt sich vor und dreht an einem Schalter neben der Tür. »Wenn Ihnen kalt ist, können Sie hier die Heizung höherstellen. Schlafen Sie gut.« Dann ist sie verschwunden.
América geht zu dem Schalter. Sie weiß nicht genau, was Mrs. Leverett getan hat und warum, aber von der Fußleiste ertönt ein leises Knacken. Sie legt die Hand darauf, und sie ist warm. »Oh, *okéi*«, sagt sie laut. Sie zieht den Mantel aus, öffnet die Tür zum Schrankraum, wobei drinnen das Licht angeht. Sie hängt den Mantel auf einen Bügel, kann sich nicht entscheiden, auf welcher Seite sie ihn unterbringen soll, und hängt ihn schließlich nach rechts, als sie hinausgeht. Ihr Koffer steht mitten im Zimmer, wo Mr. Leverett ihn abgesetzt hat. Sie kippt ihn um und macht ihn auf.
Als erstes packt sie die weiße Stoffkatze mit den blauen Augen aus und kuschelt sie in die Kissen. Auf dem Nacht-

tisch steht ein Telefon mit Wählton. Ein Radiowecker neben dem Bett. Sie dreht am Schalter, kann jedoch keinen Sender finden. Es ist erst neun, aber ihr kommt es später vor. Tage später. Wie weit ist sie von Puerto Rico entfernt? Sie nimmt ihre Kleider aus dem Koffer und hängt sie in den Schrank, den sie längst nicht ausfüllen. Sie ist froh, daß sie Kosmetik und Toilettensachen mitgebracht hat, denn auf dem Weg zum Haus hat sie keine Geschäfte gesehen. Jedenfalls nicht mehr, seit sie die Stadt verlassen haben und Mrs. Leverett auf ein Schild zeigte, auf dem »Westchester County, New York« stand. Vielleicht haben die Geschäfte bei Schneesturm geschlossen, aber dann wären immer noch die Schilder dagewesen. Sie kann sich nicht vorstellen, wie es ist, wenn man mit dem Auto in die Stadt zum Einkaufen fahren muß. Sie schminkt sich ab, bürstet sich die Haare aus und zieht ihr Nachthemd an. Die Handtücher im Badezimmer sind dick und weich.

Das Zimmer ist seltsam still. Sie geht zum Fenster, zieht das Rouleau hoch. Wie dunkel es draußen ist! Schnee treibt in dicken Flocken vorbei, formt weiche Hügel und Täler am Boden. Ein riesiges Rechteck, ein kleines Haus mit spitzem Dach und dahinter undurchdringliche Dunkelheit. Sie fröstelt. Ihr Baumwollnachthemd ist nicht warm genug. Sie schaltet das Licht aus, drückt die Kissen zurecht, kommt zu dem Ergebnis, daß es zu viele sind, um bequem zu liegen, und schiebt sie vom Bett auf den Boden.

Über ihr sind Sterne. Sie schließt die Augen, öffnet sie wieder und sieht immer noch Sterne, blaß schimmernde Sterne. Sie schaltet die Nachttischlampe an. An der Decke kleben Plastiksterne. Sie schaltet die Lampe wieder aus und sieht auf die Sterne über dem Bett, zählt sie, merkt, daß es Jahre her ist, seit sie zum letztenmal auf dem Rücken gelegen und die Sterne angeschaut hat. Sie wird schwer. Die weichen Decken, die sie einhüllen, sind wie Wolken, und die Erde bewegt sich, nein, sie selbst bewegt sich, gleitet nach unten, hinunter in weiche Dunkelheit mit Sternen, die über ihr schimmern, grüne Sterne, grün wie seine Augen. Seine Augen. Er ist furchtbar wütend. Er wird mir weh tun. Nicht, Correa! Hör auf! Sie setzt sich auf, die Arme über dem Kopf. Es ist so still, so dunkel! Niemand hat ihr Schreien gehört. Sie legt sich wieder hin. Es ist so ungewohnt, so ruhig, und oben die Sterne. So kalt. Ich bin in New York. Nicht zu Hause. Er sucht mich. Er weiß es.

Hunger

Ein Zischen an ihrem Ohr weckt sie. Eine Schlange? América fährt erschreckt hoch. Sie ist in einem riesigen Zimmer mit zu vielen Fenstern und einer schrägen Decke. Streifen von blassem Licht zeichnen sich an den Fensterbänken neben und unter den Rouleaus ab. América drückt die Fäuste auf die Lider, reibt sie. Als sie die Augen wieder öffnet, sieht sie verschwommen den gleichen Raum, die gleichen Lichtstreifen an den abgedunkelten Fenstern. Und sie hört das Zischen, das sie geweckt hat. Aus dem Radiowecker dringt atmosphärisches Rauschen. Es ist 6:30 in der Frühe. Sie lacht über ihre Dummheit und läßt sich wieder auf die Kissen fallen, zieht die Steppdecke bis zum Kinn hoch, starrt auf die Sterne über ihr, die jetzt nicht mehr so hell leuchten, als seien sie im Morgengrauen verblaßt. Ihr Gesicht ist kalt. Sie zieht die Decke über die Ohren und rollt sich zusammen.

Jemand klopft an eine ferne Tür. Klopf, klopf, klopf, klopf. Pause. Klopf, klopf, klopf, klopf. »Amé-rica!« Sie dreht sich um, guckt unter der Decke hervor. Der Radiowecker rauscht immer noch, aber jetzt ist es 7:48.

»*Ay*, nein!« Sie schlägt die Decke zurück und wird von kalter Luft umfangen.

Klopf, klopf, klopf, klopf. »Amér-rica.« Mrs. Leverett klingt ärgerlich.

»*Sí*, ich komme! Eine Minute bitte.« Sie läuft zur Tür, öffnet sie, versteckt sich dahinter, weil sie nur das Nachthemd anhat. Auf dem Flur steht Mrs. Leverett im Mantel, Mütze,

Stiefeln und Handschuhen. América neigt beschämt den Kopf.

»Ich entschuldige. Ich schlafe nicht immer soviel.«

Mrs. Leverett lächelt matt. »Ich bringe die Kinder zur Schule. In einer Viertelstunde bin ich zurück. Dann können wir uns das Haus ansehen.«

»*Okéi.* Ich ziehe Kleider an.«

Mrs. Leverett geht über den langen Flur zur Treppe, ohne sich umzusehen. América schließt die Tür und lehnt sich dagegen, verscheucht den Nebel aus ihrem Hirn. Ihr erster Tag in der neuen Arbeit, und sie verschläft!

Kümmere dich um das, was als nächstes zu tun ist. Duschen. Nein, zu kalt dafür. Vielleicht später. Sie stellt die Heizung um eine halbe Drehung höher. Sie wäscht sich das Gesicht, putzt die Zähne, bürstet die Haare. Im Schrankraum, der ihr wärmer erscheint als ihr Zimmer, zieht sie sich hastig an. Sie macht ihr Bett, versucht, die Kissen so kunstvoll anzuordnen, wie sie sie vorgefunden hat, schafft es aber nicht. Dann zieht sie ein Rouleau hoch. Die Welt ist weiß. Schnee bedeckt die Flächen neben der geräumten Auffahrt. Dahinter eine schmutzige Straße. Hohe, spitze, grüne Bäume und breite Bäume mit nackten Zweigen stehen vor dem Haus, versperren den Blick. Schneeberge lassen die Umgebung weicher erscheinen. Die helle Sonne erweckt den Anschein, daß es draußen warm ist, aber unten auf der Fensterscheibe sitzt eine Eiskruste.

Als sie noch am Fenster steht und überlegt, ob sie unten auf Mrs. Leverett warten soll, biegt der rote Explorer in die Einfahrt ein. Schuldbewußt zieht sich América vom Fenster zurück. Sie trifft unten auf der Treppe ein, als Mrs. Leverett gerade aus der Garage kommt.

»Hi!« Mrs. Leveretts Wangen sind rosig. Sie nimmt die Mütze ab, und feines blondes Haar wirbelt um ihr Gesicht wie in einer Shampooreklame. Als Mrs. Leverett in die Kammer unter der Treppe geht, hat América die Möglichkeit, sich umzusehen.

Die Küche hat eine in den Raum hineinragende Theke, die die Eßecke der Familie abtrennt. Auf dem Tisch stehen Teller, Schalen, Tassen, eine Schachtel Corn-flakes zwischen schmutzigen Servietten, Gläsern und Löffeln. América beginnt mit dem Abräumen, stellt die Sachen auf die Theke.

»Nein, nicht jetzt!« ruft Mrs. Leverett. »Ich will Ihnen erst das Haus zeigen.«

Sie trägt Hausschuhe, die ihre Füße in Bärentatzen verwandeln. Als sie merkt, daß América sie betrachtet, wird sie rot. »Ich weiß, sie sind albern, nicht wahr? Aber warm und bequem.«

Obwohl Mrs. Leverett dick angezogen ist, sieht sie immer noch schlank aus. Aber ein Blick auf den vollgestellten Frühstückstisch zeigt América, daß die Familie zweifellos nicht genug zu essen hat. Sie wünscht, sie wäre früher heruntergekommen und hätte sich Kaffee eingeschenkt, den es unter den vielen Sachen in der Küche irgendwo geben muß, nach dem in der Spüle abgestellten Filter zu urteilen.

Mrs. Leverett geht zu der Theke. »Wie Sie sehen, ist dies die Küche.« Sie zeigt auf die Sachen, wie ein Model in einem Fernsehquiz auf die Preise deutet, die man gewinnen kann, wenn man die richtige Antwort weiß. »Normalerweise essen wir in der Eßecke.« Sie zeigt auf Tisch und Stühle. »Manchmal sieht Charlie sich die Nachrichten an.« Sie zeigt auf den Fernseher, der oben an der Wand hängt. Unter einer Serviette holt sie die Fernbedienung hervor und legt sie in ein Regal unter dem Fernseher.

Sie führt América in einen schmalen Raum mit Glasvitrinen

voller Porzellan, Gläser in unterschiedlichsten Formen und Größen, Servierplatten und Schüsseln. Auf der langen Arbeitsplatte aus Stein jede Menge Haushaltsgeräte, Kerzenhalter und Vasen. Mrs. Leverett öffnet Schubladen, um ihr die Servierbestecke, zusammengefaltete Servietten und Tischdecken, Zusatzteile für die Haushaltsgeräte zu zeigen. Ein Teil der Schränke ist dem Plastikgeschirr vorbehalten, knallbunte Tassen und Teller, die América für den Alltag ausreichend erscheinen, die jedoch, wie Mrs. Leverett sagt, nur im Sommer benutzt werden.
»Und hier lang« – sie schlängelt sich an América vorbei, ohne sie anzusehen – »geht's zum Eßzimmer.«
Sie erwartet, daß América beeindruckt ist. Das Eßzimmer ist so groß wie Américas Haus in Vieques. An einer Wand befindet sich ein riesiger Kamin und ihm gegenüber eine rustikale Anrichte mit kunstvollen Schnitzereien. Dazwischen steht ein Tisch unter zwei Leuchtern. Auf jeder Seite des Tisches sind zwölf Polsterstühle aufgereiht, und an den beiden Schmalseiten stehen an der Wand vier weitere; zwei je rechts und links von einem Serviertisch, der zur Anrichte paßt, und die beiden anderen zwischen den raumhohen Fenstern. Die Fenster blicken auf säuberliche Beete, offenbar der Garten, der jetzt mit Schnee bedeckt ist. Der Teppich mit dem modernen Muster fühlt sich dick und weich an, und América fragt sich, wie lange es dauert, dieses Zimmer nach einer Einladung sauberzumachen.
»Hier bewirten wir unsere Gäste«, sagt Mrs. Leverett, während sie durchs Zimmer schlendert. »Aber meist nur im Herbst und Winter. Im Frühling und Sommer grillen wir oft draußen.«
»Okéi.« América hofft, daß sie die Leute mit der Zeit besser versteht, wenn sie länger in New York bleibt. Mrs. Leverett spricht so schnell.

»Dies ist das Wohnzimmer«, sagt Mrs. Leverett, während sie in den nächsten Raum schwebt. Es ist mindestens genauso groß wie das Eßzimmer und hat auch einen Kamin. Davor stehen einander gegenüber zwei gleiche Sofas, dazwischen ein Couchtisch mit ausgebreiteten Zeitschriften, außerdem vier Polstersessel mit Kissen, vier weitere Couchtische mit Schalen und Porzellandosen und Bilderrahmen. An einer Seite ein Klavier und daneben ein Notenständer.

»Sie spielen?« fragt América, aber Mrs. Leverett schüttelt den Kopf.

»Charlie kann Klavier spielen, und wir möchten, daß die Kinder es lernen.«

Zwei Wände werden mit Regalen voller Bücher und weiteren Bilderrahmen ausgefüllt.

»Das war bei unserem Hochzeitsempfang«, erklärt Mrs. Leverett, als sie merkt, daß América ein großes Foto betrachtet. Darauf lächeln sie und Mr. Leverett sich an, die Arme um die Taille des anderen geschlungen, als würden sie gerade tanzen. »Dies ist unser Hochzeitsfoto.« Mrs. Leverett in einem langen, enganliegenden, weißen Kleid, das sie noch schlanker macht, und einem Spitzenschleier, der locker aus einer Blumenkrone fällt. Ihre Haare darunter sind länger und voller, wie bei einer Zigeunerin.

»Sie sehen schön aus«, sagt América bewundernd, und Mrs. Leverett errötet leicht. Sie blickt auf das Bild, rückt es im Regal zurecht. »Das ist zehn Jahre her«, sagt sie leise und streicht über das Foto, so daß ein blasser Fingerabdruck auf dem Glas zurückbleibt.

»Hier entlang«, sagt sie lauter, als wollte sie das Thema wechseln, »geht's zum zweiten Wohnzimmer.« Sie überquert einen Flur mit einer Treppe nach oben, und sie kommen in ein anderes Wohnzimmer. Zwar ist es kleiner als das erste, aber immer noch imposant. Darin befinden sich eine große, schwarze Ledersitzgruppe, zwei Fernsehsessel aus Leder und ein rechteckiger Couchtisch mit einer glattpolierten Granitplatte. Dessen scharfe Kanten befinden sich gerade in Höhe des Schienbeins, und América stößt dagegen, als sie vorbeikommt. Mrs. Leverett sieht nicht, wie sie vor Schmerz das Gesicht verzieht.

Eine Wand ist ganz mit Unterhaltungselektronik ausgefüllt, darunter ein Fernseher mit Großbildschirm. In der Ecke zwischen den Fenstern befinden sich ein Computer und andere Geräte mit grünen und orangefarbenen Lämpchen, Papierstapel, und darüber hängt eine Pinnwand, die so dicht mit Zeichnungen und Notizen vollgehängt ist, daß kaum noch ein Fetzen Papier Platz finden würde. »Das ist der Computer der Kinder«, sagt Mrs. Leverett. »Unsere sind in den Büros.« Sie geht durch eine Tür. América folgt ihr und findet sich in der Küche wieder.

»Oh!« wundert sie sich, und Mrs. Leverett lacht.

»Ich weiß, es ist verwirrend, aber Sie werden sich daran gewöhnen.«

»Das Haus ist groß«, sagt América. Mrs. Leverett lacht erneut und zeigt auf die Treppe hinten im Flur.

»Da geht's noch weiter.«

América sieht nach oben. Ihr Magen knurrt, und sie legt die Hände auf den Bauch, als wollte sie ein wildes Tier beruhigen. Sie hofft, daß Mrs. Leverett es nicht gehört hat, aber die geht schon von América fort zu einer Reihe von Geräten unter einem Hängeschrank neben dem riesigen Herd mit acht Platten, zwei Backöfen und einem Grill. América kommt zu dem Ergebnis, daß die Leveretts jeden Abend Gäste haben müssen, um für einen Küchenherd in Restaurantgröße Verwendung zu haben. Sie fragt sich, ob es ihre Aufgabe sein wird, für die Einladungen zu kochen, dabei zu servieren und hinterher sauberzumachen.

»Nach oben gehen wir später. Ich habe aufgeschrieben, was alles getan werden muß, und das wollen wir uns jetzt mal ansehen.« Mrs. Leverett holt zwei Becher aus dem Schrank über den Geräten und schenkt aus einer Thermoskanne Kaffee ein. »Bevor ich weggefahren bin, habe ich eine Kanne gekocht. Sie können sich nicht vorstellen, was wir hier an Kaffee brauchen!« Sie gibt América einen Becher, und die Wärme und der Duft bringen ihren Magen wieder zum Knurren. Wann hat sie zuletzt gegessen? Gestern abend im Flugzeug. Hühnchenbrust mit Brokkoli. Kein Wunder.

»Möchten Sie Milch und Zucker?« fragt Mrs. Leverett, die sich eine Milchpackung aus dem Kühlschrank holt.

»Nein, danke.«

Mrs. Leverett gießt kalte Magermilch in ihren Kaffee und geht mit América in die Eßecke. Auf einer Seite des Tischs wischt sie die Krümel von der Platte, zieht América einen Stuhl heran und setzt sich ihr gegenüber. Vor ihr liegt ein Block mit einer langen Liste.

»Wenn ich nicht alles aufschreibe, vergesse ich es.« Sie lächelt zerknirscht. América trinkt von ihrem Kaffee. Er ist stark und bitter, als hätte er zu lange gestanden.

Mrs. Leverett geht ihre Liste durch, und América hört zu, obwohl sie nicht alles versteht, was Mrs. Leverett sagt. Sie wünscht, Mrs. Leverett würde sie in Ruhe lassen, damit sie selbst nachsehen kann, wo sich alles befindet. Sie sieht, daß das Haus viel Pflege braucht. So viel Glas, so viele Teppiche, die gesaugt, und Möbel, die poliert werden müssen.

»Charlie muß ungefähr um Viertel vor sieben aufbrechen, wenn er den Zug erreichen will«, erklärt Mrs. Leverett. »Ich muß spätestens zehn vor sieben los. Auf dem Weg setze ich Meghan und Kyle an Schule und Kindergarten ab. Sie muß mittags abgeholt werden und Kyle um halb vier.«

Während sie redet, hakt Mrs. Leverett die Punkte auf ihrer Liste ab. Die Corn-flakes in den Schalen müssen inzwischen angetrocknet sein, und América würde am liebsten aufstehen und abwaschen. Sie haßt es, am Tisch zu sitzen, wenn sich vor ihr schmutziges Geschirr stapelt. Ihr Magen knurrt, und sie hätte gern ein wenig Toast, um den Aufruhr zu besänftigen, traut sich aber nicht, um Essen zu bitten. Es verwundert sie, daß ihr Mrs. Leverett nichts anderes angeboten hat als Kaffee.

»Sonntags und montags haben Sie frei. Dienstag früh müssen Sie wieder hier sein. Wenn wir am Samstag abend keine Gäste haben, können Sie auch schon eher heimfahren.« Sie merkt, was sie gesagt hat. »Sie können natürlich auch das ganze Wochenende hierbleiben, wenn Sie möchten.«

Ich habe kein anderes Heim als das, was ich verlassen habe. América blickt aus dem Fenster auf die kalte, weiße Landschaft, die in der trügerisch strahlenden Sonne schimmert. Sie trinkt den letzten Schluck von dem bitteren Kaffee.

»Sollen wir jetzt nach oben gehen?«

Kyles Zimmer liegt gleich rechts neben der Treppe, und auf der anderen Seite vom vorderen Flur liegt Meghans Zimmer. Jedes Kind hat ein eigenes Spiel- und Badezimmer. In Kyles Spielzimmer stehen Regale voller Plastikfiguren, Autos, Holzzüge, Computerspiele, Bücher und Brettspiele an den Wänden. Auch Meghans Zimmer ist voller Spielsachen. Puppen, Plüschtiere, Malblöcke, eine Staffelei mit Fingerfarben, Bunt- und Filzstifte. Der hintere Bereich des ersten Stockwerks wird vom Elternschlafzimmer und seinem und ihrem Ankleidezimmer und Bad eingenommen. Im zweiten Stock befinden sich ein weiteres Bad, zwei Gästezimmer und Mr. und Mrs. Leveretts Büros. Die Büros blicken beide auf den Eingang des Hauses, haben beide einen Computer, sind beide so ordentlich aufgeräumt, als würde darin im Grunde kaum gearbeitet. Als sie in die Küche zurückkehren, ist es elf.

»Du meine Güte, wie die Zeit verfliegt! Wir müssen uns noch den Keller ansehen.«

Ein Zimmer mit Spiegelwand, Gymnastikgeräten und einem Fernseher oben an der Wand, ein Badezimmer, ein Zimmer mit Billardtisch, eine Bar mit Kühlschrank und noch ein Wohnzimmer mit Ledermöbeln, einem weiteren großen Fernsehgerät, Stereoanlage und gerahmten Postern von Sportlern.

»Das nennen wir unser Sportzimmer«, erklärt Mrs. Leverett. Auf einem Regal steht eine kleine Vitrine mit einer Messersammlung. América überläuft es kalt, als sie die sieben scharfen, spitzen Schneiden nebeneinander aufgereiht sieht.

»Die sammelt Charlie«, erklärt Karen sachlich. »Er hat schon als Junge damit angefangen.«

»Gibt es noch mehr?«

»Er hat noch ein paar oben in seinem Büro und andere in der Stadt.«

Es macht América angst, daß ein Mann mit so wenig Geduld wie Charlie Leverett diese scharfen Gegenstände in seiner Reichweite hat.

»Aber wenn Kinder anfassen? Haben Sie nicht Angst?«

»Die Vitrine ist abgeschlossen«, erwidert Karen. »Außerdem wissen sie, daß sie nicht mit den Sachen ihres Vaters spielen dürfen.«

Die Messer sind América unheimlich. Sie begreift nicht, wie jemand einen Gegenstand, mit dem man anderen Schmerzen zufügt, schön finden kann oder was an den Messern so Besonderes ist – außer daß sie gefährlicher und widerwärtiger aussehen als die, die Ester zum Hühnerausnehmen benutzt. Sie überzeugt sich, ob die Vitrine auch wirklich

abgeschlossen ist. Keinesfalls möchte sie, daß die Messer in falsche Hände geraten.
Hinter dem Sportzimmer liegt der Wasch- und Trockenraum.
»Ich mache immer Großeinkäufe«, sagt Mrs. Leverett, während sie auf eine Riesenpackung Waschmittel, auf ein Regal voller Toilettenpapier, Papierhandtücher, Plastikbecher und -besteck, Papierservietten und auf Kartons mit Reinigungsmitteln für Großverbraucher, Kästen mit Limonade, Bier, Mineralwasser deutet.
América ist müde, aber nicht von den vielen Treppen, die sie rauf- und runtergestiegen ist, oder von den Zimmern, die sie durchquert hat. Sie ist müde, weil sie sich so viel auf einmal ansehen mußte.
Wie soll ich es je schaffen, dieses riesige Haus sauberzumachen, wenn ich zwei Kinder beaufsichtigen muß? Sie folgt Mrs. Leverett von einem Zimmer ins andere, hört ihren Anweisungen mit einem Ohr zu, macht im Geiste eine Bestandsaufnahme, wie viele Toiletten geschrubbt und desinfiziert werden müssen, zählt die mit Zahnpasta und Seifenresten verschmierten Waschbecken, die fleckigen Spiegel, die mit Essiglösung abgewischt, die Betten mit den zahllosen Kissen, die Handtuchstapel, die gewaschen, und die Teppiche, die gesaugt werden müssen.
In die Küche zurückgekehrt, öffnet und schließt Mrs. Leverett Schrankfächer, zeigt América, wo das Essen aufbewahrt wird, welche Schubladen das Eßbesteck und welche das Küchenbesteck enthalten. Sie deutet auf einen Kalender, auf dem in Druckbuchstaben die täglichen Pflichten der Kinder eingetragen sind. Kyle muß jeden Tag sein Bett machen, was die knautschigen Ecken und die unordentlich hingeworfene Steppdecke erklärt. Meghan soll nach dem Essen helfen, den Tisch abzuräumen. Sie blicken beide auf

den vollen Eßtisch, und Mrs. Leverett lächelt. »Heute morgen waren wir in Eile«, sagt sie. Sie streicht sich mit den Fingern durchs Haar und steckt dann beide Hände in die Taschen ihrer Jeans.

»Nun, wir erledigen wohl besser noch ein paar Dinge, ehe ich Meghan abhole. Vielleicht können Sie mit der Küche anfangen. Wenn Sie irgendwas brauchen, klingeln Sie bei mir im Büro.« Ohne sich umzusehen, läuft sie die Treppe hinauf. América bleibt in der Küche zurück und fragt sich, wo sie anfangen soll. Ihr knurrt der Magen, und was sie am liebsten tun würde, wäre essen. Aber das bringt sie nicht fertig, ehe sie nicht die schmutzige Küche saubergemacht hat.

»*Okéi*, also los«, sagt sie zu sich selbst.

Sie sammelt das Geschirr zusammen und wäscht es im Spülbecken ab, schrubbt die Spüle, wischt Tisch, Theke und Stühle ab, spült die Kaffeekanne aus, kratzt die verbrannten Krümel aus dem Toaster. Ein Lied kommt ihr in den Sinn, und ehe sie es sich versieht, ist sie am Summen, und im nächsten Moment, als sie die Schränke mit einem feuchten Lappen auswischt, singt sie. Sie ist so vertieft in ihre Arbeit, daß sie auffährt, als Mrs. Leverett auf der Treppe erscheint und verkündet, daß sie jetzt Meghan vom Kindergarten abholt.

•◆•

América kommt den ganzen Tag nicht zum Essen. Sobald Meghan wieder da ist, muß sie ihr Mittagessen vorbereiten, ein überbackenes Käse-Sandwich und ein Glas Milch. Ein paar Stunden später wird Kyle abgeholt.

Als die Kinder zu Hause sind, kann América nicht mehr viel erledigen. Sie wollen ihr ihre Zimmer zeigen und sind enttäuscht, daß sie sie schon gesehen hat. Sie streiten, welches Zimmer sie am Morgen zuerst aufräumen soll, mit wem sie zuerst spielt, ob sie mit ihnen auf allen vieren kriechen oder sitzenbleiben und zusehen soll, welch tolle Sachen sie mit ihren Bauklötzen, Zügen oder was auch immer machen können. Sie muß sich anstrengen, um zu verstehen, was sie sagen, und davon bekommt sie Kopfschmerzen.

»Charlie kommt zum Abendessen nicht nach Hause«, teilt Mrs. Leverett ihnen mit. »Ich koche uns Nudeln, okay?«

Sie kocht Spaghetti mit Gemüse und Knoblauchbrot, und die Kinder bekommen dazu Milch. América deckt den Tisch.

»Holen Sie sich auch einen Teller«, sagt Mrs. Leverett. »Sie essen mit uns.«

Es ist América unangenehm, bei ihnen am Tisch zu sitzen, und jedesmal, wenn die Kinder um mehr Milch oder Käse für die Nudeln bitten, springt sie auf.

»Bleiben Sie sitzen. Ruhen Sie sich aus. Ich hole es«, sagt ihr Mrs. Leverett. Aber América möchte sich nicht ausruhen. Sie will Mrs. Leverett beeindrucken, will ihr zeigen, was für eine Hilfe sie ist. Sie möchte ihre Arbeit so machen, wie sie ihrer Meinung nach gemacht werden muß, und dazu gehört, daß sie der Familie das Essen serviert, daß sie dafür sorgt, daß die Kinder genug kriegen, daß es für alle reicht. Sie weiß, warum die Leveretts so dünn sind. Die faden Spaghetti, das gedämpfte Gemüse, das Vollkornbrot, die Magermilch, das alles ist Schlankheitskost. Die gesamte Familie ist auf Diät. Im Gegensatz zu anderen Haushalten mit Kindern findet man hier keine Bonbons, keine Kekse, im Kühlfach kein Eis, keine Butter im Kühlschrank. Meghan und Kyle tun ihr leid.

Mrs. Leverett bestimmt bei Tisch das Gespräch, als wäre sie eine Lehrerin, fragt Kyle und Meghan, wie ihr Tag gewesen ist, erkundigt sich, was sie gelernt haben, welcher Freund mit ihnen gespielt hat, ob der Lehrer mit ihrer Leistung zufrieden war. Selbst die kleine Meghan muß berichten, was sich im Kindergarten zugetragen hat, und América überlegt, ob es ihretwegen geschieht oder ob Mrs. Leverett die Kinder jeden Abend so ausfragt.

Sie ißt die faden Spaghetti, weil sie Hunger hat, aber sie wünscht sich, es wäre einer von Esters dicken *asopaos* oder ihr *arroz con habichuelas.* Aber sie verscheucht den Gedanken sogleich, aus Angst, daß sie sich nie an ihr neues Leben gewöhnt, wenn sie das alte so schnell vermißt.

Als die Familie zum Fernsehen ins Wohnzimmer geht, wäscht sie ab und beschließt, nie wieder mit ihnen zu essen. Sie wird sich selbst etwas kochen, etwas, das sie mag. Sie hat nicht die Absicht, Diät zu halten, bis sie schließlich genauso blaß und kaputt aussieht wie eine *americana.*

Nach neun, als die Kinder gebadet in ihren Betten liegen, kommt sie zum erstenmal, seit sie es am Morgen verlassen hat, wieder in ihr Zimmer. Ohne die Schuhe auszuziehen, läßt sie sich aufs Bett fallen. Sie sieht auf die Sterne über ihr, geht in Gedanken durch, was sie gesehen hat.

Der Tag ist vergangen, und sie hat nicht einmal an Correa oder Rosalinda gedacht. Geht es so schnell? Läßt man sein altes Leben hinter sich und hat in weniger als einem Tag alles vergessen? Sie fragt sich, was sie abgesehen von dem Naheliegenden vergessen möchte, weiß aber keine Antwort. Sie will nichts und niemanden vergessen. Sie möchte nur nicht ständig an sie denken müssen.

Andre Länder, andre Sitten

Am nächsten Morgen steht sie zeitig auf, um unten zu frühstücken, bevor die Familie aufwacht. Draußen ist es noch dämmrig, aber schon berühren zaghafte Sonnenstrahlen die weiße Landschaft wie ein schüchterner Liebhaber. Sie sitzt vor ihrem Kaffee und Toast mit Gelee, genießt die Stille des Hauses, wünscht sich, es wäre ein bißchen wärmer, und überlegt, wann Mr. Leverett wohl nach Hause gekommen ist. Mitten in der Nacht hat sie gehört, wie das Garagentor geöffnet und geschlossen wurde, aber sie konnte sich nicht aufraffen, den Kopf zu heben und auf den Wecker zu schauen. Seine Aktentasche steht an der Tischkante, als hätte er sie dort nur kurz abgestellt.

Oben hört sie Wasser laufen und weiß, daß jetzt wenigstens die erwachsenen Familienmitglieder aufgestanden sind. Mrs. Leverett hat nicht gesagt, ob América die Kinder wecken soll, und sie ist nicht sicher, was sie zum Frühstück bekommen. Also räumt sie die beiden Wohnzimmer auf, während sie wartet.

Mr. Leverett kommt als erster herunter; mit freudiger Überraschung bemerkt er, daß América schon auf ist.

»Guten Morgen! Wie geht's Ihnen heute?« fragt er, als würde es ihn tatsächlich interessieren.

»Sehr gut, Mr. Leverett. Und Ihnen?«

»Charlie.«

»Excuse?«

»Zu Hause heiße ich Charlie, Mr. Leverett nur im Büro.«

»Ah, *sí, danke, Don Charlie.«*

»Nein, nur einfach Charlie.«

»*Okéi,* Charlie.« Sie lächelt in sich hinein. Er ist fröhlich und energiegeladen und bewegt sich mit dem Selbstvertrauen eines Sportlers. Aber seine etwas schroffe Redeweise und seine zielsicheren Bewegungen wirken einstudiert, als müßte er sich beweisen, daß er erwachsen ist. »Möchten Sie Frühstück?«

»Nein, danke, ich kaufe mir am Bahnhof einen Kaffee.« Er holt seinen Mantel aus dem Wandschrank und rückt seine Krawatte zurecht, bevor er nach der Aktentasche und den Handschuhen greift. »Einen schönen Tag wünsche ich Ihnen«, sagt er und verschwindet durch die Hintertür, ohne eine Antwort abzuwarten. Keine Minute später hört América, wie sich die Garagentür öffnet und der Wagen anspringt. Oben herrscht reges Treiben, Mrs. Leverett und die Kindern sprechen so rasch, daß sie sie nicht verstehen kann. Das Telefon klingelt und wird oben abgenommen. América fragt sich, ob sie den Kindern beim Anziehen helfen soll, und als sie gerade hinaufgehen will, kommt Mrs. Leverett heruntergelaufen, das tragbare Telefon am Ohr, gefolgt von Kyle und Meghan.

»Okay, Kinder, setzt euch, und wir machen euch Frühstück, okay? Guten Morgen«, sagt sie im Vorbeigehen zu América. Hektisch öffnet und schließt sie Küchenschränke, holt Schälchen und Cornflakes heraus, nimmt eine Banane aus der Obstschale auf der Anrichte, während sie gleichzeitig ein Telefongespräch führt.

»Ich mach das, kein Problem«, sagt América. Mrs. Leverett nickt und lehnt sich gegen die Anrichte, deutet auf die Cornflakes, die Kinder, dreht sich um und kritzelt etwas auf einen Zettel.

América stellt alles auf den Tisch, füllt die Schälchen, schneidet die Banane in Scheiben auf die Cornflakes und gießt die wässrige Milch darüber.

»Das ist zuviel«, beschwert sich Kyle.
»Milch gut für euch«, erklärt América leise, um Mrs. Leverett nicht beim Telefonieren zu stören, »macht stark.«
»Sie hat zuviel Milch hineingetan, Mom!« América ist überrascht von Kyles weinerlichem Tonfall, den sie zuvor noch nicht bei ihm gehört hat. Mrs. Leverett blickt von ihrem Gekritzel auf.
»Einen Augenblick«, sagt sie ins Telefon und sieht nach, was los ist. »Wir nehmen nur ein kleines bißchen«, erklärt sie, »sie mögen die Cornflakes knusprig.« Dann geht sie wieder ans Telefon.
»Das eß ich nicht.« Kyle schiebt sein Schälchen weg.
Meghan folgt seinem Beispiel. »Ich auch nicht.«
Mrs. Leverett sieht América an, als erwarte sie eine Reaktion von ihr. Am liebsten würde América den Kindern Respekt beibringen und dafür sorgen, daß sie ihr Frühstück essen. Statt dessen lächelt sie unterwürfig. »Eßt jetzt. Morgen nehme ich weniger.«
»Ich mag es nicht«, sagt Kyle, ohne zu probieren, »es ist matschig.«
América nimmt einen Löffel von den labbrigen Cornflakes. »Ist gut, seht ihr?«
Mrs. Leverett legt den Hörer auf, nimmt die Schälchen, kippt den Inhalt in die Spüle und füllt sie neu. »América lernt gerade, wie wir unser Essen mögen. Ihr solltet nicht frech zu ihr sein, okay?« ermahnt sie die Kinder, während sie die zweite Portion Cornflakes mit ein paar Spritzern Milch anfeuchtet. Ohne América anzusehen, umrundet sie die Kücheninsel, um sich Kaffee einzuschenken.
América steht am Tisch und fühlt sich, als wäre sie bei einer Prüfung durchgerasselt. Die Kinder sitzen an ihren Plätzen wie Prinz und Prinzessin und sehen bald América, bald ihre Mutter an, als wären sie von beiden enttäuscht. América

nimmt eine zweite Banane aus der Obstschale und stellt sich neben Kyle.

»Wie magst du, dick oder dünn?« fragt sie mit zusammengepreßten Lippen, während sie das Schälmesser an die Banane über Kyles Schälchen hält. Er sieht sie an, schaut ihr in die Augen, als wollte er ihre Absichten erraten. Ohne zu lächeln, erwidert sie seinen Blick. Er zuckt die Achseln. Sie schneidet eine halbe Banane in sein Schälchen und die andere Hälfte in das seiner Schwester, in gleichmäßigen Scheiben, nicht zu dünn, nicht zu dick. Die Kinder beobachten schweigend, wie die Klinge in das feste Fruchtfleisch dringt. Als América fertig ist, sieht sie die Geschwister mit einem Ausdruck an, der keine Klagen mehr duldet. »Eßt«, befiehlt sie leise, und während die Kinder ihre Cornflakes löffeln, folgen sie América mit den Augen. Sie geht in die Küche, wo Mrs. Leverett darauf wartet, daß ihr Brot aus dem Toaster springt. »Setzen Sie sich, Mrs. Leverett«, sagt América, »ich bringe Ihnen.« Mrs. Leverett setzt sich gegenüber von ihren Kindern hin, die ihre Cornflakes, Milch und Bananenstückchen bis auf den letzten Rest vertilgen.

»*Okéi*, danke, Karen.« Mit dünnem Lächeln legt América ihr den Toast auf den Teller. »Wollt ihr noch Cornflakes?« fragt sie die Kinder, und sie schütteln wie Marionetten gleichzeitig den Kopf. »Macht euch fertig für Schule«, sagt América, und die beiden rutschen von den Stühlen und gehen.

Karen Leverett blickt von ihrem trockenen Toast auf. »Ich hätte sie nicht anschreien sollen«, sagt sie, »aber sie müssen es lernen.«

Während América das Geschirr der Kinder abräumt, überlegt sie, wovon Karen spricht und ob sie recht gehört hat. Die Kinder kommen wieder herein, kämpfen mit ihren Mänteln. América hilft ihnen, während Karen Mantel und Stiefel holt.

»Morgen«, sagt Karen, »kommen Sie mit uns, damit Sie den Weg kennenlernen.«

»Okéi.« América knöpft Meghan den Mantel bis zum Hals zu, zieht ihr die Mütze tief in die Stirn. »Wir spielen, wenn ihr zurückkommt.« Meghan nickt feierlich.

»Ich muß unterwegs einige Erledigungen machen. In ein paar Stunden bin ich zurück.« Karen schiebt die Kinder vor sich her nach draußen, und América begleitet sie bis zur Hintertür. Als sich das Garagentor öffnet, fröstelt América im kalten Luftzug. Sie winkt und schließt bibbernd die Innentür.

Wir müssen uns aneinander gewöhnen, sagt sie sich, als sie Karens Platz abräumt. Sie kennen meine Art nicht, und ich kenne ihre nicht. Die Überreste der ersten Frühstücksportion der Kinder in der Spüle sehen wie Erbrochenes aus. América läßt Wasser über die Bescherung laufen und wirft die glänzenden Scheibchen der unverzehrten Banane in den Müll. Ihr ist zum Heulen zumute, und sie führt die jähe Anwandlung darauf zurück, daß sie nur ungern Essen verkommen läßt.

Es dauert eine Woche, bis sie den Alltag der Familie kennengelernt hat und mit der Rolle vertraut ist, die sie darin spielt. Charlie Leverett verläßt jeden Morgen um die gleiche Zeit das Haus, weil er seinen Zug erreichen muß. Abends kommt er nicht vor halb acht zurück, manchmal auch erst, wenn die Familie zu Bett gegangen ist. Karen Leverett braucht morgens lange, bis sie fertig ist, und die Kinder warten darauf, daß sie ihnen beim Anziehen hilft. Wenn sie dann alle die Treppe heruntergelaufen kommen, bleiben ihnen gerade noch zehn Minuten Zeit. Nach dem dritten Morgen geht América nach oben, sobald Charlie aus dem Haus ist, hilft Kyle und Meghan, sich anzuziehen und nimmt sie dann zum Frühstück mit nach unten. Wenn Karen sich zu ihnen gesellt, haben die Kinder ihre Mahlzeit schon halb aufgegessen.

»Ihr frühstückt gut«, erklärt ihnen América. »Ihr werdet stark.«

Américas Feststellungen klingen in den Ohren der Kinder wie Gebote. Anders als ihre Mutter unterstreicht sie nicht jede Anweisung mit »Okay?« Sie erwartet von ihnen keine Zustimmung. Sie erwartet Gehorsam. Und wenn sie widersprechen, tut América so, als verstünde sie nicht, was sie sagen, und wiederholt ihre Anweisung. Dann müssen die beiden tun, was sie verlangt, weil sie sonst eine Miene aufsetzt wie an jenem Morgen, an dem sie die Banane schnitt, als wäre jede Scheibe eine Warnung. »Kaltes Frühstück nicht gut«, erklärt sie ihnen, und als Karen am nächsten Morgen ins Wohnzimmer kommt, löffeln die Kinder ein Schälchen voll duftendem Haferbrei mit Honig und trinken dazu gesüßte, warme Milch, die América mit einer Zimtstange aufgekocht hat, damit sie besser schmeckt.

»Oh, das riecht lecker«, meint Karen, und América stellt ihr ein Schälchen Brei neben die Kaffeetasse.

»Ist gut für Sie«, sagt sie, und Karen Leverett ißt, als hätte sie so etwas noch nie gekostet.

Als América am fünften Tag die Haustür hinter ihnen schließt, seufzt sie erleichtert auf. Sie gewöhnt sich allmählich an die Lebensweise der Familie und hat schon begonnen, sie zu verändern.

Im Haushalt der Leveretts wird alles mit Maschinen erledigt. Manche davon hat sie schon selbst benutzt – als sie in den Häusern, die sich an die steilen Berge von Vieques schmiegen, geputzt hat. Andere hat sie in Werbeprospekten gesehen, die man als Beilage in der Sonntagszeitung findet. Aber die Leveretts besitzen anscheinend mehr Geräte als der Durchschnittshaushalt. Es gibt allein drei Maschinen, um eine Tasse Kaffee zu kochen: eine, um die Bohnen zu mahlen, eine für Cappuccino und eine für normalen Kaffee, ja nachdem, worauf man gerade Lust hat. Es gibt Maschinen zum Brotbacken, zur Herstellung von Nudeln, zum Dämpfen von Reis, zum Zusammenpressen und Überbacken von Sandwiches, zum Zerkleinern von Gemüse, zum Entsaften von Obst, zum Kartoffelschneiden, zum Äpfelschälen. Es gibt zwei normale Backöfen, einen Grill und einen Mikrowellenherd, einen riesigen Kühlschrank in der Küche, einen kleineren im Sportzimmer, eine Gefriertruhe. Geschirr und Kleider werden von Maschinen gewaschen und getrocknet. Es gibt Maschinen zum Säubern von Teppichen, zum Wachsen der Fußböden, zum Absaugen von Möbeln. Andere Maschinen dienen zum Zähneputzen, zum Lockendrehen, zum Rasieren der Beine, zum Rudern, Marschieren, Treppensteigen. Es gibt eine Maschine zum Hosenplätten, eine Nähmaschine, eine Maschine, die mit heißem Dampf zerknitterte Kleidung glättet. Charlie besitzt eine Maschine zum Schuheputzen, und Karen hat eine, um ihr Gesicht mit Dampf zu besprühen. Es gibt drei Computer im Haus, ein Telefonsystem mit Haussprechanlage und den einprogrammierten Nummern von Schule und Kindergarten, Karens und Charlies Büro, den Piepsern und dem Autotelefon. Außerdem gibt es Maschinen, deren Zweck América schleierhaft ist.

»Bestimmt zahlen sie jeden Monat ein Vermögen für die Stromrechnung«, erzählt sie Ester bei ihrem Telefongespräch am Sonntag morgen. »Mindestens soviel, wie wir im ganzen Jahr bezahlen.«

»Man kann Krebs kriegen, wenn soviel Elektrizität durchs Haus schwirrt.«

»Wo hast du denn das gehört?«
»Sie haben einen Bericht gebracht ...«
»Mami, nicht alles, was du im Fernsehen siehst, ist wahr.«
»Warum sollten sie über so ein Thema Lügen verbreiten?«
Wenn man ihr widerspricht, quengelt Ester wie ein gereiztes Kind. »Sie haben Leute gezeigt, die einen Gehirntumor bekommen haben, weil sie unter Stromleitungen wohnen. Und ein Arzt hat gesagt, daß so was möglich ist.«
»Ich werde mir deshalb jedenfalls keine grauen Haare wachsen lassen.«
»Vielleicht sind es nur bestimmte Arten von Elektrizität.«
»Es gibt aber nur eine Art ...«
»Warum widersprichst du mir ständig?«
»Ich habe angerufen, weil ich dir sagen will, daß es mir gut geht und du dir keine Sorgen zu machen brauchst, und dann streiten wir.«
»Ich streite nicht. Ich wollte dir nur etwas sagen, was zu deinem Besten ist.«
»Danke.« América schüttelt das Kissen auf ihrem Bett auf und kuschelt sich in eine bequemere Lage. Keine von beiden hat den Namen erwähnt, der im Schweigen zwischen den Sätzen schwebt. In den Gesprächspausen, die immer länger werden, weil keine von beiden den Namen aussprechen, keine ihn als erste nennen will.
»Hast du mit Rosalinda gesprochen?« fragt Ester.
»Nein, ich rufe sie gleich an. Und du?«
»Sie war überrascht, als du vorbeigekommen bist ...«
»Ich hatte vor meiner Abreise ein gutes Gespräch mit ihr. Vielleicht zieht sie auch hierher ... wenn ich mich eingelebt habe.« Sie will nicht nach ihm fragen, will sich selbst nicht eingestehen, daß sie an ihn gedacht und sich gefragt hat, wie er mit ihrer Abwesenheit fertig wird.
»Alle reden darüber, wie du gegangen bist ...«, meint Ester

vorsichtig, als wollte sie Américas Reaktion abwarten, bevor sie weiterspricht.
»Wie ich gegangen bin?«
»Daß du dich von niemandem verabschiedet hast …«
»Von den Leuten, auf die es ankommt, hab ich mich verabschiedet.«
»Sie reden über dich.«
»Wer?«
»Sie sagen, du bist mit einem der Gäste durchgebrannt …«
»Mami, das ist nicht komisch.«
»Correa ist ins La Casa gekommen und hat Irving bedroht.« Ester sprudelt die Worte heraus, ohne Luft zu holen, als hätte sie sie zu lange zurückgehalten und könnte es nicht erwarten, die Nachricht endlich loszuwerden. »Ich bin für eine Weile zu ihm gezogen.«
»Zu wem?«
»Zu Irving, bis Correa sich beruhigt hat. Heute bin ich nur hier, weil du anrufen wolltest. Pagán hielt es für das Beste.«
»Pagán? Mami, was soll das? Ist die ganze Insel in die Sache verwickelt?«
»Du hast keine Ahnung, was hier los ist.«
»Ich bin doch erst seit einer Woche fort! Ich weiß, was bei euch los ist, deshalb bin ich hier.«
»Er ist durchgedreht. Jemand hat ihm erzählt, daß du auf dem Flughafen warst, und er hat an meine Tür gehämmert, bevor ich meine erste Tasse Kaffee trinken konnte.«
»Oh, mein Gott, Mami … Hat er dir etwas getan?«
»Keine Sorge, *nena,* ich war darauf vorbereitet«, gluckst sie vergnügt. »Ich habe meine Machete gepackt …« Rasselnd löst sich das Lachen aus ihrer Kehle, so daß sie husten muß. América malt sich aus, wie Ester mit ihren rosafarbenen Lockenwicklern und ihrem zerknitterten Nachthemd dasteht und den blindwütigen Correa mit der rostigen Mache-

te in Schach hält, mit der sie sonst die Pflanzen im Garten zurückschneidet. Sie zuckt zusammen. »Ich hab ihm gesagt ...« Ester lacht und hustet und lacht und bringt kein Wort mehr heraus. Unwillkürlich huscht ein Lächeln über Américas Gesicht.

»Raus mit der Sprache, Mami, was hast du getan?«

»Ich habe die Machete gepackt und damit herumgefuchtelt ... *Ay Dios mío,* du hättest dabei sein sollen! ... Ich hab zu ihm gesagt: ›Denk an Lorena!‹«. Sie lacht, hustet, klopft sich auf die Brust, um sich zu beruhigen.

América bricht in schallendes Gelächter aus. »Oh, mein Gott, das ist nicht wahr!«

»Doch. Ich habe gesagt, daß ich ihm den Schwanz abschneide, wenn er mir zu nahe kommt!«

So herzlich hat sie seit Jahren nicht mehr gelacht. Auch Ester amüsiert sich köstlich. Aber América hält inne; sie umklammert den Hörer so fest, als wollte sie ihn zerdrücken. »Sei froh, daß er nicht zurückgeschrien hat: ›Denk an O. J.‹«

Ester überhört ihren ernsten Tonfall, die plötzliche Veränderung in der Stimme ihrer Tochter. »Ich glaube, er hat endlich eingesehen, daß in diesem Haus eine wohnt, die noch verrückter ist als er.« Sie lacht über ihre Klugheit, ihren Mut. Wie lange muß sie davon geträumt haben, Correa in dieser Weise die Stirn zu bieten?

»War er seitdem noch mal da?«

Ester hört auf zu lachen und atmet so heftig, daß jedem anderen schwindlig geworden wäre. »*Ay,* war das komisch. Ich habe noch nie einen Mann gesehen, der die Hosen so voll hatte.«

»Was ist, Mami? Ist er noch mal aufgetaucht?«

Ester wird wieder ernst, will aber ihre Geschichte zu Ende erzählen. »Er ist mit eingezogenem Schwanz davongelaufen

und nach Fajardo hinübergeflogen. Bei seiner Tante hat er dich wohl knapp verpaßt. Am nächsten Tag ist er wiedergekommen, so betrunken, daß er kaum stehen konnte. Da ist er im La Casa aufgetaucht. Irving hat ihn verhaften lassen.«
Ein dumpfer Schmerz hämmert in Américas Schläfen. »Sitzt er im Gefängnis?«
»Na! Nur eine Nacht. Feto sagt, daß er gestern wieder gearbeitet hat.«
»Da kommt noch was. Bestimmt heckt er was aus.«
»Er weiß nicht, wo du bist. Niemand hier weiß Bescheid, nicht einmal ich.« Klingt Esters Stimme tatsächlich vorwurfsvoll oder bildet América sich das nur ein?
»Don Irving weiß es. *Ay,* ist das peinlich.«
»Er läßt dir ausrichten, du sollst dir keine Sorgen machen. Paß nur gut auf dich auf.«
Unwillkürlich beginnt América zu schluchzen. »Ihr seid alle so lieb zu mir ...«
»Wann schickst du Geld?«
»Wie bitte?«
»Die Leute gehen doch nach New York, damit sie Geld nach Hause schicken können.«
Durch ihren Tränenschleier lächelt América. »Ich schicke dir diese Woche eine Geldanweisung.«
»Und vergiß nicht, Paulina anzurufen.«
»*Okéi,* Mami. Ich melde mich heute noch bei ihr.« Das Schweigen, das nun folgt, ist wie eine Umarmung. »Nächste Woche rufe ich wieder an.«
»Ich werde da sein.«
»Danke, Mami.«
»Mach's gut.«
Widerstrebend legt sie den Hörer auf und läßt sich auf die Kissen sinken. Mit Correa wird man nicht so leicht fertig. Vor allem, wenn er vermutet, daß sie mit einem Mann

durchgebrannt ist. Wie konnte so ein Gerücht nur entstehen? Im Bus zum Flughafen hat sie mit niemandem gesprochen, und im Flugzeug auch nicht. Wie konnte jemand, der Correas Charakter und seine Launen kennt, so gemein sein anzudeuten, sie sei in Begleitung eines Mannes abgereist? Es ist völlig absurd. Egal. Wie sie ihn kennt, hat Correa das Gerücht selbst in die Welt gesetzt, weil er in seiner Eifersucht und mit seinem Besitzanspruch nie akzeptieren würde, daß sie ihn einfach verläßt, weil sie es will. Es ist nicht vorbei. Sie kennt ihn gut genug, um zu befürchten, daß er sich irgendwie an ihr rächen wird – entweder durch Ester oder durch Rosalinda. Correa wird die öffentliche Demütigung, die sie ihm zugefügt hat, nicht ohne weiteres hinnehmen – daran besteht kein Zweifel. Er wartet nur auf den rechten Zeitpunkt, um sie ebenso zu verletzen, wie sie ihn verletzt hat.

Das Telefon bei Tía Estrella wird beim ersten Klingeln abgenommen.

»Rosalinda, ich bin's.«

»*Ay,* Mami, er war da! Er sucht dich.«

»Beruhige dich, *mi'ja,* er weiß nicht, wo ich bin. Geht es dir gut?«

»Er war außer sich vor Wut. So hab ich ihn noch nie gesehen, Mami. Er hat schreckliche Dinge gesagt und Tía Estrella angeschrien. Er hat dich beschimpft. Und er hat gedroht, euch beide umzubringen. Mami, bist du mit einem anderen Mann zusammen?« Rosalinda ist hysterisch. Die Worte sprudeln aus ihr heraus, und immer wieder schluchzt sie auf. América schluckt hart, um den Klumpen in ihrem Hals loszuwerden.

»Jetzt hör mir zu, Rosalinda, hör zu. Hörst du mir zu, *mi'ja?*«

»Ich habe ihn noch nie so zornig gesehen. Er hat mich geschlagen …« Sie holt hastig Luft, als wären ihr die Worte

wider Willen herausgerutscht. »Er wollte es nicht, ich stand ihm im Weg …«
»Verteidige ihn nicht, Rosalinda. Dafür gibt es keine Entschuldigung …«
»Er liebt dich so sehr, Mami. Er kann es nicht ertragen, dich zu verlieren.«
Woher kommen diese Worte? Hat sie, América, Rosalinda je den Eindruck vermittelt, daß Prügel etwas mit Liebe zu tun haben? Hat sie das etwa selbst geglaubt?
»Rosalinda, er liebt mich nicht.« Warum stockt ihre Stimme, warum zittern ihre Lippen? »Er liebt mich nicht.«
»Er sagt, daß er dich niemals gehen läßt. Er sagt, kein anderer Mann darf dich haben.«
América schließt die Augen, als ob die Dunkelheit hinter den geschlossenen Lidern deutlicher wäre als das Zimmer mit dem Fenster und der schrägen Decke, in dem sie inmitten ihrer Kissen liegt. »Rosalinda, reiß dich zusammen. Du mußt mir zuhören.« Das Kind hört auf zu weinen, schnieft aber immer wieder, während América spricht. »Ich habe keinen anderen Mann. Hör nicht darauf, was die Leute sagen. Ich weiß nicht, wer das in die Welt gesetzt hat oder warum, aber es ist nicht wahr. Verstehst du das?«
»Ja, Mami.«
Sie beißt sich auf die Lippen, nimmt den Hörer von einer Hand in die andere. »Die Art, wie mich dein Vater behandelt hat … das hat nichts mit Liebe zu tun. Es ist schwer zu erklären, aber du darfst nicht glauben, daß Männer so ihre Liebe zeigen.« Ihr wird eng in der Brust, so daß sie kaum Luft bekommt. Plötzlich ist ihr sehr kalt, ihre Finger sind steif, und ihre Zähne klappern wie Kastagnetten. »Daß ich mich von ihm habe schlagen lassen, bedeutet auch nicht, daß Frauen so ihre Liebe beweisen.« Was bedeutet es? Was bedeutet es? Was bedeutet es? Ihr ist so kalt, daß sie die

Decke über sich zieht und aus der Dunkelheit unter der Steppdecke zu ihrer Tochter spricht.

Rosalinda schnieft und murmelt ins Telefon. »Mhmm.« Aber sie hat nichts verstanden. »Er wird sich ändern, Mami. Wenn du wiederkommst. Er sagt, er liebt dich so sehr ... er möchte, daß wir wieder eine Familie sind.«

»Rosalinda, wir waren noch nie eine Familie.« Im Dunkeln klingt jedes Wort wie eine Beichte.

»Was soll das heißen, wir sind keine Familie? Er hat nicht immer bei uns gewohnt, aber ... aber ... aber ...«

Américas Stimme klingt leise, vertraulich, als spräche sie etwas Verbotenes aus. »Er hat eine Familie in Fajardo, Rosalinda, das weißt du doch. Eine Frau und Kinder.«

»Warum sind sie eine Familie und wir nicht? Weil er mit der anderen Frau verheiratet ist? Er mußte sie heiraten. Er liebt sie nicht, wie er dich liebt, das weißt du doch.«

»*Ay,* Rosalinda. Du tust mir weh.«

»Er ist kein schlechter Mensch, Mami.«

»Nein, *mi'ja,* er ist kein schlechter Mensch. Er ist nur ... Er ist kein schlechter Mensch.«

Atemlos führt Rosalinda jedes Argument an, das ihr einfällt. »Er hat geweint. Er hat sich auf Tía Estrellas Couch gesetzt und geweint. Das hat er noch nie getan, Mami.«

Wahrscheinlich war er betrunken, will América erwidern, aber dann hat sie das Gefühl, im Zweifel für den Angeklagten sprechen zu müssen. Als Schauspieler ist er nicht gut genug, um vor Frauen, die ihn vergöttern, Krokodilstränen zu weinen, und manchmal neigt er zur Gefühlsduselei. Am Ende von »Terminator II«, als der Roboter in den Bottich mit kochendem Metall fiel, zog Correa die Nase hoch und mußte sich eine Träne wegwischen. Als das Licht im Kino wieder anging, tat er so, als hätte er etwas unter dem Sitz verloren, bis er seine Fassung wiedergefunden hatte.

»Dein Vater ist ... gefühlvoll ...«, sagte América vorsichtig.
»Vielleicht sieht er ein, wie schlecht er mich all die Jahre behandelt hat.«
»Das tut er bestimmt, Mami, und er schwört, daß er sich ändern wird, wenn du zurückkommst.« Rosalindas Stimme ist voller Hoffnung.
»Hat er dir aufgetragen, mir das zu sagen?«
»Nein, Mami.« Es klingt nicht gerade überzeugend.
»Ich komme nicht wieder.« Am anderen Ende der Leitung wird heftig Luft geholt, und es folgt ein neuer Weinkrampf. América kann nicht begreifen, warum Rosalinda sie plötzlich so vermißt, nachdem sie mit allen Mitteln versucht hat, von ihr wegzukommen.
»Es ist meinetwegen, nicht wahr? Wegen dem, was ich getan habe?«
Unter der Decke ist es drückend heiß. »Es geht nicht um dich, Rosalinda, es geht um mein Leben.«
»Aber wenn ich und Taino nicht ...«
»Was du und Taino getan habt, war falsch ...« Ein Aufheulen – einen Augenblick lang erwartet América, daß der Hörer auf die Gabel geknallt wird. Aber Rosalinda bleibt dran, sie stöhnt ins Telefon, als würde die gefoltert. Jedes herzzerreißende Schluchzen und jeder Atemzug ihrer Tochter ist wie ein Knoten in dem Seil, das sich immer enger um América schlingt und sie erstickt.
»Ich habe einen Fehler gemacht, Mami, kannst du das nicht verstehen? Es war ein Fehler!« schreit sie ins Telefon, so daß América den Hörer vom Ohr nimmt und ihn vor sich hält, als erwartete sie, daß die kreischende, jammernde, schluchzende Rosalinda herausspringt. Ein paar Sekunden später legt Rosalinda tatsächlich auf, und América starrt den verstummten Hörer an.
Sie liegt zusammengerollt im Bett, die Knie an den Bauch

gezogen, und beobachtet das Telefon, als könnte es im nächsten Moment zum Leben erwachen. Es summt einen Wählton. Wahrscheinlich ist es schon ein Schritt, daß Rosalinda ihren Fehler mit Taino zugibt. Das hat sie bisher nicht getan.

América dreht sich um, streckt die Beine aus und fragt sich, an welcher Stelle des Gesprächs mit ihrer Tochter sie sich so zusammengerollt hat, daß ihre ganze rechte Seite eingeschlafen ist.

Ich will nicht weinen – nicht um sie, nicht um ihn, um niemanden. Ich werde nicht weinen. Tränen kullern ihr aus den Augenwinkeln über die Schläfen. Er liebt mich. Er hat immer gesagt, daß er mich liebt. Auch Rosalinda liebt mich. Und ebenso meine Mutter. Aber wenn sie mich so sehr lieben, warum behandeln sie mich dann, als täten sie's nicht? Rosalinda liebt mich nur, wenn ich ihr ihren Willen lasse. Mami liebt mich nur, wenn ich tue, was sie sagt. Correa liebt mich, das weiß ich. Aber ich will gar nicht so sehr geliebt werden. Nicht so sehr.

»Wenn Sie einen Anruf machen möchten, legen Sie bitte auf und versuchen es noch einmal. Wenn Sie Hilfe brauchen, legen Sie auf und rufen Sie die Vermittlung an.«

Die mechanische Stimme wiederholt ihre Botschaft bedächtig, gelassen; jedes Wort wird klar ausgesprochen, so daß kein Mißverständnis entstehen kann. Hilfe, flüstert América, als sie den Hörer auf die Gabel legt. Hilfe.

»Am Sonntag«, hat ihr Karen Leverett am vergangenen Abend erklärt, »unternehmen wir meistens was mit der ganzen Familie. Wir gehen spazieren oder ins Museum oder ins Kino.«

»Kommt América auch mit?« hat Meghan ihre Mutter gefragt.

»Wenn sie mag.« Karen hat Meghan über den Kopf gestreichelt. »Sonntag und Montag sind ihre freien Tage.«

»Vielleicht bleibe ich lieber hier«, hat América gesagt.

Karen schien enttäuscht. »In Ordnung. Wenn Sie später ein Auto brauchen, nehmen Sie den Volvo.«

Wo soll ich denn hinfahren, hat sich América gefragt.

Das Haus ist still, und nachdem sie den ganzen Morgen telefoniert hat, ist América froh, daß niemand ihre geschwollenen Augen und ihr unglückliches Gesicht sehen kann. Sie macht sich Hühnernudelsuppe aus der Dose mit zwei Scheiben Toast, dann setzt sie sich zum Essen allein ins Speisezimmer der Familie und beobachtet, wie die Eiszapfen am Dachvorsprung schmelzen. Ich kann nicht jedes Wochenende so verbringen, sagt sie laut, am Morgen weinen und am Nachmittag Dosensuppe essen. Am Rand der Terrasse landet ein Kardinalvogel. Es ist der erste Vogel, den sie sieht, seit sie in den Vereinigten Staaten ist. Vor den grauen Steinen, den weißen Schneehaufen, dem traurig grünen Winterlaub wirkt sein rotes Gefieder fehl am Platz. Einmal hat sie sich für ihren Geburtstag ein Kleid in dieser Farbe genäht, und Correa hat verlangt, sie sollte etwas weniger Leuchtendes anziehen. In Rot, sagte er, sähe sie aus wie eine *puta.* Der Kardinalvogel pickt nach irgend etwas in den Fugen zwischen den Steinplatten, hebt dann den Kopf, als hätte ihn jemand gerufen, und fliegt davon. Sein Gefieder flammt wie ein Feuerstreifen vor der tristen Landschaft.

Als América siebzehn wurde, brachte ihr Correa Autofahren bei. Er hatte schon immer eine Schwäche für Autos und investiert sein ganzes Geld und seine Freizeit in Wracks, die er für ein Butterbrot kauft und an denen er so lange herumbastelt, bis der Motor brummt und der Lack blitzt.

An einem Sonntagmorgen in aller Frühe nahm er sie zum Parkplatz am Sun Bay Beach mit und öffnete die Motorhaube seines Wagens, damals ein grauer Monte Carlo. »Das«, sagte er, als enthüllte er ein wunderbares Geheimnis, »ist der Motor.« Er zeigte ihr, wie man den Ölstand und das Wasser im Kühler überprüft. Er zeigte ihr, wie man winzige Schmutzpartikel von den Batterieanschlüssen kratzt. Er zog einen Druckmesser aus der Hemdtasche und zeigte ihr, wie man den Reifendruck mißt. »Die Reifen«, erklärte er, »sind dein einziger Kontakt zur Straße. Sorg dafür, daß der Druck stimmt, und sieh regelmäßig nach, ob sie abgenutzt sind.«
In den engen Straßen von Vieques ließ er sie üben. »Gib Gas und fahr gleichmäßig. Quäl den Motor nicht. Laß die Bremsen nicht schleifen, sonst nutzen sie sich zu stark ab. Wasch das Auto mindestens einmal in der Woche. Die salzige Luft ist schlecht für den Lack.«
Nach ihrer Führerscheinprüfung ließ er sie mit seinem Wagen fahren, und als er den ersten seiner drei Jeeps kaufte, schenkte er ihn ihr. Aber eines Tages kam er ins Haus, und América war nicht da. Sie hatte allein einen Ausflug nach Isabel Segunda gemacht, eine zwanzigminütige Fahrt zum anderen Ende der Insel. Als sie zurückkam, bepackt mit den Einkäufen für eine Woche, schlug er sie, weil er ihr das Fahren nicht beigebracht hatte, damit sie sich in der Stadt herumtrieb. Er nahm ihr das Auto weg und erklärte, sie dürfe nicht mehr fahren.
América sitzt am Steuer von Karen Leveretts silbernem Volvo-Kombi und denkt darüber nach, daß Correa ihr das Fahren beigebracht hat, damit sie eines Tages unschlüssig in der Einfahrt eines Herrenhauses stehen und überlegen kann, was sie mit dem Rest eines grauen Sonntagnachmittags mitten im Nirgendwo anfangen soll.
Sie biegt links ab auf die unbefestigte Straße mit den Fahr-

spuren. Am Fuße des Hügels fährt sie wieder nach links zur chemischen Reinigung und dem Feinkostgeschäft, wo Karen immer die Kaffeebohnen und das kaltgepreßte Olivenöl kauft, das sie so gern mag.

Auf der anderen Straßenseite ist ein kleines Kino. Fast alle übrigen Geschäfte auf der Straße sind Büros von Immobilienmaklern mit Fotografien von Häusern im Schaufenster, die eine Million Dollar kosten. América kommt an einer Ladenzeile vorbei mit einem Supermarkt an einem und einer Bank am anderen Ende. Karen will nicht, daß sie hier einkauft, obwohl es die einzigen Geschäfte in unmittelbarer Nähe sind. Ein Stück weiter gibt es ein Blumengeschäft und einen Tierarzt und um die Ecke eine Tankstelle, die rund um die Uhr geöffnet hat. Sie fährt an eingezäunten grünen Wiesen vorbei, wo eine Stute mit ihrem Fohlen Fangen spielt. Weiter hinten am Fuße des Hügels liegt die High-School mit ihren Sportplätzen, einem Ententeich und einer Aschenbahn. América fährt, als wüßte sie, wohin sie will, durch eine Highway-Unterführung, vorbei an einem Hinweisschild, das den Weg zu einem Tennis- und Racketclub weist. Hinter Kyles und Meghans Schule führt die zweispurige Straße zu einer Kreuzung vor einem Krankenhaus.

Sie fährt nach rechts auf die Hauptstraße von Mt. Kisco, der nächsten Stadt, zwölf Kilometer von ihrem Wohnort entfernt. In der ersten Lücke, die sie findet, parkt sie und hüpft über die matschige Pfütze auf den sauber gefegten Bürgersteig. Sie ist aus dem Haus gegangen, weil sie es satt hatte, allein zu sein und immer wieder die Bilder an sich vorbeiziehen zu lassen, die durch die Gespräche am Vormittag heraufbeschworen wurden. Aber auf der Straße, deren Architektur, Schrifttafeln und kalte Luft ihr fremd sind, ist sie genauso allein. An einem Laden neben einem Karatestudio steht »Oficina Hispana«, und América dämmert zum erstenmal, daß sie nicht der einzige spanischsprachige Mensch in Westchester County, New York, ist. Das Büro ist geschlossen, aber durch die Fensterscheibe sieht sie Plakate von Peru, Ecuador und Guatemala.

Ein Stück weiter unten gibt es ein Restaurant mit einem spanischen Namen, Casa Miguel. Sie späht durch die getönte Scheibe der Tür in einen langen, dunklen, schmalen Raum mit bunten Umhängen und paillettenverzierten Sombreros und bevölkert mit *yanquis,* die von spanisch aussehenden Kellnern bedient werden. Ein Mann fragt, ob er ihr helfen kann, aber sie fährt vor ihm zurück und schüttelt den Kopf.

Friseursalons, ein Juwelier, leerstehende Geschäfte, die zum Verkauf angeboten werden. Gegenüber vom Kino ist eine Pizzeria, in der sich plappernde Kinder und genervte Erwachsene drängen. América eilt daran vorbei.

Um die Ecke am Fluß liegt ein kleiner Park mit einem Denkmal von Christoph Columbus in einer Haltung, die zunächst den Eindruck erweckt, er würde pinkeln. Aber in Wirklichkeit hält er irgendeine Schriftrolle in der Hand. Auf der anderen Straßenseite steht die Statue eines federngeschmückten Indianers, das Gesicht von Columbus abgewandt.

Paare schlendern Hand in Hand vorbei, einige Männer stehen rauchend an der Straßenecke. Als América an ihnen vorübergeht, blicken sie auf, sagen aber nichts. Auch sie sehen spanisch aus, aber als América sich nähert, hören sie auf zu sprechen, so daß sie im ungewissen bleibt. Überrascht stellt sie fest, daß die Komplimente ausbleiben, die sie zu Hause von einer Gruppe junger Männer gehört hätte. Vielleicht, denkt sie, weil ich mich nicht hübsch gemacht habe. Sie trägt ihre einzigen warmen Sachen, Jeans, das Mickey-Mouse-Sweatshirt, Karen Leveretts Stiefel und den schweren

Mantel. Ihre Locken sind unter dem enganliegenden blauen Strickhut plattgedrückt. Kein Wunder, daß die Männer den Frauen nichts nachrufen, sagt sie sich, während sie die vermummten Passanten mustert. Schön sehen wir nicht gerade aus.

Das Herumwandern in der Kälte macht hungrig, und América folgt dem Knoblauchgeruch, der aus einem Chinarestaurant strömt. Das Lokal ist mit spanischsprachigen Gästen gefüllt.

»Buenas tardes«, sagt die Chinesin auf der anderen Seite der Theke.

»Buenas tardes«, antwortet América und lächelt die spanisch sprechende Chinesin überrascht an. Hinter der Theke ist eine offene Küche, in der drei Männer mit hohen weißen Hüten in großen Woks auf Gasflammen das Essen zubereiten. Sie nicken América zu.

»El menú.« Die Frau schiebt ihr einen großen Bogen zu, der mit chinesischen Lettern und ihrer englischen Übersetzung bedruckt ist, die für América ebenso unverständlich ist wie das Original.

»Gracias.« Verständnislos starrt sie auf die Liste der Gerichte und versucht *chow mein,* gebratenen Reis und Frühlingsrollen zu finden, die einzigen chinesischen Speisen, die sie je gegessen hat. Und sie ist nicht einmal sicher, ob das wirklich chinesisch war, weil der Inhaber des Restaurants ein Viequenser war, der zehn Jahre in New York gelebt hatte und, soweit sie wußte, nie in China gewesen war. Die Frau hinter der Theke zeigt auf die Fotos an den Wänden.

»El menú«, wiederholt sie lächelnd, aber diesmal nicht mehr ganz so freundlich, da ihr klar wird, daß América nicht weiß, was sie bestellen soll.

Ein Paar kommt herein, und die Frau lächelt und begrüßt sie genauso wie vorhin América und gibt ihnen eine Speisekarte. América merkt, daß das Spanisch der Frau wahrscheinlich gerade ausreicht, um ihre Gäste zu begrüßen und zu bedienen.

»Número 4«, sagt sie und deutet auf das Garnelen- und Hummergericht mit gebratenem Reis und Frühlingsrolle.

»Y para beber?«

»Coca Cola.« Die Frau gibt ihr einen kleinen Zettel, eine Cola und einen Strohhalm und deutet auf einen freien Tisch.

»Yo llamo el número.« Sie zeigt auf den Zettel mit den Zahlen in Américas Hand und dann wieder auf den Tisch, als hätte América sie beim erstenmal nicht verstanden.

Während sie wartet, wird sie von den Leuten am Nebentisch beobachtet. Als sie zu ihnen hinüberblickt, nickt der Mann, und die Frau taxiert sie unverfroren mit einer Warnung in den Augen. América reißt die Dose auf, starrt aus dem Fenster und meidet den Blick der anderen Frauen im Restaurant, die sie beäugen, als wäre sie nur hierhergekommen, um ihnen ihre Männer wegzuschnappen. Das ist mein Mann, sagt der Blick, Finger weg von ihm. Auch América hat früher diesen Blick gehabt. Wenn Correa sie ausführt und eine andere Frau ihn ansieht, macht sie ihren Besitzanspruch geltend. Denselben Blick setzt Correa auf, wenn er mit ihr zusammen ist, und denselben Blick hatte Don Irving in den drei Monaten, als Ester mit ihm zusammenlebte. Wer weiß, vielleicht hat er ihn jetzt wieder, nun, da sie zu ihm zurückgekehrt ist.

Ist es möglich, überlegt América, jemanden zu lieben, ohne ihn besitzen zu wollen? Ist es möglich, zu lieben und keine Angst zu haben, ob die nächste Frau, die zur Tür hereinkommt, dir deinen Liebsten mit einem Blick wegschnappt?

Ihre Nummer wird auf spanisch aufgerufen, und sie holt sich ihre Bestellung, zahlt und setzt sich wieder allein an den

Tisch – umgeben von Paaren, die ein Spanisch sprechen, das sie noch nie gehört hat. Aber Spanisch ist es trotzdem. Sie würde sich gern mit diesen Menschen in ihrer Sprache unterhalten, um herauszufinden, woher sie stammen, ob sie sich an das kalte Klima gewöhnen konnten und ob sie in dieser Stadt leben oder wie América an ihrem freien Tag einen Ausflug hierher gemacht haben. Aber der Gesichtsausdruck der Frauen nimmt ihr den Mut. Sie ist allein hier und daher allen anderen Frauen hier verdächtig. Also verzehrt sie schweigend das köstliche chinesische Gericht, meidet die dunklen Augen der anderen Gäste, beobachtet durch das Fenster die Passanten und fühlt sich einsamer als je zuvor in ihrem Leben.

Nach Hause zurückgekehrt, wählt América noch einmal Estrellas Nummer und hofft, daß sich Rosalinda beruhigt hat und mit ihr sprechen kann. Sie will sich dafür entschuldigen, daß es sich so angehört hat, als wollte sie Rosalinda wegen Taino eine Strafpredigt halten. Eigentlich hat sie nur sagen wollen, daß Rosalinda zwar einen Fehler gemacht hat, dies aber nicht der Grund war, warum sie Correa verließ. Ich hätte es schon vor langer Zeit tun sollen, will sie ihrer Tochter erklären, aber ich wußte nie, wie. Ich wußte ja nicht einmal, daß ich überhaupt dazu in der Lage bin. Aber während sie ihre Worte zurechtlegt, kommt sie ins Stottern, wird unsicher, wie sie ihre eigenen Fragen beantworten soll, und fürchtet, daß Rosalindas Fragen, die eher Forderungen gleichen, noch härter sein werden. Als das Belegtzeichen ertönt, ist sie erleichtert.
Wahrscheinlich hat Rosalindas Abenteuer mit Taino doch etwas damit zu tun, gesteht sich América ein. Zu wissen, daß ich für sie alles getan habe, was ich konnte, und daß ich doch nichts erreicht habe. Bei diesem Gedanken wird ihr heiß, so

daß sie sich auszieht und in ihr Nachthemd schlüpft, obwohl es erst sechs ist. Vielleicht sollte ich sie lieber nicht anrufen, vielleicht sollte ich abwarten, bis sie mich anruft und sich dafür entschuldigt, daß sie so respektlos aufgelegt hat. Dann fällt ihr ein, daß Rosalinda ihre Telefonnummer nicht hat.
Sie wählt noch einmal. Entweder telefoniert Rosalinda gerade mit ihrem Vater, oder sie hat den Hörer neben den Apparat gelegt, um ihr eins auszuwischen. Sie hält es für wahrscheinlicher, daß Rosalinda und Correa am Telefon über sie sprechen, kommt dann jedoch zu dem Schluß, daß sie an Verfolgungswahn leidet. Daraufhin aber erinnert sie sich, wie die beiden zu Hause auf dem Sofa saßen, sich leise unterhielten, bis América hereinkam, und sich dann mit einem Verschwörerblick, den sie nicht einmal zu verbergen suchten, gegenseitig zum Schweigen brachten. Auf wessen Seite steht sie eigentlich?
Im Erdgeschoß wird das Garagentor geöffnet und wieder geschlossen. Die Leveretts sind von ihrem Familiensonntag heimgekehrt. América hört sie herumhantieren und überlegt kurz, ob sie hinuntergehen und ihnen beim Essenmachen oder was auch immer helfen soll. Aber es ist ihr freier Tag. Sie kuschelt sich tiefer unter ihre Steppdecke. Wenn beim nächsten Versuch immer noch belegt ist, sagt sie sich, dann gebe ich auf. Sie wartet eine Viertelstunde, wählt abermals und knallt den Hörer auf die Gabel, als das penetrante Zeichen ertönt. Jetzt ist sie sicher, daß Rosalinda den Hörer neben die Gabel gelegt hat. Ich soll mich schuldig fühlen, weil ich Taino erwähnt habe. Ich soll vergessen, daß es je geschehen ist. Gut, mein Mädchen, dann merke dir eins: Ich werde es nie vergessen, niemals. Wie man sich bettet, erklärte sie ihrer Tochter jenseits des Ozeans, so liegt man.

Dann macht sie den letzten Anruf des Tages.
»Tante Paulina? Hier ist deine Nichte América.«
»*Ay, nena,* was für eine Überraschung! Warte einen Augenblick.« Mit lauterer Stimme, vom Telefon abgewandt, verkündet sie: »Seid mal alle ruhig, es ist América. *Cómo estás, mi'ja?*«
»Mir geht es gut, Tía. Hast du meinen Brief bekommen?«
»*Sí, mi'ja,* aber du hast mir keine Adresse oder Telefonnummer genannt ... Bist du schon in New York?«
»Ja, ich bin letzte Woche angekommen.«
»Wirklich?«
»Ich habe Arbeit bei einer Familie.«
»Das ist gut ... Wo?«
»Die Stadt heißt Bedford.«
»Ich weiß nicht, wo das ist. Warte einen Augenblick.«
Sie hört ein Poltern, als wäre der Hörer auf den Tisch gelegt worden. Gedämpft und aus der Ferne dringt Paulinas Stimme zu ihr durch. Es klingt, als spräche sie mit mehreren Leuten. América kann nicht genau verstehen, was gesagt wird, aber scheinbar überlegen die anderen, wo sie ist und ob jemand schon von der Stadt gehört hat. Paulina kommt wieder ans Telefon. »Leopoldo weiß, wo das ist.«
»Wie geht es Tío Poldo?«
»*Ay, mi'ja,* so wie immer. Wir sind alle wohlauf, *gracias a Dios.* Und deine Mutter?«
»Ihr geht's gut. Ich soll dich von ihr grüßen.«
»Wann ist dein freier Tag? Willst du uns nicht besuchen?«
»Ich habe sonntags und montags frei.«
»Gut, dann komm doch nächste Woche. Am Sonntag kommt immer die ganze Familie zusammen. Da kannst du deinen Cousin und deine Cousinen sehen.«
»Oh, wie schön.«
»Poldo wird dich abholen.«

»Ich glaube, von hier aus geht ein Zug.«

»Es wäre so nett, dich zu sehen, *mi'ja*. Es ist schon Jahre her.«

»*Sí, Tía.*«

»Gib mir deine Telefonnummer, damit wir dich anrufen können. Wir wollen gerade zu Abend essen ...«

»Tut mir leid, ich wollte nicht ...«

»Macht doch nichts, *nena*, woher sollst du das wissen? Hier habe ich einen Kugelschreiber. Nein, der schreibt nicht. Warte.« América hört, wie sie herumstöbert und fragt, ob jemand einen Stift hat. Dann bittet sie um Papier, mehrere Stimmen antworten, es raschelt, und dann ist Paulina wieder am Telefon, aber auch dieser Stift schreibt nicht, und sie muß wieder suchen, während im Hintergrund gelacht wird. América am anderen Ende der Leitung fühlt sich ausgeschlossen. Paulina, drei Jahre älter als Ester, ist seit über dreißig Jahren mit demselben Mann verheiratet. In ihren Briefen und bei ihren seltenen Besuchen in Vieques prahlt sie mit ihrer Familie. Ihre Weihnachtskarten bestehen grundsätzlich aus einem Foto von Paulina und Leopoldo im Kreis ihrer Kinder. Noch als Erwachsene haben Carmen, Orlando und Elena für das Foto posiert, als ob ihr Familiensinn in Zweifel gezogen worden wäre, wenn sie es nicht getan hätten. An ihrer Wand der Erinnerungen hat Ester den Lebensweg ihrer Schwester nachgezeichnet, vom Hochzeitsfoto bis zu den Bildern, auf denen Paulina und Leopoldo Carmen im Arm halten und drei Jahre später Orlando, während Carmen das Baby anlächelt; und sechs Jahre später hält Paulina Elena, und Orlando und Carmen rechts und links von ihr lächeln engelsgleich, während Leopoldo hinter ihr steht und so stolz dreinblickt wie der Hahn auf dem Hühnerhof. In den vergangenen Jahren kam mit der Weihnachtskarte auch ein Bild von Orlandos Frau Teresa und ihrer Tochter Eden.

Als Paulina mit einem brauchbaren Stift und einem sauberen Blatt Papier endlich wieder ans Telefon kommt, gibt ihr América die Nummer, entschuldigt sich wortreich, das Familientreffen gestört zu haben, und legt auf.

Wenn sie sie doch schon für morgen, für Montag eingeladen hätten. Sie kann sich nicht vorstellen, noch einen Tag in Mt. Kisco zu verbringen und sich von Frauen anstarren zu lassen, die sich an ihre Männer klammern.

Aber wenn sie eingeladen worden wäre, hätte sie sich nicht getraut, mit dem Wagen der Leveretts in die Bronx zu fahren. In der Woche, die sie in Westchester verbracht hat, wurde die Bronx dreimal erwähnt. Zum erstenmal, als sie Karen fragte, wie weit es dorthin wäre. Sie hatte das Gefühl, als würde Karen das Gesicht verziehen, aber es war dunkel im Auto, und vielleicht deutete América mehr hinein, als tatsächlich gemeint war. Dann ein paar Tage später, als sie sich fürs Bett fertigmachte, sah sie in den Nachrichten einige Wolkenkratzer in der Bronx, wo, wie der Reporter sagte, mehrere Tausend russische Familien untergebracht worden waren. Das überraschte sie, denn bisher hatte sie nur von Puertoricanern gehört, die in der Bronx lebten. Von den Gästen im La Casa des Francés kam niemand aus der Bronx. Aber weil dort viele Verwandten ihrer Nachbarn lebten, so wie ihre Tante, hatte América sich die Gegend immer als eine Insel für Puertoricaner vorgestellt. Durch die Vorstellung, daß dort Russen wohnten, bekam sie plötzlich ein ganz anderes Bild von der Bronx, so wie damals, als sie hörte, daß Ruben Blades aus Panama stammt.

Am vergangenen Abend waren die Nachrichten über die Bronx nicht so erfreulich. Jemand war mit gezogener Pistole zu einem Polizisten ins Auto gesprungen, der außer Dienst war. Beide Gangster, der erschossen wurde, wie auch der Polizist, der ihn erschoß, hatten spanische Nachnamen.

Aber der Gangster sah nicht aus wie ein Puertoricaner, und er hatte auch keine Ähnlichkeit mit den spanisch sprechenden Leuten, die sie heute in Mt. Kisco gesehen hat. Sie fragt sich, wo die Menschen in der Bronx herstammen, wenn sie nicht aus Puerto Rico und Rußland kommen.

»Oh, hier ist es wie bei den Vereinten Nationen«, berichtet Paulina später am Abend, als sie zurückruft. »Wir leben in einem italienischen Viertel, und ein paar Blocks weiter wohnen vor allem Juden. Das puertoricanische Viertel liegt ein Stück weiter unten, aber wir sind schon vor Jahren von dort weggezogen.«

»Ist es weit von mir zu euch?«

»Poldo sagt, man fährt ungefähr eine Stunde. *Mi'ja,* du lebst dort, wo sich Fuchs und Hase gute Nacht sagen!«

»Es ist aber schön hier. Mir gefällt's. Es ist ruhig.«

»Dann ist es ja wie in Vieques. Wahrscheinlich würdest du dich in der Bronx nicht wohl fühlen, weil es zu turbulent zugeht.« Sie stockt. »Das soll nicht heißen, daß die Leute hier Rowdys sind. In unserer Nachbarschaft wohnen nette, hart arbeitende Menschen.«

»Falls ich nächstes Wochenende komme ...«

»Da gibt es kein falls, *mi'ja.* Du mußt kommen.«

América lächelt. »Wenn ich nächstes Wochenende komme, könntest du mit mir ein paar warme Sachen kaufen gehen?«

»*Sí,* natürlich. Aber warum willst du dein Geld ausgeben? Wir haben Mäntel und Pullover und andere Sachen, die ich dir geben kann. Du kennst meine Mädchen. Immer müssen sie das Modernste kaufen, also bringen sie das, was sie nicht mehr anziehen, zu mir. Nicht, daß ich da noch hineinpasse. Ich gehe auf die Fünfzig zu, weißt du.«

»Du hast uns immer so schöne Sachen geschickt.«

»Ich sage, es hat keinen Sinn, sich an Dinge zu klammern, die man nicht mehr braucht.«

»Mami wirft nie was weg. Sie hat heute noch das Kleid, das sie zu deiner Hochzeit getragen hat.«

»*Ay, mi'ja,* meine Schwester hat das schon immer getan. Alles hat sie gehamstert. Deine Großmutter, *que en paz descanse,* hat ihr ständig in den Ohren gelegen, daß sie leere Flaschen und Bleistiftstummel und so etwas wegwarf. Aber Ester sammelt, was sie in die Finger kriegt. Nach deiner Geburt hat sie sogar deinen *obligo* aufgehoben.« Paulina lacht, ein helles, mädchenhaftes Lachen, das América ein Lächeln entlockt.

»Ich weiß, und den von Rosalinda auch.« Auf ihrem Hausaltar bewahrt Ester in zwei kleinen, abgedeckten Schalen ihre und Rosalindas Nabelschnur auf, die in einer fauligen gelben Flüssigkeit schwimmen. »Keine Ahnung, warum sie das tut.«

»Wer weiß, warum Menschen dies oder das tun. Wahrscheinlich sorgt Gott so dafür, daß wir einander interessant finden. Stell dir vor, wie langweilig das Leben wäre, wenn wir alle gleich wären.«

Doch als sich América fürs Bett fertigmacht, überlegt sie, daß sie es sehr schön fände, wenn alle gleich wären und gleich aussähen und sich keine Sorgen zu machen brauchten, ob die Nachbarin besser aussieht oder der Nachbar ein größeres Auto hat. Hochwürden Nuñez hat einmal über dieses Thema gepredigt, aber sie kann sich an seine Schlußfolgerungen nur noch undeutlich erinnern. Irgendwas darüber, daß wir in Gottes Augen alle gleich sind, und über das jüngste Gericht. Sie schlägt ihre Kissen flach, bevor sie die Nachttischlampe löscht. Das ist das Problem mit der Religion. Du bekommst keine klare Antwort, bis du stirbst, und dann spielt die Frage auch keine Rolle mehr.

Asopao

Am Montag morgen wartet América, bis Karens Explorer in die unbefestigte Straße abbiegt, bevor sie aus ihrem Zimmer kommt. In der Küche herrscht dasselbe Durcheinander wie am Morgen ihrer Ankunft. Überall ist Geschirr verteilt, auf der Anrichte steht eine offene Schachtel Cornflakes, Schälchen, Löffel und Tassen stehen da, wo sie zuletzt benutzt wurden. América räumt den Tisch ab, spült das Geschirr und macht sich Kaffee und Toast. Karen hat ihr erklärt, daß Meghan und Kyle montags von einer Babysitterin abgeholt werden, die nach der Schule auf sie aufpaßt, bis Karen zurückkommt. Obwohl Karen darüber nichts gesagt hat, hält América es für besser, nicht da zu sein, wenn die Babysitterin mit Meghan kommt. Eins ist sicher, wenn sie noch länger im Haus bleibt, wird sie anfangen zu putzen, so wie in der Küche, obwohl heute eigentlich ihr freier Tag ist.

Sie beschließt, den Wagen zu nehmen und noch eine kleine Erkundungsfahrt zu machen. Es wäre eine gute Idee, denkt América, zur Schule der Kinder zu fahren, um sicherzugehen, daß sie den Weg dorthin auch allein findet. Aber das ist nur ein Vorwand. Die Wahrheit ist, daß América gern fährt.

Es gefällt ihr, eine so komplizierte Maschine wie ein Auto zu steuern. Sie mag das schnurrende Motorgeräusch, den Wind, der durch das offene Fenster pfeift. Und es gefällt ihr, daß sie nur eine Sekunde Zeit hat, die Dinge zu betrachten, bevor sie sie hinter sich läßt.

Mühelos lenkt sie den Wagen durch die engen, kurvenreichen Straßen. Sie hat auf Landstraßen fahren gelernt, die ebenso eng und kurvenreich und dazu noch an beiden Seiten dicht bewachsen waren. Mehrmals hält sie an und betrachtet die eingezäunten Wiesen, auf denen Pferde geruhsam Grasbüschel weiden. Manchmal erhascht sie einen Blick auf Luxusvillen hinter massiven Toren. Über die Häuser an der Straße, die sich nicht hinter hohen Hecken oder Zäunen verbergen, freut sie sich. Sie hält den Wagen an, bewundert sie von der anderen Straßenseite aus und stellt sich vor, darin zu wohnen.

In Vieques bestehen die Villen der *yanquis* ganz aus Beton und Glas, und sie sind der Sonne und dem Wind der Insel preisgegeben. Hier liegen die Häuser versteckt hinter Büschen und Bäumen, mit Vorhängen, die neugierige Blicke von den Familiengeheimnissen fernhalten. Sie denkt über die Leute nach, die in diesen Häusern wohnen. Ob sie all diesen Reichtum für selbstverständlich halten oder ob sie Gott auf Knien für ihr Glück danken, wie Reverend Nuñez es seiner Gemeinde angeraten hat? In der einen Woche, die sie bei den Leveretts verbracht hat, ist Gott kein einziges Mal erwähnt worden, und América fragt sich, ob die Reichen Ihn genauso brauchen wie die Armen.

Sie fährt noch einmal nach Mt. Kisco, steigt diesmal aber nicht aus. Vorbei an den Statuen von Christoph Columbus und dem unglücklichen Indianer gelangt sie in eine belebte Geschäftsstraße. Hier ist der Supermarkt, in dem sie einkaufen soll – obwohl sie sicher ist, daß Karen aus einer anderen Richtung dorthin gekommen ist. Dahinter steht ein riesiges Kaufhaus namens Caldor's. Sie fährt auf den Parkplatz, späht durch die Fenster, steigt aber nicht aus, sondern spart sich die Erkundung des Inneren für ein andermal auf.

»Ich habe einen neuen Job«, erzählt ihr Karen am Montag abend. »Deshalb sind meine Arbeitszeiten in nächster Zeit ein bißchen verrückt.« Sie sitzt auf der Couch in Américas Zimmer und sieht sich um, ob etwas verändert worden ist. »Keine Sorge, ich kümmere mich um alles.«
Karen gibt ihr ein Blatt Papier. América betrachtet die farbigen Kästchen mit den Namen der Kinder und den Orten mit Telefonnummer, wo sie zu verschiedenen Zeiten sein sollen.
»Das ist Meghans Terminplan für diese Woche. Morgen hat sie mit Lauren Ripley eine Verabredung zum Spielen.«
América blickt auf. *»Excuse?«*
»Meghan«, sagt Karen langsam und deutlich und blickt América fest in die Augen.
»Ja, Meghan. Sie hat ... ich verstehe nicht.« Sie glüht am ganzen Körper vor Verlegenheit.
»Oh.« Karen lächelt. »Eine Verabredung zum Spielen. Das heißt, sie besucht ihre Freundin, um zu spielen.«
»Ah, ja. Wie nennt man das? Ver-red-dung?«
»Verabredung«, wiederholt Karen langsam, »Verabredung.«
América nickt. Verrab-rredung, wiederholt sie leise. Verrabrredung.
»Die Haushälterin der Ripleys holt die beiden vom Kindergarten ab und bringt Meghan gegen drei wieder heim.« Sie gibt América Kyles Terminplan.
»Anschließend gehen die beiden zum Schwimmunterricht. Wissen Sie noch, wie man zum Fitneßclub kommt?«
»Ja.« Gestern hat América sich versichert, daß sie alle Plätze findet, die Karen ihr gezeigt hat – wie Schule und Kindergarten, den Fitneßclub, den Supermarkt, das Karate- und Gymnastikstudio, wo die Kinder Stunden nehmen.
»Ich bin gegen sieben zu Hause.« Karen sieht ein weiteres

Blatt durch, auf dem die Telefonnummern von ihr und Charlie, den Ärzten der Kinder, der Apotheke, den beiden Großelternpaaren, einer guten Nachbarin stehen. »Ich habe die Nummern neben das Küchentelefon gehängt, aber ich dachte, Sie möchten vielleicht ein Exemplar an Ihrem Apparat haben.«

América legt den Zettel auf ihren Nachttisch, ohne ihn anzusehen.

»Und dies«, sagt Karen und gibt ihr ein Heft, »ist das Schulverzeichnis. Darin finden Sie die Namen und Telefonnummern der Freunde unserer Kinder. Kyles Freunde habe ich gelb markiert und Meghans orange.«

»Sie sind so systematisch«, meint América voll Bewunderung.

»Wenn ich das nicht wäre, würde unser Leben ziemlich chaotisch ablaufen.«

Vielleicht war das mein Problem in Vieques, überlegt América, ich war nicht systematisch genug.

»Wahrscheinlich ist es am besten, wenn die Kinder früh essen, so gegen halb sechs, damit sie nicht auf uns warten müssen.«

»Okéi.«

»Und Sie wissen ja, wie sie mich im Notfall erreichen.«

»Ich habe alle Ihre Nummern.«

»Kyle kann die 911 wählen.«

»Excuse?«

»Sie wissen schon, den Notruf ...«

»Oh, *okéi.*« Karen ist so gründlich. América fällt keine Frage ein, die sie nicht schon geklärt hätte.

Als Karen aus dem Zimmer geht, wirft sie einen Blick auf den Thermostat an der Wand. »Sie haben es wohl gern warm.«

»Draußen ist kalt.«

Karen lächelt. »Dann gute Nacht«, und zieht die Tür hinter sich zu.
Der Thermostat ist auf die höchstmögliche Temperatur eingestellt, drei Striche über der goldenen 27. Es ist das einzige Zimmer im Haus, das ihr warm genug ist, und América fragt sich jetzt, ob Karen Leverett etwas dagegen einzuwenden hat, daß sie die Temperatur so hoch einstellt. Schließlich bezahlen sie dafür. Sie dreht den Thermostat um einige Striche herunter, macht sich dann fürs Bett fertig und zieht sich ein zweites Paar Socken an für den Fall, daß es ihr nachts kalt wird.

Die Babysitterin der Ripleys ist ein quirliges junges Mädchen mit langen blonden Haaren und so hellen Augen, daß sie fast farblos erscheinen. Mit Meghan auf der Hüfte erscheint sie an der Haustür. América hat auf sie gewartet und sich Sorgen gemacht, daß es zu spät wird, um Kyle abzuholen, wenn die beiden nicht in den nächsten fünf Minuten auftauchen.
»Hi«, flötet die Babysitterin und übergibt Meghan América. »Sie hat schon eine Kleinigkeit gegessen. Wir haben Puffreis gemacht.«
»Ah«, erwidert América.
»Okay, bye.« Die Babysitterin hüpft die Stufen hinunter und läuft zu dem wartenden Auto, in dem ein ebenso blasses kleines Mädchen sehnsüchtig winkt.
»Wie sagt man?« ermuntert América Meghan.
»Danke«, ruft sie, als die Babysitterin rückwärts aus der Einfahrt fährt.
»War es schön?« fragt América, und Meghan nickt. »*Okéi,* wir holen jetzt Bruder zum Schwimmen.« Sie schließt die Tür hinter sich ab und umrundet mit Meghan an der Hand das Haus.

»Ich muß pinkeln«, erklärt das kleine Mädchen, als sie am Auto sind.
»Jetzt?« fragt América leicht genervt. Meghan nickt, und América nimmt sie hoch und läuft mit ihr zurück zum Haus. »Wir haben keine Zeit«, sagt sie, als sie die Tür öffnet, »du machst schnell Pipi.« Sie eilt mit Meghan zur Toilette im Erdgeschoß und hilft ihr die Jacke auszuziehen, damit sie an die Overalls kommt, die sie darunter trägt. Dann öffnet sie die Overalls und ist im Begriff, Meghan das Höschen herunterzuziehen, als das kleine Mädchen losschreit.
»Ich mache das selber!«
»Okéi, okéi«, América weicht zurück, stellt sich an die offene Tür und wartet. Meghan setzt sich.
»Mach die Tür zu«, sagt sie.
»Okéi.« América schließt die Tür und horcht, ob Meghan auch spült. Diese amerikanischen Kinder sind so selbständig! Sie erinnert sich, daß sie Rosalinda noch mit vier Jahren den Po abgewischt hat. »Schnell, wir spät«, ruft sie.
»Ich bin fertig.« Meghan kommt aus der Toilette und kämpft mit ihren Overalls.
»Ich helfe«, bietet América an, aber Meghan wendet sich von ihr ab und schafft es, eine Seite zuzumachen. »Hier deine Jacke«, sagt América, aber Meghan fummelt immer noch an der zweiten Schnalle herum. »Bitte, Meghan, wir müssen los!« Sie haßt sich selbst dafür, daß sie eine Dreijährige anfleht, doch obwohl sie der Kleinen ein paar Sekunden Zeit gibt, kann Meghan die Schnalle nicht schließen.
»Ich mache«, sagt sie und dreht Meghan zu sich um. Sie hakt den Overall zu und stopft Meghans Arme in die Jacke. Meghan wehrt sich und heult, sie könne es selber. »Wir müssen gehen«, erklärt América und weicht Meghans kleinen Händen aus, als sie sie wegstoßen will, »wir haben keine

Zeit zum Selbermachen.« Meghan kreischt vor Enttäuschung, aber América läßt sich nicht umstimmen. Sie hebt das Kind auf ihre Hüfte und läuft zur Tür hinaus, während Meghan sich mit erstaunlicher Kraft von ihr abstößt und schreit: »Laß mich los, laß mich los, laß mich los.« América setzt Meghan ins Auto und schnallt sie im Kindersitz fest, was nicht leicht ist, weil sie sich wehrt, um sich tritt und lauthals protestiert.

América ist selbst den Tränen nahe. Es ist ihr zuwider, ihre Kraft gegen ein kleines Mädchen einzusetzen. Als sie den Sicherheitsgurt schließt, kratzt das Kind sie im Gesicht, und ohne zu überlegen, gibt ihr América einen festen Klaps auf die Hand. Meghan kreischt noch lauter. América schließt die Autotür, lehnt sich dagegen und schlägt die Hände vors Gesicht. »Oh, mein Gott«, murmelt sie. »Ich habe Meghan geschlagen. Oh, mein Gott.« Sie faßt sich, steigt auf der Fahrerseite ein und wirft einen Seitenblick auf Meghan, die immer noch weint und sich aus dem Kindersitz zu befreien versucht. Als América den Motor anläßt, schwirrt ihr der Kopf. Wenn Meghan ihrer Mutter erzählen sollte, daß América sie geschlagen hat, würden die Leveretts sie vor die Tür setzen, ohne ihr noch eine zweite Chance zu geben.

»Meghan«, sie dreht sich zu dem Mädchen um, »bitte nicht weinen. Es tut mir leid, so leid.« América nimmt Meghans Hand, aber Meghan zieht sie weg. »Bitte, Baby, América tut so leid. Du wieder gut mit América, ja?« Meghan weint nun etwas leiser. América greift nach ihrer Hand, und Meghan zieht sie nicht mehr weg. »Ich tu's nicht wieder. Ich verspreche, Baby.« Sie merkt, daß ihre Stimme den leisen, schmeichelnden Tonfall annimmt, den Correa benutzt, wenn er sie besänftigen will. »Ich hab dich so lieb«, versichert sie Meghan und schämt sich, weil sie von Correa das eine borgt, was ihr immer am meisten zuwider war – das Reden von Liebe als Erpressung, um sie seine Gewaltausbrüche vergessen zu lassen.

Da Karen und Charlie den ganzen Tag unterwegs und die Kinder in der Schule sind, hat América das Haus meist den ganzen Vormittag für sich, so daß sie aufräumen, die Geschirrspül- und die Waschmaschine füllen und die Alltagskleidung von Karen und Charlie und den Kindern bügeln kann.

Wenn die Leveretts zu Hause sind, verbringen sie den Großteil ihrer Zeit in der Küche, ihren Schlafzimmern und den beiden Wohnzimmern, so daß die übrigen Räume ordentlich bleiben und nicht so oft gründlich geputzt werden müssen. Mitte der zweiten Woche hat sich Américas Arbeitstag eingespielt. Die Kinder müssen um halb neun zur Schule oder in den Kindergarten und werden meistens von Karen auf dem Weg zur Arbeit abgesetzt. Meghan kommt früher nach Hause als Kyle und ist oft zum Spielen verabredet, das heißt, sie kriegt entweder Besuch oder geht zu einer Freundin.

América steigt um zehn vor zwölf ins Auto und verbringt den Großteil des Nachmittags damit, Meghan zu einer Freundin zu fahren und wieder zu holen, Kyle von der Schule abzuholen oder die beiden zur Schwimmstunde in den Fitneßclub, Meghan zur Gymnastik und Kyle zum Karate zu bringen. In der Regel kommen sie erst um fünf wieder nach Hause, und dann kocht América für sich und die Kinder. Anschließend läßt sie sie noch eine halbe Stunde fernsehen, bis Karen heimkommt und Américas Arbeitstag endet.

Als sie zum erstenmal allein in den Supermarkt geht, entdeckt sie die Goya-Abteilung. Am Abend stellt Karen fest,

daß ein ganzes Regal im Küchenschrank mit Produkten gefüllt ist, die früher dort nicht standen.
»Was ist das?«
»*Adobo, Sazón, Achiote,* weiß nicht, wie auf englisch heißt. Ich brauche für puertoricanisches Kochen.«
Karen liest die Etiketten. Kritisch spitzt sie die Lippen, während sie das Kleingedruckte studiert. »Hmmm ...«
»Mögen Sie Essen von Vieques?«
»Wir haben dort viel Fritiertes gegessen«, bemerkt Karen reumütig.
»Touristenessen nicht gut. Puertoricanisches Essen gesund. Reis und Bohnen. Sehen Sie, ich mache für Sie.« Während América spricht, wird ihr klar, warum Verkäufer blöde lächeln und ihre Worte so rasch heraussprudeln. Sie dürfen dem Kunden nicht die Zeit geben nachzudenken, bis der Kauf unter Dach und Fach ist.
»Wir essen nicht sehr viel Fleisch ...«
»Ich koche ohne.« Wenn Ester das hören könnte, würde sie die Augen verdrehen. Bei ihr wird der Reis mit brutzelndem, gesalzenem Schweinefleisch angebraten, bevor sie kochendes Wasser darübergießt. Und ihre Bohnen sind großzügig mit geräuchertem Speck angereichert.
»Aber wenn die Kinder es nicht mögen?«
»Keine Sorge, sie mögen.«
»Ich weiß nicht«, meint Karen zögernd, immer noch in die Etiketten vertieft.
»Wenn sie nicht mögen, mache ich amerikanisches Essen.«
»Sie wollen zwei Mahlzeiten gleichzeitig kochen?«
»Nein. Wenn sie puertoricanisches Essen nicht mögen, mache ich anderes. Aber ich glaube, sie mögen es. In Vieques sie essen *tostones.*«
Karen stellt die Achiotedose wieder ins Regal zurück. »Was essen Sie sonst noch außer Reis und Bohnen?«

»Ich überrasche Sie morgen, *okéi*? Ich koche etwas Gutes.«
»Aber seien Sie nicht beleidigt, wenn wir es nicht mögen.«
»Sie mögen es, keine Sorge.«

Am nächsten Tag kocht sie einen dicken Hühner-Asopao, wobei sie vorher eigens die Haut entfernt, um den Fettgehalt zu senken.
»Was ist das?« fragt Kyle, als sie ihm den Teller hinstellt.
»Hühner-Reis-Kartoffel-Suppe.«
»Es sieht nicht aus wie Suppe.«
»Probier mal. Ist gut, macht stark.«
»In meinem ist ein Blatt!« jammert Meghan.
»Das ist Lorbeerblatt. Gibt guten Geschmack. Ich nehme raus.«
Argwöhnisch starren die Kinder auf ihren Asopao.
»Ihr eßt alles, dann Überraschung.«
»Welche Überraschung?«
»In meinem Zimmer habe ich Überraschung, aber erst fertigessen.«
»Ich will meine Überraschung jetzt!«
»Nein, Meghan. Überraschung in meinem Zimmer, aber erst Asopao essen.«
»Mach schon, Meghan, es ist gar nicht so übel«, meint Kyle, der ein wenig probiert hat. »Mmm, das schmeckt gut.« Zuerst tut er nur so, aber nach dem dritten Löffel meint er es ernst.
Meghan tunkt ihren Löffel ein und probiert die Brühe, die daran haften bleibt. »Ich mag es nicht.« Sie legt ihren Löffel hin, kreuzt die Arme auf dem Tisch und beginnt zu schreien. »Ich will die Überraschung!«
»Du bist vielleicht ein Baby«, neckt Kyle.
»Ich bin kein Baby!« kreischt sie.
»Du sollst kleine Schwester nicht ärgern«, warnt América

Kyle. »Komm schon, Baby, nicht weinen.« América versucht, Meghan hochzunehmen, aber die stößt sie weg.

»Ich bin kein Baby!«

América streichelt ihr Haar. »Nein, tut mir leid, du kein Baby. Aber mein Baby.«

Wie immer, wenn sie nicht wissen, was América meint, sehen die beiden Kinder sie an, als hätte sie den Verstand verloren. Meghan reißt ihre blauen Augen auf, und Kyle starrt sie an, als wollte er in ihr Hirn schauen. »Meghan América Baby, *sí*?« wiederholt sie, und das kleine Mädchen fällt ihr in die Arme und vergräbt die Nase in Américas Busen, als suchte sie einen längst verlorenen Duft. »Du ißt Asopao, América macht für dich?«

»Es schmeckt komisch«, beharrt Meghan nicht mehr ganz so überzeugt.

»Du ißt fünf Löffel. Dann Überraschung.«

»Fünf Löffel?« meint Kyle erstaunt.

»Fünf Löffel mit Suppe drin«, korrigiert sie sich, und Kyle kichert.

»Wie viele Löffel muß ich essen?« fragt er, und América begreift nicht, warum er vor Lachen schier platzt. Dann bemerkt sie ihren Fehler und lacht mit ihm. Meghan kostet ein bißchen Asopao.

»Ich habe einen Löffel gegessen«, kichert sie, und Kyle verkündet, er sei schon beim siebten, und Löffel zählend vertilgen sie ihren Asopao bis zum letzten Reiskörnchen.

»Morgen«, sagt América, »eßt ihr Gabeln.« Das Lachen der Kinder klingt wie Musik in ihren Ohren, und ihre leeren Teller sind der schönste Anblick, seit sie Vieques verlassen hat.

Das Versprechen mit der Überraschung nach dem Abendessen funktioniert. Sie essen ihren Asopao oder ihren Reis mit Bohnen oder Spaghetti à la Puerto Rico, mit Knoblauch gewürzt und nicht so glitschig wie die von Karen. Anschließend gehen sie jeden Abend in Américas Zimmer, und sie tut so, als suchte sie überall nach einer Überraschung, bis sie ein paar Schokoriegel oder Ferrero-Küßchen findet, die sie sich beim gemeinsamen Fernsehen in ihrem Zimmer zu Gemüte führen. Dann müssen sich die Kinder die Zähne putzen, damit ihre Mutter die Schokoladenmünder nicht sieht, wenn sie heimkommt.

Später in der Woche geht América gegen zehn noch einmal nach unten, weil sie hungrig ist und sich eine Kleinigkeit holen will. Sie glaubt, daß alle schon schlafen, aber als sie auf der letzten Stufe angelangt ist, kommt Karen in ihren Bärenpfotenschuhen und ihrem Jogginganzug aus einem der beiden Wohnzimmer.

»Ach, Sie sind's.«

»Tut mir leid. Hab ich Sie erschreckt?«

»Nein, ist schon gut ... ich wollte nur ... es war so ruhig hier. Gute Nacht.« Damit verschwindet Karen wieder im Wohnzimmer und setzt sich in die Ecke der Couch, wo sie, nach den herumliegenden Papieren und Büchern zu urteilen, gearbeitet hat.

América nimmt einen Apfel mit auf ihr Zimmer. Charlie war weder heute noch am Abend zuvor zum Essen zu Hause. In den zehn Tagen, die América hier verbracht hat, ist er nur dreimal zum Essen erschienen. An den anderen Abenden wurde das Garagentor unter ihrem Fenster erst nach Mitternacht geöffnet und geschlossen, aber wenn er am nächsten Morgen herunterkommt, sieht er so frisch und fröhlich aus, als hätte er zehn Stunden geschlafen.

Auch Karen arbeitet hart. Oft sitzt sie bis spät abends auf der Couch und liest, obwohl sie im zweiten Stock und im Krankenhaus, wo sie angestellt ist, ein Büro hat. Morgens kommt sie meist mit dem tragbaren Telefon am Ohr herunter und macht sich Notizen, während sie die erste ihrer üblichen drei Tassen Kaffee trinkt, bevor sie die Kinder zur Schule bringt.

Haben sie auch etwas vom Leben? An zwei Abenden hat Karen ihr gesagt, daß sie mit Charlie in der Stadt zum Essen verabredet ist. Sie kommen spät nach Hause, und am Morgen ist das Bett zerwühlter als sonst, und in der Mitte, wo keiner von beiden schläft, sind blasse Flecken sichtbar. América fragt sich, ob Karen, die immer so systematisch vorgeht, ihr Liebesleben genauso plant wie die Verabredungen der Kinder, doch dann schilt sie sich für ihre Respektlosigkeit.

Sie hat seit über zwei Wochen keinen Sex gehabt. Als sie Correa zum letztenmal sah, kam er zu ihr, nachdem er den ganzen Abend mit seinen Freunden Domino gespielt und getrunken hatte. Von seinem heißen Atem in ihrem Nacken und seinen Händen unter ihrem Nachthemd wurde sie aus dem Tiefschlaf geweckt. »Liebes«, flüsterte er, »Liebes.«

Ihre Brüste fühlen sich übervoll an – so wie damals, als sie Rosalinda stillte und mehr Milch da war, als das Baby trinken konnte. Correa trank dann ihre Brüste leer, und an den Tagen, an denen er nicht kam, mußte sie sie hochziehen und selbst daran saugen, damit sie nicht weh taten. Sie schließt die Augen und stellt sich vor, ihr Geliebter würde sie so streicheln, wie sie sich selbst streichelt, ihre Brustwarzen hart und aufrecht, ein Kissen zwischen ihren Beinen. Ein Geliebter, der ihr »Liebes, Liebes« ins Ohr flüstert. Ein Geliebter, der so aussieht, sich so anfühlt und sie so streichelt wie Correa, wenn er nicht wütend, sondern zärtlich und liebevoll ist.

Sie hat nur einen Geliebten gehabt, aber er war wie zwei:

der rücksichtslose, gewalttätige Mann, der sie brutal schlägt, und der sanfte, einfühlsame Liebhaber, der schwört, sie anzubeten. Heute nacht klammert sie sich an das zweite Bild, als existierte das andere nicht, als gehörte seine Brutalität der Vergangenheit an, als wäre sie eine Verirrung, ein Irrtum, ein Teil seiner Natur, die er nicht zügeln kann. Heute nacht sind die Prügel vergessen; sie erinnert sich nur an seine großen Hände auf ihren Brüsten, sein Gewicht auf ihren Hüften, seine sinnlichen Lippen auf ihrem Mund. In den paar Sekunden, in denen ihr Körper sich an die Matratze schmiegt und ihre Gedanken dahintreiben, flüstert sie seinen Namen, als wäre er ein Gott. Aber der Augenblick geht vorbei, und im Halbschlaf vor den Träumen ballen sich ihre Hände, die sich kurze Zeit wie die seinen anfühlten, zu Fäusten, und während sie ins Dunkel treibt, verflucht sie seinen Namen.

Er mag dich

Am Sonntag steht América früh auf, packt Sachen zum Wechseln in eine Einkaufstasche und fährt zum Bahnhof. Sie ist noch nie Eisenbahn gefahren, und sie stellt sie sich so vor wie im Western mit einer schwarzen Eisenlokomotive, die mit einem wehklagenden »Tschuh-tschuh« in den Bahnhof rattert. Doch nun beobachtet sie enttäuscht, wie ein stahlgrauer, viereckiger Wagen mit vier ähnlichen Wagen im Schlepptau in den Bahnhof einfährt und dabei plärrt wie eine heisere Ziege. Innen sind die Waggons sauber, die rot-blauen Sitze gepolstert, die Fenster groß und sauber. In der Hand hält sie die Fahrkarte, die ihr Karen für die Fahrt bis zum Fordham-Bahnhof und zurück gekauft hat, und als der Schaffner durchkommt, knipst er sie rasch ab. Er nickt América zu, als wäre er mit dem Ziel ihrer Reise einverstanden.

Die Landschaft fliegt vorbei wie ein zu schnell abgespulter Film. Flüchtige Bilder huschen vorbei, und bevor América sie deuten kann, folgen neue Eindrücke, bis ein Bild vom Ganzen entsteht, das keinerlei Ähnlichkeit mit der Wirklichkeit aufweist. Als der Zug über eine Brücke fährt, fällt América ein, daß sie noch nie im Zug auf einer Brücke war, und zum erstenmal in den zwei Wochen wird ihr klar, daß sie dieses neue Leben schon als selbstverständlich hinnimmt, als wäre es schon immer so gewesen und würde ewig so bleiben.

Ich bin América Gonzalez, sagt sie sich, dieselbe Frau, die vor fünfzehn Tagen ihre Uniform zusammengelegt und im untersten Fach einer leeren Kommode verstaut hat, für den

Fall, daß ich sie je wieder brauche. Nur weil ich in einem fast neuen Volvo herumfahre und in einem großen Haus wohne und einen Zug in die Stadt nehmen kann ... sie lächelt. Ihr Blick fällt auf ihr Spiegelbild im Fenster, und sie sieht ein breites, zufriedenes Grinsen auf ihrem Gesicht. Sie schilt sich, weil sie vergessen hat, daß ihr Leben, das ihr noch vor wenigen Augenblicken so wunderbar erschien, dasselbe Leben ist, das sie mitgebracht hat. Aber es ist anders, sagt sie sich, es ist anders. Zum erstenmal seit langer Zeit habe ich die Zügel in der Hand. Das konnte ich vor zwei Wochen noch nicht behaupten.

Leopoldo holt sie vom Bahnhof ab. Er nimmt ihr die Einkaufstasche ab, die er zu einem zerbeulten Subaru trägt, und öffnet ihr mit altmodischer Höflichkeit die Tür. Er ist älter und bedächtiger, als sie ihn in Erinnerung hat.
»Wie lange ist es her«, fragt er, »seit wir dich zuletzt gesehen haben?«
»Ungefähr fünf Jahre.«
»So lange?« seufzt er voll Bedauern. Er ist ein ruhiger Mensch, ein Stück größer als sie, mit einer feierlichen Art, die ihm jetzt, mit seinen fünfzig Jahren, besser steht als früher. Auf den Familienfotos tritt er nie in den Vordergrund, sondern steht hinter seiner Frau, ein zufriedenes Lächeln auf den Lippen. »Es ist kaum zu glauben, daß wir schon so viele Jahre nicht mehr in Puerto Rico waren.«
América weiß nicht, was sie darauf antworten soll. Sie hatte bei Leopoldo immer das Gefühl, daß er in Gedanken woanders ist. Nicht daß er geistesabwesend wäre. Er ist sogar der aufmerksamste, bedächtigste Mensch, der ihr je begegnet ist. Aber im Gespräch mit ihm muß sie immer an das einzige Mal denken, als sie zur Beichte ging. Der Priester saß hinter einem Gitter, so daß sie nur seine Umrisse erkennen konnte.

Als sie zu reden begann, hatte sie das Gefühl, daß der Priester das in der letzten Woche gesammelte Geld zusammenzählte. Sie wußte nicht, warum sie das dachte, aber es war so. Mitten im Satz hörte sie auf und ging hinaus, um niemals wieder in die Kirche zurückzukehren. Leopoldos unbeteiligte Art weckt dasselbe Gefühl in ihr wie der gesichtslose Priester. Er schenkt ihr gerade soviel Aufmerksamkeit, daß sie den Verdacht hat, er spiele ihr etwas vor.
Sie fahren eine breite Straße hinunter, die von zwei- und dreistöckigen Gebäuden gesäumt ist. Unten sind Geschäfte: eine *bodega,* eine *botánica,* eine Bank. Es ist Sonntag. Die meisten Läden sind mit gerippten Stahlgaragentoren verbarrikadiert, auf denen kunstvolle Graffiti prangen. Selbst zu dieser frühen Stunde ist die Straße belebt. Frauen schieben Buggys mit dick vermummten Kindern darin. Einige junge Mädchen mit zerrissenen Jeans, Springerstiefeln und sorgfältig gestylten Haaren tanzen zu einer unhörbaren Musik die Straße entlang. Eine alte Frau wird von einem Jungen zu einem Lieferwagen geführt. Vor einem Café lungern Männer herum.
»Das ist also New York«, sagt sie leise.
»Bist du nicht schon mal hier gewesen?« fragt Leopoldo und beantwortet seine Frage dann selbst. »Nein, richtig. Du wärst beinahe gekommen, konntest aber nicht.«
Correa ließ mich nicht fahren, sagt sie sich und spürt, wie ihr das Blut ins Gesicht steigt.
Von hinten wird hämmernder Lärm hörbar. Zuerst denkt sie, daß mit dem Wagen etwas nicht stimmt, aber dann hält neben ihnen ein Camaro, aus dessen Radio Salsa Rap dröhnt. Zwei junge Männer sitzen vorne, beide Fenster und das Sonnendach sind geöffnet, damit auch die anderen etwas von dem ohrenbetäubenden Krach haben, der aus den riesigen Boxen auf dem Rücksitz dringt.

Leopoldo betrachtet sie stirnrunzelnd. »*Desordenados!*« murmelt er, und für einen Augenblick sieht América den Ärger, den er meistens so gut verbirgt. Kaum springt die Ampel um, braust der Camaro los. Die Musik verklingt, bis nur noch ein rhythmisches Bumm-bumm-bumm zu hören ist, das sich verliert, als der Wagen in die Straße unter den Hochbahngleisen abbiegt.

»Hier ist es anders als da, wo ich lebe.«

»Aber sicher, du wohnst ja auf dem Land. Wir haben im Sommer einmal einen Ausflug dorthin gemacht – unsere Kirche hat an dem See, wo du wohnst, ein Picknick veranstaltet.«

»Ich wußte nicht, daß New York so groß ist.«

»Oh, es ist riesengroß. Von hier aus können wir sieben Stunden lang nach Norden fahren und sind immer noch in New York.«

»Toll! In Vieques kann man die ganze Insel in zwanzig Minuten durchqueren.«

»*Sí, claro,* die Insel ist klein. Aber dafür hast du dort keine Leute, die am Sonntag morgen ihr Radio auf volle Lautstärke drehen.«

»Am Samstag abend ist viel los ...«

»Die Leute in Puerto Rico wissen noch, was Anstand bedeutet«, fährt Leopoldo fort, als habe er sie nicht gehört. »Sie nehmen noch Rücksicht auf andere. Hier«, er deutet auf die Straße vor ihnen, »ist alles heruntergekommen. Das war mal eine ruhige Gegend.«

Sie kommen in ein Viertel mit ein- bis zweistöckigen Wohnhäusern hinter Sturmzäunen und asphaltierten Vorhöfen. Die schmale Straße ist auf beiden Seiten von parkenden Autos gesäumt, und ein paar armselige Bäume trotzen den asphaltierten Bürgersteigen, die sie mit ihren Wurzeln aufgerissen und zerfurcht haben. An der Ecke steht ein größeres Gebäude, hellgrün mit olivgrünen Fensterflügeln. Geschickt parkt Leopoldo sein Auto in eine Lücke, bei der América es nicht einmal versucht hätte. Neben dem grünen Gebäude befindet sich noch ein kleineres Haus, und dahinter, an der Ecke zu einer breiten Hauptstraße, eine Tankstelle.

»Da sind sie!« Paulinas Stimme kommt von oben, und als América aus dem Auto steigt, blickt sie hinauf zum obersten Stockwerk des grünen Hauses, wo sich ihre Tante aus dem Fenster beugt und fröhlich winkt.

»Hola Tía«, ruft América und winkt zurück.

Leopoldo trägt ihre Einkaufstasche in einen Hausgang mit einer geschlossenen Tür am anderen Ende. Sie wird durch einen Summton geöffnet, und sie steigen auf steilen Treppen drei Stockwerke hoch bis zu einer Tür, wo Paulina sie wie ein aufgeregtes Kind erwartet.

»Ay, mi'ja, es ist so lange her!« Sie streicht ihr übers Haar. »Schön siehst du aus als Blondine«, den Arm um Américas Taille geschlungen führt sie sie herein, »und hübsch und rund.« Ihre Begeisterung ist ansteckend, und América ertappt sich bei einem Lächeln. Sie bemerkt, wie lange es her ist, und umarmt ihre Tante mit einer Wärme, die sie schon seit Urzeiten für niemanden mehr empfunden hat.

Aus einem der Zimmer kommt eine zierliche junge Frau, umarmt América und küßt sie auf die Wange. Es ist ihre Cousine Elena, Leopoldos und Paulinas jüngste Tochter. Ihr dichtes, kastanienbraunes Haar fällt ihr in einem Zopf bis auf die Taille. Sie duftet nach Rosen.

»Es ist so schön, euch alle wiederzusehen«, sagt América, plötzlich den Tränen nahe. Paulina nimmt sie fest in die Arme und führt sie zu einem großen Polstersessel am Fenster.

»Es ist schon gut, *mi'ja,* du bist bei deiner Familie.«
Elena holt ein Taschentuch.
»Es tut mir so leid«, schnieft América. Paulina und Elena bemühen sich um sie, streicheln ihr die Schultern, murmeln tröstliche Worte. Leopoldo bringt ihr ein Glas Wasser.
»Danke.« Sie trinkt, schlägt die Augen nieder, weil sie nicht in ihre besorgten Gesichter sehen will. Es ist ihr peinlich, daß sie keine fünf Minuten bei ihren Angehörigen ist und ihnen schon Kummer bereitet. Sie kann sich nicht erklären, was passiert ist, warum Paulinas Umarmung und Willkommensgruß eine Traurigkeit in ihr geweckt haben, von der sie selbst nichts geahnt hat.
»Ay«, seufzt sie und holt tief Luft, »es ist so schön, Spanisch zu sprechen!«
Paulina, Leopoldo und Elena lächeln erleichtert und geben sich mit dieser Erklärung für Américas Tränen zufrieden, ohne Fragen zu stellen. Natürlich vermißt sie ihr Spanisch! Sie lebt seit zwei Wochen unter *yanquis,* das arme Mädchen. Aber sich selbst kann América nicht so leicht überzeugen. Es erleichtert sie, ihre Gedanken nicht ständig übersetzen zu müssen, doch das ist genauso, wie wenn man in einen bequemen Schuh schlüpft – nach einer Weile hat man das anfängliche Wohlgefühl vergessen.
Sie fragen nach Ester und Rosalinda und Vieques, und América antwortet, obwohl sie keine Neuigkeiten zu bieten hat. Nach Correa fragt niemand – sie wissen, daß sie vor ihm geflohen ist –, aber América wäre es lieber, sie täten es. Und sei es auch nur, damit sie sagen kann, daß es ihr gleich ist, was er vorhat.
»Komm, leiste mir beim Kochen Gesellschaft.« Paulina führt sie durchs Eßzimmer in eine enge Küche im hinteren Teil der Wohnung. Elena und ihr Vater entschuldigen sich und verschwinden in verschiedene Zimmer.

»Wie hübsch Elena ist«, sagt América zu Paulina. »Auf den Fotos kommt das nicht zur Geltung.«

»*Ay, mi'ja,* aber was nützt es, schön zu sein, wenn du nur Stroh im Kopf hast?« Paulina nimmt einen Mixer aus dem Küchenschrank.

»Was meinst du damit?«

»Dieses Kind oder, besser gesagt, diese Frau – sie ist schon zwanzig Jahre alt – kommt nach ihrem Vater. Träumer sind sie alle beide, nur hat Leopoldo auch eine ernste Seite. Er ist verantwortungsbewußt und hat immer gut für uns gesorgt.«

Sie nimmt Zwiebeln und eine große Knoblauchknolle aus einer Schublade. »Elena ist eine Träumerin, aber ohne Ehrgeiz. Sie arbeitet als Empfangsdame in einer Klinik am Ende der Straße. Ich hoffe, daß sie bald einen netten jungen Arzt kennenlernt und heiratet.«

»Ich helfe dir beim *sofrito.*« Paulina gibt ihr ein Schälmesser und den Knoblauch. América entfernt die knisternde Haut von den einzelnen Zehen, während Paulina die Zwiebeln schält und viertelt. Sie hört zum erstenmal, daß sich Paulina über ihre Kinder beklagt. Bei ihren seltenen, kurzen Besuchen in Vieques wirkten Carmen, Orlando und Elena immer sehr steif und wohlerzogen, gar nicht wie wirkliche Menschen. Ester behauptete, ihre Schwester und ihr Schwager setzten ihre Sprößlinge unter Drogen, damit sie sich nicht so wild und ausgelassen aufführten wie normale Kinder. Sie waren lieb zu ihren Eltern, zu Ester, América und Rosalinda, die bei ihrem letzten Familienbesuch neun war. América weiß, daß Ester eine Schwäche für Orlando hat – ihr einziger Neffe und ihres Wissens der erste Junge, der seit mehreren Generationen in ihrer Familie zur Welt gekommen ist.

»Und wie geht's Orlando?«

»Ihm geht's gut, *mi'ja,* er wird bald hier sein mit seiner Frau und seiner Tochter. Dieses Kind ist das süßeste Schätzchen, das du je gesehen hast.«

»So ein ungewöhnlicher Name – Eden.«

»Stell dir vor, ihre Mutter ist Yogalehrerin. Etwas seltsam für eine Puertoricanerin; sie ist so amerikanisch geworden, daß sie kaum noch Spanisch kann. Aber ich bringe Eden hier und da ein paar Worte bei. Sie ist eine Wonne! Aber du wirst sie ja gleich kennenlernen.« Die Frage nach ihrer ältesten Tochter wartet Paulina nicht ab. »Carmen ist Lehrerin. Die einzige von meinen Kindern, die einen richtigen Beruf hat. Orlando ist Salsa-Sänger. Er hatte immer eine schöne Stimme, erinnerst du dich? Also hat er beschlossen, Sänger zu werden. Keine Ahnung, wie er seine Familie ernähren will, denn er wartet noch auf seine große Chance. Du weißt ja, wie hart es in der Branche zugeht. Und seine Frau ist Yogalehrerin. Kannst du dir das vorstellen, eine puertoricanische Yogalehrerin! *Ay Dios mio.*«

Sie nimmt den geschälten Knoblauch und die geviertelten Zwiebeln und wirft sie in den Mixer. »Wo ist der grüne Pfeffer? Habe ich ihn nicht aus dem Kühlschrank geholt?«

»Ich hab ihn nicht gesehen.«

»*Ay Dios mio,* in letzter Zeit bin ich wirklich zerstreut.« Ärgerlich öffnet sie den Kühlschrank und sucht herum, bis sie den Pfeffer und einen Bund dunkelgrüner, duftender Blätter gefunden hat.

»Ist das *recao*?« fragt América ungläubig.

»*Sí,* den bekomme ich in der *bodega* die Straße hinunter. Sie hat früher einem Puertoricaner gehört, aber jetzt wird sie von einem Dominikaner geführt. Alles, was früher Puertoricanern gehörte, ist jetzt im Besitz von Dominikanern.«

Nachdenklich wäscht América ein paar der leicht stachligen Blätter des *recao.* »In Puerto Rico gibt es auch viele

Dominikaner. Weniger in Vieques als auf der großen Insel.« Sie trocknet die Blätter nacheinander ab, jedes weckt Kindheitserinnerungen an Ester in ihrem Garten, wie sie sorgfältig frischen *recao,* Oregano und Achiote fürs Essen pflückt.

»Diese armen Leute!« Paulina wirft den *recao* in den Mixer, gibt ein paar Pfefferkörner dazu und drückt auf den Knopf, so daß die Klinge den Knoblauch, die Zwiebeln, den Pfeffer und den *recao* wild herumwirbelt und alles zu duftendem *sofrito* zerhackt, der, wie América meint, viel grüner ist als bei Ester. »Ihr Land ist genauso rückständig wie Puerto Rico vor dreißig Jahren. Voller Träume kommen sie hierher, genau wie wir früher, und erwarten, daß die Straßen mit Gold gepflastert sind.«

Paulinas Geplauder ist ebenso tröstlich wie eine Stimme aus dem Radio. Alles, was sie sagt, ist América vertraut, als hätte sie es erst gestern gehört, und doch ist es neu. Sie denkt über den Unterschied zwischen ihrer Mutter und ihrer Tante nach: Töchter derselben Mutter, die eine trinkt, die andere ist keine Alkoholikerin, seit vielen Jahren verheiratet und hat Kinder, die trotz Paulinas Klagen ihre Eltern lieben und auf deren Erwartungen Rücksicht nehmen. Ester hat nie einen solchen Elan besessen wie Paulina. Anscheinend ist sie zufrieden mit ihrem Leben zwischen ihrem Garten, ihren Seifenopern und ihren gelegentlichen Nächten mit Don Irving. Wenn Mami mehr wie Paulina gewesen wäre, sähe mein Leben vielleicht anders aus. Sie errötet und schämt sich dieser Gedanken, als sie ihr bewußt werden.

Während sie kochen, füllt sich die Wohnung mit Menschen, als hätte der Duft sie aus ihren Verstecken gelockt. Zuerst erscheint Carmen, Paulinas Älteste, die ihre Mutter überragt; sie hat vollere Lippen, größere Augen und dichteres Haar als Paulina, aber dasselbe sonnige Lächeln. Und wenn sie kichert, glaubt man, die beiden hätten so lange geübt, bis es sich ganz gleich anhört. Dann kommt Orlando mit seiner sechsjährigen Tochter Eden an der Hand, gefolgt von ihrer Mutter, der puertoricanischen Yogalehrerin Teresa. Mutter und Kind sind drahtig und wirken lebhaft, ihr wilder Blick erweckt den Eindruck, als wären sie gerade aus einer Steinzeithöhle hervorgekrochen und müßten sich noch an das Leben unter Menschen gewöhnen. Orlando ist einer der bestaussehenden Männer, die América je gesehen hat, groß und schlank, mit dem Selbstbewußtsein der schönen Menschen, aber ohne Großtuerei. Sie alle begrüßen América mit solcher Begeisterung, daß sie fast wieder in Tränen ausbricht.

Als sie alle Fragen von Paulinas Kindern beantwortet hat – nach ihrem Leben in Puerto Rico, *el problema con Rosalinda* und ihrer heimlichen Flucht aus dem Haus, in dem sie geboren wurde und fast neunundzwanzig Jahre lang gelebt hat –, strömen noch mehr Leute herein. Es sind die Nachbarn von unten: Lourdes und Rufo und ihr Sohn Darío mit seinen Kindern, den Zwillingen Janey und Johny.

Nachdem América den anderen vorgestellt wurde und vorsichtige Fragen der Bekannten ausweichend beantwortet hat, verkündet Paulina, das Essen sei fertig. Die Frauen gehen in die Küche, die vier Männer ins Wohnzimmer, und die Kinder spielen irgendwo dazwischen, bis all die Speisen auf dem überfüllten Tisch mit den unterschiedlichen Stühlen aufgetragen sind. Die Kinder werden ans untere Ende der Tafel gesetzt, und die Männer suchen sich einen Platz, während die älteren Frauen servieren. América erbietet sich immer wieder zu helfen, aber man erlaubt es ihr nicht. Sie sitzt neben Elena, die sie über ihr Leben in Bedford ausfragt

und sie unterhält, bis alle Platz genommen haben und Leopoldo Gott bittet, das Essen und alle Anwesenden zu segnen.
América kann sich nicht erinnern, wann sie zuletzt an einem Tisch gesessen ist, an dem gebetet wurde. Wahrscheinlich war es beim letzten Besuch Paulinas und Leopoldos in Vieques. Wahrscheinlich ist auch, daß Ester während des Gebets ununterbrochen murrte, während Correa mit gesenkten Augen hoffte, diese Begegnung mit frommen Menschen würde ihm zustatten kommen, wenn er einmal beim heiligen Petrus an die Himmelspforte klopfte. Obwohl Correa nicht fromm ist, glaubt er an Gott. Über Sünden wie Verführung, Ehebruch und Lüsternheit sieht er hinweg, aber den Aschermittwoch und die Fastenzeit hält er mit einer Strenge ein, die América mehr als einmal als heuchlerisch erkannt hat.
Von der anderen Seite des Tisches aus starrt Darío sie traurig an. Sie tut, als würde sie es nicht merken, und blickt an ihm vorbei auf seine Mutter zu seiner Linken oder aus dem Fenster auf die Dächer der anderen Häuser und dahinter auf eine Brücke; vielleicht ist es dieselbe Brücke, die sie in der verschneiten Nacht ihrer Ankunft überquerte.
Ich will nichts mit Männern zu tun haben, sagt sie sich. Vor allem nicht mit Männern, die mich aus tränenvollen Augen anschauen. Ich habe noch nie jemanden gesehen, der so traurig und einsam gewirkt hätte – inmitten all dieser Menschen.
»... und du solltest auch kommen, América.« Orlandas klare Stimme dringt zu ihr durch, als hätte er sie an der Schulter berührt.
»Ja, bitte, América«, unterstützt ihn Elena.
»Wohin?«
»Noch eine Träumerin in der Familie«, murmelt Paulina,

und ihr mädchenhaftes Kichern nimmt der Bemerkung, die in Américas Ohren beleidigend klingt, die Schärfe.
»Es tut mir leid, ich habe nur die Brücke dort drüben angeschaut.« Und als hätten die um den Tisch Versammelten diese Brücke noch nie wahrgenommen, folgen alle Américas Blick. Leopoldo geht sogar zum Fenster, um eine Brücke zu bestaunen, die er zweifellos jedesmal sieht, wenn er hier vorbeikommt.
»Oh, die Whitestone«, bemerkt er, als wäre sie zwischenzeitlich verschwunden gewesen und nun plötzlich wieder aufgetaucht. Er setzt sich.
»Auf jeden Fall«, fährt Orlando fort, »ist es kein besonders eleganter Club, aber der Bassist spielt mit Ruben Blades' Orchester, und der Pianist ist schon mit Celia Cruz aufgetreten.«
Elena rückt näher zu América heran. »Mein Bruder singt zum erstenmal mit einem bekannten Salsa-Orchester. Er möchte, daß wir alle kommen.«
América lächelt ihr dankbar zu. Wie bei den Leveretts dienen die Mahlzeiten in dieser Familie dazu, sich über die anderen auf dem laufenden zu halten. Daß sie América so selbstverständlich an ihrem Leben teilhaben lassen, bereitet ihr Unbehagen.
Carmen verkündet, daß sie einen neuen Freund hat, »der im Augenblick noch inkognito bleiben soll«.
»Warum hast du ihn nicht zum Essen mitgebracht, *nena*?« will Paulina wissen.
»Er ist noch nicht reif für eine puertoricanische Familie«, erklärt Carmen knapp.
»Aha, also schon wieder ein *americano*?« fragt Lourdes augenzwinkernd.
»Wer weiß?« murmelt Paulina.
»Eigentlich«, sagt Carmen, »ist er Asiate.«

Die anderen schnappen nach Luft, als wäre die Vorstellung, daß Carmen einen Asiaten als Freund hat, so fremdartig, so unerwartet, daß sie fast der Schlag trifft. Leopoldo erholt sich als erster.

»In meinem Büro gibt es einen sehr netten Chinesen. Allerdings ist er ziemlich zurückhaltend und redet nicht viel.«

»Er ist kein Chinese, Papi. Er ist Koreaner.«

»Mein Vater hat in Korea gekämpft«, verkündet Rufo, »und mein älterer Bruder war dort drei Jahre stationiert.«

Elena lehnt sich zu América hinüber. »Meine Schwester ist noch nie im Leben mit einem Puertoricaner gegangen.«

»Und ich habe auch nicht vor, es zu tun«, erklärt Carmen. »Puertoricaner sind viel zu *machista.*«

»Sei vorsichtig, *nena*«, warnt Paulina, »dein Vater, dein Bruder und unsere Nachbarn sind puertoricanische Männer.«

»Die habe ich nicht gemeint«, erwidert Carmen hastig wie ein schuldbewußtes Kind, obwohl sie gerade zwei Monate jünger ist als América.

»Wenn du uns nicht gemeint hast«, bemerkt ihr Bruder grinsend, »kannst du die anderen ruhig weiter beleidigen.«

»Ich glaube, du hast noch einen Rest von *machismo* in dir«, meint Teresa, die an einer Ecke der Tafel zwischen Rufo und Elena sitzt.

»Du bist still, Frau«, entgegnet Orlando gespielt schroff, und alle außer Teresa lachen.

»Das ist nicht lustig.«

»Komm schon, Teresa, nimm es nicht ernst«, sagt Rufo, »er macht doch nur Spaß.«

»Du solltest ihn lieber nicht verteidigen«, meint Lourdes, beugt sich über Darío und deutet mit der Gabel auf ihren Mann.

»Señoras, señores, wir haben einen Gast«, mahnt Leopoldo. Die anderen lachen und sehen América an.

»Sie muß sich wohl an unsere kleinen Streitereien gewöhnen«, lacht Paulina.
»Keine Sorge«, erwidert América, »es dauert nicht mehr lange, und ich fange selbst damit an.« Alle lachen. Glück gehabt, denkt América, denn als sie es aussprach, klang es mehr wie eine Drohung als wie ein Scherz.

Nach dem Essen setzt sich Teresa mit den Kindern vor den Fernseher, wo sie ebenso gebannt wie die Kleinen einen Film über einen entlaufenen Hund ansieht.
Die Männer versammeln sich im Eßzimmer, um Domino zu spielen. Elena und Carmen nehmen América bei der Hand und ziehen sie aus der Küche fort, wo sie Paulina und Lourdes beim Abwasch helfen wollte.
»Unter der Woche arbeitest du genug«, meint Carmen und schiebt América in Elenas Zimmer.
»Hier ist es aber schön.« América sieht sich in dem wohlriechenden Zimmer mit den Vorhängen an beiden Fenstern, der dazu passenden Tagesdecke, dem Spitzenbaldachin und dem flauschigen rosa Teppichboden um.
»Meine Schwester ist eine Jüngerin von Martha Stewart«, erklärt Carmen.
»Wer ist das?« fragt América, und die Schwestern lachen.
»Eine Innenarchitektin.« Elena holt eine Zeitschrift mit einer kerngesunden blonden Frau auf dem Titelbild, die einen Korb voller Schnittblumen in der Hand hält. »Das ist sie«, erklärt sie auf englisch.
América blättert in der Zeitschrift und betrachtet die Fotos von Innenräumen, die Werbung für Porzellan und Besteck, die Anleitungen zur Anfertigung von Blumengestecken und Tafelaufsätzen. »Das ist hübsch«, sagt sie höflich. Die Wahrheit ist, daß sie in diesen Zimmern mit dem überladenen Mobiliar, den Kissen, den üppigen Vorhän-

gen und den gemusterten Tapeten Platzangst bekommen würde.

Carmen lacht. »Martha Stewart ist nicht jedermanns Geschmack.« Auf englisch fügt sie hinzu: »Sie ist die WASP-Königin des Universums.«

»Was heißt das?« fragt América, und wieder lachen Elena und Carmen.

»WASP«, erklärt Elena, »bedeutet *White Anglo-Saxon Protestant,* weiße angelsächsische Protestanten.« Dann spricht sie wieder Spanisch. »Kein sehr freundlicher Ausdruck«, sagt sie mit einem wütenden Seitenblick auf ihre Schwester.

»Ich glaube, die Leute, für die ich arbeite, sind Protestanten«, meint América nachdenklich. »Ich habe kein Kreuz und keine Heiligenfiguren in ihrer Wohnung gesehen.«

»Sie könnten auch Juden sein«, meint Carmen. »Wie war gleich wieder ihr Name?«

»Leverett.«

»Das ist kein jüdischer Name«, erklärt Elena überzeugt.

»Woher willst du das wissen?« widerspricht Carmen.

»Es klingt einfach nicht jüdisch.«

América überlegt, wie ein jüdischer Name klingen mag, will aber nicht fragen, weil die beiden Schwestern offenbar gern streiten und sie ihnen keinen Anlaß dazu geben will.

Carmen streckt sich genüßlich auf Elenas Bett aus, auf dem sie zu dritt gesessen sind. Die anderen beiden machen ihr Platz.

»Darío mag dich«, sagt sie auf spanisch und sieht América an, die unbehaglich hin- und herrutscht. »Schau nicht so erschrocken! Er ist ein netter Kerl«, fügt sie auf englisch hinzu, setzt sich auf und läßt sich dann wieder nach hinten plumpsen. »Seit er mit den Drogen aufgehört hat«, flüstert sie.

»Was?«

»Darío hatte Probleme mit Drogen«, erklärt Elena, »er und seine Frau waren abhängig.«
»Aber dann hat sie AIDS bekommen«, sagt Carmen, »und ist gestorben.«
»*Ay*, Carmen, es klingt so häßlich, wie du es sagst.«
»AIDS hat auch nichts Schönes an sich«, erwidert Carmen ernst.
»Natürlich nicht«, entgegnet Elena, »aber was er getan hat, war wirklich wunderbar.«
América sieht bald die eine, bald die andere an und versucht, dem Gespräch zu folgen, das auf englisch geführt wird. »Er hat AIDS?« fragt sie.
»Nein, seine Frau hatte AIDS.« Elenas Gesicht wird plötzlich feierlich. »Als sie krank wurde, hat er sie gepflegt. Sie ist in seinen Armen gestorben«, sagt sie mit feuchten Augen.
»Meine Schwester«, erklärt Carmen, »hält das Leben für eine *telenovela*. Ganz gleich, wie schlimm die Lage ist, sie schafft es, dem Ganzen etwas Romantisches abzugewinnen.«
»Meine Mutter ist auch so«, bemerkt América und denkt an Ester, wie sie Abend für Abend vor dem Fernseher sitzt und das leidvolle Schicksal der Gestalten aus den Seifenopern verfolgt.
»Daher hast du das also, Elena«, sagt Carmen und wirft ihrer Schwester ein Rüschenkissen an den Kopf, »von Tía Ester.«
Die Tür geht auf, und Teresa kommt herein. »Was treibt ihr Mädchen denn da?« Ihre großen schwarzen Augen huschen durch den Raum, als hätte sich noch jemand hier versteckt. »Habe ich was versäumt?«
»Wir erzählen América gerade die traurige Geschichte von Darío Perez Vivó.«

»*Ay*, das kann ja Tage dauern«, lacht Teresa. Sie läßt sich in einen Sessel fallen, zieht die Füße hoch und verschränkt sie in einer Yogahaltung.
»Wie machst du das nur?« fragt América voller Bewunderung über die Mühelosigkeit, mit der Teresa ihre Füße durch das von ihren Schenkeln gebildete V zieht.
»Die Haltung heißt Lotussitz«, erklärt Teresa. »Wenn du erst mal weißt, wie man es macht, ist es leicht.«
»Ich habe es mal versucht und gedacht, meine Knie würden sich nie mehr davon erholen«, gluckst Carmen.
»Du hast es mit Gewalt probiert«, tadelt Teresa.
»Meine Schwester ist ziemlich stur«, sagt Elena zu América, als wolle sie sich für Carmens Bemerkung über sie revanchieren.
»Also, wo wart ihr stehengeblieben?« fragt Teresa und zieht ihren langen schwarzen Zopf nach vorn auf die Brust.
»Beim tragischen Tod von Rita«, sagt Carmen und tut, als spielte sie Geige, »in den Armen von Darío.«
»*Ay*, Carmen, hör auf, deine Schwester zu necken«, lacht Teresa. »Ich glaube, er mag dich«, sagt sie zu América.
»Ich rieche Kaffee«, entgegnet América und flieht unter dem Gekicher der anderen aus dem Zimmer.
Wie können sie nur so schnoddrig über ein trauriges Leben reden, fragt sie sich. Es ist nicht Daríos Schuld, daß seine Frau AIDS bekommen hat und gestorben ist. Sie wirft einen Blick auf ihn, wie er sich über die Dominosteine beugt; die Haut spannt sich so straff auf seinem Gesicht, daß man sich leicht den Schädel darunter vorstellen kann. Er sieht wie ein Drogensüchtiger aus, stellt sie fest. Zumindest hat er Ähnlichkeit mit Pedro Goya, der aus Vieques nach New York ging und abgemagert bis auf die Knochen auf die Insel zurückkehrte, so daß ihn niemand wiedererkannte. Auch er war in den Armen seiner Mutter gestorben, nachdem er auf

der gepflasterten Strandstraße von einem Pferd niedergerannt wurde.
»Du brauchst nicht zu helfen«, schilt Paulina, »wir sind schon fertig.«
»Ich glaube, sie hat den Kaffee gerochen«, lacht Lourdes, den Finger auf América gerichtet, die sich lächelnd eine der auf dem Küchentisch gestapelten Tassen nimmt.
»Schwirrt dir der Kopf von den Geschichten der Mädchen?« fragt Paulina mit einem Funkeln in den Augen; América nickt und verbirgt ihr Lächeln hinter dem Dampf, der aus ihrer Tasse aufsteigt.

»Das sind unsere Sonntage«, sagt Paulina später. »Wenn sie es einrichten können, kommen die Kinder jede Woche. Und fast immer auch Rufo und Lourdes und Darío und natürlich die Zwillinge.«
»Jede Woche?«
»Jede Woche, *mi'ja*. Manchmal schauen auch andere Verwandte oder Nachbarn vorbei. Aber am Sonntag habe ich immer ein volles Haus.«
Elena ist mit Carmen ins Kino gegangen. Leopoldo hat es sich vor dem Fernseher bequem gemacht, wo ein Dokumentarfilm über Pinguine läuft. Paulina und América sitzen am Küchentisch und unterhalten sich mit gedämpfter Stimme.
»Du hast anscheinend eine gute Beziehung zu deinen Kindern, Tía«, sagt América so herzlich, daß Paulina vor Freude strahlt.
»Ja, die habe ich. Leopoldo und ich versuchen, uns nicht zu sehr einzumischen. Wir lassen sie ihre Fehler machen.«
»Das habe ich mit Rosalinda auch versucht, aber es hat nicht geklappt.«
»Wenn du ihnen die Freiheit gibst, Fehler zu machen, heißt das noch lange nicht, daß sie keine machen, América.«

Sie denkt eine Weile darüber nach, und die altbekannte Beklemmung in ihrer Brust kehrt zurück, ein Kummer, der so tief sitzt, daß sie ihn nicht benennen und nicht verscheuchen kann. Tränen laufen ihr über die Wangen.

»Du hast es zu persönlich genommen«, meint Paulina ehrlich erstaunt, als wäre ihr nie in den Sinn gekommen, daß die Fehler ihrer Kinder ein schlechtes Licht auf sie werfen könnten.

»Würdest du das nicht, Tía?« fragt América ärgerlich. »Was wäre, wenn Elena mit vierzehn mit ihrem Freund durchgebrannt wäre? Hättest du das nicht persönlich genommen?«

»*Nena,* du hast keine Ahnung, wieviel Sorgen mir meine Kinder bereitet haben.« Paulina legt die Hand auf die Brust.

América blickt auf, als sähe sie ihre Tante zum erstenmal. »Wirklich?« Das paßt nicht zu ihrem Bild von den lächelnden Gesichtern auf den Weihnachtsfotos, die an Esters Wand der Erinnerungen hängen.

»Wenn ich die Stunden zählen sollte, die ich an diesem Tisch gesessen und darauf gewartet habe, daß Orlando von den gefährlichen Straßen heimkommt, oder die Streitereien, die ich mit Carmen hatte wegen ihrer Freunde ... *Ay,* nein, *nena,* das willst du bestimmt nicht wissen.« Paulina starrt auf ihre runzligen, gefleckten Hände mit den kurzen, stumpfen Fingernägeln und der dicken Nagelhaut.

»Aber eins verstehe ich nicht«, sagt América. »Was muß eine Mutter tun, damit ihre Kinder nicht ihre eigenen Fehler wiederholen? Wie kann man ihnen beibringen, sich kein Beispiel an deinem Leben zu nehmen?«

»Das kannst du ihnen nicht beibringen, *nena.* Das müssen sie selbst rausfinden.«

»Da bin ich anderer Meinung, Tía. Warum sind wir denn Mütter, wenn wir ihnen nichts beibringen können?«

»Du kannst ihnen nichts beibringen«, beharrt Paulina, »du kannst nur zuhören und ihnen raten. Und das auch nur dann, wenn sie um deinen Rat bitten.« Sie streicht América sanft über den Unterarm. »Hast du gehört, wie Carmen heute nachmittag über ihren Freund gesprochen hat?« América nickt. »Jeden Sonntag kommt sie mit einer anderen Geschichte über einen anderen Freund nach Hause, um mich zu verspotten. Als wollte sie mich für all die Jahre bestrafen, die ich sie nicht ausgehen ließ. Jedesmal, wenn sie zu unserem Sonntagsessen kommt, ist es ein anderer Freund aus einem anderen Land, so als wollte sie testen, bei welchem ich anfange zu brüllen und zu schreien, sie soll endlich den Mund halten«, sagt Paulina mit tränenerstickter Stimme. »Ich bin eine fromme Frau, *nena*. Ich habe mich mein Leben lang bemüht, eine gute Christin zu sein. Sicher kannst du dir vorstellen, wie ich mich fühle, wenn meine beinahe dreißigjährige Tochter jedes Wochenende heimkommt, um mir von einem anderen Freund aus einem anderen Land zu erzählen. Wenn ich daran denke, daß sie mit einem *fulano de tal* von Gott weiß woher schläft.« Sie putzt sich die Nase mit einer Serviette aus dem Plastikständer, der mitten auf dem Tisch steht. »Ich habe versucht, meine Kinder so gut zu erziehen, wie ich konnte, so gut wir konnten, denn Poldo war immer für sie da. Er war immer da.« Sie seufzt aus tiefstem Herzen.

»Ich glaube, daß Rosalinda mit Taino weggelaufen ist, um mich zu bestrafen. Obwohl ich nicht weiß, wofür. Keine Ahnung, was ich ihr angetan haben soll.«

»Vielleicht hat sie überhaupt nicht an dich gedacht, als sie es tat«, meint Paulina.

»Wenn sie an mich gedacht hätte, dann hätte sie es nie getan. Sie weiß, was ich von ihr erwarte.« América blickt in die müden Augen ihrer Tante. »Aber wenn sie es nicht getan hätte, wäre ich wahrscheinlich heute abend nicht hier, um mit dir darüber zu reden.« Es ist ein kleiner Funken in der Asche, der kurz aufglimmt. Vielleicht hat Rosalinda versucht, mich zu einer Auseinandersetzung mit meiner Situation zu zwingen. Sie schüttelt den Kopf, um den Gedanken zu verscheuchen. Dafür ist Rosalinda nicht raffiniert genug, und sie würde sich nie für einen anderen aufopfern. Sie ist mit Taino fortgelaufen, weil sie ihn nicht verlieren wollte. So einfach ist das. Mit vierzehn geht es einem nur darum, zu bekommen, was man will. Rosalinda wollte Taino, und es gab nur einen Weg, ihn zu bekommen. América hatte vergessen, wie schwer es ist, mit vierzehn eine Niederlage einzustecken.

»Rosalinda findet sich schon zurecht«, beruhigt Paulina sie. »Nach dem zu urteilen, was du vorhin gesagt hast, geht sie zur Schule und versucht, wie ein normaler Teenager zu leben.«

»Ich hätte sie nicht zurücklassen dürfen«, platzt América heraus, als ob sie es schon die ganze Zeit hätte sagen wollen. »Ich hätte sie mitbringen müssen.«

»Wie hättest du das anstellen sollen, *nena*? Wenn sie hier wäre, könnte Correa dich der Kindesentführung bezichtigen. Hast du daran schon gedacht?«

Sie mustert Paulina erstaunt. »Nein.«

»Du bist in einer Situation ... verzeih mir, ich will dich nicht kränken, aber ... du hast zugelassen, daß diese Situation viel länger angedauert hat, als gut war. Es war Zeit, daß du etwas unternimmst.« Paulina sagt das mit einer Bestimmtheit, als hätte sie nur auf die Gelegenheit gewartet.

América ist verblüfft. Es wundert sie nicht, daß ihre Tante weiß, wie Correa sie mißhandelt hat. In Vieques ist das allgemein bekannt, und Ester hat gewiß mit ihrer Schwester darüber gesprochen. Aber es ist ihr peinlich, daß ihre »Situation«, wie Paulina sich ausdrückt, ihre ferne Tante überhaupt beschäftigt hat.

»Es gibt hier Einrichtungen«, fährt Paulina in vertraulichem Tonfall fort, »wo du dich beraten lassen kannst.«

»Beraten?«

»So was in der Art«, sagt Paulina vorsichtig, sie sucht nach den rechten Worten. »Es ist wichtig, mit jemandem darüber zu sprechen.

»Mit einem Psychiater, meinst du?«

»Nein, das nicht. Es gibt Frauengruppen ... Frauen wie du ... in deiner Situation. Treffen, wo du hingehen und darüber reden kannst«, wiederholt sie.

»Warum sollte ich darüber reden wollen? Ich bin ihm weggelaufen, was soll ich denn sonst noch tun?«

»Es geht nicht darum, etwas zu tun, América. Es geht um ... um diese Erlebnisse ... die Gewalt ... Es tut mir leid! Ich habe dich gekränkt. Glaube mir, *nena,* ich versuche nur, dir zu helfen, aus tiefstem Herzen.«

Glaubt sie, ich bin verrückt? Warum sollte ich zum Psychiater gehen? Ich habe nichts getan. Er ist der Verrückte von uns beiden. Er ist es, der Hilfe braucht.

»Vielen Dank, daß du dich um mich sorgst, Tía«, entgegnet América eisig, »aber ich kann selbst auf mich aufpassen.«

»*Ay,* du bist beleidigt. Bitte verzeih mir, *nena,* das wollte ich nicht.«

»Ich bin ziemlich müde ...«

»Natürlich, wir wollen das Couchbett aufklappen. Es tut mir leid, *mi'ja.* Ich wollte dich nicht kränken.« Aber América ist kühl und steif; sie hat sich in eine undurchdringliche Schutzschicht gehüllt, die ihren Rücken starr und ihre Worte abgehackt macht. Paulina glaubt, es ist meine Schuld, sagt sie sich, sie macht mir Vorwürfe.

Vom Couchbett im Wohnzimmer aus hört América die gedämpften Stimmen von Paulina und Leopoldo in ihrem Zimmer. In der Wohnung unterhalb schreien sich Janey und Johny stundenlang an, bis eine Männerstimme Ruhe gebietet und die weinenden Zwillinge in einen anderen Teil der Wohnung verbannt. Sirenen heulen, Lastwagen rumpeln vorbei, so daß man den Eindruck hat, sie wären direkt unter dem Fenster, einer nach dem andern, die ganze Nacht. In der Bronx ist es nicht so ruhig wie in Bedford oder in Vieques. América hat das Leben um sich herum noch nie so bewußt wahrgenommen wie jetzt. Die Nachbarn, die sich etwas zurufen, der Fernseher einen Stock tiefer, Paulinas und Leopoldos Stimmen, ein Radio irgendwo, Hupen, Sirenen, Schritte auf dem Bürgersteig drei Etagen tiefer – all das hält den Schlaf fern. Das Couchbett hat Kuhlen, und América dreht sich von einer Seite auf die andere, um eine bequeme Stellung zu finden. Irgendwo tickt eine Uhr, und sie horcht auf das Geräusch, bis das gleichmäßige, vorhersehbare Ticktack sie in den Schlaf begleitet.

Irgendwann mitten in der Nacht kommt Elena auf Zehenspitzen herein und hinterläßt einen Hauch von Rosenduft.

Heimweh

»Ich bin so froh, daß Sie da sind!« sagt Karen Leverett, als América am Montag zur Tür hereinkommt. »Die Babysitterin ist nicht erschienen.« Die Küche ist ein einziges Chaos, Meghan sitzt auf dem Schoß ihrer Mutter und weint. Karen sieht erschöpft und müde aus. »Ich mußte früher von der Arbeit kommen, um die Kinder von der Schule abzuholen. Ich wußte nicht, wie ich Sie erreichen sollte.« In ihrer Stimme schwingt ein leiser Vorwurf mit.

»Wo ist Kyle?«

»Kyle hat Zimmerarrest«, erwidert Karen mit schmalen Lippen. Als der Name ihres Bruders fällt, wimmert Meghan.

»Ich helfe. Eine Minute.« América schleppt zwei große Tüten herein.

»Waren Sie einkaufen?«

»Von meiner Tante. Warme Sachen.« Paulina, die sich immer wieder bei América für die Kränkung entschuldigte, bestand darauf, ihr das Beste aus dem Schrank zu geben. Wollpullover und -hosen, ein Paar Lederstiefel, mehrere Jeans, einige Jacken, von Carmen und Elena, denen die Sachen gehörten, alles kaum getragen. »Ich habe auch Überraschung für Kinder«, flötet América Meghan zu, die mit tränenverschmiertem Gesicht, aber erwartungsvoll zu ihr aufblickt. »Du kommst in América Zimmer?«

Meghan sieht ihre Mutter an, die ermutigend lächelt, und rutscht zögernd von deren Schoß, um América die Treppe hinauf in ihr Zimmer über der Garage zu folgen.

»Er hat mich gehauen«, erklärt Meghan, als sie an Kyles Tür

vorbeikommen, durch die sie ihn kläglich rufen hören: »Es tut mir leid, Mom, es tut mir leid.«

In ihrem Zimmer wühlt América in einer ihrer Einkaufstaschen und zieht eine Zellophanpackung *Ciento en Boca* heraus.

»Was ist das?«

»Kekse. Die sind gut.« Sie nimmt ein paar fingernagelgroße Kekse heraus und ißt sie. »Mmmm.«

Dann setzt sie Meghan vor ihren Fernseher, wo sie die Leckereien naschen kann, und rennt wieder nach unten. Karen telefoniert.

»Einen Augenblick ... Ja, América?«

»Darf Kyle rauskommen?«

Karen sieht auf die Uhr. »Ja, es sind schon zehn Minuten.«

»Okéi.« Sie läuft nach oben. Als sie an Kyles Tür klopft, öffnet er, verzieht aber enttäuscht das Gesicht, als er América statt seiner Mutter erblickt. »Mami sagt, du darfst raus.«

»Nein!« Er knallt die Tür zu.

Sie holt tief Luft, um ihren Ärger zu unterdrücken, der jeden Muskel ihres Körpers anspannt. Wieder klopft sie an die Tür. »Kyle, bitte mach Türr auf. Ich nicht böse. Bitte.«

»Es heißt nicht ›mach Türr auf‹«, erklärt er, als er die Tür öffnet, »es heißt ›mach die Tür auf‹«. Du sprichst nicht richtig.«

»Tührr.«

»Tür, Tür.« Er stampft mit dem Fuß auf.

»Tührr. Ich kann nicht besser sagen.« Es ist lächerlich. Sie steht auf dem Flur und läßt sich von einem Siebenjährigen mit tränenverschmiertem Gesicht die Aussprache korrigieren. »Ich komme in dein Zimmer?«

»Ob du hereindarfst? Nein.«

»Du kommst raus? Ich muß dir was sagen.« Sie steht auf dem Flur. Die Tür zu ihrem Zimmer öffnet sich, und Meghan späht heraus. »Du wartest, Baby. Ich komme gleich.« Meghan schließt die Tür.

»Sie ist kein Baby.«

»Ich nenne sie Baby, weil sie kleines Mädchen. Du großer Junge, kein Baby.«

»Sie ist ein Balg!«

»Was heißt Balg?«

»Es heißt, daß sie dumm und verwöhnt und doof ist.«

»Schlechte Namen geben nicht schön. Kein Respekt.«

»Sie macht mir immer Ärger.«

»Nicht gut, kleine Schwester schlagen.«

»Sie hat mich zuerst geschlagen.«

»Nicht gut. Du stärker, größer.«

»Sie ist ein Balg.«

»Du schlägst nicht mehr, versprochen?«

»Ich hasse sie.«

»Versprich, du schlägst kleine Schwester nicht mehr.« América hält ihn an den Schultern fest und sucht seine Augen. »Versprich América, du schlägst Schwester nicht. Versprich, du schlägst niemals Mädchen. Versprich!« Ihr Blick ist wild, unbeugsam, unheimlich.

»Okay, ich verspreche es.« Er macht sich von ihr los und versucht seine Angst zu verbergen. »Mein Gott!« Er drückt sich mit dem Rücken an die Wand. »Es war nur ein kleiner Schubs.«

»Niemals, *okéi*?« Sie sieht ihn immer noch mit diesem wilden Blick an.

»Okay, okay.«

»Guter Junge. Komm. Überraschung in meinem Zimmer.«

Nachdem sie die Kinder ins Bett gebracht hat, nimmt América alle Sachen aus der Einkaufstasche und überlegt, welcher Pullover zu welchen Hosen paßt. Es klopft an der Tür.

»Ich muß mit Ihnen sprechen«, sagt Karen.
»Einen Moment, bitte.« América räumt das Sofa für Karen frei. »Hier Unordnung.«
»Schöne Sachen«, bemerkt Karen geistesabwesend, ohne wirklich hinzuschauen. Sie läßt sich auf das Sofa fallen und bemerkt ärgerlich: »So geht's einfach nicht.«
Américas Herz sinkt. »Ich mache, so gut ich kann.«
Karen schüttelt den Kopf und hebt die Hände, wie um América zu beruhigen. »Oh, nein, es tut mir leid, ich habe nicht Sie gemeint. Ich meine unsere Vereinbarung.«
»Verein-barrung?« Sie kommt sich dumm vor. Kaum spricht sie zwei Tage lang Spanisch, schon hat sie ihr ganzes Englisch vergessen.
»Lassen Sie mich von vorn anfangen.« Karen drückt die Hände auf die Knie und holt tief Luft. América sitzt auf dem Sessel ihr gegenüber, wartet, bis Karen ihre Gedanken geordnet hat, und fragt sich, wie Karen bei ihrer Arbeit so erfolgreich sein kann, wenn sie sich im Privatleben so zaghaft verhält. »Okay. Ich habe ein Problem: Montag ist im Krankenhaus sehr viel zu tun, und ich kann es mir nicht leisten, daß nächste Woche noch einmal dasselbe passiert wie heute.«
»Was passiert?«
»Johanna hat die Grippe. Sie war das ganze Wochenende krank, hat aber erst, kurz bevor sie hiersein sollte, angerufen. Ich konnte Sie nicht erreichen ...« Diesmal ist der Vorwurf unverkennbar.
»Ich gebe Telefonnummer von meiner Tante.« América geht zum Nachtkästchen und wendet Karen den Rücken zu, um ihr ärgerliches Gesicht zu verbergen. Es ist mein freier Tag, denkt sie. Ich kann hingehen, wo ich will, ohne Sie zu fragen.
»Sie müssen das jetzt nicht tun.«

»Ich hab schon.« América schreibt die Nummer auf einen Block, den zweifellos Karen, die an alles denkt, dort hingelegt hat.
»Danke«, sagt Karen und studiert den Zettel, als wollte sie prüfen, ob die Handschrift sauber ist. »Auf jeden Fall möchte ich mit Ihnen darüber sprechen, Ihre Arbeitszeit zu ändern. Könnten Sie anstatt Dienstag bis Samstag von Montag bis Freitag arbeiten? Dann lasse ich Johanna am Wochenende einspringen.«
»Okéi.«
»Das ist gut!« Karen wirkt überrascht, als hätte sie mit einem Streit gerechnet. »Dann lassen Sie uns gleich dieses Wochenende damit anfangen?« fragt sie zaghaft, als erwarte sie, daß América es sich anders überlegt.
»Okéi«, kein Problem.«
»Großartig!« Zufrieden erhebt sie sich von der Couch, das Gespräch ist damit beendet. Sie wirft noch einen Blick auf die Kleider, die auf dem Fußboden und dem Bett verstreut liegen. »Die sind wirklich hübsch«, wiederholt sie, und auch diesmal hat América das Gefühl, daß Karen nicht wirklich hinsieht, sondern nur etwas sagen will. »Gute Nacht«, verabschiedet sich Karen und geht zur Tür. Sie blickt auf den Thermostat, lächelt und zieht die Tür hinter sich zu.
América erinnert sich nicht, wann sie aufstand, um Karen zu folgen, aber sie hält sich mit aller Kraft am Türknauf fest. Sie betrachtet die Sachen auf dem Bett und dem Boden, die mit steifen Armen und Beinen ausgebreiteten Pullover und Hosen. Genauso fühlt sie sich auch, starr und steif und ganz kalt, obwohl der Thermostat wieder auf die höchste Stufe eingestellt ist.

»Ich habe versucht anzurufen, aber es war belegt.«
Rosalinda am anderen Ende der Leitung murmelt etwas,

und obwohl América es nicht versteht, beschließt sie, der Sache nicht nachzugehen.
»Geht es dir jetzt besser?«
»Ich war nicht krank.«
»Du warst sauer auf mich …«
»Ja.« In dieser Feststellung schwingt Trotz mit.
»Bist du immer noch wütend?«
»Ja.« Das merkt man.
»Kannst du darüber hinwegkommen?«
»Ja.« Unsicher, zittrig, mit unterdrückten Tränen.
»Ich mache das nicht, um dir weh zu tun, Rosalinda.«
»Ich weiß.« Leise, kindlich.
»Wenn ich das Gefühl hätte, daß ich dir weh tue, dann würde ich zurückkommen.«
»Wirklich?«
»Ja, wirklich.«
Rosalinda holt tief Luft, wirkt aber nicht überrascht. »Warum hast du dann letzte Woche gesagt, daß du nicht zurückkommst?«
»Weil du mich letzte Woche nur wegen deines Vaters gebeten hast.«
»Oh.« Rosalinda überlegt. América kann fast sehen, wie sie sich auf die Unterlippe beißt und die Augen niederschlägt, was sie immer tut, wenn sie gründlich über etwas nachdenkt.
»Bist du dort glücklich?«
Nun ist es an América, sich auf die Lippen zu beißen und mit dem Finger das Muster auf ihrer Steppdecke nachzufahren. »Ich fühle mich nicht mehr so unter Druck.«
»Wie ist es da?«
América schiebt sich die Kissen in den Rücken, sucht sich eine bequemere Stellung und erzählt ihrer Tochter vom Schnee, von Eiszapfen, die im kalten Sonnenlicht schimmern, von Bäumen, die abgestorben aussehen, die aber, wie

alle sagen, in etwa einem Monat wieder Blätter bekommen. Sie erzählt Rosalinda vom riesigen Haus der Leveretts mit dem Swimmingpool, dem Sommerhäuschen, den sanft abfallenden Rasenflächen.

»Gibt es eine Stadt in der Nähe?« fragt Rosalinda, und América erzählt von der beigen Statue des Christoph Columbus und der braunen des Indianers, der in die andere Richtung schaut, von der spanisch sprechenden Chinesin und den ungepflasterten Straßen mit den großen Häusern zu beiden Seiten. Sie erzählt auch von der Fahrt in die Bronx, vom Besuch bei ihrer Tante und deren Familie, von den Kleidern, die ihr Paulina geschenkt hat, und daß ihr einiges nicht paßt, was sie Rosalinda schicken will, weil es mehr ihr Stil ist.

Sie lachen darüber, wie ernst Leopoldo ist und wie merkwürdig Paulina es findet, daß ihre Schwiegertochter Yogalehrerin ist. América schildert die Fahrt mit dem Zug über einen Fluß. »Es ist wie im Fernsehen«, sagt sie, »nur daß du die Kälte wirklich spürst.« Es ist das längste Gespräch mit ihrer Tochter seit Monaten, und Rosalinda lernt etwas dazu und ist offenbar dankbar dafür.

Als América nach über einer Stunde auflegt, schlingt sie die Arme um die Brust, schaukelt auf dem Bett in dem großen Zimmer mit der schrägen Decke und den vielen Fenstern, schaukelt vor und zurück, lacht und weint und wundert sich, daß Rosalinda zugehört und sich für sie gefreut und sie nicht gebeten hat, zurückzukommen.

Charlie ist wie ein Gast im eigenen Heim. Wenn América nicht seine Sachen waschen und sein Badezimmer putzen würde, wüßte sie nicht, daß er hier wohnt. Nach dem Wochenende findet sie seine Freizeitkleidung im Korb, verknittert, verschwitzt, mit dem typischen Männergeruch. Seine

Hemden für die Arbeit, alle vom gleichen Schnitt, aber in unterschiedlichen Farben, sehen eher glatt als zerknittert aus. So als würde sich der Körper in ihnen so wenig bewegen, daß er keine Spuren hinterläßt – nicht einmal in der Kleidung, die er trägt. América fragt sich, was Charlie in seinem Büro in der Stadt macht. Wie Karen hat er etwas mit Krankenhäusern zu tun, obwohl keiner von beiden Arzt ist.
In seinem Büro im zweiten Stock stehen Bilder von Karen und den Kindern und von einem älteren Ehepaar, vermutlich seinen Eltern. Andere Fotos zeigen Charlie auf verschneiten Gipfeln mit Seilen, die ihm von der Taille baumeln. Auf einem Bild hängt er an einem, wie América meint, sehr dünnen Seil über einem Felsenabgrund, der ferne, flache Horizont tief unter ihm. Einer der Schränke im Keller enthält Seile, lange Tragriemen, Stiefel, bunte Metallhaken und -ringe. In einem anderen liegt Campingausrüstung.
»Das sind Charlies Sachen«, betonte Karen, »Sie brauchen sich nicht darum zu kümmern.«
Doch América betrachtet gern die zusammengerollten Schlafsäcke, die Zelte, die ausgeklügelten Rucksäcke mit dem stabilen Rahmen und den Schlaufen und Riemen und Außentaschen. Sie bewundert die gut verarbeiteten Nähte, die durchdachten Kunststoffverschlüsse. Und sie liebt die Farben: Purpurrot und Tannengrün, Burgund, Fuchsie.
Wahrscheinlich ist seine Arbeit langweilig, sagt sie sich, und er braucht etwas Aufregendes in seinem Leben. Sie stellt sich vor, wie er spinnengleich an Felswänden hochklettert, durch ein dünnes Seil gesichert, das ein anderer oben befestigt haben muß, aber dann kann sie sich nicht vorstellen, wie der andere zuvor dort hinaufgekommen ist, um das Seil festzubinden. Es ist verrückt, folgert sie, auf welche Abenteuer sich die Menschen nur wegen der Aufregung einlassen.

Seine Messersammlung wirkt immer noch furchteinflößend auf América. Bestimmt braucht er sie, um die Seile durchzuschneiden, wenn er klettern geht. Aber warum sollte er Seile durchschneiden wollen? Gewiß will er doch eher, daß ihn die Seile so lange wie möglich halten. Wenn América die Vitrine abstaubt, vermeidet sie es, die Messer anzusehen. Obwohl sie hinter Glas verschlossen sind, wirken sie bedrohlich auf sie.

América fragt sich, wie Karen und Charlie es geschafft haben, zwei Kinder zu zeugen. Die Laken auf dem Ehebett sind nur selten verknittert. Karens Diaphragma liegt Abend für Abend für Abend in der kleinen Dose auf ihrem Nachttisch, vergessen, unbenutzt.

In manchen Nächten wird América durch die gedämpften Stimmen der beiden geweckt, nicht weil sie laut wären, sondern weil vorher vollkommene Stille geherrscht hat. Sie streiten kurz, dann weint Karen, und es ist vorbei. Am nächsten Morgen erscheint Charlie so munter und vergnügt in der Küche wie an allen anderen Tagen auch, und Karen hastet wie üblich die Treppe hinunter, fertig angezogen für die Arbeit. An diesem Tag kommt Charlie früher nach Hause, so daß er mit Karen essen und den Kindern eine Gutenachtgeschichte vorlesen kann, aber anschließend trainiert er entweder im Sportzimmer oder vergräbt sich bis spätabends in seinem Büro im zweiten Stock, während Karen ihre Papiere auf der Ledercouch im Wohnzimmer ausbreitet.

Ich würde gern wissen, ob er sie schlägt, überlegt América. Als sie die beiden zum erstenmal streiten hörte, preßte sie das Ohr an die Tür, die Hand am Knauf, bereit, hinauszulaufen. Sie verstand nicht, was gesprochen wurde, hörte nur den lauten Klang erhobener Stimmen, ihre anklagend, seine verteidigend. Dann wurden die Rollen getauscht, er klang verletzt, sie hingegen hart. Aber es folgte kein Aufschrei, es fehlten die Geräusche eines Kampfes, die erstickten Schmerzenslaute. Sie streiten, und einer von ihnen zieht aus dem Schlafzimmer aus, um im Gästezimmer zu übernachten. Manchmal ist es Charlie, dann wieder Karen. América erkennt es an den Haaren auf dem Kopfkissen.

Am Morgen danach, wenn América weiß, daß sie gestritten haben, kann sie ihnen nicht in die Augen sehen. Charlie kommt herunter, fertig für die Arbeit, und América zittert so sehr, daß sie ihre Hände in den Taschen verstecken muß oder Wasser laufen läßt und so tut, als würde sie das Spülbecken säubern. Charlie scheint es nicht zu bemerken. Er holt seinen Mantel aus dem Schrank, rückt seine Krawatte zurecht, greift nach dem Köfferchen und den Handschuhen, die auf dem Tisch liegen, und geht.

Auch Karen benimmt sich, als wäre nichts passiert. Sie sitzt bei den Kindern und wartet darauf, daß América das leckere Frühstück serviert, das sie für die Familie vorbereitet hat. Lockere Omeletts mit Zwiebeln und Käse, Blaubeerpfannkuchen, kremiger Weizenbrei, mit Nelken und Zimt gewürzt, knuspriger Toast mit Erdbeermarmelade. Es ist, als würde das, was sich hinter der geschlossenen Tür des Schlafzimmers abspielt, dort bleiben, sich nicht auf die übrigen Räume des großen Hauses ausbreiten und den Rest ihres Lebens unbeeinflußt lassen.

Wie schaffen sie das nur? fragt sich América, während sie Regale abstaubt, Teppiche saugt, die Anrichte abwischt. Wie können sie streiten, und am nächsten Tag ist keiner von beiden wütend? Ihre eigenen Kriege mit Correa dauerten Tage. Die Wut, der Groll, die Rachephantasien begleiteten sie noch, wenn sie die Ursache des Streits längst vergessen hatte.

Auf das Warum kam es auch gar nicht an. Ihre Streitereien folgten keiner Logik. Nur eins stand fest: Correa würde sie schlagen. Er schlug sie, wenn sie einen anderen Mann ansah, und er schlug sie, wenn sie es bleiben ließ, denn das bedeutete, daß sie so tat, als kenne sie den Mann nicht, und ihre wahre Leidenschaft für ihn verbarg. Er schlug sie, wenn sie nicht hübsch und gepflegt aussah, und wenn sie sich zu schön zurechtmachte, schlug er sie, weil sie zuviel Aufmerksamkeit auf sich zog. Er schlug sie, wenn er getrunken hatte. Er schlug sie, wenn er nüchtern war. Er schlug sie, wenn er beim Domino verlor, und wenn er gewann, schlug er sie, weil sie ihm nicht genug gratulierte.

Sie erinnert sich an keine Auseinandersetzung mit Correa, bei der er sie nicht übel zugerichtet hat, so daß sie ihm, auch wenn er lieb und reumütig ist, nicht vertraut. Er küßt sie, bringt ihr Geschenke mit, streichelt sie zärtlich und sagt ihr, sie sei schön. Und sie hört zu und glaubt ihm manchmal, aber der Argwohn bleibt.

América kann es kaum glauben, daß Charlie mit seinen Seilen und Messern und seiner schroffen Art nicht gewalttätig wird, wenn er wütend ist. Sie fragt sich, ob Karen und Charlie sich bei ihren Streitereien beherrschen, weil sie wissen, daß América da ist – am anderen Ende des Flurs.

Aber sie verwirft den Gedanken. Die erzwungene Nähe zu den Leveretts hat auf América stärkeren Einfluß als auf die beiden. Es ist ihr Haus. Sie können sich hier so geben, wie sie sind. América ist diejenige, die auf der Hut sein und genau überlegen muß, was sie tut. Stets muß sie darauf achten, wie ihre Arbeitgeber sie wahrnehmen, weil sie von ihnen abhängig ist. Aber sie sind auch von mir abhängig, widerspricht sie sich, zumindest Karen. Sie drückt das Bügeleisen auf den Kissenbezug, den sie gerade bügelt. Wie dumm ich doch bin, schilt sie sich, reiche Leute sind von niemandem abhängig. Man kann mich mit einem Telefonanruf ersetzen.

»Ich gewöhne mich ein«, erzählt sie Ester, als sie ihre Mutter nach wiederholten Versuchen zu Hause erreicht. »Aber der Arbeitstag ist lang. Ich bin erschöpft, wenn ich ins Bett gehe.«
»Bezahlen sie dir die Überstunden?«
»Es ist nur für eine Weile, bis Karen sich bei ihrer neuen Arbeit eingewöhnt hat.«
»Hier hast du nicht so geschuftet.«
»Ich habe nicht so lange gearbeitet, aber genauso hart.«
Langsam und genüßlich zieht Ester an ihrer Zigarette. »Ich habe deine Geldanweisung bekommen«, sagt sie, »und Strom und Wasser damit bezahlt.«
»Diese Woche schicke ich noch eine.«
América will nicht nach Correa fragen. Ester soll nicht merken, daß sie neugierig ist, ob er noch nach ihr sucht. »Letzten Sonntag habe ich Paulina und ihre Familie besucht.«
Sie erzählt Ester, was sie auch schon Rosalinda geschildert hat, nur ist es gezwungener und auch für sie selbst nicht mehr so spannend. »Elena ist wunderschön, *bien delicadita.*« Sie spricht über den Besuch, beschreibt den Blick auf die Brücke von Paulinas Fenster aus, das Sonntagsessen, die Kleider, die sie América schenkte, aber im Hinterkopf bleibt die quälende Frage nach Correa. Sie möchte Ester den Eindruck vermitteln, daß es mit ihrem Leben weitergeht, daß es ihr in New York gefällt. Aber hat er mich schon vergessen, will sie wissen, sucht er mich noch?
Ester erwähnt Correa nicht. América zieht das Gespräch in die Länge, bis es nichts mehr zu erzählen gibt, bis sie sich nach allen Bekannten erkundigt hat, die ihr einfallen, nur

nicht nach Correa, nicht nach ihm. Ester erwähnt seinen Namen nicht, und América scheut sich, frei heraus nach ihm zu fragen. Enttäuscht und wütend auf sich selbst legt sie auf. Warum will sie wissen, was er tut und wo er steckt? Sie hat ihn endgültig verlassen und will ihn nie wiedersehen. Es spielt keine Rolle, was er vorhat. Zwischen uns ist es aus. Es ist aus. Es ist aus.

»Sprechen Spanisch?« Die Stimme mit dem starken Akzent klingt zögernd, zurückhaltend. Die kleine, rundliche Frau hat haselnußbraune Haut, glatte, schwarze Haare, schwarze Augen und volle Lippen, um die sie ein Filmstar beneiden würde.

»Sí, hablo español.« América schubst Meghan auf der Schaukel an. Sie und die Frau haben sich seit zehn Minuten Blicke zugeworfen, während die Kinder, mit denen sie auf den Spielplatz gekommen sind, herumrennen, springen und an den Metallringen schaukeln, die vom Klettergerüst baumeln.

»Ich heiße Adela.«

América stellt sich vor. Sie zittert. Die feuchte Märzluft, die, wie Karen behauptet, den Frühling ankündigt, fühlt sich für sie kein bißchen wärmer an als die Luft im Februar. Meghan möchte in den Holztunnels spielen, also folgen ihr Adela und América, plaudern und machen sich miteinander bekannt.

»Ich arbeite *interna*«, erzählt Adela und deutet auf die beiden kleinen Mädchen, für die sie sorgt. Sie stammt aus Guatemala, wo sie als Krankenschwester in einer Privatklinik gearbeitet hat. »Aber hier müssen wir alles tun, was anfällt, das wissen Sie ja.« Ihr Mann lebt in einer anderen Stadt, wo er als Landschaftsgärtner arbeitet oder Aushilfsjobs übernimmt. »Es ist schwer, Arbeit für ein Ehepaar zu finden«,

sagt sie, »und wenn man was bekommt, wollen sie nicht so viel zahlen.«
»Aber wann sehen Sie ihn?«
»Er holt mich jeden Samstag abend ab. Am Sonntag haben wir frei, also können wir den Tag zusammen verbringen. Wir mieten ein Zimmer in einem Haus, in dem noch drei andere Paare wohnen.«
Adelas Spanisch klingt so musikalisch, daß América immer wieder Fragen stellt und fasziniert Adelas Stimme und dem Rhythmus ihrer Worte lauscht.
»Wie lange arbeiten Sie schon hier?«
»Im Mai werden es drei Jahre, aber als ich hierherkam, war ich, hm, noch nicht verheiratet.«
Nun stellt Adela América einige Fragen, aber América will nicht so viel von ihrem Leben erzählen und antwortet so knapp wie möglich, ohne daß es unhöflich wirkt.
Meghan kommt angelaufen, die Hände zwischen den Beinen. »Ich muß Pipi.«
»*Okéi,* wir fahren heim.« América nimmt sie hoch und ruft Kyle von der Rutsche.
»Ich will noch nicht gehen!«
»Wir müssen. Meghan muß auf Toilette.«
»Fahr mit ihr und komm dann wieder!«
»Das ist zu weit. Du kommst jetzt.« Sie geht zum Auto. Er tut, als hätte er nicht gehört, doch als er merkt, daß sie sich nicht umdreht, folgt er widerwillig.
Adela läuft ihr nach. »Ich wohne nur ein Stück die Straße hinauf. Sie dürfen gern dort die Toilette benutzen.«
»O nein, danke. Es ist sowieso Zeit, nach Hause zu fahren.«
Meghan zappelt auf Américas Hüfte herum. »Ich muß so dringend!«
»Dem kleinen Mädchen könnte ein Mißgeschick passieren ...«, wendet Adela ein.

América sieht Meghan an, die eine Grimasse zieht. »*Okéi*«, sagt sie, »aber wir können nicht lange bleiben.«
Sie schnallt Meghan im Kindersitz fest. Kyle zieht seinen Gameboy aus der Tasche auf dem Rücksitz, und noch bevor sie den Parkplatz verlassen haben, verfolgt er murmelnd die Geschöpfe, die über den kleinen Bildschirm hüpfen.
Sie ist nett, denkt América, als sie Adelas Kleinbus aus dem Parkplatz am Spielplatz folgt. Doch das ist in Américas Augen nicht unbedingt ein Vorzug. Sie hält Adela für zu offen: Indem sie eine Frau, die sie gerade kennengelernt hat, in das Haus ihrer Arbeitgeber bittet – nicht einmal in ihr eigenes Heim –, nimmt sie sich eine Freiheit heraus, die auf mangelnden Respekt gegenüber den Besitzern hinweist.
Sie folgt dem Kleinbus eine lange Straße hinauf zu einem Haus, das wie der Wohnsitz von Mördern und Geistern in Kinofilmen aussieht. Es ist dunkelbraun gestrichen; im ersten Stock hat es Türmchen und im Erdgeschoß rundherum eine Veranda mit kunstvoll geschnitzten Verzierungen, die den Eindruck erwecken, als wären Dachgesims und Veranda mit Spitzen versehen.
»Es sieht aus wie das Haus von der Addams Family!« quietscht Kyle.
»Wer ist Addams Family?« fragt América.
Kyle summt eine Melodie und schnalzt mit den Fingern.
»*Okéi*, Meghan, steigen wir aus. Du bleibst im Auto, Kyle. Wir kommen gleich wieder.«
Mit Meghan auf der Hüfte folgt América Adela und den beiden Mädchen ins Haus. Eine riesengroße, kunstvoll geschnitzte Tür führt in eine dunkle, holzgetäfelte Diele.
»Hier ist das Badezimmer.« Adela führt sie in den hinteren Teil des Hauses. Meghan läuft hinein und schließt die Tür ab, bevor América eine Chance hat, mitzukommen.
»Möchten Sie etwas trinken?«

»Nein, danke«, erwidert América, »ich muß heim und Abendessen machen.«
»Ach, Sie kochen auch?«
»Ja. Sie nicht?«
»Nein, ich bin nur für die Kinder da. Die *señora* kocht.«
»Ich koche für die Kinder«, lügt América, als müßte sie sich verteidigen.
»Fertig.« Meghan kommt aus dem Badezimmer und bemüht sich, ihre Jeans allein zuzumachen.
»Großes Mädchen!« lobt Adela. América nimmt Meghan bei der Hand und geht die Diele hinunter.
»Danke.«
»Vielleicht können wir uns mal treffen«, schlägt Adela vor. »Hier, ich schreibe Ihnen meine Nummer auf. Rufen Sie mich an.«
América nimmt den aus einer Zeitschrift herausgerissenen Papierfetzen und eilt die Verandastufen hinunter.
»Bis bald«, ruft sie.
Adela ist die erste spanischsprachige Hausangestellte, die sie seit ihrer Ankunft hier getroffen hat, und die Aussicht, sie näher kennenzulernen, erscheint ihr zugleich aufregend und bedenklich. Adela gehört nicht zu den Leuten, mit denen sie sich in Puerto Rico abgegeben hätte. Sie ist so ... América sucht nach dem rechten Wort. Plump-vertraulich. Das ist's. Obwohl sie eine gewisse Distanz gewahrt und sich gesiezt haben, meint Adela offenbar, sie könnten sich anfreunden, nur weil sie beide Dienstmädchen sind. Aber Freundschaften brauchen eine andere Grundlage als nur die gleiche Beschäftigung. Sie schüttelt den Kopf und murmelt vor sich hin. Wovon rede ich eigentlich? Ich habe keine Freunde.
Sie biegt in die Einfahrt der Leveretts ein, geht zum Hintereingang und schließt auf.

»Du hast Meghan vergessen!« schreit Kyle auf dem Weg ins Haus.
Das kleine Mädchen weint leise und weigert sich, América in die Augen zu sehen, als América sie behutsam aus dem Autositz hebt, sie fest an den Busen drückt und hineinträgt.

Am Wochenende fährt sie in die Bronx, weil sie nicht weiß, was sie sonst machen soll. An einem feuchten, windigen Samstagmorgen steigt sie die Treppe vom Fordham-Bahnhof hinauf. Es ist niemand da, um sie abzuholen. Zitternd steht sie unter einer Ladenmarkise und überlegt, wie lange sie warten soll, bevor sie Paulina anruft. Auf der anderen Straßenseite hält mit quietschenden Bremsen ein Wagen. Als sie sich umdreht, winkt ihr Darío aus dem offenen Fenster zu. Sie winkt zurück und beobachtet entsetzt, wie er mitten auf der Straße wendet, so daß die anderen Fahrer in beiden Fahrtrichtungen das Steuer herumreißen und bremsen, um ihm auszuweichen. Er parkt vor ihr in zweiter Reihe und achtet nicht auf das Gehupe und Gefluche der anderen.
»Steig ein«, sagt er, während er das Auto umrundet und ihr die Tür öffnet, »Doña Paulina hat mich geschickt, weil Don Leo nicht zu Hause ist.« Er ist von Kopf bis Fuß durchnäßt, und seine blasse, knochige Gestalt erinnert sie an ein gerupftes Huhn. América verbirgt ihr Lächeln, als sie auf dem Beifahrersitz Platz nimmt.
»Tut mir leid, daß du warten mußtest«, entschuldigt sich Darío, als er einsteigt. »Doña Paulina hat mich erst in letzter Minute angerufen.«
Ohne zu blinken, fährt er los, tritt aufs Gas, während sein anderer Fuß noch auf der Bremse steht. América sucht nach dem Sicherheitsgurt, findet aber keinen. Sie klammert sich an der Armlehne fest und drückt ihren rechten Fuß mit aller Kraft in den Boden.

»Es ist nicht weit von hier«, sagt Darío, indem er den Blick von der Straße abwendet und sie ansieht.
»Oh, gut«, meint América, die fürchtet, daß sie ihn durch eine Unterhaltung ablenken und damit ihr Leben aufs Spiel setzen könnte. Er überfährt zwei Stopzeichen, ohne zu bremsen, hupt dafür vorbeugend, sobald er sich der Kreuzung nähert. Als América das große grüne Haus am Ende des Blocks erspäht, atmet sie erleichtert auf. Überall parken Autos. América fürchtet, daß Darío um den Block fahren und nach einer Lücke suchen will, aber er hält vor dem Gebäude, um sie herauszulassen.
»Wozu sollst du naß werden«, erklärt er und läuft ums Auto, um ihr die Beifahrertür zu öffnen.
América rennt ins Haus und lehnt sich an die Tür, um Atem zu schöpfen und ein kurzes Dankgebet zu sprechen. So ein Idiot, denkt sie, während sie zu Paulinas Wohnung hinaufeilt.
»*Ay mi'ja,* ich hätte auch lieber jemand anderen geschickt, um dich abzuholen«, sagt ihr Paulina später, »aber ich wollte dich nicht im Regen warten lassen.«
»Wahrscheinlich wollte er dir imponieren«, fügt Elena hinzu.
»Indem er versucht, mich umzubringen?«
»Er ist Taxifahrer«, erklärt Paulina, »die fahren alle so.«
»Wenn du América weiter angst machst, wird sie bald nur noch zu Fuß gehen, Mami«, meint Elena.
Sie haben den Tag damit verbracht, neue Vorhänge zu nähen; gekräuselte weiße Stores im Wohnzimmer, grüner Voile in der Küche, Obstmuster im Eßzimmer. Elena ist auf einen der stabilen Küchenstühle geklettert und hat die Gardinen aufgehängt. Jetzt gehen die drei Frauen von Raum zu Raum, bewundern ihr Werk und stellen die Möbel um.

»Das Problem ist nur«, seufzt Paulina, »wenn man neue Vorhänge anbringt, sieht alles andere alt und schäbig aus.«
»Vielleicht sollten wir streichen«, schlägt Elena vor. Die Hände in die Hüften gestemmt, mustert sie kritisch die hellblauen Wände.
»*Ay, nena,* bitte! Ein solches Durcheinander ertrage ich nicht.«
»Nur das Wohnzimmer. Wir könnten es an einem Nachmittag schaffen.«
América stiehlt sich davon, da sie fürchtet, Elena könnte sie in das Wir miteinbeziehen.
»Es würde gut aussehen, wenn wir die Decke in einem etwas dunkleren Blau streichen«, hört sie Elena sagen, während sie in die Küche schleicht und sich etwas Saft einschenkt. Draußen regnet es nach wie vor wie aus Kübeln. Sie fühlt sich an die *tormentas* erinnert, von denen Vieques von Zeit zu Zeit heimgesucht wird und bei denen Bäche entstehen, die den Humus von den Hügeln in den Ozean spülen. Als Kind ist América einmal einem solchen Bach gefolgt – von den Hügeln Puerto Reals bis hinunter zum Strand, wo das Regenwasser in den Ozean strömte und Laub, Zweige und tote Tiere mit sich riß, als brächte es sie dahin zurück, wo sie herstammten. Damals kam ihr in den Sinn, daß die ganze Insel Vieques ins Meer gespült werden könnte, wenn es weiter so heftig regnete. Wochenlang hatte sie Alpträume vom Ertrinken. Regentage versetzen sie noch heute in panische Angst vor einer drohenden Gefahr, und sie hat das Gefühl, daß der Boden unter ihr nachgeben und sie jederzeit ausrutschen und hinfallen könnte.
Hier kann das nicht passieren, sagt sie sich; beim Blick aus dem Fenster sieht sie nichts als Dächer. Hier gibt es keine Erde, die fortgespült werden kann. Alles besteht aus hartem Zement, kein Fleckchen Erde dazwischen. Trauer erfüllt ihr

Herz, und sie verspürt eine Sehnsucht, die sie nicht deuten kann, weil sie neu ist. Sie nippt an ihrem Orangensaft, beobachtet, wie der Regen auf die dunklen Dächer prasselt, und fragt sich, was diese neue Trauer bedeutet. Erst nach einer Weile wird ihr klar, daß sie Heimweh hat nach den vertrauten *vistas* von Vieques, den grünen Hügeln und dem gelben Licht der warmen Sonne, dem Salzgeschmack des Meerwinds, den flachen Dächern der Häuser. Sie wendet sich vom Fenster ab, als wollte sie diese neue Welt auslöschen, die so hart und grau, so kalt, so arm an Erinnerungen ist.

Während des Essens am Sonntag läßt Darío sie nicht aus den Augen. Sein Blick ist unveränderlich wie der einer Eidechse und verfolgt jede ihrer Bewegungen. Aber immer wenn sie in seine Richtung schaut, senkt er die Augen, und eine leichte Röte überzieht sein blasses Gesicht.

»Er ist schüchtern«, sagt Elena zu América, als sich die jungen Frauen nach dem Essen in ihrem Zimmer versammeln.

»Der arme Junge hat Angst vor dir«, meint Carmen.

»Du hast ihn in keiner Weise ermutigt«, fügt Teresa hinzu.

»Ich will ihn auch gar nicht ermutigen.«

»Gute Männer mit einem festen Job findet man nicht alle Tage«, warnt Carmen.

»Ich suche keinen Mann.«

»Aber es ist gut, einen in Reserve zu haben, falls du deine Meinung änderst«, sagt Teresa, und die Mädchen lachen und klatschen sich gegenseitig auf die Hände.

»Ich sage dir, was du machst«, erklärt Carmen. »Sei nett zu ihm. Lächle ihn hin und wieder an. Laß dich von ihm zum Essen einladen oder ins Kino oder irgendwohin, wo du nicht mit ihm zu reden brauchst, wenn du nicht willst.«

»*Ay,* Carmen, das ist schrecklich«, protestiert Elena. »Du sagst ihr, sie soll ihn ausnutzen.«
»Warum nicht? Männer nutzen Frauen ständig aus!«
»Aber das wäre nicht gut für América«, bemerkt Teresa, »sie erholt sich gerade von einer schlimmen Beziehung.«
Nach diesen Worten vermeiden die beiden Frauen Américas Blick. Sie ist knallrot geworden. »Entschuldigt mich«, sagt sie und geht aus dem Zimmer.
»Was habe ich nur gesagt?« fragt Teresa die anderen mit betroffener Stimme.
América schließt sich im Badezimmer ein. Der Spiegel über dem Waschbecken zeigt ihr gerötetes Gesicht, die Augen werden von ihrer gerunzelten Stirn überschattet. Am liebsten würde sie sich die Scham mit kühlem, frischem Wasser von den Wangen waschen, aber das würde ihr Make-up ruinieren. Sie kehrt ihrem Spiegelbild den Rücken.
Eine schlimme Beziehung, sagt sie. Fünfzehn Jahre meines Lebens in diesen drei Worten zusammengefaßt. Als wäre eine »schlimme Beziehung« eine Krankheit wie Krebs oder Grippe. Etwas, wovon man sich erholen kann.
Jemand klopft sachte an die Tür und fragt: »Kann ich reinkommen?«
»Bin gleich draußen«, ruft América und zieht die Spülung. Als sie die Tür öffnet, tritt Teresa ein, ohne América herauszulassen.
»Es tut mir wirklich leid, wenn ich dich gekränkt habe«, sagt sie atemlos. »Ich wollte nicht ...«
»Ist schon gut.« América weicht Teresas großen, lebhaften Augen aus.
»Nichts ist gut! Du bist beleidigt und verletzt und möchtest, daß ich dich in Ruhe lasse. Widersprich nicht, ich weiß es.« Teresa lehnt sich gegen die Tür, die mageren Arme über ihrer fast flachen Brust gekreuzt.

»Ich bin ein bißchen empfindlich bei dieser Sache, das ist alles«, entschuldigt sich América.

»Das ist dein gutes Recht, und du kannst Leuten wie mir ruhig sagen, daß sie sich um ihren eigenen Kram kümmern sollen.«

Dann kümmere dich um deinen eigenen Kram, denkt América, sagt es aber nicht.

»Schau mich an«, fordert Teresa, »es stört mich, daß du mir nicht in die Augen schaust, wenn wir uns unterhalten.«

América ist verblüfft. Kann Teresa Gedanken lesen? Sie sieht Teresa in die Augen. Sie sind freundlich, groß und rund, als sähen sie mehr als die Augen anderer Leute.

»Es tut mir leid«, sagt América.

»Du entschuldigst dich zuviel.«

»Es tut mir ...«, lacht América.

»Du solltest mehr lachen.«

»Du hast zu allem eine Meinung.«

»Meine Mutter ist medial veranlagt«, erklärt Teresa unbekümmert, als könnte das jeder von seiner Mutter behaupten. »Sie spricht nicht. Sie verkündet. Ich glaube, daher habe ich es.«

»Bist du auch medial veranlagt?«

»Überhaupt nicht! Ich könnte nicht mal vorhersagen, was ich in den nächsten fünf Sekunden anstelle.« Sie sieht América an. »Aber ich kann dir etwas über dich sagen, was du vielleicht noch nicht weißt.«

»Was denn?«

»Alle hier haben dich gern und wollen dir helfen, einen Neuanfang zu machen.«

»Danke ...«

»Ich will nicht behaupten, ich hätte die Geschichten über den Mann, mit dem du gelebt hast, nicht gehört ...«

»Correa ...«

»Du kannst sicher sein, niemand hier macht dir Vorwürfe, weil du ihn verlassen hast. Du solltest aufhören, dich deshalb schuldig zu fühlen.«

»Ich fühle mich nicht schuldig ...«

»Es war nicht deine Schuld, daß er dich geschlagen hat. Männer wie er brauchen keinen Grund, um Frauen zu schlagen. Und nur weil er so ist, heißt das nicht, daß alle Männer gleich sind.« Teresa schließt die Badezimmertür auf. »Das ist alles, was ich sagen wollte. Sie greift an América vorbei nach der Spülung und betätigt sie. »Bis später«, sagt sie lächelnd und geht.

Nun hat es América die Sprache verschlagen. Während Teresa sprach, fühlte América einen überwältigenden Zorn in sich aufsteigen. Wer ist sie eigentlich, mir eine Predigt zu halten, als wäre ich ein Kind? Sie wendet sich wieder ihrem Spiegelbild zu, nur sieht ihr gerötetes Gesicht diesmal grimmig aus, und ihre Augen funkeln wütend. Sie fürchtet sich vor sich selbst.

Ay Dios mío, murmelt sie, als sie die Hände vor's Gesicht schlägt. Dieses Gesicht sieht Rosalinda, wenn ich wütend bin. Sie streicht mit den Händen über ihre heißen Wangen, preßt die Lippen aufeinander und kneift die Augen zusammen, als wäre diese Anstrengung nötig, um wieder das sorglose Gesicht zurückzuerlangen, das sie der Welt zeigen möchte. Als sie die Augen wieder öffnet, blickt ihr die vertraute América mit dem Lidstrich und dem Rouge auf den Wangen entgegen. Sie schluckt ein paarmal hart, als wäre der Klumpen, den die unterdrückte Wut in ihrer Kehle bildet, feste Nahrung und als fütterte sie damit einen Teil ihrer selbst, der tief, tief, tief in ihren Eingeweiden vergraben liegt.

Karen Leverett trägt teure Unterwäsche. Als América Karens Kommode zum erstenmal aufräumt, findet sie fünf Höschen und drei BHs, an denen noch das Preisschild hängt. Die Höschen kosten je 15 Dollar, die BHs 30 Dollar das Stück. Es gibt fünfzehn weitere Höschen mit demselben Markennamen und zwölf weitere BHs. Allein für Unterwäsche, rechnet América aus, hat Karen Leverett 750 Dollar ausgegeben, Steuern nicht mitgerechnet. Sie fragt sich, wieviel Karen Leverett für die Kleidung ausgibt, die man sehen kann.

Einer der drei Wandschränke Karens ist mit maßgeschneiderten Kostümen in gedämpften Farben und Stoffen gefüllt. Sie besitzt zehn Seidenblusen und vier Blusen aus Baumwolle, zwölf Kleider, drei Hosenanzüge, dreiundzwanzig Paar Schuhe und sechs Paar Stiefel. In einem anderen Schrank bewahrt sie Abendkleider auf und dazu die passenden perlenbesetzten Schuhe, winzige Handtaschen, zwei Kaschmirschals sowie zwei Pelzmäntel, ein kurzer und ein langer. Daneben gibt es noch die Freizeitkleidung, die Karen im dritten Schrank ihres Ankleidezimmers verstaut hat. Ein Stapel Jeans, Woll- und Rollkragenpullis, dicke Socken, vier Paar Turnschuhe, drei Paar flache Schuhe in Schwarz, Braun und Olivgrün.

»Ich liebe Kleider«, bemerkte Karen, als sie América alles zeigte, und América, die ebenfalls Kleider liebt, fragt sich, wie es ist, Höschen für 15 Dollar und BHs für 30 Dollar zu tragen. So anders kann es sich nicht anfühlen, überlegt sie, während sie die zarte Spitze, die winzigen Schleifchen, die

zwischen den BH-Schalen aufgestickten kleinen Perlen betastet. Sie legt die Unterwäsche zusammen und ordnet sie nach Farben, so daß die ganze Schublade einem Regenbogen aus schimmernder Seide und Satin gleicht.
Siebenhundertundfünfzig Dollar, murmelt sie, nur für Unterwäsche. Ich müßte meinen Verdienst von zweieinhalb Wochen ausgeben, nur um meine Brüste zu stützen und meinen Po zu bedecken. Karen Leverett verdient in diesem Krankenhaus scheinbar viel Geld.
Dann inspiziert sie die Schuhschachteln im Schrank. 260 Dollar für ein Paar Wildlederschuhe, 159,99 Dollar für Turnschuhe, 429 Dollar für ein Paar Stiefel. América betrachtet diese Artikel von allen Seiten, betastet das Innere, wo Karens Zehen im weichen Leder leichte Dellen hinterlassen haben. Sie fühlen sich anders an als meine Schuhe zu 20 Dollar, überlegt sie, aber soviel anders auch wieder nicht.
Mit Staubsauger und Staubtuch macht sie sich in den drei Wandschränken zu schaffen und streicht dabei über die knisternde Seide, die warmen Wollstoffe, die leicht prickelnden Pelze. Alles in allem, rechnet sie, kosten die Sachen allein in diesem Schrank wahrscheinlich soviel wie ein Haus in Vieques, vielleicht auch mehr. Sie hält inne, um sich den Schweiß von der Stirn zu wischen. Eine Woche meiner Arbeit kostet Karen soviel wie ein Paar Schuhe. Sie zieht den Staubsauger aus dem beleuchteten Schrank, drückt die Tür mit dem Rücken zu. Das kann nicht richtig sein, folgert sie. Wenn meine dreimonatige Probezeit vorbei ist, bitte ich um eine Gehaltserhöhung.

»Warum arbeitest du *interna,* wenn du doch *americana* bist?« fragt Adela eines Tages, während sie auf dem Spielplatz die Kinder beaufsichtigen.
»Aber ich bin keine *americana*«, protestiert América, »ich

komme aus Vieques, ich bin Puertoricanerin. Es ist nur, daß Puertoricaner das Bürgerrecht haben.«

»Aber heißt das nicht, daß du *americana* bist?«

»Nein, ich bin Puertoricanerin, habe aber das Bürgerrecht. Das heißt, wir brauchen keine Genehmigung, wenn wir hier wohnen und arbeiten wollen.«

Adela versteht diesen Unterschied nicht, und bevor ihr Adela Fragen über ihren rechtlichen Status stellte, hatte América auch nicht groß darüber nachgedacht.

»Also ist deine Sozialversicherungskarte echt?«

»Ja, ich habe sie seit meiner Geburt.« Eine waschechte Sozialversicherungskarte, für América eine Selbstverständlichkeit, erweist sich als ebenso begehrt wie die *green card,* von der sie gehört, die sie aber noch nie gesehen hat.

»Wenn ich wie du eine *americana* wäre, könnte ich in meinem Beruf als Krankenschwester arbeiten. Ich habe dir doch erzählt, daß ich in Guatemala Krankenschwester war, oder?«

América nickt. Fast in jedem Gespräch deutet Adela an, daß ihre Arbeit hier unter ihrer Würde ist, weil sie in ihrer Heimat Krankenschwester war.

Da América bei ihrer ersten Begegnung keinen guten Eindruck von Adela hatte, widerstand sie ein paar Tage lang der Versuchung, Adela anzurufen. Aber schließlich siegten Einsamkeit und Neugierde, und so verabredete sie sich mit Adela im Park. Durch Adela hat sie andere Frauen kennengelernt, die in den großen und vornehmen Häusern arbeiten, deren lange Auffahrten automatisch beleuchtet werden, wenn sich ein Fahrzeug nähert. Liana aus El Salvador war Bankangestellte. Frida aus Paraguay war Lehrerin. Mercedes aus der Dominikanischen Republik war Telefonistin. Sie treffen sich auf dem Spielplatz oder wenn sie ihre Schutzbefohlenen bei deren Spielkameraden absetzen oder abholen. Eines haben sie alle gemeinsam: Sie sind illegal in die Vereinigten Staaten eingereist, und sie sind verblüfft, daß América, die amerikanische Bürgerin ist, als Dienstmädchen arbeitet.

»Ich habe nichts gegen meine Arbeit«, erklärt América, und die anderen wirken entsetzt, als hätte sie mit dem Bürgerrecht in den Vereinigten Staaten ein Anrecht auf höhere Ziele. »Ich führe gern einen Haushalt, und ich mag Kinder.«

»Aber du könntest Lehrerin werden«, regt Frida an.

»Es geht mir gegen den Strich, den ganzen Tag eingesperrt zu sein und auf Schritt und Tritt beobachtet zu werden«, wendet sie ein.

»Ich hätte nichts dagegen, meinen eigenen Haushalt zu führen«, meint Liana. »Aber es für andere Leute zu tun ist nicht das gleiche.«

»Es ist ein Job wie jeder andere«, meint América. »Es ist doch keine Schande.«

»Ich habe nicht gesagt, daß ich mich schäme«, entgegnet Adela spitz.

»Aber es ist wahr«, sagt Frida, »in Gottes Augen ist jede Arbeit wertvoll.«

»Aber manche Tätigkeiten werden höher bewertet als andere«, beharrt Adela. »Vielleicht ist es in diesem Land anders, aber da, wo ich herkomme, zählt eine Krankenschwester mehr als eine *empleada.*«

Wie alle anderen auch vermeidet sie das Wort Dienstmädchen. Sie nennen sich Hausangestellte oder sagen, sie arbeiten im Haushalt. Oder sie bezeichnen sich als Kindermädchen, obwohl die Hausarbeit genausoviel Zeit beansprucht wie das Kinderhüten.

»Da hast du recht«, pflichtet ihr Frida bei, »es ist überall das gleiche.«

»Wir haben keine andere Wahl, wenn wir hierherkommen«,

fährt Adela hartnäckig fort, »wir müssen jede Arbeit annehmen, die wir kriegen. Aber du bist amerikanische Staatsbürgerin. Und du sprichst gut englisch ...«
»So gut auch wieder nicht ...«
»Trotzdem ... du könntest dich weiterbilden, einen Beruf erlernen. Du mußt diese Arbeit nicht für den Rest deines Lebens machen.«

Vielleicht, überlegt América, als sie am folgenden Tag die Teppiche im Erdgeschoß saugt, hat Adela recht. Ich bin nicht ehrgeizig genug. All diese Frauen, die in ständiger Angst leben, daß man sie in ihr Land zurückschickt, haben einen großen Traum. Ich nicht. Hatte ich denn als Kind keine Träume? Wollte ich nie mehr, als ich hatte? Ich wünschte mir ein eigenes Heim, aber das möchte jede Frau. Ich wollte einen Mann und Kinder, schöne Möbel, ein Auto. Das hat nicht geklappt. Ich wollte, daß sich jemand um mich kümmert. Das Heulen des Staubsaugers klingt wie eine Klage. Das ist alles, was ich mir je gewünscht habe: daß sich jemand um mich kümmert.

»Weißt du, was du werden möchtest, wenn du erwachsen bist?« fragt sie Rosalinda beim nächsten Telefongespräch.
»Was für eine Frage ist das jetzt wieder?«
»Eine ganz normale Frage. Eine Frage, die eine Mutter ihrer Tochter stellen sollte.«
»So was fragt man kleine Kinder.«
»Habe ich das denn noch nie gefragt?«
»Ich weiß nicht.« Ihr mürrischer Tonfall klingt nach nein.
»Na? Hast du keine Vorstellung?« Sie möchte locker klingen, den Eindruck erwecken, daß sie sich einfach nur unterhalten will. Aber Rosalinda, mißtrauisch wie sie ist, nimmt ihr das nicht ab.

»Warum fragst du das aus heiterem Himmel?«
»Ich möchte es nur gern wissen, das ist alles.« Wider Willen klingt es wie eine Entschuldigung.
Am anderen Ende herrscht Schweigen, als ginge Rosalinda eine Liste von Möglichkeiten durch, bevor sie antwortet.
»Aber du darfst nicht lachen.«
»Warum sollte ich lachen?« kichert sie.
»Ich möchte eine *vedette* werden.«
»Eine was?« Sie lacht laut heraus, voller Entzücken über Rosalindas Humor.
»Ich weiß, daß ich es dir nicht hätte sagen sollen.«
Sie meint es ernst. Oh, mein Gott, das ist kein Witz. »Nein, *nena*, versteh mich nicht falsch. Es ist nur so ... so überraschend.« Bilder von kaum bekleideten Frauen, die vor der Fernsehkamera mit dem Po wackeln, und etwas höher die nur mit Glasperlen verhüllten Brustwarzen, das Gesicht ihrer Tochter, dunkel geschminkt, das Haar zu einer mit Federn geschmückten Mähne auftoupiert. »Erzähl mir mehr darüber«, sagt sie in der Hoffnung, Rosalinda falsch verstanden zu haben.
»Ich mache bei einem Stück mit, und meine Lehrerin sagt, daß ich gut tanze. Dina meint auch, ich hätte die richtige Ausstrahlung.«
»Wer ist Dina?«
»Du kennst sie nicht, die Mutter von meiner Freundin.«
»Und sie hat dir gesagt, daß du aussiehst wie eine Revuetänzerin?«
»Sie hat als Choreographin für MTV und für Iris Chacón gearbeitet.«
Die Worte sind América entschlüpft, bevor sie sich bremsen kann: »Aber diese Frauen sind nicht viel besser als Prostituierte. Wie kannst du nur daran denken ...«
»Wie kannst du das sagen? Du kennst sie doch gar nicht.«

»Aber ich weiß, was eine *vedette* ist. Ich bin nicht von gestern.«
»Du weißt überhaupt nichts!« Rosalinda knallt den Hörer auf die Gabel.
So kann es nicht weitergehen. Sie darf nicht immer einfach auflegen, wenn ihr nicht paßt, was ich sage. Eine *vedette!* Sie will eine ... Ein heftiges Lachen steigt in ihr auf und bricht in *carcajadas* aus ihr hervor. Das bekommst du zu hören, wenn du solche Fragen stellst. Deine vierzehnjährige Tochter strebt den Beruf der Revuetänzerin an. Sie lacht, allein in ihrem Zimmer, ein tiefes, befriedigendes Lachen, das ihr Tränen in die Augen treibt. Das ist mein Leben. Am Anfang hatte ich so gute Vorsätze, und dann passiert das. Sie lacht so hemmungslos, daß ihr der Magen weh tut. Ich verliebe mich in einen Mann, und er schlägt mich zusammen. Ich versuche, mich um meine Mutter zu kümmern, und sie trinkt jeden Abend, bis sie einschläft. Ich arbeite wie ein Tier, räume hinter anderen Leuten her, und sie zahlen mir weniger, als sie für ihre Unterwäsche ausgeben. Und meine Tochter möchte eine *vedette* werden, wenn sie erwachsen ist. Es ist zu komisch. Jetzt weiß ich, was Gott dachte, als Er mich erschuf. Mein Leben soll ein Witz sein. Es ist nicht ernst gemeint. Genau das ist mein Fehler. Ich habe alles ernst genommen. *Esto es el colmo.* Eine *vedette.* Ich frage mich, was Correa dazu sagt, wenn er es hört. Seine heißgeliebte Tochter eine *vedette,* mit der jeder Mann liebäugeln kann! Das ist der Gipfel der Ironie. Wahrscheinlich kapiert er es nicht mal. Vielleicht ist er sogar stolz auf sie.
Sie dreht sich im Bett herum, und das Lachen ebbt ab, es weicht dem Grauen, als sie sich Correas lächelndes Gesicht vorstellt.

Eines Morgens blickt sie aus dem Fenster, und die toten Bäume sind zum Leben erwacht. Sie sind mit leuchtend grünem Flaum bedeckt, der sich bei genauerem Hinsehen als knospendes Laub entpuppt. Ein Garten zwei Häuser weiter ist ein einziges Meer von Osterglocken. Vögel jagen sich von Baum zu Baum. Hirsche kommen aus dem Wald, um an Tulpenknospen zu knabbern. Ladenbesitzer, Schülerlotsen, der Brennstofflieferant, alle lächeln vergnügt. Auch América ertappt sich dabei, daß sie grundlos lächelt.
»Frühlingsfieber«, meint Karen eines Morgens, als sie alle grundlos kichern, während América das Frühstück serviert.
Eines Abends kommt Karen mit dem Arm voller Blumen nach Hause. Sie stellen sie in Vasen und verteilen die Sträuße im Wohn- und im Elternschlafzimmer, in den Zimmern der Kinder und auch in Américas Zimmer. Sie duften nicht, was América ungewöhnlich findet. Diese schönen Blumen, die tagelang halten, sind völlig geruchlos.
Charlie freut sich weniger über den Frühling. »Allergie«, erklärt er eines Morgens mit nasaler Stimme, als er mit geschwollenen Augen in die Küche kommt.
Es ist schwierig, Kyle und Meghan im Haus zu halten. Obwohl im Garten ein Klettergerüst steht, gehen sie lieber auf den Spielplatz, wo es andere Kinder gibt, mit denen man Fangen spielen, um die Wette klettern und schaukeln kann. Jeden Tag kann es vorkommen, daß América dort Adela, Mercedes, Liana oder Frida trifft, und manchmal kommen alle fünf zusammen. Manche von ihnen sind ihr sympathischer als die anderen. Adela ist ihrer Meinung nach zu gesprächig, als daß man ihr etwas anvertrauen könnte, und wenn América mit ihr zusammen ist, achtet sie darauf, nichts zu sagen, was nicht für andere Ohren bestimmt ist. Mercedes ist jung und hat Sinn für Humor und unanständige Späße, was bei América Bewunderung weckt, obwohl sie sich

fragt, wie jemand so frei und unbefangen sein kann. Liana ist ernst und melancholisch; in ihrer Gesellschaft fühlt sich América bedrückt. Frida ist mit Ende Vierzig die älteste, und ihre Nimm-es-wie-es-kommt-Einstellung findet América tröstlich. Alle haben ihre Kinder zurückgelassen, um in die Vereinigten Staaten zu kommen, wo sie für die Kinder anderer Leute sorgen.

»Noch einen Monat, dann kann ich sie holen«, erzählt Liana Mercedes und América, »mein Vater hat es schon mit dem *coyote* vereinbart. Sie kommen über Mexiko.«

»Aber was willst du tun, wenn sie erst hier sind? Wo sollen sie wohnen?« fragt Mercedes.

»In einer Wohnung in White Plains. Meine Schwester Genia wird sich um sie kümmern, während ich arbeite.«

Liana hat ihre beiden Jungen nicht mehr gesehen, seit sie Kleinkinder waren. Jetzt sind sie acht und neun und kennen ihre Mutter nur von Fotos. Alle zwei Wochen ruft sie in einem Telefoncenter an, das fünfzehn Kilometer von dem Dorf ihrer Familie entfernt liegt, um mit ihren Kindern zu sprechen; sie sagt ihnen, daß sie sie liebt und sie zu sich holen wird. Bis vor zwei Monaten sprach sie auch mit ihrer Mutter, die die Jungen großzog. Sie starb an einer Blutvergiftung, und Lianas Vater besteht darauf, daß sie entweder zurückkommt, um für ihre Kinder zu sorgen, oder sie zu sich nimmt.

»Wird dich ihr Vater unterstützen?« fragt América.

Liana erklärt, daß sie mit ihrem Ehemann hierhergekommen ist, richtig verheiratet war sie. Arbeit fand sie jedoch nur als Hausangestellte. Er arbeitete für eine Landschaftsgärtnerei. Wie Adela und ihr Mann sahen sie sich am Wochenende, bis Liana dahinterkam, daß er unter der Woche mit einer anderen Frau zusammenlebte. »Ich weiß nicht einmal, wo er jetzt ist«, sagt sie. Alle drei schweigen, und

vielleicht denkt jede jetzt über die Unberechenbarkeit *ihres* Mannes nach.
»Es wird so schön für dich sein, sie bei dir zu haben.« América lenkt das Gespräch wieder auf die Kinder.
»Mrs. Friedland gibt mir zwei Wochen bezahlten Urlaub«, fährt Liana fort, und alle äußern sich anerkennend über Mrs. Friedlands Großzügigkeit. »Ich muß ihn nur in die Frühjahrsferien verlegen, wenn sie in Disney-Land sind.«
Die anderen bemerken, wie schwierig das werden kann, wenn man bedenkt, daß Lianas alter Vater und die beiden Kinder auf dem Landweg von El Salvador über Guatemala nach Mexiko reisen müssen. Wer weiß, wie lange sie warten müssen, bis sie über die grüne Grenze gebracht werden können? Wieder breitet sich eine bedrückende Stimmung aus.
»Hola mujeres«, sagt Frida, die auf die drei zukommt. Einen Augenblick später stößt auch Adela zu ihnen. Die beiden Mädchen, die sie beaufsichtigt, machen einen Wettlauf zur Rutsche.
»Ich muß mir eine andere Stelle suchen«, fängt Adela ohne Begrüßung an. »Ich halte es nicht mehr aus.«
»Was ist passiert?«
»Ignacio ist entlassen worden.« Dieses Problem stellt sich nicht zum erstenmal. Ignacio ist fast ebensooft arbeitslos, wie er arbeitet. Über die Gründe schweigt sich Adela aus, was sonst nicht ihre Art ist, aber América vermutet, daß er trinkt. »Ich habe um eine Gehaltserhöhung gebeten, und sie haben abgelehnt. Seit drei Jahren arbeite ich dort, da könnte man doch etwas mehr Anerkennung erwarten!« Sie ist wütend. Ihre dunklen Augen verschwinden fast unter der gerunzelten Stirn, und sie preßt die Lippen fest aufeinander, als wollte sie die Worte zurückhalten, die ihr auf der Zunge liegen.

»Aber hast du nicht erst zu Weihnachten eine Gehaltserhöhung bekommen?« fragt Frida. Sie alle wissen, was die anderen verdienen. Wer ins Haus einer Kollegin kommt, sieht sich an, wie groß es ist, wie viele Kinder zu versorgen sind, ob es Haustiere gibt, ob sie kochen muß oder nicht, um die Arbeitssituation mit der eigenen vergleichen zu können. Außer América putzen alle an ihren freien Tagen auch in anderen Häusern. Selbst die Frauen mit Mann müssen ihr Einkommen durch Teilzeitjobs aufbessern.

»Ich bin seit drei Jahren bei ihnen«, wiederholt Adela, »und ich verdiene weniger als jede andere von euch.« Adelas Arbeitgeber, die sie als *Ella y Él* bezeichnet, so daß noch keine der Frauen ihren richtigen Namen gehört hat, wohnen nicht auf einem großen Grundstück. Ihr Haus ist zwar geräumig, liegt aber in der Stadt und ist weder von ausgedehnten Rasenflächen noch von schützenden Wäldern umgeben. Daher wird es von den Hausangestellten, im Gegensatz zum Haushalt der Leveretts oder Liana Friedlands, nicht als Heim reicher Leute betrachtet.

»Hast du gekündigt?« fragt Mercedes besorgt.

»Ich bin verzweifelt, aber nicht verrückt«, entgegnet Adela schnippisch. Wenn eine Hausangestellte kündigen will, informiert sie zuerst ihre Kolleginnen, denn es könnte ja sein, daß sie eine bessere Stellung wissen.

»Ich habe nicht gehört, daß jemand sucht«, sagt Frida, die Verbindungen nach drei Staaten hat, da ihre Schwester und ihre Tochter als Hausangestellte in Connecticut und New Jersey arbeiten.

»Was ich suche, ist eine Stellung für ein Ehepaar. Damit wären alle unsere Probleme gelöst.«

»Wir halten die Ohren offen«, verspricht Liana, deren Schwester Genia nur stundenweise arbeitet, aber gelegent-

lich von einer Familie hört, die eine feste Haushälterin sucht.
In Wahrheit würde keine von ihnen Adela empfehlen, die, wie sie bemerkt haben, den Haushalt nicht besonders gut führt. Und dann ist da das Problem mit ihrem »Ehemann«, den noch niemand zu Gesicht bekommen hat, aber dessen häufige Konflikte mit seinen Arbeitgebern nichts Gutes verheißen. Adela sagt, er sei »stolz«, womit wahrscheinlich gemeint ist, daß er genau wie sie die Arbeit, die man ihm anbietet, als unter seiner Würde empfindet.
»Habt ihr gehört, was mit Nati passiert ist?« fragt Mercedes. Dankbar für den Themawechsel wenden sich die anderen ihr zu. »Man mußte sie zurückschicken.«
»Oh, mein Gott, warum?« fragt Liana. Es klingt fast wie ein Schluchzen.
»Sie ist durchgedreht.«
»Wer ist Nati?« erkundigt sich América.
»Sie war eine *empleada* aus Peru. Ein junges Mädchen«, erklärt Frida. »Wie alt war sie? Einundzwanzig, zweiundzwanzig?« Die anderen nicken zu beiden Zahlen zustimmend. »Sie hat für zwei Brüder gearbeitet, die zusammen wohnen. Zwei alte Männer, allein in diesem großen Haus. Zuerst hat sie befürchtet, sie könnten etwas von ihr wollen, versteht ihr.« Alle verstehen.
»Wenn sie es getan hätten, wäre sie vielleicht nicht durchgedreht«, witzelt Mercedes mit mäßigem Lacherfolg.
»Sie gingen aus dem Haus, bevor es hell wurde, und kamen abends erst gegen acht oder neun zurück. Nati mußte das Haus sauberhalten, sich um die Kleidung kümmern und für sie kochen, das war alles.«
»Und sie machten keine große Unordnung, weil sie nie daheim waren«, fügt Liana hinzu.
»Also war Nati den lieben langen Tag allein in diesem

großen Haus. Sie konnte kein Englisch. Sie hatte keinen Führerschein.« Die anderen schütteln den Kopf. »Tag für Tag saß sie in dem Haus fest und konnte sich mit niemandem unterhalten.«

»Sie ist durchgedreht«, wiederholt Mercedes. »Nach sechs Monaten war sie wie eine alte Frau. Sie vernachlässigte sich, weil niemand darauf achtete, wie sie aussah. Sie führte Selbstgespräche. Die *viejitos* verstanden nicht, was sie sagte, meinten aber, es sei Spanisch.«

»Hat sie nicht versucht, sich umzubringen?« fragte Adela immer noch stirnrunzelnd. Sie wendet sich an América. »Die *viejitos* fanden sie eines Abends auf dem Küchenfußboden. Sie hatte Aspirin oder so was genommen, aber sie hat es erbrochen und ist nicht daran gestorben.«

»Also hat man sie zurückgeschickt«, fügt Mercedes hinzu.

»Hat denn niemand versucht, ihr zu helfen?« wundert sich América.

»Was hätten wir tun sollen?« meint Frida und versucht ein Steinchen abzustreifen, das an ihrer Schuhsohle hängt.

»Ich habe sie ein paarmal angerufen«, sagt Liana, »aber sie war irgendwie unnahbar.«

»Wahrscheinlich war sie schon verrückt, als sie hierherkam«, überlegt Adela.

»Die Arme«, murmelt América, und die *empleadas* geben ihr recht. Ja, die Geschichte ist traurig, solche Dinge passieren, und man muß damit leben

Die traurige Stimmung wird durch einen Schrei von der Schaukel her gebrochen. Geschlossen laufen die Frauen zu einem kleinen Mädchen, das auf dem Boden liegt. Ihre Mutter, die zeitunglesend in der Sonne gesessen war, ist im selben Augenblick bei ihr wie Mercedes, die niederkniet, um das Kind zu trösten.

»Rühren Sie sie nicht an«, schreit die Mutter, und Mercedes

erstarrt. Die Frau hebt die Kleine hoch, trägt sie weg und redet beruhigend auf sie ein: »Ist schon gut. Ist nur ein Aua. Wir holen ein Pflaster, okay?«
América, Adela, Frida und Liana sammeln ihre kleinen Schützlinge um sich und sehen nach, ob sie sich Arme oder Beine aufgeschürft haben, obwohl keines von ihnen weint. Mercedes sucht die Zwillinge, auf die sie aufpaßt, untersucht sie und schickt sie wieder spielen.
»Wir gehen bald«, ruft sie ihnen nach.
Die Frauen kehren zu ihrem Platz am Rande des Sandkastens zurück. Sie rücken eng zusammen, wie fünf Vögel auf einer Stromleitung, die sich gegenseitig schützen.
»Was ist denn mit der Frau los?« platzt Mercedes heraus. »Ich wollte doch nur helfen.«
»Du darfst einen Menschen, der gestürzt ist, nicht bewegen, bevor du ihn untersucht hast«, bemerkt Adela, die sich auskennt, »für den Fall, daß er sich etwas gebrochen hat.«
»Ich habe sie nicht bewegt.«
»Du weißt doch, wie diese *gringas* sind. Bei jeder Kleinigkeit geraten sie in Panik«, erklärt Frida.
Sie verstummen, aber alle denken das gleiche. Die Frau geriet nicht über den Sturz ihrer Tochter in Panik, sondern über den Anblick einer dunkelhäutigen Fremden, die sich über ihr Kind beugte.
»›Rühren Sie sie nicht an‹, hat sie gesagt, als ob ich eine ansteckende Krankheit hätte.«
»Du geheimnist da zuviel hinein.« Frida tätschelt Mercedes' Schulter. »Mach dich nicht verrückt.«
Sie sahen den Argwohn in den Augen der Frau, den Groll, den Blick, der sagt: »Warum geht ihr nicht dahin, wo ihr hergekommen seid?« Dieser Blick verfolgt die *empleadas* auf Schritt und Tritt. In den Geschäften werden sie von den Verkäufern ständig beobachtet, als würden Lateinameri-

kanerinnen alles stehlen, was sie in die Finger kriegen. In Bussen und Zügen wollen die Leute nicht neben ihnen sitzen, als würde dadurch ihre Intimsphäre verletzt. Auf der Straße vermeiden es die Leute, sie anzusehen, als würden sie verschwinden, wenn man sie nicht wahrnimmt.

»Anscheinend brauchen sie uns«, fährt Mercedes nach einer Weile fort, »aber sie wollen uns nicht haben.«

»Sie hat es nicht so gemeint«, widerspricht Adela. »Du weißt doch, daß diese *gringas* fürchterliche Angst vor Fremden haben.« Aber keine von ihnen ist bereit, den verächtlichen Blick der Frau, die ihnen bewußt den Rücken gekehrt hat, so ohne weiteres abzutun.

Später, als América Kyle und Meghan zur Schwimmstunde fährt, überlegt sie, ob jemand sie schon einmal so angesehen hat. In Vieques hat sie etwas Ähnliches erlebt. Dort konnten die Touristen nicht sagen »Geht dahin, wo ihr hergekommen seid«, weil sie dort die Gäste waren. Trotzdem glaubte América, daß sie von ihnen als eine andere Gattung betrachtet wurde. Sie kam sich wie ein Teil der tropischen Landschaft vor, die die Touristen erleben wollten, etwas, das man neugierig begaffte und, wenn man nach Hause fuhr, sofort wieder vergaß.

Aber hier, sagt sie sich, können sie uns nicht vergessen. Wir sind überall, und das nehmen sie uns übel. Es ist unbegreiflich. Wenn wir nicht wären, könnte keine dieser Frauen berufstätig sein. Und auch ihre Männer hätten es nicht so leicht. Wenn wir nicht wären, wer würde die Tische in ihren Restaurants abräumen? Wer würde ihren Rasen mähen und die Steinmauern um ihre Grundstücke bauen? Wer würde ihre Büros putzen, die Regale in den Läden auffüllen, Krankenhauszimmer desinfizieren, ihre Betten machen, ihre Wäsche waschen, ihr Essen kochen?

»América, gehen wir zu McDonald's?« fragt Kyle, als sie an dem Imbiß vorbeifahren.
»Nein, wir essen nach dem Schwimmen daheim.«
»Aber ich habe jetzt Hunger«, klagt er, und Meghan pflichtet ihm mit ihrer Kinderstimme bei, so daß América ein schlechtes Gewissen hätte, wenn sie nicht den Wagen wenden und zum Drive-in-Fenster fahren würde, wo sie von einem jungen Mann mit unverkennbarem Akzent bedient werden.
»Macht keinen Dreck im Auto«, mahnt América, und die Kinder, an ihre Regeln gewohnt, mampfen zufrieden ihre Chicken McNuggets und ihre salzigen Pommes frites und benutzen pflichtbewußt die Servietten statt der Jackenärmel, um sich das Fett vom Gesicht zu wischen.
Ist es nicht merkwürdig? Sie lächelt in sich hinein, als sie sich wieder in den Verkehrsstrom einfädelt. Sie lernen soviel von mir. Karen und Charlie bekommen ihren Nachwuchs zwischen ihrer Arbeit und den Wochenendverabredungen der Geschwister kaum zu Gesicht. Frida, Mercedes, Liana und Adela bringen den Kindern, die sie versorgen, alles bei. All diese *americanitos* lernen von uns, wie man im Leben zurechtkommt. Wir kommen aus einem anderen Land, sprechen eine andere Sprache, aber wir sind da, wenn sie Hunger haben oder wenn sie ihren ersten Schritt tun oder wenn sie im flachen Bereich des Beckens zum erstenmal ein paar Schwimmzüge machen.
Im Fitneßcenter schließt sie sich den anderen Frauen an, die mit ihren Kindern hineineilen; es sind ebenso viele Mütter wie *empleadas*. Die Mütter erkennt sie auf den ersten Blick, weil sie teuer gekleidet sind. Selbstsicher öffnen sie die Tür zum Center, während die *empleadas* sich dafür zu entschuldigen scheinen, daß sie sich an einem Ort, an den sie nicht gehören, blicken lassen. Vor allem die dunkelhäu-

tigen. Die weißen benehmen sich wie Mütter, zeigen dasselbe Selbstbewußtsein und eine Entschlossenheit, die keiner Entschuldigung bedarf.
Adela behauptet, daß die weißen *empleadas* besser bezahlt werden als die lateinamerikanischen und schwarzen Haushälterinnen; außerdem arbeiten sie weniger. América und ihre Freundinnen sind sowohl für das Haus als auch für die Kinder zuständig. Die europäischen Au-pair-Mädchen und die weißen Kindermädchen betätigen sich kaum oder gar nicht im Haushalt. Aus diesem Grund übernehmen Frida und Mercedes, Liana und Adela stundenweise Putzarbeit in Häusern, die ein Kindermädchen haben. Und die sind in der Regel, ebenso wie die Arbeitgeber, weiß und blicken auf die »Putzfrau« herab, die all das erledigt, was sie selbst nicht tun wollen.

»Das hat ja nicht lange gedauert«, sagt sie zu Ester, erstaunt über ihren Ärger.
»Irving ist ein guter Mann, aber ich habe meine festen Gewohnheiten, und er hat die seinen.« Nach Esters Stimme zu urteilen, hat sie schon einiges getrunken. Das meint sie mit ihren Gewohnheiten. »Außerdem muß sich jemand um dieses Haus kümmern. Der Garten sieht bald aus wie ein Dschungel.«
América stellt sich Esters verwilderten Garten vor, die Rosenbüsche, die nach jedem greifen, der sich durchs Tor wagt, die üppigen Kräuter, die in krummen Reihen hinter dem Haus wachsen, die Zitronen- und Grapefruitbäume, deren Dornen stachliger und härter sind als bei allen anderen, die sie kennt. Wenn dieser Garten schlimmer aussieht als zu ihrer Zeit, dann sollte man Ester auf jeden Fall dazu bewegen, ihn zu pflegen.
»Habt ihr gestritten?«

»Nein«, erwidert Ester, »wir haben eine Abmachung. Wir können einfach nicht zusammenleben.« Wahrscheinlich hatte sie dem Alkohol abgeschworen, während sie bei Don Irving lebte, und hat jetzt zwischen ihm und dem Bier ihre Wahl getroffen. Das ist die Abmachung.
América seufzt tief. »Du weißt es am besten, es ist dein Leben.«
»Ja«, sagt Ester ohne Verbitterung, »es ist mein Leben.« América hört das metallische Klappern einer Bierdose auf dem Tisch. »Correa hat mich neulich besucht.«
Die jähe Wirkung dieser Worte ist América vertraut. Ein Frösteln, ein dumpfer Schmerz in der Magengrube. In all den Telefongesprächen der letzten zwei Monate hat Ester Correa nur einmal erwähnt, als sie schilderte, wie sie ihn mit einer Machete aus dem Haus jagte.
»Was wollte er?« Sie möchte gelassen klingen, ungerührt.
»Ich soll dir ausrichten, daß es ihm leid tut.«
»Was tut ihm leid?« Die Angst weicht der Wut, massiv und rot.
»Es tut ihm einfach nur leid. Wahrscheinlich dachte er, ich weiß, wovon er spricht.« Sie zieht an ihrer Zigarette, nimmt einen Schluck, Metall trifft auf Holz. »Ich habe ihm gesagt, daß du nichts mit ihm zu tun haben willst. Er hat gemeint, daß er dir keine Vorwürfe macht, daß er deine Verachtung verdient. Du seist zu gut für ihn, und er hätte nicht zu schätzen gewußt, was er an dir hatte.«
»Er war betrunken, nicht wahr?«
»Ich möchte nicht behaupten, daß er noch gerade gehen konnte, aber er klang vernünftig.« Als ob Ester den Unterschied kennen würde.
»Du sagst, er ist zu dir gekommen? Ich dachte, du hast ihn bedroht ...«

»Er wollte nur reden. Ich soll dir sagen, daß es ihm leid tut. Das ist alles.«
»Und das hast du ihm abgenommen?«
»Ich habe ihm zugehört, und dann ist er weggegangen. Er ist nicht einmal ins Haus gekommen.«
»Das will ich hoffen.«
»Er hat sich entschuldigt und gesagt, daß wir schließlich Rücksicht auf Rosalinda nehmen müssen.«
»Hast du mit ihr gesprochen?«
»Gestern habe ich mit ihr telefoniert. Sie macht bei einer Schulaufführung mit.«
»Ja, das habe ich gehört.«
»Habt ihr gestritten?«
»Fast jedes unserer Gespräche endet damit, daß sie auflegt. Ich kann ihr nichts recht machen. Immer sage ich etwas Falsches.«
»Sie macht eine Trotzphase durch, das ist alles. Darüber kommt sie hinweg.«
»Ich werde sie eine Weile nicht anrufen.«
»Mhm.« Es hört sich an, als schliefe Ester langsam ein.
»Nächste Woche melde ich mich wieder.«
América lehnt sich in ihre Kissen zurück und umarmt ihre weiße Stoffkatze. Alle sind so weit weg. Ester mit ihrem Alkohol, Correa in versöhnlicher Stimmung, Rosalinda, die für ihr Leben als *vedette* übt. Sie kommen ihr wie Personen in einem Stück vor, nicht wie Menschen, die noch vor wenigen Monaten im Mittelpunkt ihrer Gedanken und Handlungen standen. Wie oft hat ihr Rosalinda die Tür vor der Nase zugeknallt? Wie viele Kästen Bier hat Ester im letzten Jahr allein getrunken? Wie oft hat Correa sie geschlagen?
Überrascht stellt sie fest, daß sie sich hauptsächlich daran erinnert: Rosalindas Widerspenstigkeit, Esters Alkoholkon-

sum, Correas Prügel. Bedeuten sie mir nicht mehr? Keine Menschen, sondern Probleme?
Ich will nichts mehr mit ihnen zu tun haben, sagt América zu ihrer Katze. Von jetzt an werde ich mich um mich selbst kümmern, um das, was ich will und was ich brauche. Auf diese drei kann ich nicht zählen. Auf niemanden. Ich bin allein, und es ist mein Leben, und ich lasse es mir nicht mehr von ihnen verpfuschen.

Einmal ausgehen

In der Woche vor Orlandos Debut im Nachtclub ruft Paulina jeden Abend bei América an.

»Ich bin so nervös, *mi'ja.* Es ist schlimmer, als wenn ich selbst auftreten müßte.«

»Aber singt er nicht schon seit Jahren in eurer Kirche?«

»Oh, er ist überall aufgetreten, aber nun singt er zum erstenmal in einem Nachtclub.«

América versteht die ganze Aufregung nicht. Bei den Sonntagsessen hatte sie nicht den Eindruck, daß Orlando angesichts seines bevorstehenden Auftritts nervös wäre.

Am Samstag nimmt sie einen frühen Zug. Sie will Paulina nämlich zum Friseur begleiten. »Ich weiß nicht, warum, aber ich gehe nicht gern allein aus dem Haus«, erklärt Paulina, als sie sich zur Einkaufsstraße unweit der Wohnung aufmachen.

Es ist der wärmste Tag, den América seit ihrer Ankunft in New York erlebt hat. Auf der Straße wimmelt es von Leuten, die einkaufen, von Kindern auf Rollschuhen, von Teenagern, die in Grüppchen herumstehen – als wäre das ganze Viertel herausgekommen, um den Frühlingsanfang zu feiern.

»Hier war früher eine ruhige Gegend«, murrt Paulina, als sie sich einigen Jungs nähern, die sich um eine Straßenlaterne versammelt haben. Sie machen nichts, was América als laut bezeichnen würde. Scheinbar machen sie gar nichts, aber ihre lässige Haltung wirkt bedrohlich. Die Jugendlichen mustern América und Paulina, als sie vorbeikommen, sagen aber nichts, als wäre selbst ihr Schweigen eine Belei-

digung. Paulina beschleunigt ihren Schritt, und América, die hohe Absätze trägt, bemüht sich, sie wieder einzuholen. Paulina kichert. »Du mußt dich erst noch an das Tempo von New York gewöhnen«, sagt sie. »Hier können wir es uns nicht leisten, so herumzuschlendern wie ihr in Vieques.«
Die meisten Geschäfte haben ihre Türen geöffnet, und manche stellen ihre Waren auf Tischen auf dem Bürgersteig aus. Vor der Bodega, wo Paulina ihre Gewürze kauft, erinnern die Stapel von *ñame, malanga, yautía, batata* und die frischen Bündel *recao* América daran, wie lange sie schon keine *viandas* mit Auberginen mehr gegessen hat, die Ester fast jeden Freitag für sie gekocht hat. Sie seufzt betrübt. Das Heimweh, das noch vor einigen Wochen ein neues Erlebnis für sie war, ist ihr inzwischen so vertraut geworden wie ihr Gesicht im Spiegel.
»Da wären wir.« Paulina bleibt vor Rosy's Salon stehen, der zwischen einer Pizzeria und einem Pfandleiher eingekeilt ist. Die Ladenfront ist hoch und schmal. Vor dem Fenster, das zur Straße blickt, hängt ein weißer Spitzenvorhang. Als América und Paulina eintreten, verstummen die Frauen im Salon und betrachten die beiden abschätzend. Aber nachdem sie sie von Kopf bis Fuß gemustert haben, fangen die Friseusen und ihre Kundinnen wieder zu plaudern an.
Der Friseursalon ist ganz in Grau und Rosa gehalten. Die Arbeitsplätze der Friseusen, je ein grauer Plastiktisch vor einem rosa Stuhl, sind an der linken Wand aufgereiht. Die rosa Trockenhauben mit grauen Stühlen darunter stehen gegenüber an der rechten Wand. Die Wände sind ganz mit Spiegeln bedeckt, so daß América beim Hineinsehen schwindlig wird, als sie ihr Spiegelbild bis ins Unendliche reflektiert sieht.
»Und wen haben wir hier?« fragt die Inhaberin, nachdem sie Paulina herzlich umarmt hat.

»Meine Nichte América.«
»Herzlich willkommen, ich bin Rosy.« Sie ist eine imposante Frau, groß, vollbusig und mit breiten Hüften, aber niemand würde sie als dick bezeichnen. Sie hat einen kräftigen, kurvenreichen Körper und betont ihre Formen mit engen Jeans und einem tiefausgeschnittenen Leopardentop, das über der Brust beinahe zu platzen scheint. Ihr Haar hat einen Farbton, der »Frühlingshonig« heißt, ein Ton, den América auch ihrem Haar zugedacht hat.
»Wer hat Ihnen das angetan?« fragt Rosy und hebt Américas Locken. »Keine Sorge, das bringen wir in Ordnung.« Sie führt América zu einem Waschbecken im hinteren Bereich des Salons.
»Ich brauche eigentlich keine ...«
»Ich will es nur schneiden und in Form bringen. Die Frisur ist ganz schief. Mit der Farbe läßt sich jetzt nichts mehr machen. Sie haben es selbst gefärbt, nicht wahr?«
América errötet. »Gestern abend.«
Während Rosy América die Haare wäscht, hält sie die Ohren offen und gibt zu verschiedenen Gesprächen um sie herum Kommentare ab. Die meisten Frauen sprechen Spanisch; América schließt die Augen, lauscht dankbar den vertrauten Klängen und entspannt sich in einer Weise, wie sie es bei den Leveretts und bei den anderen Hausangestellten mit ihren unterschiedlichen Akzenten nie könnte.
Rosy wickelt América ein Handtuch um den Kopf und führt sie zu einem anderen Stuhl, dessen Sitz sie mehrmals hochpumpt, bis er die richtige Höhe hat. América betrachtet im Spiegel den Raum hinter sich und fängt den Blick der Maniküre auf, die von einem Rollstuhl aus arbeitet. Ihr Gesicht kommt América bekannt vor, aber sie weiß nicht, woher sie sie kennt. Die Frau lächelt, und América erwidert den Gruß.

»Er sah aus wie eine richtige Frau, mit *tetas* und allem …«, erzählt eine der Kundinnen ihrer Friseuse.
»Vielleicht hatte er die Operation bereits hinter sich«, meint die Friseuse.
»Nein, er war eindeutig ein Mann, weil man selbst mit einem Zentner Schminke im Gesicht noch die Bartstoppeln sehen konnte.«
América und Paulina, die nebeneinandersitzen, lächeln einander im Spiegel amüsiert zu.
»Die tun mir leid«, meint eine Kundin, die unter der Rotlichtlampe sitzt. »Sie versuchen mit aller Gewalt, Frauen zu sein, und können es doch nie werden.«
»Sie können schon, wenn sie sich operieren lassen«, entgegnet eine Friseuse mit piepsiger Stimme.
»Nein, können sie nicht. Indem man den Penis durch eine Vagina ersetzt, ist man noch längst keine Frau.« Alle sehen die Sprecherin an. »Findet ihr nicht?« fügt sie in weinerlichem Tonfall hinzu.
»Ich glaube, sie wissen besser, was es heißt, eine Frau zu sein, als die meisten Frauen«, entgegnet die Kundin, die das Thema aufgebracht hat. »Sie wissen, wie man sich kleidet, wie man sich schminkt, falsche Fingernägel anbringt …«
»Sie meinen«, fällt ihr Rosy ins Wort, die gerade Américas Haare eindreht, »daß sie wissen, was man anstellen muß, um wie eine Frau *auszusehen*. Aber um zu wissen, wie es ist, eine Frau zu sein, muß man schon eine sein. Ganz gleich, wie oft sie sich operieren lassen und wie viele Hormone sie schlucken, eine Frau können sie nie werden.«
»Wer in aller Welt möchte denn schon eine Frau sein?« wirft die Kundin ein, deren Fingernägel gerade von der Maniküre lackiert werden, und alle lachen.
Nach einer Weile nimmt das Gespräch eine andere Richtung, aber América fragt sich nachdenklich, was sie tun

würde, wenn sie die Wahl hätte. Wäre sie lieber eine Frau oder ein Mann? Doch ihr bleibt kaum Zeit, sich darüber den Kopf zu zerbrechen, denn die Maniküre rollt nun mit ihrem Stuhl auf Américas Platz zu.

»Du erinnerst dich nicht an mich, oder?« fragt sie und sieht América unverwandt an, als könnte sie so Américas Gedächtnis auf die Sprünge helfen.

»Irgendwoher kennen wir uns ...«

»Nereida Santos«, sagt die Frau lächelnd, »und du bist América Gonzalez, nicht wahr?«

»*Ay*, Nereida, ja, ich erinnere mich an dich!« Die Frauen drücken sich herzlich die Hand. »Ich wußte nicht, daß du in New York wohnst«, sagt América. »Das letzte, was ich gehört habe ...« Sie hält inne. Nereida senkt die Augen und errötet.

»Okay«, sagt Rosy, »hier sind wir fertig. Jetzt müssen wir zum Föhnen.«

Oh, mein Gott, denkt América, während Rosy Höhe und Temperatur der Trockenhaube einstellt, diese Frau kommt aus Esperanza. Jetzt werden alle in Vieques erfahren, wo ich bin. América wirft einen Blick auf Paulina, die die Begegnung mit besorgter Miene beobachtet hat.

Nereida holt ihren Maniküretisch und stellt ihn vor América. Eigentlich wollte sie sich die Nägel später selbst lackieren, doch sie möchte Nereida nicht vor den Kopf stoßen, indem sie ablehnt. Sie taucht ihre zitternden Finger in das warme, schaumige Wasser, das Nereida vor sie hinstellt.

Nereida erkundigt sich nach Ester und Rosalinda, und América antwortet so knapp wie möglich. Um das Thema zu wechseln, fragt sie nach Nereidas Familie, erhält aber ebenso ausweichende Antworten.

»Mamá hat erzählt, daß du aus Vieques weggegangen bist«, sagt Nereida, während sie Américas Nägel mit einem in

Nagellackentferner getränkten Wattebausch abwischt. »Aber sie wußte nicht genau, wohin du gezogen bist.« América antwortet nicht. »Ich mache dir keinen Vorwurf, weil du weggelaufen bist«, sagt Nereida verschwörerisch. América weiß nicht, was sie darauf antworten soll, also schweigt sie weiter. »Ich mußte dasselbe tun.«
Diesmal starrt América Nereida entgeistert an, und diese verzieht die Lippen, doch es liegt zuviel Bitterkeit in ihrem Gesicht, als daß man von einem Lächeln sprechen könnte. »Ich nehme an, die Geschichte ist nicht bis nach Esperanza durchgedrungen«, sagt sie leise, während sie Américas Nagelhaut zurückschneidet.
»Ich habe gehört, daß du einen Unfall hattest ...«
»Der *hijo de la gran puta* hat mich mit seinem Auto angefahren«, sagt Nereida mit unermeßlichem Zorn. América zieht ihre Hand zurück. »Es tut mir leid! Habe ich dich geschnitten?« Sie wischt das Blutströpfchen von Américas Finger und desinfiziert die Stelle.
Bei ihrer letzten Begegnung mit Nereida stand América im Garten der Santos' und feuerte die unverheirateten Mädchen an, die nach der Hochzeit um Nereidas Blumenstrauß wetteiferten. América erinnert sich lebhaft, daß sie ein lilafarbenes Kleid mit einer Schleife an der Hüfte trug und daß sie sechsjährige Rosalinda Blumen gestreut hatte. América weiß auch noch, daß der *yanqui*-Seemann, den Nereida heiratete, sich gut mit Correa verstand und ihn gebeten hatte, Trauzeuge zu sein.
»Welche Farbe?« fragt Nereida, und América antwortet »lila«, bis sie merkt, daß sie von einem Tablett voller Nagellack eine Farbe wählen soll. Ihr ist zum Weinen zumute, als wäre die Erinnerung an Nereidas Hochzeitstag für sie genauso bitter wie für Nereida selbst. Sie deutet auf ein hellrotes Fläschchen, und Nereida stellt es beiseite.

»Wie bist du ... du sagst, er ...« América ist es nicht gewohnt, die Nase ins Leben anderer Leute zu stecken, und sie bringt es nicht über sich, Nereida offen nach ihrem »Unfall« zu fragen. In Vieques wurde erzählt, Nereida sei auf einer vereisten Stelle ausgerutscht und vor das Auto ihres Mannes gefallen, der gerade rückwärts aus der Einfahrt fuhr.
»Meine Mutter will einfach nicht wahrhaben, daß Gene versucht hat, mich umzubringen«, sagt Nereida. »Er schickt ihr immer noch Geschenke zu Weihnachten.« Wieder lächelt sie ihr schiefes Lächeln, aber diesmal spürt América deutlich, wie verletzt und betrogen sie sich fühlt. Nereida lackiert Américas linken kleinen Finger mit zwei Pinselstrichen. »In der Hochzeitsnacht schlug er mich zum erstenmal.«
Linker Ringfinger, Mittelfinger, Zeigefinger. »Als ich es Mamá erzählte, meinte sie, Männer tun das, um zu sehen, ob du sie noch liebst.« Linker Daumen, rechter Daumen, rechter Zeigefinger. »Sie sagte, wenn ich ihm eine gute Frau wäre, bräuchte er mich nicht zu schlagen.« Rechter Mittelfinger, rechter Ringfinger, rechter kleiner Finger. »Ich war eine gute Ehefrau«, sagte sie, während sie mit dem Daumennagel Nagellackspuren von Américas Fingern wischt. »Und schau dir an, wie weit mich das gebracht hat.«
América hustet, um den Druck loszuwerden, der sich auf ihre Brust gelegt hat. Abgesehen vom Summen der Trockenhauben ist es still im Friseursalon. Nereida lackiert Américas Nägel zum zweitenmal, scheinbar ohne zu bemerken, daß aller Augen im Raum auf sie gerichtet sind, daß jedes ihrer Worte gehört wurde und eine Frau leise weint.
»Perro!« zischt Rosy, als könnte sie die Traurigkeit aus ihrem Geschäft verscheuchen, indem sie Gene einen Hund nennt. »Wie kommt es«, fragt sie, »daß wir immer Depressionen kriegen, wenn wir über Männer reden?«

Ein paar Frauen lachen leise in sich hinein, andere verstehen nicht, was daran lustig ist. Paulina und América wechseln einen Blick, und diesmal sieht América Mitleid in ihren Augen, weiß aber nicht, wem es gilt.

Der Nachtclub liegt in einer dunklen Straße zwischen Lagerhäusern und Grundstücken mit ausgebrannten Gebäuderesten. Der einzige beleuchtete Eingang in der Mitte des Blocks wird von einem großen, kahlköpfigen Mann im Frack bewacht. Er zieht seinen Notizblock zu Rate, wenn ihm die bunt gekleideten Menschen ihren Namen nennen. Er hakt den Namen Ortiz auf seiner Liste ab. »Tisch eins«, sagt er und winkt sie hinein.

Am Fuß der Treppe wartet ein anderer großer Mann. Lächelnd drückt er ihnen einen Stempel auf die Hand und zeigt nach oben. Leopoldo geht voraus. Die Stufen werden von einer gelben Deckenleuchte auf dem Treppenabsatz und von Weihnachtslichtern auf dem Geländer erhellt. Oben steht noch ein muskulöser Mann im Frack, der die Gäste durch eine schwere, schwarze Tür ins Obergeschoß einläßt.

Der riesige quadratische Raum hat auf zwei Seiten Ziegelmauern und auf den beiden anderen schwarz verhangene Fenster. Bunte Weihnachtslichter funkeln von der hohen Decke und winden sich um die Stahlträger. In der Mitte erstreckt sich eine glänzende Tanzfläche vor einer niedrigen Bühne, auf der schon die Musikinstrumente aufgebaut sind. Zu beiden Seiten der Bühne dröhnt aus riesigen Boxen Musik, die von einem Diskjockey in einer verglasten Kabine im Hintergrund aufgelegt wird. Rund um die Tanzfläche stehen lange Tische mit Klappstühlen. Am anderen Ende des Raums gegenüber der Bühne befindet sich eine Bar, die kaum zu sehen ist, weil dort so viele Männer stehen.

Die Tische sind numeriert, und Leopoldo findet den ihren links von der Bühne, direkt vor einem der Lautsprecher. Während sie sich noch durch Brüllen und Zeichensprache verständigen, wer wo sitzt, kommt Teresa hinter der Bühne hervor und umarmt und küßt alle.

»Ich habe schon bestellt«, gibt sie zu verstehen und deutet auf den Tisch, auf dem Sektflaschen auf Eis, zwei Flaschen Rum, mehrere Colas, eine Tasse voll Zitronenscheiben, ein Stapel Plastikbecher und ein voller Eiskübel stehen.

América sitzt zwischen Elena und Carmen mit Blick auf die Bühne. Mehrere Paare tanzen bereits. Leopoldo, Rufo und Lourdes schenken ihnen zu trinken ein, ohne zu fragen, was sie möchten, da man sich bei der Musik sowieso nicht verständigen kann. Darío, der América gegenübersitzt, gibt ihr einen Cuba Libre, und América spürt, wie ihr Carmen auf die Zehen tritt und Elena sie in die Rippen stößt. Als sie sich bei Paulina anzogen, haben die beiden Schwestern América geneckt, sie bräuchte sich keine Sorgen zu machen, ob sie im Club einen Tanzpartner finden würde. Darío, so behaupteten sie, habe schon seit Wochen Merengue geübt, um sich auf den heutigen Abend vorzubereiten.

Der Diskjockey legt einen Bolero auf, die Tanzfläche leert sich und füllt sich dann wieder mit anderen Tänzern. Einige Frauen legen die Arme um ihre Männer, schmiegen ihre Hüften an die ihres Partners. Diese drücken sie, die flachen Hände auf den Po der Frau gepreßt, fester an sich. América spürt eine vertraute Wärme zwischen den Beinen, Hitze breitet sich von ihrem Bauch aufsteigend aus und verstärkt den Duft des Parfums, das sie sich großzügig aufgesprüht hat. Sie errötet und vermeidet es, die Tänzer anzusehen. Oder Darío, der sie wie gewöhnlich unverwandt anblickt. Oder Lourdes, deren Hand auf Rufos Schenkel gewandert ist.

Als die letzten Töne des Bolero verklingen, nehmen die Musiker ihren Platz auf der Bühne ein. Sie beginnen mit einem schmetternden Bläserakkord und einem Congawirbel. Das Publikum applaudiert, und der Bandleader – ein dunkelhäutiger, runzliger Mann mit einer gewaltigen Nase und einem Hütchen, das gefährlich schräg auf seinem schütteren Haar sitzt – hebt die Hand, wartet das Ende des Beifalls ab und legt auf seinen Congas ein wildes Solo hin, das selbst die hartnäckigsten Nichttänzer mitreißt: Hüften wiegen sich auf den Stühlen im Shimmy-Rhythmus, Füße klopfen auf den Boden, Finger trommeln auf Tischen, Köpfe wippen über zuckenden Schultern. Der ganze Raum vibriert im hämmernden Rhythmus der Congas, ein Rhythmus, der, ursprünglich wie der Herzschlag, in pulsierenden Wellen steigt und fällt. Jäh bricht der Musiker ab, als wäre er des Trommelns müde geworden, und der ganze Saal spendet tosenden Beifall. Zum Zeichen des Danks lüftet der Bandleader seinen Hut. Dann geht er hinüber zum Mikrophon in der Mitte der Bühne.

»*Damas y caballeros*«, sagt er, indem er sich mit dem Handrücken über die Stirn fährt, »heute haben wir das Vergnügen, Ihnen ein wunderbares junges Talent vorzustellen.«

Paulina und Teresa applaudieren, und alle anderen am Tisch folgen ihrem Beispiel. »Wie ich sehe, hat er seinen Fan-Club mitgebracht«, bemerkt der Bandleader grinsend. »Ladies and Gentlemen, Orlando Ortiz!«

An Tisch eins wird gejubelt und applaudiert. Orlando lächelt, winkt ihnen zu und stimmt eine Salsa-Melodie an – er ist verliebt und weiß nicht, warum. Er singt mit einem klaren Tenor und voller Gefühl. Das Publikum applaudiert nach der ersten Strophe, und alles strömt zur Tanzfläche. Teresa und Paulina ärgern sich, weil die Leute nicht zuhören, aber Orlando gibt ihnen zu verstehen, sie sollen tanzen.

Leopoldo reicht Paulina die Hand, und sie folgt ihm mit kokettem Lächeln. Rufo drückt Lourdes' Schulter, und auch sie stehen auf und gesellen sich zu den Tanzenden. Darío sitzt nun auf seiner Seite des Tisches allein gegenüber von Elena, América, Carmen und Teresa. Wieder tritt Carmen América auf die Zehen, und die stößt sie spielerisch mit dem Fuß an. América entgeht nicht, daß er mit sich kämpft. Wenn er sie zum Tanzen aufforderte, würde er drei junge Frauen ohne Begleitung am Tisch zurücklassen. Er beschließt, mit ihnen zu warten, und schenkt allen noch einen Becher Cola mit Rum ein. Diesmal spürt América Elenas Fuß auf ihren Zehen.
Nach zwei Tänzen führen Leopoldo und Rufo ihre Frauen an den Tisch zurück. Leopoldo reicht nun América die Hand und Rufo Carmen. Darío fordert Elena auf, und die drei verheirateten Frauen bleiben allein am Tisch zurück. Als América Leopoldo folgt, sieht sie einen Mann, der auf Teresa zugeht, aber sie gibt ihm einen Korb, indem sie auf den Ring an ihrem Finger und auf die Bühne weist.
Leopoldo ist ein geübter Tänzer, der sich in engen Kreisen, aber immer in derselben Richtung bewegt. Seine Hände mit den kurzen Fingern sind warm und fleischig und schwerer, als sie erwartet hatte. América ist etwa so groß wie er, aber sie vermeiden es tunlichst, sich beim Tanzen anzublicken. Für América ist es ein komisches Gefühl, nicht in das Gesicht ihres Partners zu schauen und seine Augen nicht auf sich zu spüren. Wieder verspürt sie die Wärme des Verlangens, aber diesmal hat es einen Namen, und sie versucht es auszulöschen, indem sie die anderen Tänzer beobachtet.
Nicht selten fängt sie einladende Blicke von Männern auf, deren Partnerin ihr den Rücken zuwenden, und obwohl sie dabei prickelnde Erregung empfindet, sieht sie weg und konzentriert sich auf eine Stelle unter Leopoldos Ohrläpp-

chen. Beim nächsten Lied tauschen sie noch auf der Tanzfläche die Partner: Leopoldo mit Carmen, Rufo mit América. Darío bringt Elena zum Tisch zurück und fordert seine Mutter auf. Kaum hat sich Elena gesetzt, wird sie von dem Mann zum Tanz gebeten, der bei Teresa abgeblitzt ist, und sie springt auf und folgt ihm auf die Tanzfläche. Die Paare wirbeln in verschlungenen Kreisen umeinander herum, lächeln sich glücklich an und stoßen immer wieder gegen Fremde.

Als Rufo América zum Tisch zurückgebracht hat, nippt sie an ihrem Getränk, aber kaum hat sie Atem geschöpft, da werden ihr Hände entgegengestreckt, und sie steht wieder auf und tanzt mit einem Fremden, der nach Vanille riecht, und danach mit einem kleinen rundlichen Mann, der sein Haar in der Mitte gescheitelt trägt, und dann mit einem großen, mageren Mann, dessen zahlreiche Goldkettchen klirren, wenn er sich bewegt.

Als das Orchester eine Pause macht und der Diskjockey übernimmt, gesellt sich Orlando zu ihnen. Alle Frauen und auch einige von den Nachbartischen gratulieren ihm und küssen ihn, während Teresa nicht von seiner Seite weicht und jene besitzergreifende Miene aufsetzt, die América nur allzugut kennt. Sie lassen die Sektkorken knallen und stoßen auf Orlandos Erfolg an. Inzwischen wird weiter getanzt.

América läßt keinen einzigen Tanz aus. Jedesmal, wenn sie an den Tisch zurückkommt, um ihren Durst zu stillen, wird ihr eine andere Hand entgegengestreckt. Sie folgt diesen Männern auf die Tanzfläche, stellt fest, wie unterschiedlich sie sich anfühlen, sich kleiden und pflegen, daß sie sie berühren oder die Berührung vermeiden, riecht den leichten Hauch von Zigarettenrauch oder Eau de Cologne, der von ihren Körpern ausgeht. Jeden vergleicht sie mit dem

einzigen Maßstab, den sie kennt, der imposanten, muskulösen Gestalt des Pantaleón Amador Correa. Und es überrascht sie nicht, daß keiner dieser Männer so gut aussieht, so gut tanzt und sich so wohl in seiner Haut fühlt wie Correa. Doch obwohl sie so anders sind als er, machen diese Männer sie glücklich. América ist atemlos vor Aufregung, und sie verspürt eine Freude, die sie nicht beschreiben kann und die sie nur undeutlich wahrnimmt. Ihr schwirrt der Kopf von diesem Übermaß an Rum und Freiheit, sie strahlt wie ein Juwel, und ihre Lippen öffnen sich zu einem Lächeln, das keine Geheimnisse, keinen Schmerz, keine Furcht kennt.
Als die Musik vom Band verklingt und die Tänzer an die Tische zurückkehren, legt Teresa impulsiv ihre dünnen Arme um América, umarmt sie herzlich und küßt sie auf die Wange. Überrascht erwidert América den Kuß, weil sie glaubt, Teresa sei so begeistert über Orlandos Auftritt, daß sie den ersten Menschen küßt, der ihr begegnet. Eine Weile will sie sich ausruhen und Orlando zuhören. Sie ist so erhitzt und benommen, daß sie hastig ihren Becher leert und einen Rest Eis aus ihrer Schale löffelt. Ein Mann fordert sie auf, aber sie lehnt ab, fächert sich mit den Händen Luft zu, um anzudeuten, daß ihr zum Tanzen zu heiß ist.
Sie sitzt allein am Tisch mit Teresa und Darío, der nicht mit ihr getanzt hat, weil sie jedesmal, wenn er es versucht hat, bereits aufgestanden und einem anderen gefolgt ist. Er lächelt und reicht ihr eine Serviette, so daß sie sich die Stirn abwischen kann. Dann schenkt er ihr und Teresa noch etwas zu trinken ein. Wenn Orlando nicht singt, tanzt er von einer Seite der Bühne zur anderen, und América findet, daß die Leute eine gute Show versäumen, wenn sie den Sänger nicht im Auge behalten. Beim Wechsel kehren alle an den Tisch zurück, aber schon nach Sekunden sind sie in anderen Kombinationen wieder auf den Beinen. Daríos zitternde

Hand streckt sich América entgegen, sie ergreift sie und folgt ihm, was Carmen, die mit dem Mann mit den vielen Goldkettchen tanzt, amüsiert beobachtet.
Es ist ein Bolero. Orlandos Stimme zeugt von einem gebrochenen Herzen, als er das rabenschwarze Haar und die apfelroten Lippen seiner Geliebten beschreibt. Darío sieht América zärtlich an. Er wahrt respektvoll Distanz, obwohl sie mit anderen Paaren zusammenstoßen. Seine rechte Hand verweilt resolut auf ihrem oberen Rücken, und er führt sie durch den festen Druck seiner Fingerspitzen. Er ist ein wenig größer als América, aber in ihren hochhackigen Schuhen kann sie ihm direkt in die Augen schauen, wenn sie möchte, was sie aber lieber vermeidet.
»Diese Augen, sagte ich mir, sind mein Schicksal«, singt Orlando, »und diese braunen Arme meine Heimat.«
Beim Tanzen fällt die steife Förmlichkeit, die ihre Begegnungen prägte, von América und Darío ab, und América ertappt sich dabei, daß sie sich enger an ihn schmiegt, bis sie Wange an Wange tanzen.
Ich bin betrunken, sagt sie sich und bettet ihren Kopf auf seine Schulter. Dort läßt sie ihn ruhen, während Darío sie sanft an sich zieht und in die Arme schließt. Er ist so mager, denkt sie, ich kann seine Knochen spüren. Sein Atem geht flach und riecht nach Minze. Orlando wagt einen hohen Ton, den er atemberaubend lang hält. Darío zieht América noch näher heran, und sie schmiegt sich an ihn. Er streicht ihr den Pony aus der Stirn und küßt sie. Der Bolero ist vorbei. América macht sich los.
»Entschuldige mich«, sagt sie und stürmt in Richtung Damentoilette. Carmen, die alles gesehen hat, läßt ihren Partner mitten auf der Tanzfläche stehen und folgt América. Vor der Toilette stehen die Frauen Schlange, aber América bahnt sich ihren Weg hinein und hämmert an eine Kabine,

bis die Frau herauskommt. Sie schafft es gerade noch, vor der Toilette niederzuknien und sich zu übergeben.
Carmen kommt zu ihr in die Kabine, hält ihr den Kopf und reibt sie zwischen den Schulterblättern, bis América fertig ist. Dann erscheint Elena, die América mit feuchten Papierhandtüchern Mund und Kinn abwischt. América bekommt nur noch mit, daß sie die Treppe mehr oder weniger hinuntergetragen wird und mit den Entgegenkommenden zusammenstößt. Draußen muß sie zum Bordstein laufen und erbricht noch einmal zwischen zwei geparkten Autos. Paulina hält sie an der Taille, und Elena eilt wieder mit feuchten Papiertüchern zu Hilfe. Dann befindet sie sich in einem Auto, das irgendwohin rast, und ihr Kopf ruht an Paulinas Busen.

Spaziergang im Park

Der Wecker auf dem Nachttisch zeigt 5:22. »Morgen«, murmelt América und stützt sich auf die Ellbogen, um aufzustehen, aber rasende Kopfschmerzen zwingen sie wieder auf die Kissen zurück. Sie schließt die Augen, und beim nächsten Blick auf den Wecker ist es 8:54. Sie liegt in Elenas Zimmer. An der gegenüberliegenden Wand schläft Elena ruhig und fest auf einer Couch, die durch Entfernen der Polster in ein kleines Bett verwandelt wurde.

América bewegt sich vorsichtig, weil sie Elena nicht wecken will und ihr Kopf immer noch bei jeder Regung schmerzhaft pocht. Sie trägt ein paillettenverziertes T-Shirt, das ihr nicht gehört. Sie öffnet die Tür. Rechts von ihr im Wohnzimmer schläft Carmen auf der Bettcouch. Auf Zehenspitzen huscht América ins Bad.

Der Spiegel begrüßt sie mit einem Bild, das sie lieber nicht gesehen hätte. Eyeliner, Wimperntusche und Lidschatten sind zu schwarzen Kreisen um ihre Augen verschmiert. Ansonsten ist ihr Gesicht fleckig von einer Mischung aus Schminke, Schweiß und wer weiß was noch allem. Ihre Frisur, von Rosy zu einem Wasserfall von Locken vom Scheitel bis auf die Schultern arrangiert, ist nur noch ein verheddertes Gewirr, aus dem Haarnadeln in alle Richtungen abstehen.

Im Arzneikästchen entdeckt sie Pond's Cold Cream und verteilt sie auf ihrem Gesicht; dann wischt sie sich die Schminke mit Toilettenpapier ab. Nach und nach legt sie ihre natürlichen, ungeschminkten Züge frei. Ohne Farbe sind ihre Brauen schmale Linien aus einzelnen Härchen über schrägen, schokoladenbraunen, blutunterlaufenen Augen. Sie untersucht die Flügel ihrer langen, wohlgeformten Nase nach Mitessern, findet aber keine. Ihre Lippen, die sie für gewöhnlich nachzieht, um sie voller erscheinen zu lassen, sind trocken.

Sie wäscht sich das Gesicht, und ihre verschmitzten Augen sehen sie aus dem Spiegel an. Wie soll ich Darío je wieder gegenübertreten, fragt sie ihr Spiegelbild. Ich habe mich ihm praktisch an den Hals geworfen. Sie lächelt. Ich glaube, ich habe ihm angst gemacht. Sie kichert. Ich glaube, ich bin immer noch betrunken.

Sie zieht das paillettenbesetzte T-Shirt aus und stellt sich unter die Dusche. Als der Wasserstrahl sie trifft, fällt ihr ein, daß sie vergessen hat, die Nadeln aus den Haaren zu lösen, also kommt sie wieder heraus und tropft den Teppich naß. Rosy muß einen Hektoliter Haarspray draufgetan haben, denn die Nadeln sind mit den Locken geradezu verschmolzen. Sie gibt es auf, sie herausziehen zu wollen, geht wieder unter die Dusche und wäscht sich das Haarspray, den abgestandenen Geruch nach Parfum und das seltsame Gefühl, letzte Nacht eine Grenze überschritten zu haben, die sie nie zuvor übertreten hat, mit heißem Wasser ab.

»*Ay Tía*, ist mir das peinlich«, sagt América später zu Paulina, als sie am Küchentisch sitzen, Gemüse schnippeln und Hühnchenklein für die Suppe enthäuten.

»Mach dir deshalb keine Gedanken, *mi'ja*. Gestern abend haben wir alle zuviel getrunken.«

»Ich habe Orlando den Spaß an seinem Auftritt verdorben.«

»Nein, hast du nicht. Er hat erst ganz zum Schluß gemerkt, daß wir gegangen sind.«

»Aber auf Darío hast du Eindruck gemacht«, bemerkt Carmen, die aus dem Bad kommt.

»Ay!« América wird rot und läßt den Kopf hängen. Alle drei lachen.

»Was ist da so lustig?« Elena kommt im Nachthemd aus ihrem Zimmer. Selbst kurz nach dem Aufstehen ist sie frisch wie eine Blume.

»Ich habe gerade schildern wollen, wie Darío sie aus der Damentoilette und die Treppe des Clubs hinuntergetragen hat.«

»Das hat er nicht!«

»*Ay*, Carmen, du mußt immer übertreiben«, tadelt Elena ihre Schwester. »*Wir* haben dich aus der Damentoilette hinausbefördert. Er hat dich nur die Treppe hinuntergetragen.«

»Oh, mein Gott.« América schlägt die Hände vors Gesicht.

»Ich habe ihn noch nie so schnell fahren sehen«, fügt Carmen hinzu, doch Elena gibt ihr ein Zeichen, daß sie den Mund halten soll. »Ich meine, er hat sich solche Sorgen um dich gemacht.« Sie sieht ihre Schwester an, als wollte sie fragen: »Was hab ich denn gesagt?«

»Wahrscheinlich denkt er jetzt, daß ich mich immer so aufführe.«

»Ich würde mir wegen ihm keine Sorgen machen.« Carmen stellt sich hinter América und massiert ihr die Schultern. »Glaub mir, er hat schon Schlimmeres gesehen.« Wieder wirft ihr Elena einen Blick zu, doch Carmen weiß auch jetzt nicht, was sie falsch gemacht hat.

»Genug«, mischt sich Paulina ein. »Zieht euch jetzt an, damit ihr mir hier helfen könnt.« Elena und Carmen drehen sich zu ihrer Mutter um, die ihnen mit einem Blick zu verstehen gibt, daß sie América in Ruhe lassen sollen.

»Erwachsene Frauen, und sie benehmen sich immer noch wie Teenager!« brummt Paulina hinter ihnen her.

Auch nach drei Aspirin und zwei Tassen Kaffee hat América immer noch pochende Kopfschmerzen. Außerdem kommt es ihr vor, als wäre sie nur halb wach. Ihre Reflexe sind langsam, und sie fühlt sich genauso schlecht wie vor drei Jahren, als sie die Grippe hatte.
Ich frage mich, überlegt sie, ob es Mami auch immer so geht, wenn sie den ganzen Abend getrunken hat. Wahrscheinlich fühlt sich auch Correa so – immer, wenn ich ihm *caldos de gallina* gegen seinen Kater mache.
Sie schüttelt den Kopf, wie um das Bild des betrunkenen Correa auszulöschen, von dem ihr schwindlig wird. Wenn Correa sie letzte Nacht gesehen hätte, würde sie heute nicht hier sitzen. All diese Männer, einer nach dem anderen, ihre Hände an Américas Körper. Einige flüsterten ihr Dinge ins Ohr, die sie nicht verstand, obwohl sie wußte, worum es ging. Sie haben mir unsittliche Anträge gemacht, sagt sie sich mit überraschtem Lächeln. Sie blickt zu Paulina auf, die ihr den Rücken zukehrt, als wollte sie ihrer Tante diese Neuigkeit mitteilen. Aber ein anderer Gedanke drängt sich dazwischen. Sie haben mir Anträge gemacht, weil ich allein und ungeschützt war. Bei der Vorstellung, daß sie nur eine Beute war, überläuft es sie kalt.
»Komm, wir machen einen Spaziergang, damit du einen klaren Kopf bekommst«, schlägt Carmen vor, als sie wieder in der Küche erscheint. Das letzte, was América will, ist sich bewegen, aber Carmen nimmt sie an der Hand und zieht sie hoch.
»Bis später, Ma«, ruft Carmen, und América folgt ihr mit zitternden Knien die Treppe hinunter.
»Wohin gehen wir?«
»Nur um den Block. Es ist so stickig in der Wohnung.«
Sie verlassen die Hauptstraße und biegen rechts in eine

baumgesäumte Straße mit ein- bis zweistöckigen Häusern und Einfahrten dazwischen ein.
»Hier ist es hübsch«, meint América.
»Die meisten Leute halten die Bronx für heruntergekommen und arm, aber mit einigen dieser alten Viertel geht es bergauf.« América hat Mühe, mit Carmens Tempo Schritt zu halten, und nach dem ersten Block ist sie außer Atem. Carmen bleibt vor einer Reihe von Ziegelhäusern stehen. »Diese Häuser wurden in den dreißiger Jahren erbaut«, sagt sie, »und die dort drüben später, vielleicht in den Vierzigern.«
»Woher weißt du das?« fragt América.
Carmen lacht. »Das sehe ich am Baustil, an der Gestaltung der Fenster und den Details am Dach.« Sie geht weiter. »Ich wollte Architektin werden, aber das hat nicht geklappt.«
»Was ist passiert?«
»Oh, ich habe einfach das Interesse verloren, ich weiß auch nicht.« Sie biegen in eine andere Straße ein.
»Eigentlich habe ich alles vermasselt, weil ich mich in den falschen Mann verliebt habe.«
América sieht sie an, erwartet mehr, aber Carmen beißt sich nur auf die Lippen. Sie wirft América einen Blick aus den Augenwinkeln zu und lacht. »Schau nicht so besorgt! Es war folgendes: Ich hatte eine Affäre mit einem meiner Dozenten und bin durchgerasselt. Ich hatte schon immer eine Schwäche für Deutsche.«
Sie lacht fröhlich, und América kann sich nicht vorstellen, warum. Eine Liebesbeziehung, denkt sie, ist doch nichts zum Lachen. Aber wenn Carmen, wie Paulina sagt, viele Liebhaber hat, haben Affären vielleicht eine andere Bedeutung. Trotzdem kann sie sich nicht vorstellen, was daran komisch sein soll.
Am Ende des Blocks ist ein Spielplatz mit einem Basketball-

feld. Ein Spiel ist in vollem Gange, und am Zaun rund um das Gelände haben sich viele Leute versammelt, die die Spieler anfeuern. Auf dem Spielplatz tummeln sich Kinder mit ihren Eltern. América ist sicher, daß die Erwachsenen wirklich Eltern sind, weil sie wie die Kinder aussehen. Hier ist es anders als auf den Spielplätzen, die sie besucht, wo weiße Kinder von lateinamerikanischen oder karibischen *empleadas* gehütet werden.

»Hallo, Carmen! Hallo, América!« Janey und Johnie stehen oben auf der Rutsche. Nicht weit entfernt sitzt Darío auf einer Bank und liest Zeitung. América stöhnt. Er springt auf, als er die beiden sieht.

»Ich schwöre, daß ich das nicht geplant habe«, sagt Carmen leise und ruft dann lauter: »Hallo, ihr!« Sie hüpft zur Rutsche hinüber, um Janey aufzufangen, als sie herunterkommt, und läßt América einfach mitten auf dem Spielplatz stehen, während Darío ihr entgegeneilt.

»Wie geht's dir?« fragt er leise, und sie wünscht, sie wäre geschminkt, um die Röte zu tarnen, die ihr ins Gesicht steigt.

»Okéi.«

»Du brauchst nicht verlegen zu werden«, sagt er, »so was passiert einfach.«

América weiß nicht, was sie erwartet hat, aber gewiß nicht dieses vorauseilende Verzeihen, das bei ihr das Gefühl weckt, ihm etwas zu schulden. »Danke«, sagt sie.

Glücklicherweise kommen Carmen und die Kinder auf sie zugerannt, so daß América nicht weiter überlegen muß, was sie als nächstes sagen soll.

»Papi, kriegen wir ein Eis in der Waffel?« fragt Janey, und ihr Bruder unterstützt sie: »Bitte, Papi?«

»Ich geb's aus«, fügt Carmen hinzu.

»Sicher.« Darío wendet sich an América. »Möchtest du auch eins?«

América hat Carmen durch Blicke zu verstehen gegeben, daß sie gehen möchte, aber als Darío sie fragt, sagt sie: »Nein, danke.« Carmen lächelt schelmisch. »Dann kommen nur die Kinder mit«, sagt sie, nimmt die Zwillinge bei der Hand, und fort sind sie.

»Gut«, meint Dario, »dann können wir zurück nach Hause gehen.«

»Okéi.«

Das eine muß man Darío zugute halten, er geht langsam. Doch daß Darío so dahinschlendert, hat auch einen Nachteil: América zählt im Geist die Blöcke durch, die sie hinter sich bringen müssen, und kann sich nicht vorstellen, was sie zueinander sagen werden, bis sie das große grüne Haus erreicht haben.

»Ich bin froh, daß wir ein paar Minuten allein sind«, gesteht ihr Darío nach einer Weile, und Américas Herz flattert vor Angst, er könnte sie bitten, mit ihm auszugehen. Er räuspert sich. »Es ist so schwer, sich zu unterhalten, wenn alle anderen dabei sind.«

»Ja.« Sie kommen an einem alten Mann vorbei, der auf einer kleinen Veranda sitzt. Er wirft ihnen einen bösen Blick zu und murmelt etwas vor sich hin. América und Darío beschleunigen ihren Schritt, bis sie an ihm vorbei sind.

An der nächsten Ecke bleibt Darío stehen und sieht sie an. »Weißt du, daß ich dich mag ...«

Drei Kinder auf Rollschuhen kommen vorbei, und América nutzt die Ablenkung, um ihre Fassung wiederzugewinnen. »Du siehst mich immerzu an«, sagt sie, während sie die Straße überqueren.

»Du bist so schön«, entgegnet er ohne Verlegenheit.

Sie tut so, als hätte sie das nicht gehört. »Und du fährst wie ein Verrückter.«

»Berufsrisiko.«

Sie lächelt. Seit wann ist er so charmant?
»Ich möchte dich besser kennenlernen«, sagt er ernst, »und ich möchte, daß du mich kennenlernst.« Als sie darauf nichts erwidert, fährt er fort: »Ich weiß, daß du dich vor kurzem getrennt hast ...«
Es klingt so offiziell – »getrennt«. Es klingt klinisch. So wie man diese Zwillinge aus der Dominikanischen Republik getrennt hat, die am Kopf zusammengewachsen waren.
»Ich glaube nicht ...«, beginnt sie. Sie biegen in eine andere Straße ein.
»Wir können uns einfach am Telefon unterhalten. Wir müssen nicht einmal allein ausgehen, wenn du dich dabei nicht wohl fühlst.«
Sie haben das grüne Haus erreicht. Er sieht sie ernst an, als wäre jede Sekunde, die sie zögert, eine Folter für ihn. »Ich gebe dir meine Nummer«, sagt sie nach einer Weile.
Das Lächeln auf seinem Gesicht ist so glücklich, so hoffnungsvoll, daß sie lachen muß. Er hält ihr die Tür auf und folgt ihr die Treppe hinauf zu Paulinas Wohnung, ohne bei seiner eigenen haltzumachen. Als sie hereinkommen, wechseln Elena und Paulina einen Blick. América findet beim Telefon einen Zettel, sucht nach einem Stift und muß schließlich einen aus ihrer Tasche holen. Während sie die Nummer aufschreibt, wird sie den Verdacht nicht los, daß sie immer noch betrunken ist und es möglicherweise am nächsten Morgen bereuen wird.

Im Zug Richtung Norden, nach Bedford, muß sie immer wieder über diese neue Wendung in ihrem Leben nachdenken. Sie ist noch nie mit einem anderen außer Correa ausgegangen; seit fünfzehn Jahren war sie mit keinem anderen Mann allein. Nur um zu reden, sagte Darío. Wollen Männer das? Höchst unwahrscheinlich. Die sexuelle Span-

nung ist zu groß. Aber vielleicht bilde ich mir das nur ein. Ich bin übersensibel wegen Correa. Weil er anderen Männern so mißtrauisch begegnet, bin ich auch so geworden. Vielleicht ist es möglich, einfach befreundet zu sein, obwohl ich das noch nie erlebt habe. Mami hat keine Freunde. Sie hat aber auch keine Freundinnen. Rosalinda war mit einigen Jungs befreundet. Aber schau, was passiert ist. Nein, es ist nicht möglich.
Und außerdem, worüber sollte sie mit Darío reden? Er ist so still, so schüchtern. Obwohl er ihr in den paar Minuten, die sie allein waren, wie ausgewechselt vorkam – charmant und offen. Vielleicht ist er im Kreis der Familie einfach zurückhaltend, so wie sein Vater und Tío Poldo, die das Reden und Planen den Frauen überlassen. Das muß es sein. Vor meinen Verwandten will er sich eben nicht zu sehr in den Vordergrund spielen.
Das Haus der Leveretts ist dunkel. Sie geht in ihr Zimmer und macht sich fürs Bett fertig; ihre Gedanken kreisen immer noch um Darío.
Nur zum Reden? Ich könnte ihm erzählen, wie viele Betten ich gemacht und wie viele Toiletten ich geschrubbt habe. Sie lacht. Ich frage mich, wie es ist, Taxifahrer zu sein. Gut, das gibt Gesprächsstoff. Wie viele Leute hast du heute überfahren? fragt sie die Stoffkatze auf ihrem Kissen.
Als ich ihm meine Nummer gegeben habe, habe ich ihn ermutigt. Ich werde ihm von vornherein sagen, daß ich nur eine Freundschaft will. Damit er gar nicht erst auf irgendwelche Gedanken kommt. *Qué presumida!* Nur weil ein Mann mit mir reden will, glaube ich, daß er andere Absichten verfolgt. Aber so war es mit Correa. Er hat angefangen zu reden, und ehe ich wußte, wie mir geschah, lief ich mit ihm davon. Vielleicht ist mit Rosalinda dasselbe passiert. Du unterhältst dich mit einem Mann, und wenn dir der Ge-

sprächsstoff ausgeht, mußt du etwas tun, um wieder Pep reinzubringen. Ein Küßchen hier, eine Umarmung da, und bevor du dich recht versiehst, unterhältst du dich gar nicht mehr mit ihm. Du hörst nur noch, wie er dich anbrüllt. Nein, vergiß es, ich will mich jetzt überhaupt nicht mit Männern unterhalten. Wenn er anruft, werde ich ihm ganz offen sagen, daß er nicht mehr anzurufen braucht. Am besten gleich einen Schlußstrich ziehen.

Fest, aber fair

Jeden Morgen drängen sich an der Ecke Main und South Moger Street in Mt. Kisco Männer, die darauf warten, daß man sie zur Arbeit abholt. Sie tragen Jeans und Arbeitsstiefel, viele haben Cowboyhüte auf, und manche sind mit Thermoskannen ausgerüstet. Dann kommen die Lastwagen; sie fahren langsam vorbei, und die Fahrer mustern die Arbeiter, die sie aus hoffnungsvollen Augen ansehen. Die Fahrer steigen nicht aus. Sie lehnen sich auf der Beifahrerseite hinaus, verhandeln und winken die wenigen Glücklichen, die für den Tag ausgewählt wurden, auf die Pritsche des Lastwagens. Am Abend setzen dieselben Lastwagen die Männer wieder an der Ecke ab, und sie schleppen sich nach Hause zu den heruntergekommenen Häusern am Ortsrand oder zu dem Apartmenthochhaus bei den Eisenbahnschienen.

»Sie verdienen noch weniger als wir«, klagt Mercedes, die sich in einen Ecuadorianer verliebt hat, der, wie sie sagt, in Quito Buchhalter war. »Du solltest am Abend seine Hände sehen. Sie sind ganz zerschnitten von den Steinen.« Reinaldo hat viele der Mauern rund um die Villen in der Gegend von Bedford mitgebaut.

»Bei Ignacio war es nicht anders«, meint Adela, »bis ich ihm ein Paar Handschuhe gekauft habe.«

Sie sind bei Mercedes zu Hause, wo es im Keller einen Swimmingpool gibt. Ihre fünf Schützlinge planschen vergnügt im Wasser, während die *empleadas* am Beckenrand sitzen, sie im Auge behalten und ermahnen, im flachen Bereich zu bleiben. Die einzige *empleada*, die schwim-

men kann, ist América, die mit den Füßen auf den Stufen dasitzt.
»Hat Liana von ihren Kindern gehört?« fragt América.
»Die letzte Nachricht kam aus Mexiko. Der *coyote* hat ihnen das Geld abgenommen und sie sitzenlassen.«
»Sie reisen doch nicht allein?«
»Lianas Vater bringt sie her. Aber er ist ein alter Mann. Er wurde krank, und sie mußte ihm Geld für den Arzt schicken.« Adela macht einen Knopf an ihrer Bluse zu, der aufgesprungen ist. »Wenn ihr mich fragt, ist sie verrückt, die Kinder hierherzuholen.«
Da niemand sie gefragt hat, bekommt sie keine Antwort. Adela hat keine Kinder, also kann sie schwer nachvollziehen, wie verzweifelt Liana sich danach sehnt, ihre Kinder bei sich zu haben. So verzweifelt, daß sie ihr Leben aufs Spiel setzt, indem sie einen *coyote* anheuert, um sie in die Vereinigten Staaten zu schleusen.
»Frida und ich sind am Sonntag in die Kirche gegangen«, verkündet Mercedes. »Wir haben Kerzen für die Kinder angezündet.«
»Sie werden jede Hilfe brauchen, die sie bekommen können«, bemerkt Adela düster.
Kyle kann gut schwimmen. Die kleineren Kinder tragen Schwimmflügel, um sich über Wasser zu halten. Eins der Mädchen, die Adela beaufsichtigt, treibt ab. »Du bleibst im Flachen, Annie, nicht tiefer als bis hier.« Das kleine Mädchen paddelt zurück.
»Wie geht's deiner Tochter?« fragt Mercedes América.
»Sie macht bei einer Schulaufführung mit«, erwidert América, und die anderen beiden nicken. Sie hat den *empleadas* erzählt, daß sie eine Tochter hat, aber dabei Einzelheiten ausgespart, die sie nicht zu wissen brauchen. América sieht keinen Grund, ihnen zu erzählen, daß Rosalinda mit

ihrem Freund weggelaufen ist oder daß sie den Ehrgeiz hegt, eine *vedette* zu werden. Hätte ihr jemand eine solche Geschichte über ein Kind erzählt, dann hätte América der Mutter Vorwürfe gemacht, weil sie ihr Kind verwahrlosen läßt.

Wenn es dir selbst passiert, ist es anders, überlegt sie, deshalb hat sie nur wenig aus ihrem Leben erzählt. Sie hat den anderen gesagt, sie sei geschieden, ohne zu erwähnen, daß Correa sie geschlagen hat. Auch daß ihre Mutter Alkoholikerin ist, hat sie verschwiegen. Sie hat ihnen erzählt, daß Rosalinda eine kirchliche Privatschule besucht, für die América mit ihrem Lohn als Hausangestellte aufkommt. Die Frauen wissen, wie es ist, sich für die Kinder aufzuopfern, und bedrängen sie nicht mit Fragen. América würde allerdings gern wissen, was über sie geredet wird, wenn sie nicht dabei ist. Sie reden auch über die anderen, wenn sie nicht da sind.

Wenn sie mit den anderen *empleadas* zusammen ist, hat América oft ein schlechtes Gewissen. Was sie über ihr Leben in der Heimat erzählen, hört sich so trostlos an. Zwei von ihnen kommen vom Land, wo es weder Strom noch fließendes Wasser gibt. Für sie war es ein Schock, als sie zum erstenmal Häuser von Amerikanern sahen. Daß es bei den Amerikanern keinen großen Familienzusammenhalt gibt, liefert den *empleadas* endlosen Gesprächsstoff, denn für sie alle gilt, daß das Schicksal ihrer großen Familie von ihnen abhängt.

»Die Amerikaner mögen ihre Eltern nicht«, folgern sie, weil noch keine von ihnen die Eltern ihrer Arbeitgeber im Haus gesehen hat. »Sie schicken sie nach Florida, um sie loszuwerden«, lautet das einhellige Urteil.

Die anderen verdienen alle weniger als América, selbst nachdem Karen Leverett die Steuern von Américas Gehalt

abgezogen hat. Sie werden bar bezahlt und haben stets Angst vor Diebstahl, da sie ihre ganzen Ersparnisse in Schachteln unterm Bett oder im Schrank aufbewahren.
»Wenn ich ein Bankkonto eröffne«, sagte Mercedes einmal, »findet mich *la migra* und schickt mich zurück.«
Den Großteil ihres Gehalts schicken sie über Kurierdienste, die eigens zu dem Zweck eingerichtet wurden, nach Hause. Und sie alle zahlen Miete für ein Zimmer am Wochenende, weil sie sich unwohl oder unwillkommen fühlen, wenn sie in den Häusern, wo sie unter der Woche leben, nicht arbeiten.
»Wenn ich dableibe«, klagt Adela, »arbeite ich am Ende noch an meinen freien Tagen.«
América hat ein Sparkonto, auf das sie ein Viertel ihres Gehalts einzahlt. Jede Woche schickt sie Zahlungsanweisungen an Rosalinda und an Ester. Einen kleinen Betrag behält sie sich für persönliche Ausgaben, und das sind wenige, weil sie bei den Leveretts Unterkunft und Verpflegung bekommt. Ihr Traum ist eine Kreditkarte, mit der sie alles Nötige bargeldlos bezahlen kann.
»Du hast vielleicht ein Glück«, meinen die *empleadas,* »daß du amerikanische Bürgerin bist!«
Sie schildern, daß in ihren Heimatorten ein jeder davon träumt, in die Vereinigten Staaten zu kommen. Als América erzählt, daß die Menschen in ihrem Land um die Unabhängigkeit von den USA kämpfen, sind sie verblüfft. »Aber ihr habt es doch so gut!« versichern sie ihr.
Manchmal verwirrt es sie, sich über diese Dinge zu unterhalten. Die *empleadas* erzählen vom Krieg und von Guerillakämpfen, von korrupten Priestern und Dörfern, die über Nacht abgebrannt werden. Die Regierungen ihrer Länder sind diktatorisch und brutal, und jeder, der sich beschwert, wird umgebracht.

Zu Hause in Vieques sind Proteste gegen die Präsenz der Vereinigten Staaten an der Tagesordnung. Nicht selten kommt es vor, daß eine Seeschildkröte durch Artilleriefeuer vor der Küste in Stücke gerissen wird. Und wenn Marinemanöver bevorstehen, blockiert gelegentlich die Kooperative der Fischer den Zielstrand durch eine kreisförmige Anordnung ihrer Schiffe. Die Männer und Frauen, die an solchen Aktionen teilnehmen, gelten als Helden, und América achtet sie für das Engagement und die Leidenschaft, mit der sie ihre Sache verfechten. Kurz bevor sie Correa kennenlernte, machte sie bei einer Schülergruppe mit, die vor den Toren des Marinestützpunkts demonstrieren wollte. Doch Correa setzte dem ein Ende. »Frauen«, sagte er, »sollten sich aus der Politik heraushalten.«
So vieles habe ich nicht getan, weil er nein sagte, überlegt sie, als sie zu den Leveretts zurückfährt. Ich bin nicht auf die Idee gekommen, eine seiner Meinungen, seiner Regeln, in Frage zu stellen. Und unsere Tochter ist genauso. Unser Gehirn hört auf zu arbeiten, wenn er spricht, wir nehmen nicht an der Diskussion teil. Wir waren so fügsam wie treue Hunde. Natürlich hat er das ausgenutzt. Wer hätte das nicht getan?

Seit über einem Monat hat sie nicht mehr mit Rosalinda gesprochen. Jedesmal, wenn sie den Hörer in die Hand nimmt, um Rosalindas Nummer zu wählen, überlegt sie es sich anders, weil sie meint, ihre Tochter für ihre Unverschämtheit bestrafen zu müssen. Dann wird ihr klar, daß sie Rosalinda nicht vorgewarnt hat, sie müsse bei ihrem Verhalten mit diesen Folgen rechnen. Also beschließt sie, ihr zu schreiben und es ihr mitzuteilen. Damit ihre Tochter nicht das Gefühl hat, América hätte sie vergessen.

Liebe Rosalinda,

hier ist Deine Zahlungsanweisung. Ich habe Dich in den letzten Wochen nicht angerufen, weil ich es satt habe, daß Du jedesmal den Hörer auf die Gabel knallst, wenn Dir nicht paßt, was ich sage. Wenn Du möchtest, daß ich Dich wieder anrufe, mußt Du mir versprechen, das nicht wiederzutun. Ich spreche jede Woche mit Mami, Du kannst sie also anrufen und ihr sagen, ob Du mit dieser Vereinbarung einverstanden bist.
Alles Liebe

Deine Mutter

P.S. Ich habe Dir viel zu erzählen.

Sie schickt den Brief ab und ist sehr mit sich zufrieden. Fest, aber fair, denkt sie. Die Anregung zu diesem Brief hat sie von einer Radio-Psychologin erhalten, die bei einer Rundfunksendung Fragen beantwortet. América ist immer mit dem Auto unterwegs und fährt Kyle und Meghan zur Schule oder wieder nach Hause, wenn die Sendung läuft, und so kann sie sich täglich fünfzehn bis zwanzig Minuten die Ratschläge der Psychologin anhören. Fest, aber fair zu sein gehört zu den Empfehlungen, die die Psychologin Hörern gibt, wenn sie Probleme mit ihren Kindern haben.
Ja, es ist eines ihrer Probleme gewesen, daß sie nicht fest genug war. Zum Beispiel als Darío das erstemal anrief, war sie entschlossen gewesen, ihm zu sagen, er solle nie wieder anrufen, aber alles, was sie herausbrachte, war: »Ich hab im Moment grad viel zu tun.« Und er verabschiedete sich und legte auf, ohne zu fragen, was sie denn gerade tat. Bei seinem zweiten Anruf wollte sie nicht unhöflich sein, also unterhielten sie sich ungefähr vierzig Minuten lang. Sie

erzählte ihm, wie viele Betten sie am Tag macht, und er erzählte ihr, wie gefährlich es ist, Taxifahrer in New York City zu sein. »Jeder Fahrgast, den du mitnimmst«, sagte er, »kann der letzte Mensch sein, dem du begegnest.« Die Vorstellung, Nacht für Nacht dem Tod ins Auge zu sehen, war so faszinierend, daß sie ihm viele Fragen stellte, und er erzählte ihr Begebenheiten, bei denen es ihn beinahe erwischt hätte. Am nächsten Abend rief er wieder an, und sie unterhielten sich zwanzig Minuten lang. Sie hat ihm nicht gesagt, er solle nie wieder anrufen, und jetzt, meint sie, ist es vielleicht zu spät.

Auch bei Karen muß sie fest sein. Die ganze letzte Woche und den Großteil dieser Woche hat Karen bis spätabends im Krankenhaus gearbeitet. Charlie war auf Reisen, und so hat América sich fünfzehn Stunden täglich abgerackert. Sie meint, sie sollte für die Arbeit, die über die vereinbarten acht Stunden hinausgeht, auch bezahlt werden. Die Wahrheit ist, daß América jeden Morgen um sieben ihren Dienst antritt und abends erst nach acht wieder auf ihr Zimmer geht. Das sind mehr als acht Stunden. América hofft, daß Karen das einsieht. Schließlich sollte eine Frau, die fünfzehn Dollar für ein Höschen ausgibt, in der Lage sein, der Frau, die für ihre Kinder sorgt, ein paar Dollar mehr zu bezahlen. Als die Kinder im Bett liegen und Karen es sich mit ihren Papieren auf der Couch bequem gemacht hat, schleicht América auf Zehenspitzen hinunter, um mit ihr zu reden. Sie mußte noch nie um eine Gehaltserhöhung bitten, also weiß sie nicht genau, wie man so etwas anpackt. Sie denkt, wenn sie fest, aber fair ist, wird Karen auf ihre Bitte eingehen.

»Entschuldigen Sie, Karen?«

»Ja, América?« Karen setzt die Brille ab, die sie trägt, wenn sie ihre Kontaktlinsen herausgenommen hat.

»Muß Ihnen etwas sagen.«
Karen nickt, fordert sie aber nicht auf, sich zu setzen. América steht auf der anderen Seite des scharfkantigen Granittisches und hat die Hände in den Taschen, damit Karen sie nicht zittern sieht. Sie holt tief Luft. »Ich arbeite schwer, länger als acht Stunden am Tag.«
Karens Körper versteift sich, ihr Mund wird hart.
»Ich glaube ...« Sei fest, aber fair, sagt sich América. »Ich brauche mehr Gehalt.«
Karen ändert ihre Position und schlägt die Beine andersherum übereinander. »Sie arbeiten erst drei Monate für uns. Nach einem Jahr bekommen Sie mehr Geld, so wie vereinbart.« Sie legt ihre Papiere am anderen Ende der Couch ab.
»Ich weiß, aber Sie sagen: Ich arbeite acht Stunden. Ich arbeite mehr als acht Stunden.«
»Wie kann das sein? Die Kinder sind doch fast den ganzen Tag außer Haus.«
»Ich putze das Haus, wenn die Kinder in der Schule sind.«
»Sechs Stunden lang? Wirklich, América ...« Karen schüttelt den Kopf und kichert in sich hinein.
»Haus ist groß.«
»Aber wir sind nicht den ganzen Tag da. Und wir haben seit Wochen keine Gäste gehabt. Eigentlich müssen Sie vor allem die Küche und die Schlafzimmer saubermachen. Das kann doch nicht sechs Stunden täglich dauern.«
Haben Sie schon mal ein Haus geputzt? möchte América fragen, weiß aber, daß dies unhöflich wäre. Natürlich hat Karen Leverett noch nie ihr eigenes Haus geputzt. Dafür gibt es Personal.
»Ich sehr vorsichtig. Viele zerbrechliche Sachen. Ich putze unter Betten, hinter Möbeln. Das dauert lange.«
»Ich kann trotzdem nicht glauben, daß Sie täglich sechs

Stunden brauchen, um dieses Haus zu putzen, kommen Sie.« Karen spielt mit ihrer Brille, offensichtlich möchte sie sich wieder ihrer Arbeit zuwenden. »Wissen Sie was? Sie sollten sich am Vormittag, wenn die Kinder nicht da sind, ein wenig freinehmen, okay?«
Sie ist nicht fair, denkt América. »Und wenn das Haus nicht sauber?«
»Ich bin sicher, daß Sie damit zurechtkommen, América. Sie müssen Ihre Arbeit einfach besser planen, dann haben Sie mehr Freizeit. Ich weiß, daß Sie das schaffen, okay?«
»Okéi«, sagt América, nicht weil sie zustimmt, sondern weil sie wütend ist und nicht weiß, wohin mit ihrer Wut. Hastig verläßt sie den Raum, und Karen ruft ihr nach: »Gute Nacht!« Ihre fröhliche Stimme zerrt an Américas Nerven. Sie wünscht Karen Leverett keine gute Nacht. Sie wünscht sich vielmehr, Karen Leverett möge die schlechteste Nacht ihres Lebens verbringen. Sie zieht die Tür zu ihrem Zimmer hinter sich zu und schließt ab.
Ich hätte ihr sagen sollen, daß es keine sechs Stunden sind, denkt sie ärgerlich, sondern vier. Ich muß Meghan um zwölf vom Kindergarten abholen. Und ich hätte ihr sagen sollen, daß ich die Wäsche wasche und die meisten ihrer Sachen bügle. Und ich muß kochen. Daran habe ich sie nicht erinnert.
Sie macht sich fürs Bett fertig, weiß aber, daß sie heute nacht nicht viel Schlaf bekommen wird. Sie ist zu aufgeregt. Wenn sie mir zwanzig Dollar mehr die Woche gegeben hätte, wäre ich zufrieden gewesen. Sie hätte mein Gehalt nicht zu verdoppeln brauchen. Nur zwanzig Dollar mehr die Woche. Das ist weniger, als sie für einen BH ausgibt.

»Ich habe Doña Paulina gefragt, ob ich dich abholen kann«, sagt Darío, als er sie am Bahnhof begrüßt.

»Ich möchte möglichst unverletzt ankommen«, erwidert América. Das Gespräch mit Karen von gestern abend liegt ihr noch im Magen, und sie kann sich nicht freuen, als Darío sie hoffnungsvoll anlächelt.
»Ich fahre so vorsichtig wie eine kleine alte Dame«, witzelt er, während er sich anschnallt. »Auf deiner Seite ist auch ein Sicherheitsgurt.«
»Das letztemal war der noch nicht da, oder?«
»Den habe ich eingebaut, um dich zu beeindrucken.« Er lächelt sie an und sieht dabei nicht auf die Straße. »Hoppla!« sagt er und sieht wieder nach vorn.
Unwillkürlich muß América lächeln. Bestimmt hat er Drogen genommen, denkt sie. Wie sonst läßt sich diese Veränderung bei ihm erklären, wenn sie allein sind?
»Heute abend arbeite ich«, sagt Darío, »aber morgen gehe ich mit den Kindern in den Zirkus. Bist du schon mal im Zirkus gewesen?«
Sie sieht ihn aus den Augenwinkeln an. Sie weiß, was jetzt kommt. »Nein, in Vieques gibt es so etwas nicht.«
»Möchtest du mitkommen?«
Sie überlegt eine Weile, bevor sie antwortet, nicht aus Unsicherheit, sondern weil sie nicht zu überschwenglich wirken will. »Ja, gern.«
»Toll! Wir gehen in die erste Vorstellung, da müssen wir morgens gegen neun hier los.«
»Okéi.«
Er öffnet ihr die Haustür, und in der Halle zwischen der Haustür und den Flurtüren spürt sie, wie nah sie sich sind, fast so nah wie beim Tanzen. Er scheint es auch zu merken und kommt ihr so nah, daß er sie küssen könnte; aber in letzter Minute besinnt er sich, steckt den Schlüssel in die Flurtür und tritt zurück, um sie vorbeizulassen.

»Bis später«, sagt er, und der vertraute, traurige Ausdruck überschattet sein Gesicht.
»Kommst du nicht mit hoch?«
»Ich muß zur Arbeit.« Er nickt in ihre Richtung und verschwindet hinter der Haustür.
América bleibt noch eine Weile auf dem Flur stehen. Obwohl sie wirklich nichts mit Männern zu tun haben will, ist dieser Mann nicht so schlecht wie die anderen. Wie der andere, verbessert sie sich, als sie die ersten Stufen hinaufsteigt. Sie sind nicht alle wie Correa.

Janey und Johnie sind so aufgeregt, daß Darío sie immer wieder ermahnen muß, nicht auf dem Rücksitz herumzuhopsen, sonst würden sie umkehren und den Zirkus Zirkus sein lassen. Die Kinder beruhigen sich ein paar Minuten lang, und dann fangen sie wieder an. Sie sind unfähig stillzusitzen.
América ist genauso aufgeregt. Sie war noch nie in Manhattan, und als sie es Darío sagt, verspricht er ihr eine Stadtrundfahrt. Sie fahren am Ufer eines breiten Flusses entlang ins Zentrum der Stadt.
»Das ist der Times Square.« Darío fährt langsam die breite Hauptstraße hinunter, die mit hohen Gebäuden und Reklametafeln gesäumt ist. Hinter ihnen wird gehupt, und Taxifahrer werfen ihnen böse Blicke zu.
»Dort oben auf dem Hotel« – Darío deutet hinauf – »ist ein Zimmer, das sich dreht, so daß man die ganze Stadt sehen kann.«
América kann sich nicht vorstellen, wie sich ein Zimmer drehen soll, und denkt immer noch darüber nach, als sie am Madison Square Garden ankommen. Sie stellen sich mit Tausenden von Leuten an, die auf Einlaß warten. Händler bieten Luftballons, Eis, Zuckerwatte, heiße Brezeln, Plastik-

schwerter, die aufleuchten, und Stofftiere an. Janey und Johnie wollen alles, was sie sehen, und Darío bleibt an fast jedem Kiosk stehen, um es ihnen zu kaufen.

»Ich weiß, daß ich sie verwöhne«, entschuldigt er sich bei América, die kein Wort gesagt hat.

Beladen mit Souvenirs aller Art, erreichen sie endlich ihre Plätze, und dort müssen die Kinder alles Darío und América geben, weil man die Sachen nirgends hintun kann. Sie haben vier Plätze nebeneinander, ziemlich nah an der mittleren Manege.

Von allem, was es zu sehen gibt, ist América nicht weniger fasziniert als Janey und Johnie. Madison Square Garden ist das größte Gebäude, in dem América je gewesen ist. Von hoch oben kommt Musik und übertönt den Lärm der Kinder, die voller Entzücken über die Possen einiger Clowns lachen, die in den drei großen Manegen herumlaufen.

Kaum haben sie ihre Plätze eingenommen, da verdunkelt sich die Szene, und ein Mann verkündet, daß die Vorstellung beginnt. Scheinwerfer richten sich auf die garagentorgroßen Öffnungen an einem Ende, und eine Parade von Tieren, Akrobaten und Clowns marschiert durch die drei Manegen. Es gibt Elefanten und Tiger in Käfigen. Ganz kleine Pferde. Kamele mit goldenem Zaumzeug. Clowns laufen die Gänge hinauf und hinunter und schneiden lustige Grimassen für die Kinder. Einer der Clowns setzt sich bei einer Frau auf den Schoß. Ein anderer küßt einen Mann. Ein dritter gibt einem Jungen ein Taschentuch, und als er weggeht, quellen hundert weitere in einer langen Schlange aus seiner Jackentasche.

Nach der Parade führen drei Frauen Kunststücke vor – hoch oben auf einem Seil, das wer weiß wo befestigt ist. Ein muskelbepackter Mann trägt eine ganze Familie von Akrobaten auf seinen Schultern. Zwei Jungen zeigen Kunststücke auf Fahrrädern. Trapezartisten schwingen durch die Lüfte und springen dann auf ein Netz. Noch nie hat América so etwas Wunderbares gesehen. Als die Lichter angehen und sie aufsteht, um aufzubrechen, sagt Darío, das sei nur die Pause, danach geht's weiter.

América begleitet Janey auf die Toilette, wo sie lange anstehen müssen. Dann kaufen sie sich alle Hot dogs, Popcorn und Eis. Als sie zu ihren Plätzen zurückkehren, treten noch einmal Clowns auf, ein Mann läßt Tiger durch Feuerreifen springen, eine Frau bringt Pferde zum Tanzen, ein Mann verrenkt sich in unmöglichen Stellungen. Zwölf Elefanten stützen ihre gewaltigen Vorderbeine auf den Rücken der anderen, bis eine lange Reihe von Elefanten auf zwei Beinen steht. Ein Feuerschlucker tritt auf, es folgen Stelzenläufer, und eine Frau dreht sich an einem Seil, an dem sie sich mit den Zähnen festhält, im Kreise.

»Hat es dir gefallen?« fragt Darío, als sie inmitten der Menschenmenge auf die Straße treten.

»Es war wunderschön!« sagt América mit derselben staunenden Stimme wie Janey und Johnie. »War es nicht toll?« wendet sie sich an die Kinder. Es ist ihr peinlich, weil sie sich selbst wie ein Kind vorkommt, das noch nichts gesehen hat, noch nirgends gewesen ist und nicht gewußt hat, daß es so etwas Wunderbares überhaupt gibt.

Als sie am Montag morgen Kyles und Meghans Zimmer aufräumt, entdeckt sie dort Souvenirs vom Zirkus und fragt sich, ob die Leveretts dieselbe Vorstellung besucht haben wie sie.

»Wir sind am Samstag gegangen«, erklärt Kyle, als sie ihn fragt, »und ich durfte die Elefanten von nahem sehen.«

»Ich auch«, sagt América.

»Aber wir durften sie streicheln«, sagt Meghan.

»Wirklich?«

»Nach dem Zirkus hat uns Daddy dahin mitgenommen, wo sie die Elefanten und die Tiger halten«, fügt Kyle hinzu.

»Aber die Tiger konnten wir nicht streicheln«, bemerkt Meghan ernst.

»Nein, die sind zu unheimlich«, meint América, während sie Meghan eine Portion Kartoffelbrei mit Banane auftut.

»Daddy kennt den obersten Clown«, sagt Kyle, »deshalb durften wir da hineingehen, wo sie sich anziehen und so.« Er blickt auf seinen Teller. »Was ist das?«

»Puertoricanische Kartoffeln«, antwortet América. Aus Erfahrung weiß sie, daß sie lieber nicht zu genau erklären sollte, was in dem Essen ist, das sie kocht. Wenn sie irgend etwas anderes außer Salz erwähnt, weigern sich die Kinder zu essen.

»Ich mag sie«, sagt Meghan.

»Die Clowns?«

»Nein, die porticanischen Kartoffeln.« Meghan kichert vergnügt. »América ist so lustig.«

»Vielleicht werde ich Clown in Zirkus«, sagt sie und schneidet ein albernes Gesicht. Die Kinder lachen und schneiden sich gegenseitig Grimassen. »Ich auch, ich auch. Ich bin ein Clown im Zirkus«, singen sie.

»Okéi«, sagt América. »Jetzt nicht mehr spielen. Eßt jetzt. Wenn ihr alles aufeßt, gebe ich euch Überraschung.«

Sie kann sich darauf verlassen, daß Darío jeden Abend zwischen neun und elf anruft, je nachdem, wann er Schicht hat. Sie ärgert sich über sich selbst, daß sie sich tatsächlich auf seine Anrufe freut. Von allen Menschen, mit denen sie telefoniert, ist er der einzige, der ihr zuhört, ohne ihr Ratschläge zu erteilen oder den Hörer auf die Gabel zu knallen.

»Die Arbeit im La Casa war anders«, sagt sie ihm, »zum einen habe ich dort keinen so langen Tag gehabt.«
»Kannst du dich auch richtig zurückziehen?«
»Ich habe mein eigenes Zimmer mit Bad, aber wenn ich mitten in der Nacht Hunger habe, kommt es mir komisch vor, hinunterzugehen und etwas zu essen.«
»Warum?«
»Ich weiß nicht. Es ist nur so ein Gefühl ... Es ist eben nicht mein Haus. Einmal bin ich aus meinem Zimmer gekommen, als sie schon im Bett waren, und kaum hatte ich den Flur betreten, da kam Charlie aus dem Schlafzimmer und fragte, wer da ist.« Sie lacht. »Ich bin vor Schreck fast in Ohnmacht gefallen.«
»Ich wette, du hast ihn auch ganz schön erschreckt.«
»Wahrscheinlich.« Es gibt Pausen in ihren Gesprächen, Augenblicke, in denen er, wie sie weiß, überlegt, was er als nächstes sagen soll, während sie noch einmal ihren Tag vorbeiziehen läßt und sich fragt, ob irgend etwas Interessantes passiert ist.
»Janey hat hundert Punkte im Rechtschreibtest bekommen.«
»Sie ist intelligent ...«
»Johnie auch, aber er hatte diese Woche keinen Test ...«
»Kyle, der kleine Junge, für den ich sorge, hat seinen orangen Gürtel im Karate gemacht.«
Sie hat nie nach seiner verstorbenen Frau gefragt, und er hat sich nie nach Correa erkundigt. Sie hat nie nach seiner Drogenabhängigkeit gefragt, und er hat *»el problema con Rosalinda«* nie erwähnt. Es ist, als gäbe es ein Tor ins Leben des anderen, das bisher keiner von beiden öffnen wollte.

Happy bird day tu ju

»Wir laden Sie heute abend zum Essen ein, Sie brauchen also nicht zu kochen«, sagt Karen am nächsten Morgen, als sie zur Tür hinausgeht. »Ich bin gegen sechs daheim, dann gehen wir.«

»Kommt Daddy auch mit?« fragt Kyle.

»Nein, Daddy muß arbeiten.« Karen weicht Kyles Blick aus. »Nur wir vier, okay?«

»Wir müssen nicht«, wendet América ein.

»Unsinn. Sie haben Geburtstag, und das sollten wir feiern.« Sie marschieren hinaus, und América bleibt allein im Haus zurück. Es ist ihr peinlich, erwähnt zu haben, daß sie heute Geburtstag hat. Nun glaubt Karen, sie müßte etwas für sie tun.

Sie erledigt wie jeden Vormittag die Hausarbeit. Das Haus der Leveretts, einst so beeindruckend, erscheint ihr nun klein im Vergleich zu den anderen, die sie gesehen hat. Liana und auch Mercedes arbeiten in viel größeren Villen. Sie müssen allerdings nicht kochen.

Obwohl sie es versucht hat, ist es América nicht gelungen, sich die Freizeit zu nehmen, die sie, wie Karen behauptet, durch bessere Planung gewinnen würde. Bessere Planung heißt für América, seine Aufgaben in möglichst kurzer Zeit gut zu erledigen. Aber je schneller sie bei einer Beschäftigung, zum Beispiel Bügeln, arbeitet, umso mehr Zeit findet sie für die Dinge, die ihrer Meinung nach auch noch getan werden müssen, wie etwa alten Schmutz von den Kanten des Teppichbodens zu kratzen.

In den drei Monaten, die sie für Karen und Charlie arbeitet, haben die beiden zu Hause keine Gäste bewirtet. Sie sind auswärts essen gegangen. Einmal sind am Freitag abend nach dem Essen Freunde vorbeigekommen, und sie sind alle nach unten ins Sportzimmer gegangen und haben sich Videos angesehen.

América spürt die Spannung zwischen den beiden, obwohl sie versuchen, es vor ihr und den Kindern zu verbergen. Es ist wie Ebbe und Flut, manchmal stark, dann wieder kaum wahrnehmbar, aber immer vorhanden. Unter der Oberfläche brodelt es.

Die letzten paar Tage hat Charlie im Gästezimmer übernachtet. Er kommt spät nach Hause, geht sofort nach oben in sein Büro und legt sich dort hin. Einmal hat América einen Streit im Schlafzimmer mitgehört, aber am nächsten Morgen hatte er nicht mit Karen geschlafen, und ihr Diaphragma war unbenutzt.

Wenn sie Charlies Hemden wäscht, sucht América nach Spuren des Lippenstifts oder Make-up einer anderen Frau. Aber da seine Hemden so makellos wie immer sind, folgert América, daß er keine Affären hat oder es zumindest versteht, sie geheimzuhalten. Charlie macht ohnehin nicht den Eindruck eines Mannes, der Geliebte hat. Männer, die hinter Frauen her sind, werfen auf alles ein Auge, was sich bewegt. América hat aber nie das Gefühl gehabt, daß er in ihr etwas anderes sieht als ein weiteres Haushaltsmitglied.

Vielleicht bin ich nicht sein Typ, sagt sie sich und fragt sich, ob die anderen *empleadas* je von den Männern belästigt wurden, für die sie arbeiten. Es ist ein Thema, das bei ihren Unterhaltungen immer wieder aufkommt. Sie alle fürchten unerwünschte Annäherungsversuche seitens ihrer Arbeitgeber, aber keine hat je zugegeben, daß ihr selbst so etwas passiert wäre.

Während sie Kyles Zimmer aufräumt, hört sie das Telefon

in ihrem Zimmer läuten. Als sie dort ist, hat das Klingeln aufgehört, und sie wartet eine Weile, da sie hofft, daß der Anrufer es noch einmal versucht. Es könnte Paulina sein oder eine der *empleadas*, die fragen will, ob sie später auf den Spielplatz kommt. Doch als es nicht wieder klingelt, kehrt sie zu ihrer Arbeit zurück. An diesem Vormittag passiert noch mehrmals das gleiche. Aber wie lang sie auch in ihrem Zimmer bleibt, um auf den nächsten Anruf zu warten, er kommt erst, als sie schon zu weit weg ist, um rechtzeitig abzunehmen. Sie wählt Paulinas Nummer, aber niemand meldet sich. Schließlich gibt sie auf, da sie vermutet, es ist eine der *empleadas*.

Als América Meghan vom Kindergarten abholt, hält das kleine Mädchen ein Kunstwerk aus auf Pappe geklebten Makkaroni, Schleifen und Glitter in der Hand.

»Für dich«, sagt Meghan.

»Das ist schön, danke.« Auf der unteren Hälfte des Pappkartons hat Meghan ihre mit leuchtend roter Farbe bemalten Hände aufgedrückt. América berührt die rauhe Oberfläche mit dem kleinen Finger, wie um sicherzugehen, daß die Farbe hält. »Gefällt mir.«

»Ich habe alles selber gemacht«, verkündet Meghan, »nur bei den Schleifen hat mir Mrs. Morris geholfen.«

»Ist sehr schön«, wiederholt América und nimmt das Kind in die Arme.

Nach dem Mittagessen wird Meghans Freundin vorbeigebracht. América beaufsichtigt die beiden beim Spielen und wird dabei wieder von dem hartnäckigen Telefon gestört. Es ist, als würde sie der Anrufer kommen sehen und genau dann auflegen, wenn sie das Zimmer betritt. Als es Zeit ist, Kyle abzuholen, setzt América zunächst Meghans Freundin ab und fährt dann mit den Leverett-Kindern zum Spielplatz. Frida und Mercedes sind da.

»Ich habe dich heute angerufen, aber es hat niemand abgenommen«, sagt Mercedes.
»Es war mir ein Rätsel, wer so oft angerufen hat.«
»Ich habe es nur einmal versucht«, erwidert Mercedes, beleidigt über die Unterstellung, sie hätte nichts Besseres zu tun, als América anzurufen.
»Mein Telefon hat wie verrückt geklingelt, und sobald ich drangehen wollte, wurde aufgelegt.«
»Ich hasse so was«, meint Frida, »und dann fällt mir ein, daß ich vor achtzehn Monaten noch nicht einmal ein Telefon hatte.«
Mercedes und América lachen.
»Adela hat eine Stelle gefunden«, sagt Mercedes.
»So schnell?«
»Die Frau hat ein Glück!« erzählt Mercedes weiter, »ein Ehepaar, mit dem sie die Wohnung teilen, geht nach Guatemala zurück, also haben sie Adela und Ignacio empfohlen. Es ist in Larchmond, nicht weit vom Wasser und so.«
»Ich hoffe, er macht ihr keinen Strich durch die Rechnung«, murmelt Frida.
»Es ist das, was sie sich die ganze Zeit erhofft hat«, sagt América.
»Ja, aber er ist seine Freiheit gewohnt«, entgegnet Frida.
»Für die Männer ist es anders, *interno* zu arbeiten«, gibt Mercedes zu bedenken, »sie wohnen in einem Haus, das ihnen nicht gehört, und in der Regel ist es die Hausfrau, die einem sagt, was zu tun ist. Unsere Männer haben in der Familie gern die Hosen an.«
»In diesem Land darfst du nicht übermäßig stolz sein«, erklärt Frida, »du mußt tun, was anfällt. Diese Art von *machismo* ist hier nicht am Platz.« Mercedes und América sehen Frida verblüfft an. Frida lächelt verlegen. »Mrs. Finn hat mir ein Buch gegeben. Es ist von einer *latina,* und sie

schreibt darüber, was wir *mujeres* in diesem Land tun sollten, um voranzukommen.«

»Du redest wie ein Feministin«, meint Mercedes pikiert, »nimm dich in acht.«

»Ich bin keine Feministin, aber dieses Buch ist vernünftig. Ich leihe es euch, wenn ihr wollt. Es ist spanisch«, fügt sie hinzu.

»Nein, danke, ich lese nicht gern«, entgegnet Mercedes hochnäsig. »Ich muß jetzt die Kinder heimbringen.« Sie geht zur Schaukel, wo die Zwillinge von Kyle angeschubst werden. *»Hasta mañana.«*

»Das ist komisch«, sagt América leise.

»Was denn?«

»Was du gerade über *machismo* und Stolz gesagt hast.« Frida sieht América an, als wäre sie überrascht, daß ihr jemand zugehört hat. »So habe ich es noch nie betrachtet.«

»Wie?«

»Die Latinos haben den *machismo* erfunden, und ich habe darunter immer nur verstanden, na, wie sie Frauen behandeln, Besitzanspruch und Eifersucht und all das.« Sie sucht nach den rechten Worten. »Aber in Wirklichkeit geht es um Stolz. So habe ich es noch nie gesehen.« Sie lächelt unsicher, als wüßte Frida die Antwort auf eine entscheidende Frage, während sie nur rätselt.

»Hmm«, sagt Frida; sie beobachtet einen Vogel, der sich auf einem Zaunpfosten niederläßt.

»Egal«, sagt América, »ich bringe jetzt wohl besser die Kinder heim.« Sie fragt sich, warum sie in Verlegenheit gerät, so als hätte sie gerade ein großes Geheimnis ausgeplaudert, das morgen die ganze Stadt weiß. Dann wird es ihr klar. Sie ist es nicht gewohnt, mit anderen über Gedanken zu sprechen, hat sich nie in ein Gespräch über wichtige Fragen eingemischt, deren Lösung nicht auf der Hand liegt, so daß du dir selbst mögliche Antworten überlegen mußt.

Männer tun das ständig. Correa, Feto und Tomás saßen manchmal unter dem Mangobaum im Garten des La Casa und diskutierten über Politik und Zeitungsartikel. Scheinbar hatten sie zu allem eine Meinung, und América hielt nicht viel davon, weil sie sich meistens anhörten wie drei Männer, die nicht wissen, wovon sie reden, aber so tun, als wüßten sie's, um nicht das Gesicht zu verlieren. Doch von Zeit zu Zeit kamen sie auf Themen, die interessant waren. Zum Beispiel als sie darüber sprachen, was aus Vieques werden sollte, wenn die US-Marine die Insel je verlassen würde. Und da brachten sie Argumente vor, die sich auf geschichtliche Ereignissen stützten, und nannten Zahlen und Hochrechnungen und Namen von Leuten, von denen América noch nie gehört hatte, um ihre Ansichten zu begründen. Da hörte sie ihnen gern zu, da vertraten sie ernst und leidenschaftlich ihre Überzeugung, da waren sie mehr als nur drei Gockel, die einander mit aufgeplustertem Gefieder einzuschüchtern versuchten.

Frida und América sammeln die Kinder ein, die wie üblich nicht heim wollen. América wünscht, sie hätte Frida um das Buch gebeten. Sie würde gern etwas Neues lernen, das Leben aus einem anderen Blickwinkel sehen. Ich habe so viel versäumt, weil ich nicht auf der Schule geblieben bin, klagt sie. Das habe ich Rosalinda auch immer gesagt. Das könnte sie anders machen als ich. Ich hätte etwas aus mir machen, einen Beruf erlernen können. Aber so weit habe ich nie vorausgedacht. Ich habe nie davon geträumt, Lehrerin zu werden wie Frida oder Krankenschwester wie Adela oder Bankangestellte oder Telefonistin. Vielleicht war das mein Problem. Ich hatte nie eigene Träume, und so können Mami und Correa und sogar Rosalinda auf mir herumtrampeln. Zumindest versuchen sie es. Sie haben keinen Respekt vor mir. Sie schüttelt den Kopf. Ich hatte selbst keinen Respekt vor mir.

Das Restaurant ist ein riesiges Speiselokal im Herzen von Mt. Kisco. América ist oft daran vorbeigekommen, hat es aber noch nie zuvor betreten. Sie sitzen in einer abgeteilten Nische, Karen neben Kyle und América neben Meghan. Die Bedienungen und Hilfskellner sind allesamt Latinos. Untereinander sprechen sie Spanisch, dann drehen sie sich um und fragen die Gäste mit unterwürfigem Lächeln auf englisch nach ihrer Bestellung. Inzwischen fällt es América ziemlich leicht, anhand des Akzents zu erraten, woher sie kommen. Die Frau, die sie bedient, ist, nach Aussehen und Sprache zu urteilen, Guatemaltekin wie Adela.

América weiß nicht, was sie bestellen soll. Sie ist hungrig, sie hat Geburtstag, und sie würde gern einen Hummer essen, so wie den, den die Kellnerin gerade vorbeigetragen hat. Aber sie will nicht das teuerste Gericht auf der Karte bestellen, damit Karen nicht denkt, sie wollte sie ausnützen. Die Speisekarte ist so groß, daß sie sich dahinter verstecken und erspähen kann, was die anderen Gäste vor sich haben oder die Kellner an ihrem Tisch vorbeitragen. Die riesigen Portionen würden für zwei bis drei Leute reichen. Vielleicht erwartet Karen ja von ihr, ein Gericht mit den Kindern zu teilen. Aber Karen bespricht mit den Kindern, was sie nehmen könnten, und scheint bereits zu wissen, was sie selbst bestellen will.

»Reizt Sie irgend etwas?« fragt sie América.

»Oh, ja, alles sieht gut«, erwidert sie begeistert, damit Karen merkt, daß ihr das Lokal gefällt.

»Was würde Ihnen denn schmecken?«

»Weiß nicht, Auswahl so groß.« Sie weiß, daß es verschiedene Hühnchengerichte gibt, und sie hat Lasagne und Spaghetti gesehen und einen ganzen Abschnitt über Hamburger. Aber ihr Englisch reicht nicht, um alles zu verstehen, was auf der Karte steht.

»Das Kotelett ist gut hier«, sagt Karen, »wenn Sie so etwas mögen.«

Offensichtlich, denkt América, mag Karen es nicht. Der Kellner kommt mit Garnelen in Knoblauchsoße vorbei. América fragt sich, wieviel das kosten mag, und sucht auf der Karte nach dem Wort »Garnele«, aber es gibt verschiedene Garnelengerichte, und sie weiß nicht, welches davon gerade vorbeigetragen wurde. Und teuer sind sie auch.

»Vielleicht möchten Sie Huhn?« fragt Karen, und América überfliegt die Preise hinter dem Wort »Huhn«. Sie sind niedriger als die für Garnelen.

»Okéi«, sagt sie, als sie wieder hinter der Karte auftaucht, »Huhn.«

Wieder kommt der Kellner mit einer Hummerplatte vorbei, diesmal mit Garnelen angerichtet.

»Vielleicht möchten Sie lieber Hummer?« fragt Karen, die ihrem Blick folgt.

América errötet tief. »Nein, nein. Huhn *okéi.*«

»Aber Sie haben Geburtstag, und Sie sollten etwas Besonderes bestellen«, beharrt Karen mit ermutigendem Lächeln.

»Ja, América«, mischt sich Kyle ein, »du essen Hummerrr«, imitiert er ihren Akzent. Sie lachen, und Meghan beschließt, es auch zu versuchen.

»Du ißt Hummer«, sagt sie, da ihr das schauspielerische Talent ihres Bruders fehlt.

»Abgemacht«, sagt Karen, »Hummer.« Alle lachen, und América ist erleichtert, daß sie nicht widersprechen muß, da sie tatsächlich Hummer möchte und die anderen darauf bestehen.

»Ein Glas Wein zum Essen?« fragt Karen.
»Oh, nein, danke, ich trinke nicht.«
»Nie?«
»Nein, nie«, erklärt sie mit glühenden Wangen.
Sobald das Problem der Bestellung gelöst ist, beginnen die Kinder von ihrem Tag in der Schule, im Kindergarten und auf dem Spielplatz zu erzählen. Karen versucht, América ins Gespräch einzubeziehen, aber die Kinder sind fest entschlossen, die Aufmerksamkeit ihrer Mutter ganz für sich in Anspruch zu nehmen. Die Mahlzeit verläuft fast so, als wäre América nicht dabei, außer daß sie Meghan hilft, ihren Hamburger zu zerkleinern, oder daß sie aufsteht, als Kyle sein Getränk verschüttet, den Kellner holt und einen Lappen zum Aufwischen besorgt.
Zum Nachtisch bestellt Karen Schokoladenkuchen, und Américas Stück wird mit einer brennenden Wunderkerze serviert. Sie singen »Happy Birthday«, und Leute von den Nachbartischen stimmen ein, was América peinlich findet, weil sich alle umdrehen und sie ansehen. Sie kommt sich albern vor, als sie versucht, die Wunderkerze auszublasen, die jedoch weiterbrennt, bis sie verbraucht ist.
Sie kommen zurück nach Hause, und sie hilft, die Kinder fürs Bett fertig zu machen. Als Karen die beiden mit in ihr Zimmer nimmt, um ihnen vorzulesen, zieht sich América in ihr Zimmer zurück. Sie fühlt sich umnebelt, als hätte sie tatsächlich ein Glas Wein getrunken. Das Telefon läutet, doch als sie abnehmen will, hört das Klingeln auf. Enttäuscht stampft sie mit dem Fuß auf. Sie zieht sich aus und läßt sich ein heißes Bad einlaufen, dann zieht sie das Telefonkabel so weit wie möglich in die Länge und stellt das Telefon vor der Badezimmertür ab. Im Bad kann sie sich jedoch nicht entspannen, weil sie jederzeit mit dem Klingeln des Telefons rechnet. Als es nicht klingelt, flucht sie leise

und ist wütend auf sich selbst, obwohl sie sich über den unbekannten Anrufer ärgern sollte. Dann klopft es an der Tür, und es wird viel gekichert. Sie wirft sich den Bademantel über und öffnet die Tür.

»Wir haben vergessen, Ihnen das zu geben.« Karen und die Kinder sind schon im Schlafanzug. Sie halten ein großes Paket in den Händen. Gespielt feierlich schreiten sie damit ins Zimmer, die Kinder kichern und halten das Paket an den Ecken fest, als enthielte es etwas Zerbrechliches.

»Ich habe geholfen, es einzupacken«, verkündet Meghan, als sie es auf der Couch abstellen.

»Ist das nett! Ich so überrascht«, sagt América gerührt, verlegen und erfreut, obwohl sie aus dem Gesichtsausdruck der anderen nicht ablesen kann, ob es wirklich ein Geschenk ist oder ein Scherz.

»Machen Sie es auf«, sagt Karen mit erwartungsvollem Lächeln. Sie beobachten, wie América die straffe Schleife löst und mit den vielen Klebebändern auf dem Geschenkpapier kämpft. Das Telefon klingelt.

»Ich geh dran«, sagt Kyle. Bevor ihn América aufhalten kann, nimmt er den Hörer ab.

»Leverett«, meldet er sich, wie er es gelernt hat. Er wartet. »Es ist niemand dran«, sagt er ärgerlich und legt auf.

»Vielleicht haben sie gedacht, sie haben sich verwählt, weil es nicht Américas Stimme war«, meint Karen.

»Ich weiß nicht«, sagt América. Es verwirrt sie, daß der Anrufer, wer immer es war, so unhöflich aufgelegt hat.

»Mach das Geschenk auf! Mach das Geschenk auf!« singt Meghan. América reißt das Papier ab und entdeckt eine Schachtel, auf der bunt die Handabdrücke der Kinder prangen und in Kyles Handschrift »Alles Gute zum Geburtstag« steht.

»Mach es auf!« kreischen die Kinder, und sie findet eine

zweite Schachtel, die nicht so kunstvoll verziert ist, und darin noch eine Schachtel. Kyle und Meghan lachen vergnügt. América lacht mit ihnen, obwohl sie die Idee nicht besonders lustig findet. Karen beobachtet sie mit nachdenklichem Lächeln.

América öffnet die vierte Schachtel, und in reichlich Seidenpapier gehüllt findet sie darin ein Sweatshirt. Es ist mit zwei Katzen verziert, die mit einem Wollknäuel spielen.

»Wir wissen, daß Sie Katzen mögen«, sagt Karen und blickt auf das weiße Stofftier im Bett.

»Ist sehr hübsch«, erwidert América, zieht es heraus und hält es sich an die Schultern.

»Es ist auch eine Hose drin«, sagt Meghan und wühlt in dem Seidenpapier, »da ist sie.«

Die dazu passenden Jeans haben Kätzchen auf den hinteren Hosentaschen. »Ist schön!« meint América mit etwas mehr Begeisterung.

»Wenn die Sachen nicht passen, können wir sie umtauschen«, sagt Karen.

»Nein, paßt«, sagt América, »ist perfekt.«

»Großartig! Okay, Kinder, ihr müßtet schon längst im Bett sein ...« Karen scheint es plötzlich eilig zu haben.

»Ich danke euch.« América gibt den Kindern einen herzlichen Kuß und begleitet sie zur Tür. Vor Karen fühlt sie sich verlegen, als reichte es nicht aus, ihr zu danken, als würde mehr von ihr erwartet.

»Herzlichen Glückwunsch zum Geburtstag«, sagt Karen, und América bedankt sich noch einmal, weiß nicht, was sie sonst sagen soll, schamrot, gedemütigt.

Als sie wieder allein in ihrem Zimmer ist, probiert sie die Sachen an. Sie passen perfekt. Der Stoff fühlt sich wie gute Qualität an, und das Etikett verweist auf Lord & Taylor – ein teures Geschäft, wie América weiß. So etwas würde Karen nie tragen, und América findet es rührend, daß sie die Sachen so sorgfältig ausgewählt hat und sogar die Größe stimmt.

»Ich rufe an, weil ich Geburtstag habe und du mich nicht anrufen kannst. Ich dachte, du möchtest mir vielleicht gratulieren.«

»Feliz cumpleaños«, sagt Ester gnädig.

»Sie haben mich zum Hummeressen eingeladen und mir ein Geschenk gemacht.«

»Das ist nett.«

»Hast du mit Rosalinda gesprochen?«

»Sie hat angerufen und nach deiner Nummer gefragt. Ich sagte, daß ich sie nicht habe, aber das hat sie mir nicht abgenommen.«

»Warum glaubst du das?«

»Sie hat aufgelegt.«

»Ein Wunder, daß das Telefon noch heil ist, wo Rosalinda immer den Hörer auf die Gabel knallt.«

»Wirst du sie anrufen?«

»Vielleicht.«

»Sie ist deine Tochter. Du solltest nicht nachtragend sein.« Ester versteht sich darauf, Ratschläge zu erteilen, an die sie sich selbst nicht hält.

»Sie klang aufgeregt.«

»Ich rufe sie an.«

»In Ordnung. Alles Gute zum Geburtstag.«

Bisher ist der Tag schön verlaufen, und die Vorstellung, Rosalinda anzurufen und wieder in einen Streit verwickelt zu werden, reizt sie nicht besonders. Paulina hat angerufen, ihr gratuliert und versprochen, sie würden dieses Wochenende gemeinsam feiern. Dann kam Darío an den Apparat, und sie hat sich eine halbe Stunde mit ihm unterhalten. Sie hat ihm nicht gesagt, daß heute ihr Geburtstag ist, weil er nicht denken soll, daß sie ein Geschenk erwartet. Sie löscht alle Lichter im Raum außer dem Nachttischlämpchen. Sie möchte sich behaglich fühlen, wenn sie Rosalinda anruft, möchte ruhig sein. Sie schwört sich, daß sie zuhören wird, nichts sagen wird, was sie sich nicht wenigstens kurz überlegt hat. Das Telefon klingelt.

»Happy bird day tu ju.«

Sie erstarrt.

»Happy bird day tu ju.«

Er singt ganz leise, als wäre noch jemand im Raum, den er nicht stören will.

»Happy bird day, dir América ...«

Sie legt auf, als würde der Hörer in ihrer Hand brennen. Sie schlägt die Hände vors Gesicht, als wollte sie das Zimmer mit den vielen Fenstern, der schrägen Decke, den hellgrünen Sternen über dem Bett nicht sehen. »Oh, mein Gott! Er weiß, wo ich bin«, murmelt sie wieder und wieder. »Er weiß, wo ich bin.«

Woher Correa es weiß

»Alles in Ordnung?« fragt Karen am nächsten Morgen. »Sie sehen aus, als hätten Sie nicht gut geschlafen.«
»Ist *okéi*«, erwidert sie, »Monatszeit.«
»Im Arzneikästchen ist Motrin, wenn Sie welches brauchen.«
»Ist *okéi*, danke.«
Sie schafft es, für alle Frühstück zu machen, sie in die Schule, in den Kindergarten und ins Büro zu schicken, das Geschirr abzuräumen, die Küche zu putzen, im Arbeits- und Wohnzimmer aufzuräumen, die Betten zu machen und die schmutzige Wäsche in den Keller zu bringen. Sie tut ihre Pflicht automatisch, weniger sorgfältig vielleicht, als wenn sie mit den Gedanken dabei ist. Aber alles wird erledigt, und am Ende des Vormittags glänzt das ganze Haus, nur América ist noch wie umnebelt.
Er weiß, wo ich bin. Wie eine Zeile aus einem Lied geht ihr der Satz immer wieder durch den Kopf. *Er weiß, wo ich bin* läßt keinen Raum für andere Gedanken, die Vernunft kann nicht durchdringen und die Angst mildern. *Er weiß, wo ich bin* gibt den Rhythmus für ihren Atem, ihre Schritte vor und läßt sie zusammenzucken, als der Gärtner mit Rasenmäher und Rechen vorfährt. *Er weiß, wo ich bin* verfolgt sie zum Kindergarten, wo sie Meghan abholt, zu Lianas Haus, wo die Kinder Power Rangers im Fernsehen sehen. *Er weiß, wo ich bin* beherrscht ihre Gedanken, während die Frauen plaudern, klagen, scherzen und Geschichten erzählen.
Sie kehrt nach Hause zurück, macht Abendessen für die Kinder, rührt aber ihren eigenen Teller fast nicht an. Es ist

Freitag; Karen und Charlie sind früh heimgekommen, weil sie zusammen mit den Kindern auf eine Party bei Freunden gehen. Am Abend wird sie allein sein, und sie redet sich ein, daß sie keine Angst zu haben braucht. *Er weiß, wo ich bin,* aber er ist in Vieques. Er ist nicht hier.

Sie läßt das Rouleau herunter und schließt die Tür ab. Weil sie zu Hause ist, haben die Leveretts die Alarmanlage nicht eingeschaltet, was sie tun würden, wenn das Haus unbewacht wäre. Aber ich darf keine Angst haben. Er ist in Vieques, und ich bin hier. Jedesmal, wenn sie am Telefon vorbeikommt, wartet sie auf ein Klingeln. Aber es schweigt. Rosalinda nimmt ab, als hätte sie auf einen Anruf gewartet.
»Oh, Mami, hallo.« Vorsichtig, mißtrauisch.
»Wie geht's dir?« Sie will ruhig bleiben, nachdenken, bevor sie spricht. Will Rosalinda nicht spüren lassen, daß sie nervös, ängstlich, besorgt ist.
»Mir geht's gut. Ich hab deinen Brief bekommen. Tut mir leid, daß ich einfach aufgelegt habe.« Eine unaufrichtige Entschuldigung, um sie zu beschwichtigen.
»Ist alles in Ordnung.«
»Ja.« Unsicher.
»Hast du deinen Vater in letzter Zeit gesehen?«
Ein Keuchen, kurz, aber wahrnehmbar. »Er war diese Woche hier.«
»Wo ist er jetzt?«
»Ich weiß nicht.« Abwehrend.
América holt tief Luft. »Weiß er, wo ich bin?«
»Ich … glaube, nicht.« Unklar, verlogen. »Ich meine, ich glaube, er weiß, daß du nicht in Puerto Rico bist.«
»Was glaubt er denn, wo ich bin?«
»Ich denke, er glaubt, du bist in New York.« Sie ist keine gute Lügnerin. Ihre Stimme ist unsicher, sie spricht zu schnell.

»Hast du ihm gesagt, daß ich hier bin?«
»Nein.« Ihre Stimme zittert, sie ist den Tränen nahe.
»Hast du es ihm gesagt?«
Sie gibt auf. »Er hat den Umschlag gesehen … als du die Zahlungsanweisung geschickt hast und diesen Brief.«
América atmet langsam und gleichmäßig. Sie will ruhig bleiben. »Ich habe meine Adresse nicht auf den Umschlag geschrieben.«
Rosalindas Stimme wird lauter. »Sie stand auf dem Poststempel.«
Ein Schrei entfährt ihr. América beißt sich auf die Lippen, damit sie nicht noch einmal unüberlegt reagiert.
»Der Name der Stadt stand direkt auf dem Poststempel.«
»Hast du …« Trotz aller Anstrengung kann América nicht ruhig bleiben. Sie hält inne, versucht es noch einmal. »Hat er ihn gefunden oder hast du ihn ihm gezeigt?«
Schweigen. Einen Augenblick lang kommt es ihr so vor, als hätte Rosalinda wieder einfach aufgelegt. Aber sie hört ihren Atem am anderen Ende der Leitung, hastige, scharfe Atemzüge.
»Es tut mir leid, Mami«, schluchzt Rosalinda. »Ich war so wütend auf dich, wegen deinem Brief. Und da kam er zu uns und hat mich weinen sehen.« América läßt sie heulen. Diesmal haben Rosalindas Tränen nicht die gewohnte Wirkung auf sie. Sie hört ihr zu, stellt keine Fragen, unterbricht nicht das Schluchzen. Rosalinda spricht weiter, als wäre das Schweigen ihrer Mutter eine Aufforderung. »Er hat sich den Namen der Stadt notiert, und dann hat er die Unterlagen im Wächterhäuschen durchgesehen. Er hat nach Namen aus demselben Ort gesucht.«
»Also hat er auch meine Adresse.«
Die Resignation in Américas Stimme verblüfft Rosalinda. »Ich war so wütend auf dich.« Als würde das alles entschul-

digen. »Du hättest diesen Brief nicht schreiben sollen.« Sie ist selbstgerecht, einfach nicht bereit, Verantwortung zu übernehmen. »Du schreist mich immer an und hast an allem, was ich mache, etwas auszusetzen.« Bin ich wirklich so schlimm? War ich eine so schreckliche Mutter, daß sie mir keinerlei Treue schuldet? »Ich habe versucht, dich anzurufen und dich zu warnen, aber ich habe deine Nummer nicht. Du hättest mir deine Nummer geben sollen.«
América beißt sich auf die Lippen, schweigt.
»Er w-w-will n-n-n-nur ... er w-will – er will nur mit dir reden.« Jetzt ist sie wütend, enttäuscht.
»In Ordnung, *nena.* Nimm's nicht so schwer. Wenn du ihn siehst, sag ihm, daß ich mit ihm reden werde.« Um jeden Preis will sie ruhig bleiben, nur nicht ihre Angst zeigen.
»Wirklich?« Rosalinda klingt mutlos, als wäre sie beim Versteckenspielen gefunden worden.
»Sag ihm, daß ich mit ihm rede.«
»Das tu ich, Mami.«
»Ist er jetzt da?«
»Nein, er ist weggegangen.«
»Okéi, mi'ja.«
»Du bist nicht wütend, Mami?«
»Mach dir keine Gedanken.«
»Es tut mir leid, Mami.«
»Ich rufe dich nächste Woche an.«
Vorsichtig, behutsam legt sie den Hörer auf die Gabel. Sie ist erschöpft. Ihre Arme fühlen sich steif und verspannt an, als hätte sie Gewichte gestemmt. Sie lehnt sich in ihre Kissen zurück, die weiße Stoffkatze auf dem Schoß. Es bleibt ihr nichts anderes übrig als zu warten. Correa wird anrufen, sie wird mit ihm reden. Sie will nicht daran denken, was danach passiert.

Er ruft nicht an. Sie bleibt auf, sieht fern, ohne etwas wahrzunehmen, eine Show nach der anderen, in der weiße *yanquis* unaufhörlich reden und das Publikum lacht. Der Humor beruht offenbar nur auf Mißverständnissen. Nach den Unterhaltungssendungen kommt ein Sachbeitrag. Hochspannungsleitungen erscheinen auf dem Bildschirm, und es wird Esters Theorie bestätigt, daß Elektrizität Krebs erregen kann. Anschließend bringen sie Nachrichten, alle schlecht. Sport. Wetter. Dann noch mehr lustige Shows, über die América nicht lachen kann. Und er ruft nicht an.

Als ein Wagen vorfährt, erstarrt sie. Das Garagentor öffnet sich, kracht wieder herunter. Innentüren werden geöffnet und geschlossen; Karen und Charlie kommen die Treppe herauf, beruhigen die Kinder, die vor Erschöpfung weinen. Sie werden ins Bett gebracht, und dann ist wieder alles still. Nach einer Weile Stimmen, gedämpftes Stöhnen. Karen und Charlie schlafen zum erstenmal seit einer Woche miteinander. Dann kehrt Ruhe ein, und sie wartet immer noch auf Correas Anruf. Aber er ruft nicht an.

In Puerto Rico ist *Viernes Social*, der gesellige Freitag. Wahrscheinlich ist er mit seinen Freunden ausgegangen, trinkt und amüsiert sich. Wahrscheinlich hat er mich schon vergessen. Vielleicht ist er mit seiner Frau ausgegangen. Während ich hier warte, liegt er womöglich in ihren Armen. Der Gedanke macht sie wütend. Sie schaltet den Fernseher aus, macht sich fürs Bett fertig, liegt mit offenen Augen da, bis die Sterne über ihr verblaßt sind. Und dann kommt der Morgen, und er hat nicht angerufen.

»Es tut mir leid, Tía. Ich hatte vor zu kommen, aber ich werde hier gebraucht.« Sie haßt es, Paulina etwas vorzulügen, hofft, daß sie sich mit der Entschuldigung zufriedengibt und ihr keine Erklärungen abverlangt, damit sie nicht noch mehr lügen muß.
»Wir haben uns darauf gefreut, deinen Geburtstag zu feiern«, meint Paulina enttäuscht. »Vielleicht nächstes Wochenende.«
»Ja, nächstes Wochenende.«
»*Bueno.* Wir telefonieren wieder unter der Woche.«
Sie bleibt im Bett, in die Decke gewickelt, das Gesicht nach unten, mit einem Kissen unterm Bauch. Sie hat Menstruationskrämpfe, die, wie sie meint, durch das angespannte Warten auf Correas Anruf ausgelöst wurden. Die Antibabypille hatte dafür gesorgt, daß ihre Periode leicht und kurz war, schmerzfrei. Aber sie hat die Pille nicht mitgebracht, sie würde sie nicht brauchen, meinte sie; und sie wollte die bedrückenden Nebenwirkungen vermeiden. Vielleicht, überlegt sie jetzt, war gar nicht die Pille an den blauen Tagen schuld, sondern mein Leben.
Unten im Erdgeschoß rumort die Familie herum. Sie wird warten, bis sie aus dem Haus sind, dann kann sie sich in der Küche Kamillentee kochen. Am Samstag vormittag geht Meghan zum Turnen und Kyle zum Karate. Während Karen die Kinder wegbringt, bleibt Charlie vermutlich in seinem Büro oder unten im Sportzimmer, so daß sie das Haus etwa eine Stunde für sich hat.
Das Telefon läutet. Sie rappelt sich auf, um abzunehmen.
»América?«
»Oh, hallo, Darío.« Wider Willen klingt ihre Stimme enttäuscht.
»Paulina sagt, du kommst dieses Wochenende nicht?«
»Ich muß hierbleiben.« Das ist keine Lüge.

»Du bist doch nicht wegen irgend etwas böse auf mich, oder?«

»Nein, warum sollte ich böse sein? Nein, wie kannst du das denken?« Sie zögert. »Ich muß hierbleiben, weil ich auf einen Anruf warte, und ich weiß wirklich nicht, wann er kommt. Also hab ich gedacht, ich bleibe lieber daheim.« Warum erkläre ich ihm soviel?

»Ein Anruf von wem? Macht nichts, es geht mich ja nichts an.«

»Ich komme nächstes Wochenende, *okéi*?« Jetzt klingt sie wie Karen Leverett, wenn sie ein Kind beschwichtigt.

»In Ordnung. Vermutlich ist es besser, ich lege jetzt auf.«

»Hm?«

»Für den Fall, daß dein Anrufer versucht durchzukommen.«

»Ah, ja, richtig, *okéi*.«

Er hat ihr nicht geglaubt. Er denkt, sie hat sich diese Ausrede einfallen lassen, damit sie ihn nicht treffen muß. *Ay Dios mio*, sie dreht sich wieder auf den Bauch. Ich habe wirklich Pech mit Männern.

Nachdem sie zwei Autos hat wegfahren hören und im Haus Stille eingekehrt ist, geht sie nach unten. Die Küche ist ein einziges Chaos: schmutzige Tassen, Schälchen und Geschirr auf der Anrichte, auf dem Tisch, in der Spüle. Im Toaster stecken zwei Scheiben Toast, die so knusprig sind, daß sie ihr in den Händen zerkrümeln. Sie gerät in Versuchung, Ordnung zu schaffen, aber dann fällt ihr ein, daß am Wochenende eine Frau kommt, und schließlich ist die dafür zuständig, sauberzumachen, und nicht sie.

Jemand macht sich am Schloß der Vordertür zu schaffen. Sie erstarrt, horcht, versucht sich darüber klar zu werden, ob sie lieber nach oben in ihr Zimmer laufen oder abwarten soll, um zu sehen, wer es ist. Die Tür geht auf, bevor sie sich entscheiden kann.

»Hey, hallo!« Charlie trabt herein; seine Shorts und sein T-Shirt sind schweißgetränkt. »Schöner Tag heute, oder?« fragt er, ohne eine Antwort zu erwarten. Er macht eine Flasche Wasser auf und leert sie mit wenigen Zügen, die rechte Hand in die Hüfte gestemmt, die Augen geschlossen, als könnte er nicht gleichzeitig trinken und sehen. »Ah! Das tut gut!« Er wirft die Flasche in den Recyclingeimer. »So.« Er stützt sich mit den Händen auf die Anrichte und mustert América, als wollte er sie verhören. »Wie steht's denn so?«

»Okéi«, erwidert sie mit trübem Lächeln.

»Wie gefällt's Ihnen in Bedford?«

»Ist sehr schön.«

»Gut. Wir sind froh, daß Sie bei uns sind«, sagt er und tritt einen Schritt zurück. »Bis später.« Er verschwindet die Treppe hinunter.

Sie schüttelt den Kopf. Ich frage mich, was er gesagt hätte, wenn er wüßte, wie es wirklich steht. Meine Mutter ist Alkoholikerin, zählt sie in Gedanken auf, meine vierzehnjährige Tochter geht mit jedem ins Bett und möchte Revuetänzerin werden, wenn sie groß ist. Aber das ist nicht alles, Mr. Leverett. Mein *marido,* mit dem ich nicht verheiratet bin, ist ein eifersüchtiger, besitzergreifender Schläger, vor dem ich weggelaufen bin, um für Sie zu arbeiten. Jetzt weiß er, wo er mich findet, weil meine Tochter, die *vedette,* die mich haßt, ihm einen Briefumschlag mit Poststempel gezeigt hat. Und er ist so schlau, daß er Ihre Adresse herausgefunden hat, Mr. Leverett, auf diesen blöden Fragebögen, die das Fremdenverkehrsamt führt, damit ihr Touristen euch an den Stränden von Vieques sicher fühlt. Und jetzt, Mr. Leverett, habe ich Angst, Ihr Haus zu verlassen, weil ich darauf warte, daß mein *marido*, mit dem ich nicht verheiratet bin, anruft und mich am Telefon beschimpft, damit ich wenigstens weiß, ob er in Puerto Rico ist und nicht hier in der Gegend nach mir sucht. Und wie steht's bei Ihnen so?

Sie nimmt ihren Tee und Toast mit hinauf in ihr Zimmer, schließt die Tür und setzt sich auf die Couch. Sie kocht vor Zorn. Das will er erreichen. Noch von Puerto Rico aus kontrolliert er mich, nagelt mich in meinem Zimmer fest, damit ich auf ihn warte.

Sie nippt an ihrem Tee, knabbert am Toast, läßt sich Zeit, weil sie sowieso nichts anderes machen kann. Sie sitzt da, starrt aus dem Fenster auf die dunkelgrünen Blätter eines Baums im Vorgarten. Hier gibt es keine Schmetterlinge, fällt ihr auf. Wenn ich daheim aus dem Fenster schaute, sah ich immer Schmetterlinge. Aber seit meiner Ankunft hab ich keinen einzigen mehr gesehen. Vielleicht ist es hier zu kalt für sie. Hier stirbt alles im Winter, Vögel, Schmetterlinge ... das Telefon klingelt.

»América.« Er flüstert ihren Namen, so als würde er mit ihr schlafen.

»Correa.« Sie spricht ganz leise, als könnte sie seinen Geist heraufbeschwören, wenn sie seinen Namen laut ausspricht.

»Du hast mir eine Lehre erteilt, Liebes.« Er scheint zu lächeln.

»Rosalinda hat gesagt, daß du mit mir reden möchtest.« Sie will stark sein, sie will nicht weinen, will ihm nicht zeigen, daß sie Angst hat.

»Wir reden doch, oder? Wir reden, Liebes. Wir hätten schon längst miteinander reden sollen.«

Sie will seinen herablassenden Ton überhören, will so tun, als führten sie ein normales Gespräch. »Wie geht's dir?«

»Mir geht's gut. Wirklich gut! Und dir?«

»Ich dachte, du rufst mich gestern abend an. Ich habe

Rosalinda gesagt, daß du mich anrufen sollst.« Trotz aller Bemühungen kann sie ihren Unmut nicht unterdrücken.
»Gestern abend hatte ich zu tun, Liebes. Aber jetzt bin ich da. Ich vermisse dich unheimlich. Du weißt, daß du meine Frau bist.« Er spielt mit ihr. Ihr ist nicht klar, ob seine Worte sarkastisch gemeint sind oder nicht.
»Bist du in Fajardo oder in Vieques?«
»Vermißt du mich? Sag mal?«
Es war nicht sarkastisch gemeint. »Ja, ich vermisse dich.« Es stimmt.
»Du hättest nicht so vor mir weglaufen dürfen, América. Ich bin fast durchgedreht. Aber du hast mir eine Lehre erteilt. Ich verspreche dir, ich werde ein anderer, Liebes. Ich lasse mich scheiden, du und ich, wir heiraten. In der Kirche mit allem Drum und Dran. Ich vermisse dich so, Liebes, du bist mein ein und alles. Das weißt du doch, oder?«
»Ja.« Sie geht auf ihn ein, ist zu allem bereit, damit er so weiterredet wie ein Verliebter. Damit er sie nicht beschimpft, ihr keine schlechten Namen gibt, sie nicht bedroht. Alles, damit er nicht wütend wird, damit er sie nicht über diese weite Entfernung hinweg verletzen kann.
»Verzeih mir. Ich schwöre, daß ich nie wieder die Hand gegen dich erhebe. Ich gebe dir ein feierliches Versprechen beim Grab meiner Mutter, ich schwöre es.«
»In Ordnung.«
»Ich richte das Haus her, und wir ziehen gemeinsam dort ein. In mein Haus, nicht in Esters Haus. Ich richte auch ein Zimmer für Rosalinda her. Sie will, daß wir wieder eine Familie sind. Sie ist so ein sensibles Mädchen. Die ganze Sache war wirklich hart für sie. Ich mache dir keine Vorwürfe. Ich bin selbst schuld. Ich liebe dich so, América. Ich kann den Gedanken nicht ertragen, dich für immer zu verlieren. Verstehst du das, Liebes? Hörst du, was ich dir sage?«

»Ja.«
»Du wirst auch nicht mehr arbeiten müssen. Ich möchte, daß du daheim bist, meine Frau, und dich um unsere Tochter kümmerst und vielleicht noch ein paar Kinder bekommst. Das würde dir doch gefallen, nicht wahr, Liebes? Das nächstemal wird es ja vielleicht ein Junge.«
»In Ordnung.«
»Ja, Liebes, in Ordnung. Du sprichst mit einem neuen Menschen, Liebes. Ein neuer Mensch. Du hast mir eine Lehre erteilt, die ich nie vergessen werde. Ich vermisse dich, Liebes, vermißt du mich auch? Sag mirs?«
»Ja.« Ist er taub? Hört er nicht den tonlosen Klang ihrer Stimme, die automatischen Antworten? Sie sagt ihm, was er hören will. Sie spielt mit ihm.
»Wir werden glücklich sein, du wirst sehen. Wir werden miteinander alt, du und ich. Wir werden die beiden bestaussehenden *viejitos* in Vieques, okay, Liebes, okay?«
»Okéi.«
»Gut. Ich rufe die Fluggesellschaft an und besorge dir ein Ticket für morgen. Du packst deine Koffer, Liebes, und ich hole dich vom Flughafen in San Juan ab. Und morgen begegnest du einem neuen Menschen, der auf dich wartet.«
Die Vorstellung, wie Correa am Zielort eines Flugs auf sie wartet, weckt sie aus der Halbtrance, in die sie beim Zuhören verfallen war.
»Morgen … Correa, morgen ist zu früh.«
»Was soll das heißen, zu früh?« Fast schon ein Knurren, Wut flackert auf.
»Ich meine, na ja, ich habe meine Periode … und es würde nicht …«
Ein leises, überlegenes Lachen. »Ich verstehe, was du meinst, ja. Aber wir werden nichts machen, obwohl es schon Monate her ist. Ich kann mich beherrschen bis …«

»Ich möchte ... hübsch und frisch für dich sein ... und ich möchte ein paar Geschenke für Rosalinda kaufen und für Estrella, sie war so lieb ...« Sie haßt sich selbst, den Klang ihrer Stimme, den mädchenhaften Tonfall, der verführerisch wirken soll, die Zweideutigkeiten. Aber es funktioniert.
»Du hast recht, Liebes, du hast recht. Ich bin egoistisch. Es ist nur, daß ich dich so gern hier haben möchte.«
»Die Leute, für die ich arbeite, haben kleine Kinder. Ich muß ihnen etwas Zeit geben, um jemanden zu finden.«
»Dann sag ihnen doch, daß du in ein paar Tagen weg bist. Du fährst heim zu deinem Mann. Das sagst du ihnen.« Als wären ein paar Tage ein großes Zugeständnis. »Ich rufe die Fluggesellschaft an und besorge dir dein Ticket. Du brauchst dich um nichts zu kümmern.«
»Eine Woche, Correa. Kann ich nächsten Montag heimkommen?« Es klingt, als würde sie betteln. »Sie brauchen Zeit, um jemanden zu finden.«
Er zögert. »Eine Woche?« Sie hält den Atem an, entspannt sich dann, als er nachgibt. »Gut, eine Woche. Ich rufe später noch mal an und sage dir Bescheid wegen deinem Flug. Du wartest auf meinen Anruf.«
»*Okéi.*«
»Ich liebe dich, Liebes.«
Sie wartet ab, bis er aufgelegt hat, dann legt sie behutsam den Hörer auf die Gabel. Sie sitzt da und starrt aus dem Fenster. Hier gibt es keine Schmetterlinge. Sie sterben alle.

Sie hat etwas Geld aus Puerto Rico mitgebracht; zusammen mit dem, was sie jede Woche beiseite gelegt hat, nach der Geldanweisung für Ester und Rosalinda, hat sie 397,22 Dollar auf ihrem Konto. Mit 397,22 Dollar kommt sie nicht sehr weit.
»Hallo, Frida, hast du einen Augenblick Zeit?«

»Sicher. Mrs. Finn ist mit den Kindern im Kino. Ich bügle schon den ganzen Tag. Ich hasse Bügeln.«
»Ich habe mir gedacht, vielleicht könntest du deine Schwester oder deine Tochter fragen, ob irgendwo eine Stelle frei ist.«
»Für dich? Warte mal.« Sie hört, wie Frida das Bügeleisen abstellt, einen Stuhl heranzieht und sich auf ein nettes, längeres Gespräch einstellt. »Ich dachte, du magst die Leveretts.«
»Ich muß umziehen, aber nicht hier in die Gegend.«
»Was ist los? Du klingst so aufgeregt.«
»Tut mir leid, das wollte ich nicht.« Sie putzt sich die Nase mit dem Handrücken. »Ich habe ein Problem. Ich muß anderswo hinziehen.«
América sieht Frida vor sich, wie sie aufmerksam lauscht, nähere Einzelheiten erwartet. Die wird sie nicht erfahren.
»Bueno«, sagt Frida; sie will keine aufdringlichen Fragen stellen, die América nicht beantworten mag. »Ich rufe mal herum und erkundige mich.«
»Ich wäre sehr froh.«
»Ist doch klar.«
»Danke, Frida.«
»Versteht sich, kein Problem.«
Es hat sie ihre ganze Kraft gekostet, dieses eine Gespräch zu führen, vor einem anderen zuzugeben, daß sie Hilfe braucht. Während América durchs Zimmer geht, stellt sie sich vor, daß Frida bereits Mercedes angerufen hat, die Liana anrufen wird, die Adela anrufen wird, bis alle wissen, daß sie einen neuen Job sucht. Sie werden über den Grund spekulieren, sich an Gespräche erinnern, die einen Hinweis geben könnten, warum sie die Leveretts nach ein paar Monaten verläßt. Sie werden sich fragen, ob die Leveretts jetzt Ersatz brauchen und ob sie von ihnen besser bezahlt

würden als von ihren jetzigen Arbeitgebern. Aber sie werden die Stelle bei den Leveretts nicht nehmen, solange sie nicht wissen, warum América geht.
Was mich betrifft, ich habe eine Woche, um alles zu regeln. Eine Woche, um weiß Gott wohin zu verschwinden. Und wenn ich das getan habe, werde ich es niemandem sagen. Weder Mami. Noch Rosalinda. Nicht einmal Tía Paulina. Niemandem. Ich werde irgendwohin gehen, wo mich niemand kennt. Wo es keine Puertoricaner gibt, so daß ich niemandem begegnen kann, der mich kennt. Ich könnte sogar meinen Namen ändern. Aber ich gehe nicht zurück. Nicht für ihn. Nicht für sie. Für niemanden.

Sie hat Hunger, will aber nicht in die Küche der Leveretts gehen. Sie war so chaotisch, als América am Morgen runterkam, und jetzt sind die Kinder zu Hause, und Karen und Charlie auch. Sie hat keine Lust, mit ihnen zu reden und so zu tun, als wäre alles gut. Sie wird nach Mt. Kisco fahren und chinesisch essen. Sie könnte etwas frische Luft vertragen.
»América ist da«, verkündet Meghan, als sie herunterkommt. Die Familie hat sich zu einem frühen Abendessen oder einem späten Mittagessen um den Tisch versammelt.
»Ich gehe aus. Ist *okéi*, ich nehme Volvo?«
»Ja, natürlich«, sagt Charlie.
»Darf ich mit?«
»Nein, ihr Kinder bleibt bei uns. Heute hat América ihren freien Tag, und sie muß etwas erledigen. Okay?« Karen versucht, streng auszusehen, aber es ist einfach nicht ihre Art. Sie lächelt zuviel.
Eine stattliche Frau kommt aus dem Badezimmer. Sie hat ihre langen, glatten Haare zu einem Pferdeschwanz zusammengebunden, mit mädchenhaftem Pony über den blauen Augen. Allerdings ist sie kein Mädchen, aber auch keine

reife Frau. Sie hat ein faltenloses, fleischiges Gesicht, hohe Wangenknochen und hübsche Züge. Ein Gesicht, das die Leute meist zu der Bemerkung veranlaßt: »Wie schade, daß sie so stark ist.«

»Das ist Johanna«, sagt Karen, ohne aufzustehen. »Johanna, das ist América.«

»Hallo«, sagt Johanna in ihrer freundlichen, offenen Art.

»Hallo.« América würde gern den Eindruck erwecken, daß sie sich über die Begegnung freut, was nicht der Fall ist. Das ist die Frau, die sich am Wochenende um die Kinder kümmert, die die Küche in völligem Chaos zurückläßt, die die ganze Zeit über nicht aufräumt, so daß América, wenn sie wiederkommt, fast den ganzen Montag vormittag damit zubringt, Spielsachen wegzuräumen und Kleider aus allen Ecken und Winkeln der Kinderzimmer zu holen. »Schön, Sie kennenzulernen«, lügt sie.

Johanna sitzt zwischen Kyle und Meghan, als würde sie zur Familie gehören. América nimmt die Schlüssel für den Volvo von der Kommode. »Bis später.«

»*Adios*, América«, singen die Kinder.

»Viel Spaß«, ruft Charlie.

Sie wird ihnen sagen müssen, daß sie geht. Nächste Woche wird sie dieses Haus, diese Menschen verlassen und sie nie wiedersehen. Sie wird es Karen unter vier Augen sagen. Mit Unbehagen denkt sie an die Fragen, die bekümmerten Blicke, die Gewißheit, daß Karen sich betrogen fühlen wird. Sie sollte es ihr heute abend sagen, ihr Zeit geben, jemanden zu finden. Vielleicht kann Johanna einspringen.

»Ach, América, bevor Sie gehen.« Sie will gerade ins Auto steigen, als Karen herausgelaufen kommt.

»Ja?«

»Ich habe mich gefragt, ob Sie nächstes Wochenende arbeiten könnten.« Sie steckt die Hände in die hinteren Hosentaschen, so daß sie jung und verletzlich aussieht. »Charlie und ich möchten übers Wochenende wegfahren, nur wir beide.« Sie errötet.

»Johanna kann nicht?«

Karen scheint überrascht, daß América zögert. »Uns wäre es lieber, Sie wären da. Es würde die Kinder nicht so durcheinander bringen.«

»Ich weiß nicht.« Wie soll sie ihr klarmachen, daß sie am nächsten Wochenende vielleicht nicht einmal mehr hier sein wird?

»Natürlich bezahlen wir Ihnen die Tage.« Als ob das ein besonderer Gefallen wäre.

América spürt, wie ihr die Hitze ins Gesicht steigt. Wenn sie jetzt noch etwas sagen würde, wäre es nichts Höfliches. *»Okéi.«* Ruhig, demütig, kein Problem.

»Oh! Großartig! Gut«, Karen weicht zurück, die Hände immer noch in den Hosentaschen, »wir können darüber sprechen, wenn Sie wiederkommen, okay?« Sie verschwindet im Haus.

América sitzt eine Weile hinter dem Steuer, bevor sie den Wagen anläßt. Es ist das zweitemal, daß Karen Leverett Américas Arbeitsplan zu ihrer eigenen Bequemlichkeit verändern will. Sie glaubt, mein Leben ist nur dazu da, ihre Probleme zu lösen. Nicht genug, daß ich fünfzehn Stunden am Tag arbeite, daß ich ihre Kinder großziehe, daß ich hinter ihnen herräume und für sie koche und ihnen das Haus versorge, so daß es sauber und gemütlich ist, wenn sie von der Arbeit kommen. Man erwartet auch von mir, daß ich mein Leben aufschiebe, daß ich an meinen freien Tagen zur Verfügung stehe, damit Karen ihr eigenes Leben unbeschwerter führen kann. Als wäre ihr Leben wichtiger als meines.

Ist es das? fragt sie sich. Ist Karen Leveretts Leben, mit ihrer

wichtigen Arbeit, ihren Besprechungen und morgendlichen Telefongesprächen, den im Arbeitszimmer verstreuten Papierbergen, ist es wichtiger als meines? Sie scheut sich, diese Frage zu beantworten.
Ich hätte nie hierherkommen sollen. Wie dumm von mir zu glauben, daß es klappt. Natürlich würde mich Correa finden. Und je länger er dazu gebraucht hat, umso schlimmer für mich.
Sie stößt rückwärts aus der Einfahrt auf den unbefestigten Weg.
Es war ein Glück, daß ich die letzten drei Monate gehabt habe. Drei Monate fern von meinem wirklichen Leben. Dem Leben mit der verbitterten Mutter und der trotzigen Tochter und dem Mann, der sagt, er liebt mich, während er mich zusammenschlägt. Drei Monate, das sind zwei Monate mehr, als ich fern von meinem damaligen Leben verbracht habe, damals, als ich noch ein Mädchen war und er ein Mann, wie ich sonst keinen kannte.
Sie biegt rechts ab auf die asphaltierte Landstraße mit den vielen Kurven, die von Steinmauern mit elektronisch gesicherten Toren gesäumt wird.
Jedesmal, wenn ich von Vieques wegging, war ich voller Hoffnung, um dann ernüchtert zurückzukehren.
Sie fährt über den Dorfplatz mit den dezent-unauffälligen Antiquitätenläden, den Immobilienbüros, den duftenden Feinkostgeschäften, wo ein Pfund Kaffee elf Dollar kostet.
Es ist Schicksal, denke ich, daß mein Leben so verlaufen ist. Ein Heim, ein Mann, ein Kind, drei Monate Freiheit. Sie seufzt.
Die Straße macht eine Kurve bergab, vorbei am ausgedehnten Gelände der High-School mit Sportplätzen, einem Weg, einem Teich, einem eigenen Theater. Dahinter kommt der

Highway, nach Süden führt er in die große Stadt, nach Norden wer weiß wohin. Sie ist hier noch nie gefahren, aber jetzt biegt sie auf den Highway ab, weg von der Stadt, dahin, wo sie nie gewesen ist. Sie schaut auf die Tankanzeige. Voll. Sie fragt sich, wie weit die Straße führt, was am anderen Ende ist und ob es sich irgendwie von den einzigen Orten unterscheidet, die sie kennt: Vieques, Fajardo, die Bronx, Madison Square Garden, Mt. Kisco, Bedford, Westchester County, New York.

Sie fährt ungefähr drei Stunden lang auf einem breiten, sauberen Highway durch eine schier endlose Landschaft, die hin und wieder von kleinen Städten aufgelockert wird. Ich halte erst an, wenn mir das Benzin ausgeht, verspricht sie sich, doch als sie Hartford hinter sich gelassen hat, werden die Strecken zwischen den Städten länger und einsamer, und die Dunkelheit am Straßenrand erscheint ihr unheimlich. Sie nimmt die nächste Ausfahrt und folgt einem Wegweiser, der Essen, Benzin, Unterkunft verheißt. Sie gelangt zu einem Drive-in-Restaurant und kaut an ihrem Hamburger, als sie in Richtung Süden wieder auf den Highway zurückkehrt – die Richtung, aus der sie gerade gekommen ist.

Ich kann nicht weglaufen. Wo sollte ich denn hin? Außerdem, selbst wenn ich wegliefe, würde mich die Polizei verhaften, weil ich das Auto der Leveretts gestohlen habe. Sie lacht laut. So weit bin ich noch nie für einen Hamburger gefahren.
Als sie in Bedford ankommt, ist es schon nach elf. Das Haus der Leveretts ist dunkel, nur aus den Kinderzimmern dringt der matte Schimmer des Nachtlichts. Sie hat den Schlüssel für den Hintereingang, und als sie aus der Garage tritt,

schaltet sich von selbst das Licht ein, das den Hinterhof erhellt. Endlich gelingt es ihr, den Schlüssel ins Schloß zu stecken. Als sie in die dunkle Küche tritt, taucht auf dem Treppenabsatz eine unheimliche Gestalt auf. Sie stößt einen Schrei aus, läßt ihre Tasche fallen, weicht bis zur Tür zurück.
»América!«
Das Licht geht an. Charlie, nur mit zerknitterten Boxershorts bekleidet, steht auf dem Treppenabsatz. Hinter ihm erscheint Karen.
América schluchzt hysterisch, lehnt sich an die Tür, die Handtasche liegt auf dem Boden. Karen geht zu ihr, nimmt sie in die Arme.
»Es tut uns leid, wir haben nicht mit Ihnen gerechnet. Es hat ständig jemand angerufen und wieder aufgelegt. Wir dachten, Sie bleiben über Nacht weg, wie sonst auch. Es tut uns leid.«
Sie führt América zu einem Stuhl. Charlie verschwindet und kehrt im Bademantel zurück. América kann ihr Zittern nicht unterdrücken und schluchzt, als hätte die ganze Anspannung der letzten beiden Tage ihren Höhepunkt erreicht, als sie die dunkle Gestalt auf sich zukommen sah.
Karen und Charlie wechseln einen Blick. »Hast du eine Valiumtablette?« fragt er, und Karen nickt. Er verschwindet wieder.
»Es tut mir so leid, América. Bitte hören Sie auf zu weinen, wir wollten Sie nicht erschrecken. Hier ist ein Glas Wasser und eine Tablette. Gleich geht's Ihnen besser.«
»Nein, nein. Ich *okéi.* Keine Tablette, bitte.« Sie schiebt die Hände der beiden weg, greift nach ihrer Tasche. »Ich jetzt *okéi.*« Sie nimmt ihre Handtasche und läuft nach oben. Karen und Charlie bleiben mit dem Wasserglas und dem Valium in der Hand zurück.

Im Zimmer ist es dunkel und drückend heiß. Sie schließt die Tür hinter sich ab, stolpert im Dunkeln zum Bett, läßt sich fallen und verbirgt das Gesicht im haarigen Fell ihrer Stoffkatze mit den blauen Augen. Die Fahrt zu dem Drive-in-Lokal hatte ihre Nerven beruhigt. Auf dem Weg hin und zurück hat sie meist Radio gehört, sich mit den Bildern der vorbeiziehenden Landschaft abgelenkt und überlegt, wie schön es wäre, hier oben zu wohnen, in den Wäldern, wo einen niemand kennt. Sie würde sich in Margarita umbenennen, zu Ehren ihrer Ururururgroßmutter. Und als Nachname Guerra, für Krieg. Margarita Guerra. Auf dem Highway Richtung Bedford hat sie sich den Namen immer wieder laut vorgesagt. Margarita Guerra. Margie, vielleicht, so klingt es amerikanischer, aber das gefällt ihr nicht, zu wenig Silben. Margarita. Sie mag den Namen, weil er auch für eine Blume steht. Ich heiße Margarita Guerra, hat sie in verschiedenen Tonlagen gesagt. Margarita Guerra heiße ich. Ich bin Margarita Guerra. Sie hat den Namen so oft wiederholt, daß sie sich ertappt fühlte, als sie ins Haus kam und das laute »América« hörte. Alle Pläne, die sie geschmiedet hat, alle Träume von einem neuen Leben, *incógnita* in den Wäldern von Connecticut, waren entlarvt. Die dunkle unheimliche Gestalt, die Männerstimme, die »América« rief, haben den Traum von Sicherheit zerstört, in den sie sich auf der langen Fahrt zu einem Hamburger-Restaurant in einem anderen Staat eingesponnen hat. Ich bin América. América Gonzalez. Und jeder weiß es.

»Ich habe dich heute abend schon angerufen, aber es ist niemand drangegangen«, sagt Correa mitten in der Nacht. Sie ist völlig erschlagen, schlaftrunken, erst halb aus einem Traum erwacht, in dem sie von Schmetterlingen über eine Wiese voller Margeriten gejagt wurde. »Was?«

»Bist du allein?« fragt er. Er ist betrunken. Das hört sie an seiner Stimme, er spricht undeutlich, stolpert über einfache Worte.
»Ich hab geschlafen, und du hast mich aus einem Traum geweckt.«
»Hast du von mir geträumt?« Er lacht geil, blöde.
»Ich weiß nicht mehr.« Sie vergißt, daß sie sich verstellen, mit ihm spielen muß.
»Wo warst du?« Jetzt klingt seine Stimme ärgerlich, bedrohlich. »Ich habe den ganzen Abend versucht, dich anzurufen. Ich habe alle ihre Nummern durchprobiert.«
Sie schüttelt den Kopf, damit die Margeriten und die Schmetterlinge und seine Stimme sie nicht mehr umnebeln. »Welche Nummern?«
»Char-less Leverett. Karen Leverett. Sie haben viele Nummern.« Er ist wütend, als hätte ihm die Telefonauskunft einen Strich durch die Rechnung machen wollen.
»Du hast bei ihnen angerufen?« In ihrer Angst wird ihre Stimme schrill.
»Ich habe dich gesucht.«
»Was hast du ihnen gesagt?« Beruhige dich. Laß ihn deine Angst nicht spüren.
Er holt Luft. Der Schnaps verlangsamt seine Reaktionen; er hört zwar die Angst in ihrer Stimme, braucht aber länger, um seine Schlüsse daraus zu ziehen. »Nichts. Ich habe aufgelegt, so wie kürzlich, als der *gringito* drangegangen ist.«
Er ist verwirrt. Am Telefon haben sie noch nie gestritten. Ihm ist es lieber, ihr persönlich entgegenzutreten, damit sie ihm nicht widersprechen kann.
América setzt sich auf. Sie hat jetzt einen klaren Kopf. »Das ist meine Nummer. Die anderen Nummern sind fürs Haus.«
»Du hast nicht auf meinen Anruf gewartet.« Er hat sich

wieder erholt. Ihm ist eingefallen, warum er um halb zwei morgens anruft.

»Ich hatte Hunger. Ich bin ausgegangen, um etwas zu essen.« Antworte einfach und geradeheraus. Gieß kein Öl ins Feuer. Wechsle das Thema. »Bist du bei Rosalinda?«

»Du darfst abends nicht allein ausgehen. Du weißt doch, daß ich das nicht mag.«

»Die Gegend hier ist ruhig und völlig ungefährlich. Ich bin nicht weit gegangen.«

Er ist müde. Seine Stimme klingt wie eine leiernde Schallplatte. »Ich habe dir ein Ticket besorgt. Für Montag. Am Montag kommst du heim. Ich warte auf dich.« Eine Drohung.

»Okéi.«

»Bringst du mir ein Geschenk mit?« Lüstern, anzüglich, sie sieht beinahe vor sich, wo seine Hand ist, während er spricht. Und sie spielt mit, ihre Stimme klingt leise und süßlich. »Ja, natürlich. Etwas ganz Besonderes.«

»Oh, Liebes!«

»Etwas, was dir ganz toll gefallen wird«, flüstert sie, und sein Atem geht schneller. Während sie ihm sagt, was er hören will, lauscht sie aufmerksam, ob sich der Klang seines Atems, seiner gebrummten Liebeserklärungen irgendwie verändert. »Immer, immer wieder«, verspricht sie. Alles, um ihm das Bild seiner Geliebten América zu suggerieren, nur nicht das der Frau, die ihn verlassen hat. Sie beschwichtigt ihn mit Worten und horcht dabei auf Geräusche, die ihr Aufschluß darüber geben, wo er sich aufhält. Ein spanischer Radiosender oder eine vertraute Stimme oder, noch besser, der ferne, beruhigende Ruf eines *coquí*.

Am Sonntag morgen schläft sie so lange, daß sie sich beim Aufstehen fragt, ob sie nicht doch die Tablette geschluckt hat, die ihr die Leveretts am Vorabend angeboten haben. Aber sie fühlt sich eher erschöpft als umnebelt. Sie schleppt sich ins Bad und nimmt eine kühle Dusche, aber die Erschöpfung weicht nicht von ihr, so als würde sie mit jedem Schritt ein schweres Gewicht hinter sich herschleifen.

Johanna ist mit den Kindern am Klettergerüst hinter dem Haus, und auch sie wirken müde und langsam, als wären sie nicht ganz bei der Sache. América zieht sich an und stellt sich darauf ein, außer Haus zu frühstücken, um die Familie nicht zu stören. Als sie herunterkommt, ist die Küche aufgeräumt, und Karen kocht.

»Guten Morgen«, sagt Karen freundlich. »Geht es Ihnen besser?«

»Ja, tut mir leid, ich so erschrocken.«

»Oh, ich mache Ihnen keine Vorwürfe. Ich wäre ohnmächtig geworden, wenn mir das passiert wäre.« Karen wirft Gemüse in die Küchenmaschine. Über den Krach der Maschine hinweg erklärt sie: »Wir bekommen Besuch von Freunden.«

»Ist *okéi*, ich gehe?«

»Ja, natürlich. Johanna ist bei den Kindern. Wir kommen zurecht.«

»Bis heute abend.« Sie geht rasch, winkt den Kindern zu, als sie sie sehen.

Karen ist wie ausgewechselt, heiter und vergnügt. Sie und Charlie haben sich wieder versöhnt. Die ganze letzte Woche hat er im Gästezimmer geschlafen, aber seit zwei Nächten sind sie wieder zusammen. Sie strahlen wie Jungverliebte. Nach zehn Jahren Ehe müssen sie nicht so tun, als würden sie sich lieben. Sie können streiten und sich wieder vertragen und nochmals streiten und sich wieder vertragen, aber das ändert nichts an ihrer Liebe.

Wann habe ich aufgehört, Correa zu lieben? Habe ich ihn

je geliebt? Mit vierzehn kann es keine Liebe gewesen sein. Beeindruckt hat er mich, und er hat so gut ausgesehen! Er hat mich erobert mit seinen schönen grünen Augen und seiner männlichen Stimme. Und den Versprechungen. Ich kann mich nicht einmal an sie erinnern. Ob Charlie Karen Versprechungen macht? Wenn er es tut, dann glaubt sie noch heute daran.
Sie fährt nach Mt. Kisco und parkt unweit der Christoph-Columbus-Statue. Die Paare, die noch vor drei Monaten Gefühle der Einsamkeit weckten, erscheinen ihr nun wie in dunkle Wolken gehüllt. Die Frauen, deren Blicke einschüchternd wirkten, erwecken ihr Mitleid. Als América an ihnen vorübergeht, sehen die anderen sie warnend an, sie klammern sich an ihre Männer, als wären sie der Lohn für den Eroberer und nicht dessen Opfer. América hält ihren Blicken stand. Männer, möchte sie ihnen zurufen, nennen eine erfolgreiche Werbung nicht ohne Grund *la conquista*.

Sie verbringt den Nachmittag im Kino. Der Film handelt von zwei unsagbar dumm aussehenden Männern, die sich noch dümmer aufführen, als sie aussehen. Die Vorstellung ist gut besucht, lauter Eltern mit ihren Kindern. Die *empleadas*, überlegt América, haben frei, und obwohl es draußen so schön ist, fällt den Eltern nichts Besseres ein, als sich mit ihren Kindern ins Kino zu setzen, Popcorn zu essen und sich die blödsinnigen Scherze widerwärtiger Männer anzusehen. Als sie zurückkommt, parken vier Autos in der Einfahrt. Obwohl es schon dämmert, spielt Kyle mit drei Kindern, die América noch nie gesehen hat, Fangen rund um einen Baum, während Johanna Meghan auf der Schaukel anschubst. Am liebsten würde sie unbemerkt ins Haus schlüpfen, doch im Wohnzimmer sitzen Leute. Als América hereinkommt, werfen sie ihr neugierige Blicke zu, wenden aber dann die Augen ab, genau wie die Touristen in Vieques. Als sie zur Hintertreppe eilt, wünscht sie sich, sie wäre unsichtbar. Während sie hinaufgeht, späht Karen um die Ecke, als hätte ein Gast sie darauf aufmerksam gemacht, daß eine Fremde im Haus ist. Karen winkt und sagt, ohne jemanden direkt anzusprechen: »Ach, es ist nur América.«

Sie schließt sich in ihrem Zimmer ein, zieht sich um und bereitet sich darauf vor, Ester und Rosalinda anzurufen. Als sie das hinter sich hat, legt sie eine Gesichtsmaske auf und sieht sich auf einem spanischen Fernsehsender einen alten argentinischen Film an. Morgen gibt es viel zu tun. Die Kinder haben Schmutz aus dem Garten hereingetragen, und ihr ist aufgefallen, daß die Erwachsenen in der Küche und im Wohnzimmer Schwierigkeiten mit dem Dip auf den Kartoffelchips haben.

Jeder hat Probleme

Der Montagmorgen bricht an. Es ist naßkalt und regnerisch. Sie würde gern im Bett bleiben, unter die warme Decke gekuschelt, aber sie muß aufstehen und Frühstück machen. In diesem Land bin ich faul geworden, überlegt sie. Früher hat es mir nichts ausgemacht, morgens früh aufzustehen.
Sie duscht, zieht sich an und schleicht im Dunkeln in die Küche hinunter. Sie kocht Kaffee, toastet sich zwei Scheiben »Wunderbrot«; das ist ihr lieber als das bröselige Zeug, das Karen und Charlie essen. Sie bewahrt ihr Brot im Kühlschrank eine Treppe tiefer auf, wo Karen selten auftaucht.
Ay! stöhnt sie auf, als sie die Kellertreppe heraufkommt. Jeder Knochen tut mir weh, wie bei einer alten Frau. Vor vier Tagen bin ich dreißig geworden, und schon gehöre ich zum alten Eisen.
Sie sitzt vor ihrem Kaffee und Toast und wartet darauf, daß Charlie die Treppe herunterstürmt. Als er mit seinem gewohnten »Hallo, wie geht's?«, das keine Antwort erfordert, hereinkommt, wäscht sie ihr Geschirr ab. Nachdem er fort ist, geht sie hinauf, um die Kinder für Schule und Kindergarten fertigzumachen. Sie sind quengelig, übermüdet von der gestrigen Party, die erst nach zehn zu Ende ging.
Karen kommt wie üblich in letzter Minute herunter, das Haar frisch geföhnt, mit leuchtenden Augen. Wahrscheinlich haben sie gestern nacht wieder miteinander geschlafen, vermutet América.
Dann sind alle fort, und sie hat das Haus für sich. Sie muß in diesem Haus, das nicht ihr gehört, putzen, wischen, staubsaugen und schrubben. Sie muß das Bettzeug wech-

seln, schmutzige Unterwäsche vom Boden aufheben und getrocknete Zahnpastareste aus dem Waschbecken kratzen. Sie arbeitet langsam und systematisch; es ist, als würde sie sich in Zeitlupe zu ihrer geliebten *danza* bewegen, deren Text ihr immer wieder durch den Kopf geht.

Siento en el alma pesares
que jamás podré olvidar
tormentos a millares
que hoy me vienen a mortificar.

Die Fliesen im Wohnzimmer sind mit Krabbendip verkrustet, den sie auf allen vieren mit einem Plastikschwamm abschrubbt. Die im Flaum des Wohnzimmerteppichs fein verteilten Brotkrümel muß sie mit dem Polstermöbelaufsatz wegsaugen. Gebrauchte Wein- und Biergläser auf den Tischen und dem Kaminsims müssen abgeräumt, mit der Hand gespült und abgetrocknet werden. Auf der Granitplatte des Couchtischs im zweiten Wohnzimmer sind Weinflecken eingetrocknet, die Oberfläche ist stumpf wie der Fels, aus dem die Platte gehauen wurde.
América hat sich im Uhrzeigersinn von der Küche aus vorgearbeitet. Jetzt steht sie wieder am Herd und ist noch nicht einmal halb fertig. In zwanzig Minuten muß sie Meghan abholen, aber erst klingelt das Telefon. Mercedes lädt sie ein, mit den Kindern rüberzukommen.
»Heute ist so ein trauriger Tag«, sagt sie, »ich habe eine *torta* gebacken.« Sie kichert. Einmal haben sich die *empleadas* köstlich amüsiert, als sie feststellten, welche unterschiedlichen Bedeutungen das Wort in ihren verschiedenen Ländern hat.
»Ich habe hier zuviel zu tun«, erklärt América, »gestern haben sie eine Party gefeiert.«

»Du Ärmste. Dann ein andermal.«
América wäre sowieso nicht hingegangen. Wahrscheinlich hat Frida Mercedes bereits von ihrem gestrigen Anruf erzählt. Sie will nicht darüber reden, niemandem ihre Lebensgeschichte erzählen, nicht einmal diesen Frauen, die sie für eine Freundin halten.
Ich habe keine Freunde. Ich habe nur Correa.

Cesaron para mi
el placer, la ilusion.
Ay de mi!
que me mata esta fuerte pasion
y tu angel querido,
no has comprendido
lo que es amor.

Irgendwie kommt sie durch den Tag, schleppt sich von einer mühseligen Arbeit zur anderen, und wenn sie sich nicht gerade mit Meghan und Kyle beschäftigt, geht ihr immer wieder dasselbe Lied durch den Kopf. Als Karen Leverett heimkommt, ist das Haus sauber, die Kinder sind von der Schule abgeholt und zur Schwimmstunde gefahren worden, haben gegessen, gebadet und sind für's Bett fertig. Karen muß ihnen nur noch eine Geschichte vorlesen, sie zudecken und vielleicht die Stirn küssen, bevor sie es sich auf der Ledercouch im Wohnzimmer bequem machen und ihre Papiere auf dem glänzend polierten Granitcouchtisch ausbreiten kann.

América hat vergessen, daß es noch einen Mann in ihrem Leben gibt, doch Darío ruft an, als sie gerade am Einschlafen ist.
»Hast du deinen Anruf bekommen?«

»Anruf?«
»Du hast gesagt, du konntest dieses Wochenende nicht kommen ...«
»Ja, richtig. Mein Anruf. Den habe ich bekommen.«
Das Schweigen, das nun folgt, ist anders als die Pausen noch vor ein paar Tagen. Da war das Schweigen voller Erwartung. Jetzt ist es leer, nichts als ein leises elektrisches Summen.
»Geht es dir gut?« Darío klingt wieder zaghaft. Sie sieht seinen verletzten Hundeblick fast vor sich. Sie möchte ihn beruhigen, doch der Gedanke, sich um ihn kümmern zu müssen, ärgert sie.
»Darío, ich bin wirklich müde ...«
»Okay ... ist schon klar.« Wieder peinliches Schweigen. Wahrscheinlich versucht er zu verstehen, was sie wirklich sagen will. »Möchtest du, daß ich morgen wieder anrufe?«
»Ja. Morgen. Ruf mich früher an, *okéi*? Ich bin jetzt einfach so müde.«
»Dann gute Nacht. Ruh dich aus.«
Als sie aufgelegt hat, schläft sie fast sofort ein.

Correa ruft um zwei Uhr morgens an, gesteht ihr seine Liebe, in Wahrheit aber kontrolliert er sie. Er ist in Vieques. Rosalinda hat erzählt, daß er dorthin gefahren ist, als er Estrellas Haus gestern morgen verlassen hat. Rosalinda, ihre Tochter, die für sie jetzt Correas *alcahueta* ist. Sie hat sich einmal gefragt, auf wessen Seite Rosalinda steht, und jetzt weiß sie, daß sich ihre Tochter für Correa entschieden hat.
Und man sagt, grübelt América, eine Tochter verläßt dich niemals. Das ist nicht wahr. Töchter gehen, sobald man sie läßt, sobald sie entwöhnt sind. Sie verlassen dich körperlich, doch zuvor verlassen sie dich seelisch. Sie entreißen dir das Kind in sich, sobald ihnen klar wird, daß sie dich nie wieder

so haben werden wie damals, als du sie an der Brust gestillt hast. Dann wollen sie nur noch so schnell wie möglich weg von dir, bis sie einen anderen gefunden haben, an den sie sich klammern können – einen Mann, immer einen Mann.

Und es ist Dienstag. Nach Correas Anruf hat sie nicht gut geschlafen.

»Hast du ein Geschenk für mich?« fragte er, und sie wußte nicht, wovon er sprach. Aber dann fiel es ihr ein. Er wollte, daß sie so mit ihm reden sollte wie vor ein paar Tagen. Sie wollte nicht, aber er fragte immerzu, ob sie ihn liebe, ob sie ihm süßen Honig mitbringen würde, und hochrot vor Scham mußte sie ja sagen.

»Geht es Ihnen gut?« fragt Karen, als América eine Tasse fallen läßt.

»Ich bin *okéi*«, lächelt América, und Karen hakt nicht nach. Sie fühlt sich, als wäre ihr Kopf in Watte gewickelt. »Kann ich jetzt meinen Toast haben?« fragt Kyle. Sie legt das Brot hin und weiß nicht mehr, wie lange sie es über den Teller gehalten hat.

»Sie sehen müde aus«, meint Karen, und América erwidert lächelnd, sie sei ein bißchen müde, aber *okéi*. Keine Sorge.

Die anderen gehen, und wieder ist sie allein im Haus. In diesem Haus, das nicht ihr gehört, das sie aber versorgt, als wäre es ihres. Nein, besser.

Noch sieben Tage. Correa wird mich am Flughafen erwarten.

Sie holt Meghan vom Kindergarten ab und geht mit ihr auf den Spielplatz, aber heute ist es wieder regnerisch, und es sind keine Kinder da. Verloren steht Meghan vor ihr.

»Aber ich weiß nicht, was ich machen soll, América«, klagt sie.
»Geh zur Rutsche.« América deutet auf den orangefarbenen Plastiktunnel, der an einer Holzplattform lehnt.
»Aber es ist niemand da.« Meghan schaut sich um, als wollte sie sich nochmals überzeugen. »Siehst du?«
»Willst du heim?«
»Ja. Es ist kalt.« Sie wirft sich in Américas Arme.
»*Okéi,* Baby, wir gehen heim.« América hält sie fest, so fest, daß Meghan aufschreit.
»Du erdrückst mich!«
»Du América Baby, ja?«
Aber das Kind antwortet nicht, und América fragt nicht noch einmal. Sie fahren im Nieselregen heim, hören eine Kassette mit Kinderliedern. »Was müssen das für Bäume sein, wo die großen Elefanten spazierengehen, ohne sich zu stoßen.«

Abends ruft Frida an.
»Ich habe mit meiner Schwester gesprochen und mit meiner Tochter. Sie hören sich nach einer Stelle um.«
»*Okéi.*«
»Geht's dir gut, América? Du klingst traurig.«
»Ich bin ein bißchen müde, das ist alles.«
»Hoffentlich können wir morgen mit den Kindern auf den Spielplatz. Wenn es draußen schöner ist.«
»Ja.«
»Vielleicht treffen wir uns da?«
»Vielleicht.«
Alle werden da sein. Frida und Mercedes, Liana und Adela, sie werden auf sie warten und darauf brennen zu hören, warum sie nach nur drei Monaten die Leveretts verlassen will. Aber sie wird nicht kommen. Sie will ihnen nicht die

Wahrheit sagen, aber lügen will sie auch nicht. Also wird sie morgen nicht auf den Spielplatz gehen, auch nicht wenn es schön ist.

Er ruft um halb zehn an. Natürlich um sich zu vergewissern, ob sie da ist. Doch er behauptet, daß er ihr nur Informationen über ihren Flug geben will. »Ich habe das Ticket bezahlt«, sagt er, »du brauchst dich nur am Schalter der American Airlines auszuweisen.«

»Okéi.«

»Bringt dich jemand zum Flughafen?«

»Ich kümmere mich darum.«

»Wer? Der Hausherr?« Er gluckst vor Vergnügen.

»Meine Tante.«

Dieser Anruf erinnert an die Gespräche von früher. Er ist nicht länger der zärtliche Liebhaber. Er sagt ihr, was sie tun soll. Hin und wieder nennt er sie noch Liebes. Aber da er jetzt weiß, wo sie ist und daß sie zu ihm zurückkommen will, ist er wieder ganz der Alte.

Um zehn ruft Darío an.

»Ist die Zeit jetzt in Ordnung?« fragt er.

»Es tut mir leid wegen gestern nacht. Ich wollte nicht unhöflich sein.«

»Ich dachte, vielleicht habe ich irgendwas gesagt ...«

»Es war nicht wegen dir, Darío. Du hast nichts getan.« Sie würde ihm gern erzählen, was los ist, aber warum soll sie ihn in eine Sache hineinziehen, mit der er nichts zu tun hat? »Ich habe ... familiäre Probleme.«

»Kann ich dir irgendwie helfen?« Er würde ihr so gern einen Gefallen tun. Wenn er nur wüßte!

»Ich glaube, nicht. Aber danke.«

Er summt etwas, vielleicht den Anfang eines Liedes. Aber danach kommt nichts mehr.

»Du weißt, daß ich bei meinen Eltern zu erreichen bin, wenn ich etwas für dich tun kann«, sagt er schließlich.
Es ist die Sorge in seiner Stimme, die ihren Entschluß ins Wanken bringt, alles für sich zu behalten, ihn nicht hineinzuziehen. »Ich hab einen Anruf bekommen … von dem Mann, mit dem ich … in Vieques zusammengelebt habe.«
»Was wollte er?«
Mich vergewaltigen, mich schlagen, mir zeigen, wer das Sagen hat. »Er will mich zurück.« Ihre Stimme zittert. Sie muß die Finger auf die Lippen legen, damit das Zittern aufhört.
»Gehst du zurück?«
»Ich will nicht …«
»Dann geh nicht. Dein Leben ist jetzt hier.«
»Was für ein Leben …«, murmelt sie, aber er hört es nicht.
»Es ist nicht leicht, einen Neuanfang zu machen, glaub mir, ich weiß …« Hört sie da ein Schluchzen? Nein. Es ist seine Stimme, die unsicher und nervös klingt. »Doña Paulina hat vielleicht erwähnt … oder deine Cousinen … ich hatte früher Probleme …«
»Jeder hat Probleme«, fällt ihm América ins Wort. Sie hofft, daß er aufhört.
»Ich … ich war fast noch ein Kind, weißt du, und hab mich mit den falschen Leuten eingelassen …«
Er holt tief Luft, und América legt die Hand auf die Augen. Sie spürt, daß eine Beichte bevorsteht, die sie nicht hören will, sie will es einfach nicht hören.
Seine Stimme wird leise, fast flüstert er. »Ich war drogenabhängig. Meine Eltern hat das beinahe umgebracht. Es hat meine Frau umgebracht …« Erleichtert seufzt er auf.
Am anderen Ende der Leitung verkrampft sich Américas Körper. Was sagt man auf so ein Geständnis? Was erwartet er von mir? »Ich dachte, sie starb an AIDS?«

»Ja, das stimmt.«
»Du hast gesagt, die Drogen haben sie umgebracht.«
»Sie hat durch eine infizierte Nadel AIDS bekommen.«
Er klingt gereizt, und América wird klar, daß es bei der Beichte nicht darum geht.
»Verzeihst du mir?«
»Was denn?«
»Ich habe dir gerade etwas erzählt ... hast du zugehört?« Er ist aufgeregt, das hört sie an seiner Stimme.
»Du hast mir erzählt, daß du drogenabhängig warst und deine Frau an AIDS gestorben ist. Was gibt es daran zu verzeihen?« Und dann dämmert ihr, daß er sie umgebracht haben könnte.
»Es macht dir nichts aus, daß ich Drogen genommen habe?«
»Nimmst du sie denn immer noch?«
»Nein, ich bin seit vier Jahren clean. Ist dir aufgefallen, daß ich im Nachtclub nichts getrunken habe?«
»Mir ist gleich, was du vor Jahren getan hast. Das hat nichts mit mir zu tun.« Und, möchte sie sagen, ich habe meine eigenen Probleme, heute, jetzt, die nichts mit dir zu tun haben. Warum liege ich hier und höre mir deine Lebensgeschichte an?
»Jetzt bist du böse auf mich.«
»Ich bin nicht böse auf dich, Darío, warum sollte ich böse sein?« Sie ist wütend.
»Du bist nicht gerade nett.«
Jetzt ist América verletzt. »Ich muß gehen«, sagt sie, »es ist spät.«
»Gute Nacht.«
Jetzt ist er wütend, denkt sie. Aber was hat er erwartet? Ich erzähle ihm, daß ich ein Problem habe, und im nächsten Moment erzählt er mir von seinem. Als wäre meines nicht wichtig. Als sollte ich meines vergessen und mir

um seines Gedanken machen. Für wen hält er sich eigentlich?
Sie ist so aufgeregt, daß sie sich nicht entspannen kann. Was stimmt denn nicht mit mir? Warum kann ich keine normalen Männer kennenlernen? Warum muß ich an einem Ort mit einem brutalen Kerl zusammensein, und dann überquere ich den Ozean, nur um was mit einem Opfer anzufangen? Sie schlägt die Kissen zurecht. Eigentlich habe ich gar nichts mit Darío angefangen. Nur ein paar Telefongespräche, ein Besuch im Zirkus. Das ist doch nichts.
Es ist etwas. Ich bin schon für weniger geschlagen worden. Correa hat mich in den Magen geboxt, nur weil ich auf derselben Straßenseite gegangen bin wie ein anderer Mann. Nur weil ich in seine Richtung geblickt habe. Wenn Correa auch nur die Hälfte über meine Verabredungen mit Darío wüßte, würde er mich umbringen.
Sie bedeckt den Kopf mit einem Kissen, als wollte sie sich vor einem Schlag schützen. O mein Gott, wie konnte ich nur glauben, daß ich ungeschoren davonkomme?

In sechs Tagen erwartet mich Correa am Flughafen, sagt sie am Mittwoch morgen.
Sie räumt Kyles Zimmer auf. Sie stellt die Mighty Morphin Power Rangers nebeneinander ins Regal und darunter Lord Zed und seine Diener. Auf einem anderen Regal stellt sie die Game-Boy-Schachtel neben einen Stapel Spiele. Auf dem Boden hat Kyle ein halbfertiges Puzzle hinterlassen. Es ist eine Karte der Vereinigten Staaten. In der linken unteren Ecke treibt Hawaii, Alaska in der linken oberen. Und sonst nichts. Kein Kanada, kein Mexiko, keine Karibik. Die fünfzig bunten Puzzleteile sind alle mit den Namen der Staaten versehen. Tennessee. Oregon. Nebraska.
Ich hab's, sagt sich América. Ich lasse mir das Geld für das

Ticket auszahlen und kaufe eins für anderswohin. Arizona vielleicht. Sie hat keine Ahnung, wo das Puzzleteil für Arizona hingehört, aber das ist egal. Wenn sie nicht weiß, wo das ist, vielleicht weiß es dann Correa auch nicht.

Am Abend ruft Paulina an. »*Ay, mi'ja,* ruf deine Mutter an.« Sie steht kurz vor dem Nervenzusammenbruch. »Ester hat angerufen. Sie muß mit dir sprechen, wollte aber nicht, daß ich ihr deine Nummer gebe. Sie sagte, die könnte man ihr nicht anvertrauen. Was soll das alles bedeuten? Deine eigene Mutter weiß nicht, wie sie dich erreichen kann?«

»Sie dachte, es könnte ihr herausrutschen, wenn sie ... so ist.«

»Wie ist? Was soll das heißen? Sie ist deine Mutter.«

»Man kann sich nicht auf sie verlassen, wenn sie ein paar Bier getrunken hat.«

»Großer Gott!«

Als América anruft, ist Ester ebenso aufgeregt wie Paulina. »Ich komme von der Arbeit nach Hause«, sagt sie, sobald sie Américas Stimme erkannt hat. Keine Einleitung, kein Wie geht's. »Und die meisten Sachen sind verschwunden. Er hat den ganzen Tag über Sachen rausgeräumt.«

Zuerst weiß sie nicht genau, von wem Ester spricht.

»Als erstes ist mir aufgefallen, daß der Schaukelstuhl von der Veranda verschwunden war. Dann die Couch im Wohnzimmer. Ich dachte, wir sind ausgeraubt worden. Ich bin in mein Zimmer gegangen, doch da fehlte nichts, Gott sei Dank. Aber dein Zimmer war leer. Dein Bett und die Kommoden, alles, was du dagelassen hast. Er hat auch die Kaffeemaschine und die *vajilla* mitgenommen.«

»Beruhige dich, Mami. Nimm's nicht so schwer.«

Ester hält inne und schöpft Atem. »Er hat Rosalindas Zim-

mer ausgeräumt. Sogar den Fernseher hat er mitgenommen.« Verdrossen, als wäre das die größte Tragödie.
»Wird er noch mal kommen?«
»Woher soll ich wissen, ob er noch mal kommt? Dieser *sinvergüenza*! Er hat gewartet, bis ich aus dem Haus war.«
»Laß ihn nicht rein, wenn er kommt.«
»Warum sollte er kommen? Es ist nichts mehr da, was ihm gehört.«
»Nur für den Fall, Mami.«
»Dieser *sinvergüenza*«, wiederholt sie.
»Vielleicht solltest du zu Don Irving gehen.«
»Na, ich belästige ihn nicht damit. Mit solchen Geschichten kommt er nicht zurecht.« Typisch Ester. »Ich dachte nur, du solltest es wissen.«
»Danke«, sagt sie emotionslos.
»Er führt etwas im Schilde«, überlegt Ester, »wahrscheinlich hat er eine andere Frau kennengelernt und will dich eifersüchtig machen.«
Schön wär's, denkt América. »Er wird dich nicht mehr belästigen.«
»Ich habe ja meine Machete, wenn's drauf ankommt.« Ester lacht gezwungen.

Am Donnerstag abend informiert Karen sie genauer über die Reise, die sie und Charlie planen.
»Wir fahren nach Montauk«, sagt sie, »wir brechen früh auf, damit wir nicht in den Berufsverkehr kommen.«
Sie sind im Wohnzimmer neben der Küche. Die Kinder liegen schon im Bett. América wollte sich gerade eine Tasse Tee machen, da ist Karen mit einer Liste in der Hand aus dem anderen Wohnzimmer gekommen.
»Das ist die Nummer von dem Hotel, in dem wir übernachten, aber Sie können uns auch anpiepsen.« Karen hat ihre

und Charlies Piepsernummern an zwanzig verschiedenen Orten auch in diese Liste mit aufgenommen – nur für den Fall, daß América sie noch nicht hat. »Aber wir rufen auch jeden Abend an.«

»*Okéi.*« Sie wird Karen nicht sagen, daß sie kündigt, ihr nicht das Wochenende verderben. Aber am Montag, wenn sie zum Frühstück herunterkommen, wird sie fort sein.

»Hier ist das Geld für diese Woche« – Karen gibt ihr einen Umschlag – »und noch was für Lebensmittel und kleinere Ausgaben. Wenn Sie mit den Kindern ins Kino gehen wollen oder so.«

Sie wird frühmorgens mit dem Wagen zum Bahnhof fahren. Auf der Anrichte wird sie einen Zettel hinterlassen, auf dem, so gut sie es in ihrem Englisch zusammenbringt, steht, wie leid es ihr täte, aber sie müsse fort.

»Am Sonntag kommen wir früh zurück«, sagt Karen.

»*Okéi*«, nickt América, »ich kümmere um alles. Keine Sorge.«

Als sie in ihr Zimmer zurückkehrt, ist sie froh, daß sie hinuntergegangen ist, denn wenn Karen heraufgekommen wäre, hätte sie die Kleider gesehen, die in ordentlichen Stapeln auf dem Sofa und den Stühlen liegen. Einen Stapel Kleider nimmt sie mit. Einen Stapel läßt sie im Schrank für die nächste *empleada* zurück. Einen dritten Stapel gibt sie beim Gemeindezentrum ab, wo Karen die Sachen spendet, aus denen die Kinder herausgewachsen sind.

»Also kannst du dieses Wochenende auch nicht kommen?« fragt Paulina.

»Tut mir leid, Tía. Die Leveretts fahren weg, und ich muß mich um die Kinder kümmern.«

»Du arbeitest zuviel, *mi'ja*. Zwei Wochenenden hintereinander und kein freier Tag dazwischen.«

América wird rot. Paulina war nett zu ihr, hat versucht, ihr zu helfen.

»Es tut mir leid, Tía«, wiederholt sie.

»Ist mit deiner Mutter alles in Ordnung? Hast du sie angerufen?«

»Ja, alles ist *okéi.*«

»Sie ist also Alkoholikerin?« sagt Paulina, als wäre sie persönlich enttäuscht.

»In den letzten Jahren hat sie immer mehr getrunken.«

Paulina seufzt. »Was willst du machen?« fragt sie. Zuerst denkt América, daß Paulina sich nach ihren Plänen erkundigt, doch dann wird ihr klar, daß es nur eine Redewendung ist.

»Así son las cosas«, stimmt sie zu.

»Wahrscheinlich sehen wir dich dann nächsten Samstag? Orlando singt wieder im Club.«

»Das klingt wunderbar«, sagt América. »Du warst so lieb zu mir, Tía«, fügt sie hinzu, »ich weiß das wirklich zu schätzen.«

»Ay, mi'ja, wir sind ja eine Familie. Wenn du dich bedankst, bringst du mich nur in Verlegenheit.« Aber América kann sich vorstellen, wie sie strahlt. »Wir sehen uns nächste Woche.«

Sie bringt es nicht fertig, sich von ihnen zu verabschieden. Von Carmen mit ihren ausländischen Freunden, die keiner je zu Gesicht bekommen hat, vom ernsten Leopoldo, von Orlando, dessen Stimme Tote auferwecken kann, von Teresa, der puertoricanischen Yogalehrerin. Ich werde den Rosenduft vermissen, der Elena begleitet, sagt sie, während sie die Kleider zum Verschenken in eine Plastiktüte stopft. Sogar Darío werde ich vermissen.

Sie überlegt, ob sie ihn anrufen soll. Aber was soll sie ihm sagen? Eine Entschuldigung scheint ihr nicht angebracht. Aber warum fühlt sie sich dann schuldig?

Sie packt weiter, verstaut nur das Notwendigste in dem Koffer, den sie aus Puerto Rico mitgebracht hat. Da ist das Fotoalbum mit den Bildern von Rosalinda. Das erste Foto zeigt América, schwanger, auf der Veranda von Esters Haus. Sie sieht so jung aus! Ihr Bauch wirkt unecht, als hätte sie sich ein Kissen unters Kleid gestopft, damit es aussieht, als wäre sie schwanger. Sie versucht sich zu erinnern, wie sie sich mit vierzehn und schwanger gefühlt hat, aber das einzige, an das sie sich entsinnt, sind *guanábanas*. Sie hatte einen Heißhunger auf *guanábanas*; Correa mußte nach Puerto Rico fahren und ihr welche besorgen, weil in Vieques keine zu bekommen waren.
Ein paar Seiten weiter gibt es ein Foto von América, Correa und Baby Rosalinda am Tag ihrer Taufe. América sitzt auf Correas Schoß, Rosalinda auf ihrem. Er hat den rechten Arm um ihre Taille gelegt, seine linke Hand, fast so groß wie das Baby, liegt auf ihrem Knie. Sie sieht noch aus wie ein kleines Mädchen, und ihr kommt der Gedanke, daß Correa ein Perverser war. Nein, sie schüttelt den Kopf. Er ist bei mir geblieben, auch nachdem ich zur Frau geworden war. Aber sie fragt sich, ob es noch andere kleine Mädchen gegeben hat, von denen sie nichts weiß, und da läuft es ihr kalt den Rücken hinunter. Hat er sich womöglich an Rosalinda vergriffen? Nein, das kann nicht sein. Bestimmt wäre es ihr aufgefallen. Nein. Correa ist grausam und brutal. Aber er ist kein Perverser. Den Gedanken kann sie nicht ertragen.
Sie legt das Fotoalbum in eine Jeans gewickelt unten in den Koffer. Als das Telefon klingelt, ist sie so in ihre Traurigkeit versunken, als würde sie mit der erneuten Flucht vor Correa sich selbst verlassen. Als seine unverwechselbare, verführerische Stimme ihren Namen flüstert, erschaudert sie, reibt sich die Gänsehaut auf ihren Armen.
»Ich komme zu dir, Liebes.«

»Ja, ich weiß. Ich werde da sein.«
»Nein, Liebes. Ich kann nicht warten. Ich komme nach New York.«
Sie keucht. »Warum?«
»Willst du nicht, daß ich komme?«
Sie muß sich erst erholen, darf ihn nicht ahnen lassen, was sie wirklich vorhat. »Nein, ja, meine ich, natürlich.«
»Ich habe ein wenig Geld übrig«, sagt er mit verächtlichem Schnauben, »und da hab ich mir gedacht, ich mache mit meiner Süßen Urlaub. Das würde dir doch gefallen, Liebes, nicht wahr?«
»W ...wo? Wohin fahren wir denn?«
»Nayágara Fols«, sagt er, »wir machen eine Hochzeitsreise im voraus.« Klingt seine Stimme triumphierend?
»Aber Correa ...«
»Wir fahren.« Es ist ein Befehl, doch dann fällt ihm ein, daß sie eine neue, wenn auch alte *conquista* ist. »Ich habe ein Auto gemietet.« Sanft, verführerisch. »Es sind nur ein paar Stunden von da, wo du bist.« Ein Versprechen.
»Wo bist du, Correa?«
»Mach dich fertig, Liebes. Ich hole dich ab.«
»Wo bist du?«
Er hat aufgelegt.

Und es ist Freitag. Sie hat die ganze Nacht nicht geschlafen. Sie hat Rosalinda angerufen, aber die hat Correa seit letzten Sonntag, als er nach Vieques abgefahren ist, nicht mehr gesehen.
»Ist alles in Ordnung, Mami?« hat sie gefragt, und América hat der Versuchung widerstanden, ihr alles zu sagen. »Bis nächste Woche dann«, hat Rosalinda fröhlich hinzugefügt, als wären sie Freundinnen, die sich zum Einkaufsbummel verabreden.

»Er hat unsere ganzen Sachen verkauft«, sagt Ester, als América anruft. Nein, sie hat diesen *sinvergüenza* nicht gesehen. »Aber wenn er es wagt, hier aufzutauchen ...« Die Drohung geht in einem Schwall von Husten und Seufzern unter.

América macht sich Kaffee und Toast. Zwei kleine Lederkoffer lehnen an der Tür zur Garage. Karen ist so systematisch, stellt América wieder einmal bewundernd fest. Sie überläßt nichts dem Zufall. Sie plant ihr Leben so, daß jeder Augenblick sich an den nächsten fügt wie Glieder einer Kette. Wie kommt es nur, daß bei mir, wenn ich das gleiche versuche, die Glieder alle verschieden groß sind, nicht zusammenpassen oder zerbrechen?

Charlie kommt zur gewohnten Zeit herunter, in Freizeitkleidung, mit offenem Hemdkragen unter einem leuchtend gelben Pullover mit V-Ausschnitt, der den Goldton seiner Haare unterstreicht. Karen folgt ihm in einem hellgelben Hosenanzug, als würde die aufeinander abgestimmte Kleidung ihre gegenseitige Zuneigung ausdrücken. Sie strahlen vor Freude, und América ist so eifersüchtig, daß es ihr weh tut, die beiden anzusehen.

»Ich trage das Gepäck zum Auto hinaus«, sagt Charlie, und Karen lächelt ihn liebevoll an.

»Mmm, Kaffee.« Sie schenkt sich eine Tasse ein.

»Karen, ich muß Ihnen was sagen«, fängt América an, doch so leise, daß Karen den Schluß nicht mitbekommt, denn oben an der Treppe erscheint Kyle, reibt sich die Augen und weint.

»Ich dachte, ihr seid weg.« Er wirft sich in die Arme seiner Mutter.

»Ich würde nicht wegfahren, ohne dir tschüs zu sagen, Liebling.« Sie hält ihn fest, liebkost seine zerzausten Haare, küßt ihn. Als Charlie aus der Garage hereinkommt, blickt

Karen auf. »Er dachte, wir sind weg«, erklärt sie, aber es klingt wie eine Entschuldigung.

Charlie nimmt seinen Sohn der Mutter aus den Armen. »Komm her, Kumpel.«

Und dann tapst Meghan laut weinend die Treppe herunter. »Geh nicht weg, Mami! Ich laß dich nicht weg!«

»Ich habe dir doch gesagt«, sagt Charlie leise, »daß wir früher hätten fahren sollen.«

Karen wirft ihm über Meghans Kopf hinweg einen bösen Blick zu, und Charlies Gesicht wird hart. Sie haben América vergessen, die an der Anrichte lehnt. Sie zögert, sich den Kindern zu nähern, die sich an ihre Eltern klammern, während die Erwachsenen einander wütend anstarren.

»In Ordnung, Kinder.« Charlie setzt Kyle ab. »Mami und Daddy müssen jetzt los.«

Kyle lehnt sich an seine Mutter, während Meghan in ihren Armen schluchzt und Karen so aussieht, als wollte sie selbst losheulen. América steht daneben, unfähig und vielleicht auch nicht willens, einzugreifen.

»Meghan, Liebes, du gehst zu América, okay?« Karen versucht, sich aus Meghans krakenhafter Umklammerung zu befreien – eine Neuauflage der Szene in Vieques. »Mami und Daddy kommen übermorgen wieder, okay? Wir haben darüber geredet, wißt ihr noch?«

Nach einer Viertelstunde ist es ihnen gelungen, die Kinder mit der Aussicht auf Geschenke und die wunderbaren Dinge, die geschehen werden, wenn Mami und Daddy wiederkommen, zu beruhigen. Als sie davonfahren, wünscht América, sie hätte in die Klage der Kinder eingestimmt und Karen und Charlie gebeten, daheimzubleiben und sie dieses Wochenende nicht allein zu lassen.

Keine *coquís*

Als die Eltern fort sind, macht América die schniefenden, jammernden Kinder für die Schule fertig. Sie kocht ihnen ein warmes Frühstück, das sie schweigend verzehren. Américas düstere Stimmung ist nicht dazu angetan, sie aufzuheitern. Sie bringt die Kinder zur Schule, dann wendet sie sich ihrer täglichen Arbeit zu und denkt unablässig an Correa.

Wenn er von Vieques aus angerufen hat, kann er die Insel frühestens heute morgen um sieben verlassen haben. Anschließend muß er weiter zum Flughafen in San Juan. Selbst wenn er am Spätnachmittag in New York ankäme, würde er, wie sie meint, mindestens eine Stunde brauchen, um aus dem Flughafen herauszufinden, und wer weiß wie lange, um Westchester County, wo er noch nie war, zu finden. Allmählich entspannt sie sich. Wahrscheinlich fährt er tagelang im Kreis herum, bevor er die numerierten, kurvenreichen Landstraßen entdeckt, die zu den unbeleuchteten und unbefestigten Wegen von Bedford führen. Aber dann fällt ihr ein, daß es auch in Vieques kurvenreiche, dunkle Straßen gibt und Feldwege, die zu den Häusern der Reichen führen. Die Anspannung kehrt zurück.

Freitags verbringen die Kinder nur halb soviel Zeit in Schule und Kindergarten wie sonst. Als América sie abholen muß, hat sie die Hausarbeit kaum geschafft. Heute haben die beiden keine Verabredungen zum Spielen, also geht sie mit ihnen Pizza essen.

»Dürfen wir auf den Spielplatz?« will Kyle wissen.

»Nein, wir gehen heim.«

»Aber da ist es langweilig.«
»Ihr habt Millionen Sachen zum Spielen.«
»Ich will nicht heim«, piepst Meghan.
Verstimmt fährt sie mit ihnen in einen anderen Park, um nicht den *empleadas* in die Arme zu laufen. Die Kinder spielen lustlos. Sie sind ebenso bedrückt wie América, und nach einer Weile wollen sie heim.
Dort angekommen, schließt sie alle Türen ab und überzeugt sich, ob auch die Fenster verriegelt sind. Meghan ist müde, will aber nur ein Nickerchen machen, wenn América sich mit ihr hinlegt. Kyle geht in sein Zimmer, um eine Legostadt zu bauen, während sich América und Meghan auf dem schmalen Bett der Kleinen aneinanderkuscheln. Eng an Meghan geschmiegt, wird América wieder von Zärtlichkeit und Sehnsucht nach dem Baby überwältigt, das Rosalinda einmal war, dem süßen, hilflosen Geschöpf, das ihr so anhänglich und vertrauensvoll gefolgt ist.
Wie traurig, daß sie groß werden müssen, denkt sie bedrückt, daß wir sie so bald verlieren. Kaum daß wir sie haben, sind sie schon wieder fort. Eigentlich gehören sie uns nur, solange wir sie im Bauch haben. Wenn sie erst mal auf der Welt sind, gehören sie sich selbst, und bis sie das merken, sind wir nur dazu da, sie zu behüten.
Meghan ist eingeschlafen, und América steht vorsichtig auf. Als sich Brust und Bauch von Meghans Wärme gelöst haben, spürt sie, wie sich eine kalte Leere ausbreitet, ein quälender Schmerz. Er weckt die Erinnerung an die Geburt, ein Wesen hervorzubringen, das ihr nicht länger gehört und in diesem Fall nie gehört hat. Sie küßt Meghan auf den Kopf, und das Kind schließt seinen Hasen fest in die Arme. América streichelt ihr Haar, küßt sie noch einmal und fragt sich, auf welche Weise Meghan ihre Mutter verraten wird und wann.

Zum Abendessen gibt es Asopao, weil die Kinder es mögen und es so leicht zu kochen ist, daß América sich nicht anzustrengen braucht. Es ist sechs, nach ihrer Rechnung der frühestmögliche Zeitpunkt, zu dem Correa in New York ankommen kann, wenn seine Ankündigung ernst gemeint war.

Es ist möglich, hat sie sich heute schon oft gesagt, daß er mich nur auf die Probe gestellt hat, um zu sehen, was ich sage. Es ist möglich, daß er heute, am *Viernes Social* in Puerto Rico, mit seinen Kumpeln zecht und sich von den *putas* umschwärmen läßt.

Nach dem Essen spielten sie und Meghan mit den Barbies, während Kyle seine Legostadt, die sich quer durch sein Zimmer erstreckt, noch höher baut.

Ihr Telefon klingelt, doch als sie abnimmt, hat der Anrufer aufgelegt, und sie wartet eine Weile in der Nähe, so wie sie vor ein paar Tagen gewartet hat, daß Correa noch einmal anruft, wenn er es war. Aber das tut er nicht.

Sie geht mit den Kindern hinunter, um sich dieselben blödsinnigen Comedy-Serien wie letzte Woche anzusehen, in denen dieselben weißen *yanquis* in ähnliche Mißverständnisse mit demselben Ergebnis verwickelt werden. An allen Fenstern im Haus sind die Rouleaus heruntergelassen. Es ist, als wären sie alle in einem großen warmen Kokon, aus dem sie nicht mehr herauskommen will.

Wie versprochen ruft Karen an. Meghan und Kyle sprechen mit ihr und Charlie, sie weinen und betteln, die Eltern sollen nur bald nach Hause kommen. Noch mehr Geschenke werden in Aussicht gestellt, noch mehr Stunden Spaß, und dann fragt Karen América, wie es geht, und sie erwidert: »Gut. Alles *okéi*. Sie viel Spaß.«

Die Kinder widersprechen nicht, als sie die beiden ins Bett scheucht. Nach dem Gespräch mit den Eltern stehen sie unter Schock. Wie América haben sie jetzt ein anderes Zeitgefühl – für sie können die Stunden nicht schnell genug vergehen. América hingegen hat bei jedem Atemzug das Gefühl, als würde sie in ein unsichtbares schwarzes Loch gezogen. Sie läßt ihre Zimmertür offen, für den Fall, daß die Kinder mitten in der Nacht aufwachen. Dann geht sie ins Bett, hofft, daß das Telefon klingelt und Correa sich meldet, betrunken aus Puerto Rico, und sie noch einmal fragt, ob sie sein Liebes ist.

Aber er ruft nicht an. Genausowenig wie Darío.
Ein feuchter, windiger Morgen. Kyle und Meghan wachen auf und sind erst mal überrascht, daß ihre Eltern nicht daheim sind. Als sie hören, daß Charlie und Karen schon morgen wiederkommen, wirken sie verwirrt, weil sie nicht wissen, ob sie über deren Abwesenheit trauern oder sich auf die bevorstehende Heimkehr freuen sollen. América setzt ihnen ihr Frühstück vor und macht sie fürs Karate und die Gymnastik fertig.
Ihr bleibt nichts übrig, als zu warten. Correa wird entweder an der Haustür der Leveretts auftauchen oder anrufen und einen Witz über die Nayágara Fols reißen. Wenn er bis nach Bedford vordringt, wird er vermutlich keine Dummheiten machen. Reichtum wirkt einschüchternd auf ihn. Sie wird ihn beruhigen, wenn er sich aufregt, und ihm klarmachen, daß sie erst gehen kann, wenn die Leveretts heimkommen. Und wenn sie wieder da sind, wird sie ihnen sagen, daß sie mit ihrem Mann fortgeht, und ihn so schnell wie möglich von hier wegbringen. Ganz gleich, was er ihr antut, er wird es hoffentlich in Nayágara Fols tun – oder wo er sonst mit ihr hinwill. Nur nicht vor den Leveretts. Nicht vor den Kindern.

Als sie die Kinder in den Fitneßclub fährt, kann sie es nicht lassen, jeden Fahrer in jedem vorbeikommenden Auto anzusehen. Vor allem in den wenigen amerikanischen Autos. Correa ist zwar unberechenbar, doch er hat auch seine Gewohnheiten. Er liebt amerikanische Autos, und selbst wenn er vor Eifersucht von Sinnen ist, wird er, wie sie glaubt, am Hertz-Mietwagenschalter auftauchen und einen Buick verlangen. Die Fahrer in ihren Land Rovers, Mercedes Benz, BMWs und Toyota Land Cruisers, die an ihr vorbeikommen, sind es nicht gewohnt, von einer *empleada* in einem Volvo gemustert zu werden. Sie begegnen Américas Starren mit vorsichtiger Feindseligkeit und diesem wohlbekannten Blick, der ihren Besitzanspruch geltend macht.

In einem Saal des Hauses von American Gymnastics lernt Meghan, wie man Purzelbäume macht, während Kyle in einem anderen eifrig, aber wirkungslos Schläge und Tritte austeilt. Vielleicht malt er sich dabei aus, welchen Schaden er anrichten wird, wenn er erst einen halben Meter größer und hundert Pfund schwerer ist.

Wenn ich Karate könnte, wäre das erste Mal, als mich Correa schlug, vielleicht das letzte gewesen. Sie stellt sich vor, wie sie durchs Zimmer wirbelt, ein Bein zielt auf Correas Schritt, die Fäuste geballt, bereit zuzuschlagen, wenn der Tritt danebengeht. Eine befriedigende Vorstellung, Correa so mit den Fäusten zu bearbeiten, wie Kyle es gerade mit dem Schaumgummikissen macht, das sein Lehrer hält. Ihn zu schlagen und zu treten, bis sein männliches Gesicht zu Brei geworden ist, so wie bei den Boxern im Fernsehen, deren Züge bis zur Unkenntlichkeit verschwollen sind.

»América?«

Sie wird aus ihren Tagträumen gerissen. Kyle schlägt nun

nicht mehr auf das Kissen ein, sondern steht fertig zum Aufbruch vor ihr.

»*Ay*! Dann holen wir Meghan«, sagt sie und rafft sich auf.

»Du hast ein schreckliches Gesicht gemacht«, sagt Kyle, als sie zum anderen Ende des Gebäudes gehen.

»Ich habe Häßliches gedacht«, erklärt sie, und er kichert.

»Gehen wir zu McDonald's?« fragen die Kinder, kaum daß sie im Auto sitzen. Sie widerspricht nicht. So haben sie etwas zu tun, und sie braucht nicht zu kochen, wenn sie heimkommen.

Im Lokal drängen sich Kinder mit ihren Eltern. Die Angestellten hinter der Theke kommen ausnahmslos aus Guatemala oder El Salvador. Die drei Kassiererinnen nehmen die Bestellungen an und geben sie auf Spanisch an die Leute weiter, die das Essen machen und einpacken. América bestellt gleich auf spanisch.

»Dos Happy Míls con chísberguers sin pickols, dos Coca Cola y un McChicken con papitas y una Sprite.«

»Die Leute da drüben schauen dich an«, verkündet Kyle, als sie einen Platz am Fenster gefunden haben. América erstarrt, wagt nicht hinzusehen, und als sie es tut, winkt ihr Adela aus einem Auto an der Drive-in-Theke zu. Am Steuer sitzt ein Mann mit glatten, schwarzen Haaren, die aussehen, als hätte man ihm einen Topfschnitt verpaßt. Er nickt América zu. América winkt zurück, lächelt höflich und gibt den Kindern ihr Essen.

»Kein Respekt, mit Finger auf Leute zeigen.« Sie hilft Meghan, den Cheeseburger auszupacken.

»Nicht höflich, Leute anstarren«, erwidert Kyle und ahmt dabei ihren Akzent nach.

»Du zu klug für mich«, meint sie lächelnd.

Als sie den Imbiß verlassen, wollen die Kinder ins Kino gehen. Draußen ist es immer noch trostlos. Auf dem Weg zum Auto umgibt sie ein feiner Nebel, der noch nicht in Regen übergeht.
»Kino zu voll heute. Wir holen lieber Videos.«
Blockbuster Videos erinnert sie an einen Supermarkt. Es ist ein riesiges Geschäft am Ende eines Einkaufszentrums, das wahrscheinlich Pleite machen würde, wenn der Videoverleih sich einen anderen Standort gesucht hätte. Hier wimmelt es von Eltern mit Kindern, die nach Filmen suchen, um sich an diesem verregneten Nachmittag die Zeit zu vertreiben.
América hilft Meghan und Kyle, Videos zu finden, die ihnen gefallen. Meghan entscheidet sich für Aladin, während Kyle lieber ein paar Nintendo-Spiele mitnimmt. In der ausländischen Abteilung entdeckt América »Como Agua para Chocolate«, nach der Hülle zu urteilen eine romantische Liebesgeschichte. Wenn Correa zum Videoverleih in Isabel Segunda ging, holte er immer Filme über Flugzeugabstürze, explodierende Autos oder barbrüstige Muskelprotze, die Männer im Anzug niederschossen. Das mußte sie dann mit ihm ansehen. Es ist eine neue Erfahrung, sich etwas auszusuchen, was ihr gefällt.
Sie kehren nach Hause zurück, und erst als sie in die Einfahrt biegt, verspürt América wieder die vertraute Furcht, Correa könnte plötzlich auftauchen.
Sobald die Kinder vor dem Bildschirm sitzen, Meghan im Wohnzimmer und Kyle unten im Sportzimmer, macht sie ihre Runde durchs Haus, richtet die Betten, sammelt schmutzige Kleider auf, staubt oberflächlich Kommoden und Regale ab und achtet dabei immer auf ihr Telefon, das aber nicht klingelt.
Immer wieder kommen Meghan oder Kyle zu ihr, und sie

spielt mit ihnen, baut Brücken in Kyles Legostadt oder unternimmt mit Prinzessin Jasmin und Aladin eine neue Reise auf dem fliegenden Teppich. Sie fühlt sich gespalten: Der Körper tut so, als spielte er mit den Kindern, macht ihnen eine Tasse Kakao, legt ein Video für Meghan ein oder beobachtet Kyle, wie er auf dem Computerbildschirm grüne Monster abschießt. Aber ihre Gedanken sind anderswo, im Geiste sieht sie Correa vor sich, wie er die Landstraßen von Westchester County durchstreift oder betrunken und glücklich im Bett einer *puta* in San Juan liegt. Auf das zweite Bild setzt sie ihre Hoffnung.

Sie kocht das Abendessen, trägt es auf, ißt mit den Kindern, die vom langen Fernsehen glasige Augen bekommen haben. Sie würde sie gern fragen, was sie heute gemacht haben, so wie Karen es tut, aber sie weiß, was sie gemacht haben. Also läßt sie sie über Gott weiß was reden. Dem Streit, der dabei wie gewöhnlich aufkommt, setzt sie mit der Drohung ein Ende, Mami und Daddy zu sagen, sie sollen nicht zu Kindern heimkommen, die sich nicht vertragen.

Wieder ruft Karen an, und die Kinder erzählen von dem Ausflug zu McDonald's und zum Videoverleih, nicht aber von den Streitereien. Als Karen mit ihr sprechen möchte, wiederholt América ihre Aufforderung von gestern: »Sie viel Spaß. Ich kümmere um alles.« Und Karen gibt sich damit zufrieden.

Später läuft sie zwischen Kyles und Meghans Badezimmer hin und her, wo die Kinder in der Wanne spielen; sie wird von ständiger Angst geplagt, der eine könnte im Badewasser ertrinken, während sie zur anderen geht. Kyle will sich beim Anziehen nicht helfen lassen, also bleibt er allein in seinem Zimmer. Unterdessen kümmert sich América um Meghan, die sich gern pudern, kämmen und eines

ihrer hübschen Nachthemden mit Prinzessin Jasmin oder Belle oder der Kleinen Meerjungfrau vorn drauf anziehen läßt.
Stolz auf seine Leistung, kommt Kyle in Meghans Zimmer. Er trägt seinen grünen Power-Rangers-Pyjama und hat die Haare flach an den Kopf gekämmt. América unterdrückt ein Lächeln.
»Liest du uns eine Geschichte vor?« fragt Meghan.
»Ich kann nicht Englisch lesen, Baby.«
»Es ist noch zu früh für's Bett«, jammert Kyle.
»Ihr kommt Américas Zimmer, wir malen«, schlägt sie vor, und die beiden marschieren hinter ihr her. Als sie im Zimmer angelangt sind, klingelt das Telefon. Mit einem Satz ist sie dran, was die Kinder überrascht.
»Haló?«
»Liebes.«
»Correa, wo bist du?«
»Du klingst aufgeregt, Liebes, was ist los?«
»Wo bist du?«
»Ich bin unterwegs zu dir, Liebes.«
»Tu mir das nicht an. Ich habe dir doch gesagt, daß ich zurückkomme. Warum machst du das?« Kyle und Meghan stehen am Bett, beobachten, wie América zittert und in ihrer fremden Sprache ins Telefon spricht, als wollte sie dem Anrufer an die Gurgel springen.
»Du weißt doch, daß wir Urlaub machen. Wir waren noch nie miteinander im Urlaub.« Oh, wie ist seine Stimme weich und gut moduliert. Selbst wenn er betrunken ist, klingt er wie ein Radiosprecher.
»América, kannst du jetzt auflegen?« fragt Meghan. Sie sieht ängstlich aus, und Kyle starrt América an, als hätte sie sich plötzlich in eines der menschenähnlichen Wesen aus seinen Videospielen verwandelt.

»Correa, ich habe zwei Kinder hier. Ich muß sie ins Bett bringen. Leg nicht auf. Wir müssen reden.« Sie versucht, ihre Stimme wieder süßlich klingen zu lassen, ihm Honig ums Maul zu schmieren. Aber sie hat die Kiefer fest zusammengebissen, ihre Zunge fühlt sich geschwollen an, und es kostet Anstrengung, überhaupt zu sprechen, weil sie ihm mit höchster Aufmerksamkeit lauscht, auf das Vorbeisausen von Autos irgendwo draußen horcht, irgendwo, wo es keine *coquís* gibt.

Sie legt den Hörer auf ihr Kissen, ohne die Antwort abzuwarten.

»Ihr geht jetzt Bett. América telefoniert.« Sie schiebt die Kinder vor die Tür.

»Aber ich will noch nicht ins Bett«, widerspricht Kyle, der auf das stumme Telefon starrt.

»Ihr geht in Zimmer, wartet auf América.«

Widerstrebend entfernen sich die Kinder. Sie wartet, bis sie weit genug den Flur hinunter sind, so daß sie sie nicht mehr hören, dann schließt sie die Tür und läuft wieder zum Telefon.

»Correa?« Die Verbindung ist weg. Sie legt mit zitternden Händen auf. »O mein Gott, o mein Gott.« Sie ringt um Fassung, will ihr hämmerndes Herz beruhigen, das Zittern beruhigen, das es ihr so schwer macht, die kurze Strecke vom Bett bis zur Tür zu gehen.

Beide Kinder sitzen mit gekreuzten Beinen auf Kyles Bett und sehen sich ein Bilderbuch an. Sobald sie hereinkommt, blicken sie auf, suchen ihre Augen und sehen die Angst darin.

»Ihr geht jetzt Bett, Kinder. Ist spät.«

Sie widersprechen nicht. Sie trägt Meghan in ihr Zimmer, deckt sie zu und legt ihr den Hasen aufs Kopfkissen. »Gute Nacht, Baby.« Sie küßt sie auf die Stirn, und das kleine

Mädchen schließt sie in die Arme und wünscht ihr gute Nacht.

Kyle liegt schon im Bett. Sie deckt ihn fest zu, zieht seinen Teddy heraus, so daß die Nase aus der Decke schaut, wie Kyle es mag. »Ich bin noch nicht müde«, beschwert er sich, macht aber keine Anstalten aufzustehen. Offenbar hat er verstanden, wie wichtig es ist, daß er folgt. Wie letzte Nacht läßt sie die Türen zu den Kindern offen, geht in ihr Zimmer und wartet auf das Klingeln des Telefons.

Ding-dong

Die Haustür. Zwei Töne, ding-dong, wie in der Werbung. In den drei Monaten, die sie hier wohnt, hat noch nie jemand an der Tür geklingelt. Sie ist so lange regungslos auf ihrer Bettkante neben dem Telefon gesessen, daß sie erst überlegen muß, bevor sie sich bewegen kann. Und dann rennt sie los, den Flur entlang, die Hintertreppe hinunter, um aus dem verdunkelten Fenster im Wohnzimmer auf die Vordertür hinauszuspähen und nachzusehen, wer am Samstag abend um zehn an der Tür läutet. Sie weiß zwar, wer es ist, aber sie wünscht sich sehnlichst, es wäre jemand mit einer Autopanne, der telefonieren muß, oder ein Nachbar auf der Suche nach einer entlaufenen Katze.

Ding-dong. Es ist ein gemütlicher Ton, ein freundlicher Hinweis, daß Besuch gekommen ist.

Correa steht auf den schönen, halbkreisförmigen, von Säulen eingerahmten Stufen. Er steht da, als wäre er ein häufiger Gast in diesem Haus, weder drückt er sich verdachterregend in den Schatten, noch schaut er sich um, als wollte er sich mit dem Ort vertraut machen.

Die Tür hat keine Kette. Wenn sie öffnet, gibt es keine Schranke mehr zwischen ihm und ihr. Sie lehnt mit dem Rücken an der Tür, zittert, weiß nicht, was sie tun soll. Ding-dong. Wenn sie nicht aufmacht, denkt er vielleicht, es ist niemand zu Hause und geht weg. Ding-dong, ding-dong.

»Mami!« Meghan steht oben an der Vordertreppe.

América läuft auf Zehenspitzen hinauf. Er darf es nicht hören. Er muß denken, daß niemand daheim ist. »Scht, Baby, scht. Kein Lärm machen. América kommt.«

Ding-dong, ding-dong, ding-dong.
»Wer läutet an der Tür?« Kyle steht vor seinem Zimmer und reibt sich den Schlaf aus den Augen.
»Ist niemand, geh wieder rein.« Sie nimmt Meghan hoch und trägt sie in ihr Zimmer. Kyle folgt ihr.
»Da ist jemand an der Tür«, sagt er lauter, als hätte sie ihn das erstemal nicht gehört. Er ist im Begriff, das Licht anzumachen.
»Nein, Kyle! Kein Licht!« Kyle hält inne. Meghan, die noch völlig verschlafen ist, weint. »Kein Lärm machen«, sagt América und zieht Kyle näher heran. Sie setzen sich alle auf Meghans Bett. Beide Kinder wissen jetzt, das etwas nicht stimmt.
Ding-dong, ding-dong, ding-dong. Hämmern.
»Ist das ein Einbrecher?« fragt Kyle.
Was mache ich jetzt, überlegt América. Er versucht, die Tür einzutreten, was mache ich? Charlies Messer. Ich muß mir ein Messer holen, damit ich mich verteidigen kann.
»Ist das ein Einbrecher?« wiederholt Kyle.
»Brecher? Ich kenne nicht Brecher.« Sie steht auf, hüllt beide Kinder in Meghans Bettdecke. »Ihr bleibt da«, ermahnt sie sie. »Nicht rauskommen. *Comprend?* Nicht rauskommen.« Sie schließt Meghans Flurtür, zieht eine Truhe davor.
»Ich hab Angst«, ruft Meghan.
»Du kümmerst dich kleine Schwester«, befiehlt sie Kyle, der genauso ängstlich aussieht, es aber nicht zugegeben hat. »Ihr kommt nicht raus!« Auf Zehenspitzen schleicht sie durch Meghans Zimmer zu ihrem Spielzimmer.
»Sollen wir nicht die Polizei anrufen?«
»Polizei?« Sie bleibt mit der Hand am Türknauf stehen, als wäre das ein ganz neuer Gedanke. »Polizei«, sagt sie. »Ja, Polizei. Ich rufe an.«

Es folgt ein Krachen, man hört Glas splittern. »Ihr kommt nicht raus«, befiehlt sie mit zittriger Stimme, ebenso angsterfüllt wie die Kinder. Sie schleicht auf Zehenspitzen durch Meghans Spielzimmer, überquert lautlos den Flur und geht durch Kyles Spielzimmer und sein Badezimmer in sein Schlafzimmer. Sie späht auf den düsteren Flur hinaus. Entweder sie rennt ins Elternschlafzimmer hinüber und ruft von da aus an oder sie läuft den Flur hinunter in ihr eigenes Zimmer. Aber dann muß sie an der Hintertreppe vorbei, und sie hört, daß sich dort unten jemand zu schaffen macht. In ihrem Zimmer wäre sie auch zu weit von den Kindern weg. Wimmernd drückt sie sich an die Wand. Ihre Hände sind zu Fäusten geballt, die Fingernägel graben sich in die Handflächen.

Ich hätte ihm die Tür aufmachen sollen. Ich hätte ihn reinlassen sollen, ihm erklären sollen, daß ich heute abend nicht fort kann. O Gott, hilf mir.

Unten ist alles still. Vielleicht hat sie sich das eben nur eingebildet. Vielleicht, so hofft sie, hat er nur ein Fenster eingeschlagen und gibt sich damit zufrieden. Vielleicht weiß er, daß er Schwierigkeiten kriegt, wenn er das Eigentum anderer beschädigt. Vielleicht denkt er, es ist das falsche Haus und fährt jetzt ratlos wieder weg. Vielleicht. Vielleicht. Vielleicht. Sie tritt auf den Flur hinaus, rennt ins Elternschlafzimmer.

Als sie den Hörer abnimmt, leuchtet ein kleines grünes Licht auf, so daß sie die Wählscheibe erkennen kann. 911. Karen hat an jedem Telefon ein Kärtchen befestigt. Notruf 911. Sie muß es sich ins Spanische übersetzen. *Nueve once.* Eine Frau meldet sich, und América flüstert.

»Emergencia, por favor, vengan, por favor, emergencia.« Leise weinend flüstert sie immer wieder: *»Emergencia, por favor, policia, emergencia.«*

Die Frau am anderen Ende antwortet auf englisch. Als América ins Englische wechselt – »Bitte …« –, legt sich eine Hand auf ihren Mund, reißt sie vom Telefon weg, sie nimmt seinen viehischen Geruch wahr, Schnaps und Schweiß, und er zieht sie weg, fort von der Stimme im Telefon, die nun spanisch spricht.
»Du hältst dich für so klug«, flüstert er, »du glaubst, du bist so schlau.« Er legt den Hörer auf.
»Uuff!« stöhnt sie, als er sie gegen die Wand schleudert. »Uuff!«, als sie hinfällt und ein Schlag in den Magen ihr den Atem nimmt. »Uuff«, als er sie tritt.
»Du Schlampe! Du Miststück!«
Sie kriecht von ihm weg, schleppt sich zur offenen Schlafzimmertür. Er tritt sie in den Hintern, so daß sie vor Kyles Füßen landet. Da steht Kyle, direkt vor ihr, eine Silhouette vor dem hellen Rechteck. Hinter ihm steht Meghan. Kyle weicht zurück, und América sieht seinen Gesichtsausdruck, das Entsetzen, rein und unschuldig.
»Lauf, Kyle, lauf, Meghan, lauf«, brüllt sie. Meghan schreit, und beide Kinder rennen laut weinend den Flur hinunter.
Sie dreht sich auf den Rücken, als Correa auf sie zu torkelt. Er muß die Kinder gesehen haben, aber sie interessieren ihn nicht. Er beugt sich über América, packt sie an den Haaren, zieht sie zu ihrer vollen Größe hoch, und dann sieht sie etwas aufblitzen, das helle Blitzen einer Klinge, die auf sie zufährt. Ihr erster Gedanke ist, daß er vor ihr an Charlies Messer gekommen ist. Aber nein. Es ist ein Küchenmesser – das, mit dem sie aus Bananen *tostones* schneidet.
Sie duckt sich, als die Klinge niedersaust, und da ist ein Brennen in ihrer linken Schulter, Wärme breitet sich aus, wo die Klinge eingedrungen ist, kein Schmerz, nur ein Brennen, als er sie herauszieht und wieder hebt. Er bringt mich um. Er will mich umbringen. Sie vergißt, daß sie

kleiner ist als er, mindestens fünfzig Pfund leichter, schwächer. Sie weiß nur noch, daß Correa, der Mann, der sie angeblich liebt, versucht, sie umzubringen. Und irgendwo in diesem Haus schreien Meghan und Kyle. Sie stößt Correa mit aller Kraft weg und ist genauso überrascht wie er, als er zurücktaumelt und das Messer fallen läßt. In diesem Bruchteil einer Sekunde rennt sie aus dem Zimmer und schreit aus Leibeskräften.

»Lauf raus, lauf, Kyle! Meghan, lauf raus! Lauf! Lauf!«

Sie hört die Kinder die Hintertreppe hinunterpoltern, also nimmt sie die vordere, weil ihr Correa auf den Fersen ist und sie ihn nicht zu den Kindern führen will. Nicht mit einem Messer in der Hand, um sie umzubringen. Ich lasse ihn nicht. Ich lasse mich nicht umbringen. Er bringt mich nicht um. Das schafft er nicht.

Jetzt ist sie an der Vordertür, aber ihre Hände sind feucht, glitschig, feucht von Blut, ihrem Blut, und sie weiß nicht, woher es kommt. Blut ist auf der weißen Wand, auf dem Teppich, auf dem glänzenden Holzboden neben dem Läufer.

Correa ist hinter ihr. Draußen halten Autos. Draußen schreien Kyle und Meghan, sie sind in Sicherheit. Er stößt ihr das Messer in den Rücken, und sie fällt gegen die Tür. Silbern und rot blitzt das Messer auf, und im Bruchteil einer Sekunde, den er braucht, um es wieder zu heben, schlüpft sie ihm unter dem Arm davon, er aber packt sie mit der anderen Hand an den Haaren und schleudert sie gegen die Wohnzimmerwand. Jetzt steht er vor ihr von Angesicht zu Angesicht, und sie erkennt ihn nicht wieder. Nein, das kann er nicht sein, das kann nicht sein, diese grünen Augen so dunkel, so wild. Darin liegt keine Liebe. Sie sieht nur Haß, Haß, den sie verspürt, als sie ihn mit letzter Kraft dahin tritt, wo sie ihn verletzen kann, zwischen seine haarigen Beinen.

Stöhnend krümmt er sich zusammen, und sie tritt ihn noch einmal, diesmal trifft sie sein vornübergebeugtes Gesicht, und er dreht sich und fällt. Als Correas Kopf gegen die Kante der Granittischplatte prallt, hört sie ein Knacken, so als würde ein Zweig abbrechen. Sie sieht ihn fallen und dann still daliegen, still. Er regt sich nicht. Sie lehnt mit dem Rücken an der Wand, gleitet tiefer tiefer tiefer, hört Stimmen. Meghan und Kyle weinen, und ein Mann ruft »Polizei«, und Correa liegt so still, so reglos da. Ihre Brust brennt, und sie kann nicht atmen. Correa ist so still, das Haus ist voller Leute, Männer in schweren Stiefeln, und ich kann nicht atmen kann nicht atmen kann nicht atmen.

Was ist passiert?

Als sie zu sich kommt, riecht sie Rosenduft. Elena sitzt neben ihr und liest.

»Mami!« Rosalindas Stimme kommt von links. Als América sich umdreht, wirft sich Rosalinda auf sie und schluchzt an ihrer Brust.

»Es ist gut«, murmelt América nicht ganz überzeugt. »Es ist gut.«

Elena steht jetzt neben ihr, streichelt ihr die Wange. »Ich hole die anderen.« Und fort ist sie. Rosalinda schluchzt immer noch, und América weiß nicht, wie sie sie beruhigen soll. Also weint sie auch.

Die anderen kommen. Leopoldo, Paulina, Carmen, Ester. Was macht Ester denn hier? Eine Frau in einer rosa Jacke sagt, es dürften sich nicht alle gleichzeitig in dem Zimmer aufhalten, aber niemand rührt sich vom Fleck. América kann nicht aufhören zu weinen, genausowenig wie Rosalinda. Auch Paulina weint. Aber Ester lächelt.

»Was ist passiert?« fragt sie. Die anderen bewegen die Lippen, aber das, was sie sagen, ergibt keinen Sinn. Sie schließt die Augen, und als sie sie aufschlägt, ist sie allein. Ich habe es geträumt, denkt sie und schließt die Augen wieder, und dann sitzt Lourdes auf Elenas Stuhl, und Rosalinda steht am Fenster. War das Fenster vorher auch schon da? Es ist heller Tag und dann wieder Nacht, und alle sind fort. Nein, da ist kein Fenster. Mein Arm tut weh. Ich habe einen Schlauch in der Nase. Und dann ist es hell, Rosalinda sitzt auf dem Stuhl und neben ihr Ester.

»Was ist passiert?«

Ester und Rosalinda sehen sich an.
»Wie fühlst du dich?« fragt Ester.
»Er hat mich nicht umgebracht«, sagt sie. Ester und Rosalinda sehen sich wieder an. »Sind die Kinder *okéi*?«
»Es geht ihnen gut. Die Dame war hier. Sie hat das dagelassen.« Ester deutet auf ein Blumengesteck.
»Wo sind wir?«
»Ich weiß nicht genau«, sagt Ester. »Sie fahren mich her und holen mich wieder ab, daher weiß ich es nicht.«
»Geht es dir gut, Mami? Fühlst du dich gut?« Rosalinda streichelt Américas Hand – die ohne Kanülen.
»Was ist passiert?« fragt América wieder.
»Erinnerst du dich nicht?« Rosalinda kann es nicht glauben. »Sie erinnert sich nicht«, sagt sie zu Ester auf der anderen Seite des Betts.
»Mach dir jetzt keine Gedanken darüber. Werd einfach gesund.«
»Ich will es wissen.« América sieht erst ihre Mutter an, dann ihre Tochter. Sie verbergen etwas vor ihr. »Heraus damit.«
»Correa«, sagt Ester, »wird dir keine Schwierigkeiten mehr machen.«
Nein, natürlich nicht, denkt sie. Er ist in Puerto Rico. Und wir sind … wo sind wir eigentlich? In New York. Rosalinda fängt an zu schluchzen und schmiegt sich wieder an die Brust ihrer Mutter. Ester sieht älter aus als bei ihrer letzten Begegnung. Wann war das? Es ist schwer, sich zu konzentrieren. Sie schließt wieder die Augen und schläft ein.

Américas Traum

Sie steht früh auf, setzt Kaffeewasser auf und steckt zwei Scheiben Wunderbrot in den Toaster, bevor sie unter die Dusche geht. Als sie herauskommt, ist der Toast genau richtig. Sie bestreicht ihn mit Traubengelee, nimmt den Teller mit dem Toast und ihre Kaffeetasse mit ins Schlafzimmer, trinkt und ißt, während sie ihre Haare bürstet, sich schminkt und ihre Tracht anzieht. Die Schürze steckt sie in die Tasche.

Die Wohnung ist klein, zwei winzige Schlafzimmer, eine Wohnküche. Sie liegt im puertoricanischen Teil der Bronx, nicht in der ruhigen Gegend mit dem großen grünen Haus. Paulina hat ihr abgeraten, hierherzuziehen, aber América hat ihren Rat nicht befolgt. Sie meint, je mehr Ruhe und Frieden ein Mensch sucht, um so weniger wird er sie finden. Also wohnt sie im Grand Concourse, über einer Bodega, nah an der U-Bahn, mit der sie fünf Tage die Woche nach Manhattan fährt.

Sie arbeitet gern in einem großen Hotel. Die Gäste bleiben nie länger als ein, zwei Tage. Sie bekommt sie kaum zu Gesicht. Es sind hauptsächlich Geschäftsleute, die spät ankommen und früh abreisen. Der unangenehmste Teil der Arbeit ist das Warten auf den Angestellten, der die Minibar auffüllt, bevor América das Zimmer putzt. Das ist eine blödsinnige Regel. Sie könnte die Zimmer schneller fertigmachen, wenn sie nicht auf ihn warten müßte.

Es ist auch nicht schön, den ganzen Tag drinnen zu sein. Das Hotel hat große Fenster, die sich nicht öffnen lassen, so daß América die Sonne zwar sieht, aber nicht spürt. Die

Korridore des Hotels sind dezent beleuchtet, die Teppiche dick und angenehm. Hier ist es so ruhig, daß sich ein Gast einfach an sie heranschleichen könnte, bevor sie es mitkriegt. Aber das tun sie nicht. Gäste schleichen sich nicht an ein Zimmermädchen heran. Die meisten ignorieren sie, viele sehen sie nicht einmal, weil sie so spät ankommen und so früh abreisen. Sie findet den Abdruck eines Körpers im Bett, weggeworfene Zettel mit unverständlichen Notizen, zerknitterte Namensschildchen. Manche lassen einen Dollar in einem Umschlag zurück, auf dem Américas Name steht. Aber das passiert nicht so oft, wie ihr recht wäre.

Trotzdem verdient sie mehr Geld und hat einen kürzeren Arbeitstag als im Haushalt der Leveretts. Die Überstunden bekommt sie auch bezahlt, und sie ist krankenversichert.

Eine Krankenversicherung hätte sie brauchen können, um die zwei Wochen in dem Krankenhaus zu bezahlen, in dem Karen Leverett arbeitet. Die Versicherung wäre auch für die Physiotherapie aufgekommen, die sie brauchte, um ihre verletzte Lunge zu heilen und ihren linken Arm wieder voll bewegen zu können, denn das Küchenmesser hatte einige Muskeln durchtrennt.

Während sie im Krankenhaus lag, haben auch die anderen *empleadas* sie besucht. Frida brachte ihr die Zeitung mit der Überschrift: »Haushälterin tötet Einbrecher.«

»Dann ist er also tot?« fragte América. Frida sah Mercedes an, und beide sahen Ester an, die am Fenster saß. »Ist er tot?« Alle wirkten ganz erschrocken.

Ester kam zu ihr ans Bett, hielt ihre Hand. »Es war Notwehr«, sagte sie. »Er hätte dich sonst umgebracht.«

América schloß die Augen und versuchte, das Bild Correas heraufzubeschwören, aber es stellte sich nicht ein. Die *empleadas* sagten etwas über den Einfluß der Schmerzmittel. Nicht so die Polizistin, die kam, um sie zu verhören. Wenn

América die Augen zumachte und so tat, als schliefe sie, um die Fragen der Polizistin nicht beantworten zu müssen, wartete die einfach. Scheinbar saß sie den ganzen Tag da und fragte, wie lange sie Correa gekannt, wie oft er sie geschlagen, ob er sie im Haus der Leveretts vorher schon besucht hatte.

Karen Leverett kam einige Male zu ihr, stellte ihre Besuche aber ein, als eine weitere Schlagzeile erschien: »Einbrecher war Liebhaber des Dienstmädchens.« América fragte sich, warum sie beim erstenmal Haushälterin und beim zweitenmal Dienstmädchen genannt wurde.

Als América aus dem Krankenhaus entlassen werden sollte, ließ ihr Karen einen Umschlag zukommen. Er enthielt ihren Lohn für die letzte Woche und einen Zettel: »Angesichts dieser Umstände habe ich jemand anderen eingestellt.«

América wünschte, die »Umstände« wären nicht in den Zeitungen und in Radiosendungen erörtert worden. Im Krankenhaus bekam sie Briefe von Frauen, die schrieben, sie seien selbst geschlagen worden und sie habe ihnen Mut gemacht, etwas zu unternehmen. Werden sie alle ihre Männer umbringen, fragte sich América. Dann kam ein Strom von Besuchern, die mit ihr reden wollten: Anwälte, eine Psychologin, eine Beraterin aus einem Frauenhaus, eine Frau, die Américas Lebensgeschichte schreiben wollte. Alles Leute, die América, wenn sie ihnen auf der Straße begegnet wäre, keines Blickes gewürdigt hätten, da war sie sicher. Sie alle wollten etwas von ihr, und es war eine Erlösung, als Paulina an diesem Tag kam, um sie abzuholen, und sie niemanden mehr sehen, mit niemandem mehr reden brauchte.

Hin und wieder bekommt sie noch Anrufe von Leuten, die es nicht vergessen haben. Letzte Woche war es ein Produktionsleiter der Geraldo Rivera Show.

»Mach es doch, Mami«, drängte Rosalinda. »Sie sagen alle, daß deine Geschichte Frauen in derselben Lage helfen könnte.«
»Warum sollte es helfen? Ich habe nichts gemacht. Ich habe zu fest gestoßen, und er hat sich den Hals gebrochen. Warum sollte das irgend jemandem helfen?«
»Du hast dich gewehrt, Mami. Du hast gewonnen.«
»Ich würde es nicht als Gewinnen bezeichnen, daß ich aus meiner Tochter ein Waisenkind gemacht habe.« Darauf wußte Rosalinda keine Antwort mehr. Immer wenn sie auf jenen Abend zu sprechen kommen, versucht Rosalinda América zu beruhigen, sie habe richtig gehandelt, so als würde das ihren Verrat wiedergutmachen. Das verzeihe ich ihr nie, sagt sich América, verschweigt es aber ihrer Tochter. Sie ist erstaunt, wie gut Rosalinda zurechtkommt. Sie geht zur Schule, lernt schneller Englisch, als América für möglich gehalten hätte, und offenbar gefällt ihr das Leben in der Bronx, obwohl América einige von Rosalindas Freunden mit Stirnrunzeln betrachtet. Mädchen mit dickem Make-up und gelangweiltem Gesichtsausdruck, Jungs, deren Shorts zu groß sind und so weit unten auf den Hüften sitzen, daß América die Ritze von ihren *culos* sehen kann.
Ester sagt, América sollte Rosalinda selbst entscheiden lassen, mit wem sie sich anfreundet. Aber América hört nicht auf Esters Ratschläge. Seit sie in Christina Saralegüis Talk-Show aufgetreten ist, um über die Auswirkungen häuslicher Gewalt auf alle Familienmitglieder zu sprechen, ist Ester Expertin für menschliches Verhalten geworden. In Vieques ist sie nun eine Berühmtheit. Und sie ist eigensinniger denn je.
Wenn América die Spiegel im Hotel abwischt, kann sie es nicht vermeiden, ihr Gesicht anzusehen. Quer über der Nase hat sie eine Narbe. Die war noch nicht da, als Correa

sie mit Karen Leveretts Küchenmesser angriff, und América erinnert sich nicht, daß sie den Schnitt gespürt hätte. Darío sagt, sie sei fast unsichtbar, niemand könnte sie sehen außer América. Einmal hat er sie mit dem Finger nachgezeichnet, eine feine Linie, die unter dem rechten Auge beginnt und bis unter das linke führt. An diesem Tag hat sie sich zum erstenmal von ihm küssen lassen.

Für sie ist die Narbe nicht unsichtbar. Es ärgert sie, wenn die Leute so tun, als wäre die Narbe nicht da. Sie ist eine Erinnerung daran, wer sie jetzt ist und wer sie damals war. Correas Frau war narbenlos, aber América Gonzalez trägt die Narben, die er hinterlassen hat, so wie ein Marineleutnant seine Streifen trägt. Sie sollen daran erinnern, daß sie um ihr Leben gekämpft hat, und ganz gleich, ob andere das gut oder schlecht finden mögen, sie hat ein Recht, so zu leben, wie es ihr gefällt. Endlich ist es ihr Leben, und sie steht mittendrin.